LES TÉNÈBRES ET LA NUIT

Né en 1956, Michael Connelly commence sa carrière comme journaliste en Floride, ses articles sur les survivants d'un crash d'avion en 1986 lui valant d'être sélectionné pour le prix Pulitzer. Il travaille au *Los Angeles Times* quand il décide de se lancer dans l'écriture avec *Les Égouts de Los Angeles*, pour lequel il reçoit l'Edgar du premier roman. Il y campe le célèbre personnage du policier Harry Bosch, que l'on retrouvera notamment dans *Volte-face* et dans *Ceux qui tombent*. Auteur du *Poète*, il est considéré comme l'un des maîtres du roman policier américain. Deux de ses livres ont déjà été adaptés au cinéma. Après Bosch, deux autres séries adaptées de son œuvre, *La Défense Lincoln* et *Bosch : Legacy*, sont actuellement en cours de diffusion. Les romans de Michael Connelly se sont vendus à plus de quatre-vingt-cinq millions d'exemplaires dans le monde et ont été traduits en plus de quarante-cinq langues. Il a reçu le prix du Grand Maître, distinction la plus élevée aux Edgar Awards, en 2023.

Paru au Livre de Poche :

La Blonde en béton
Le Cadavre dans la Rolls
Ceux qui tombent
Le Cinquième Témoin
Créance de sang
Dans la ville en feu
La Défense Lincoln
Le Dernier Coyote
Deuil interdit
Les Dieux du verdict
Les Égouts de Los Angeles
En attendant le jour
L'Envol des anges
La Glace noire
Incendie nocturne
L'Innocence et la Loi
Jusqu'à l'impensable
La lune était noire
Mariachi Plaza
Nuit sombre et sacrée
L'Oiseau des ténèbres
Le Poète
Séquences mortelles
Sur un mauvais adieu
Une vérité à deux visages
Le Verdict du plomb
Volte-face

MICHAEL CONNELLY

Les Ténèbres et la Nuit

TRADUIT DE L'ANGLAIS (ÉTATS-UNIS) PAR ROBERT PÉPIN

CALMANN-LÉVY

Titre original :

THE DARK HOURS
Publié avec l'accord de Little, Brown and Company,
Inc., New York, New York, U.S.A.

ISBN : 978-2-253-24394-6 – 1re publication LGF

Pour Robert Pépin,
traducteur, éditeur,
friend depuis le début.
Merci beaucoup, mon ami[1].

1. En français dans le texte.

PREMIÈRE PARTIE

Les hommes de minuit

Chapitre 1

On prévoyait de la vraie pluie, et cela aurait calmé l'averse de plomb annuelle. Mais la météo se trompait. Le ciel était bleu-noir, et dégagé. Et pour se préparer au déluge, Renée Ballard s'était positionnée du côté nord de la division, à couvert du pont autoroutier de Cahuenga. Elle aurait préféré être seule dans la voiture, mais une coéquipière l'accompagnait, et en plus sans grand plaisir. Inspectrice de jour chevronnée de l'unité des Crimes sexuels de la division de Hollywood, Lisa Moore ne voulait qu'une chose : être chez elle avec son petit ami. Sauf que la veille du Nouvel An, tout le monde devait être sur le pont, et ce, depuis toujours. Alerte tactique : tous en tenue et service de douze heures. Ballard et Moore travaillaient depuis 18 heures et tout était calme. Mais on approchait des douze coups de minuit du dernier jour de l'année et les ennuis allaient commencer. À quoi il fallait ajouter que les Hommes de minuit rôdaient quelque part. Ballard et sa coéquipière de mauvais gré devaient être prêtes à foncer dès qu'elles recevraient l'appel.

— Faut vraiment qu'on reste ici ? demanda Moore. Non parce que t'as vu ces mecs ? Comment peut-on vivre comme ça ?

Ballard jeta un coup d'œil aux abris de fortune confectionnés avec de vieilles bâches et des gravats de chantier qui s'étalaient des deux côtés du passage. Elle aperçut deux ou trois réchauds de camping à alcool et des gens qui allaient et venaient dans ce campement rudimentaire. Il y avait tellement de monde que certains de ces baraquements s'appuyaient même aux toilettes mobiles que la ville avait installées sur les trottoirs afin de conférer à l'endroit un semblant de dignité et d'hygiène publique. Au nord du pont s'étendait une zone d'appartements résidentiels en face de la colline connue sous le nom de Dell[1]. Nombre de rapports signalant la présence d'individus en train de déféquer dans les rues et les jardins du voisinage, la ville s'était fendue de toilettes publiques. « Par souci humanitaire », avait-on dit.

— À t'entendre, on croirait qu'ils meurent tous d'envie de vivre sous un pont, lui renvoya Ballard. Comme s'ils avaient des tas d'options ! Parce que… où pourraient-ils aller ? Le gouvernement leur file des chiottes, ça les débarrasse de la merde, mais de pas grand-chose d'autre.

— Comme tu voudras, dit Moore. Mais c'est vraiment dégueu à voir… et sous tous les ponts de la ville,

1. Le « vallon » en français.

en plus ! On se croirait dans le tiers-monde. Ça va finir par faire fuir les gens de L.A.

— C'est déjà le cas. Mais bon, nous, on ne bouge pas de là. Ça fait quatre ans que je passe le Nouvel An ici et y a pas plus sûr comme endroit quand ça commence à tirer.

Elles restèrent quelques instants sans rien dire. Ballard avait elle-même songé à filer, éventuellement à retourner à Hawaï. Et ce n'était pas à cause du problème insoluble des sans-abri. En fait, c'était à cause de tout. De la ville, du boulot, de la vie de flic. Pandémie, troubles sociaux et violences, l'année n'avait pas été bonne. La police avait été vilipendée, et elle avec. Des gens qu'elle protégeait et défendait lui avaient craché dessus, au sens propre et au figuré. La leçon était raide et une impression de futilité la tenaillait maintenant jusqu'au plus profond d'elle-même. Elle avait besoin d'une pause. D'aller – qui sait ? – retrouver sa mère dans les montagnes de Maui et de se rabibocher avec elle après toutes ces années.

Elle ôta une main du volant et porta sa manche à son nez. C'était la première fois qu'elle était en tenue depuis les manifestations, elle y sentit l'odeur des lacrymos. Elle l'avait fait nettoyer deux fois, mais, puissant rappel de ce à quoi l'année avait ressemblé, l'odeur s'y était incrustée de façon permanente.

La pandémie et les manifestations avaient tout changé. La police était passée d'active à inactive. Et ce changement la faisant d'une certaine manière partir à la dérive, Ballard s'était retrouvée à songer, et plus d'une fois, à tout lâcher. Enfin… jusqu'au moment où les Hommes de minuit étaient entrés en scène et lui avaient redonné un but.

Moore consulta sa montre. Ballard le remarqua et jeta un coup d'œil à la pendule du tableau de bord. Elle retardait d'une heure, mais Ballard fit le calcul et comprit qu'on était à deux minutes de minuit.

— Ah, ça y est ! s'exclama Moore. Regarde-moi ce mec.

Le nez à la fenêtre, elle vit un type s'approcher de la voiture. Il ne faisait même pas quinze degrés et il ne portait pas de chemise et tenait son pantalon crasseux d'une main. Pas de masque non plus. Moore avait laissé sa vitre entrouverte, elle appuya sur le bouton et ferma hermétiquement l'habitacle.

Le sans-abri cogna à la fenêtre. On l'entendait parfaitement de l'autre côté de la vitre.

— Hé, vous, les flics, lança-t-il, j'ai un problème !

Les deux inspectrices se trouvaient dans la voiture banalisée de Ballard, mais cette dernière avait allumé les phares bleus de la police en se garant au milieu du passage sous le pont. Sans parler du fait qu'elles étaient en tenue.

— Monsieur, lui renvoya Moore, je ne peux pas vous parler si vous ne portez pas de masque. Allez en chercher un.

— Sauf qu'on vient de me dépouiller ! Ce fils de pute là-bas m'a tout piqué pendant que je dormais.

— Monsieur, je ne pourrai pas vous aider tant que vous n'aurez pas un masque, répéta Moore.

— Mais j'en ai pas, moi, de ces putains de masques !

— Alors, désolée. Pas de masque, pas de service.

Le SDF frappa la fenêtre du poing, son coup s'abattant juste devant le visage de Moore. Celle-ci recula d'un bond alors que le type n'avait jamais eu l'intention de casser la vitre.

— Monsieur, écartez-vous de la voiture ! lui ordonna Moore.

— Va te faire !

— Monsieur, si jamais je descends, c'est à la prison du comté que vous allez ! Même que si vous n'avez pas le Covid aujourd'hui, vous l'attraperez là-bas. C'est ça que vous voulez ?

Le type s'éloigna.

— Va te faire foutre ! répéta-t-il. Fuck la police !

— Tiens, ça, c'est nouveau, fit remarquer Moore.

Et de consulter encore une fois sa montre, Ballard jetant un nouveau coup d'œil à la pendule de bord. On était enfin arrivé à la dernière minute de l'année 2020 et, tant pour Moore que pour la plupart des habitants de la ville, ce n'était pas trop tôt.

— Mais putain, on pourrait pas aller planquer ailleurs ? se plaignit Moore.

— Trop tard, lui répondit Ballard. Je te l'ai déjà dit : ici, on est à l'abri.

— Pas de ces gens-là.

Chapitre 2

On aurait dit un paquet de pop-corn qui passe au micro-ondes. Au début, il y eut quelques petites détonations pour signaler qu'on arrivait au bout de l'année, puis ce fut le tir de barrage, la fréquence des coups de feu rendant impossible tout repérage des tirs individuels. Une véritable symphonie. Tradition qui remontait à plusieurs décennies, pendant cinq bonnes minutes le vacarme fut général tandis que les fêtards vidaient leurs chargeurs dans le ciel de Los Angeles.

Peu importait que ce qui monte finisse toujours par redescendre. Le risque, tout commençait toujours avec lui dans la Cité des Anges.

Et bien sûr, en plus des coups de feu, il y avait les déflagrations, elles parfaitement légales, du feu d'artifice et des pétards, tout cela donnant naissance à un bruit unique à cette ville – et aussi fiable au fil des ans que le passage des années sur le calendrier. Et que les dix-huit appels en moyenne auxquels il fallait répondre à cause de ce déluge de plomb. Les victimes ? Essentiellement des pare-brise, mais l'année précédente avait vu une balle qui retombait traverser un vasistas et toucher à l'épaule une strip-teaseuse qui dansait sur une scène en dessous. Le projectile ne l'avait même pas égratignée. Mais un morceau du vasistas avait dessiné une nouvelle raie dans les cheveux d'un client assis tout près de la scène. Celui-ci avait préféré ne pas faire de déclaration à la police, l'endroit où il se trouvait ne correspondant pas vraiment à celui où il avait dit être à sa famille.

Quel que soit le nombre de ces appels, ce serait à la patrouille d'en gérer l'essentiel, sauf si la présence d'un inspecteur s'avérait nécessaire. Cela dit, Ballard et Moore, elles, en attendaient un de précis. Celui concernant les Hommes de minuit. Si pénible qu'il soit de le reconnaître, il fallait souvent qu'un prédateur frappe à nouveau pour espérer qu'il commette une erreur ou qu'un nouvel élément de preuve conduise à la solution.

Les « Hommes de minuit », tel était le surnom informel que Ballard avait donné à ces violeurs qui avaient agressé deux femmes en moins de cinq semaines, ces deux attaques se produisant un soir de fête – Thanksgiving et la veille de Noël. Ces deux affaires avaient pour point commun leur mode opératoire, les Hommes de minuit prenant soin de ne laisser aucune trace d'ADN derrière eux. Chaque fois perpétrée peu après minuit, l'agression avait duré près de quatre heures, les prédateurs se remplaçant pour violer leur victime dans son lit et achevant leur séance de torture en lui coupant une grande poignée de cheveux avec le couteau qu'ils n'avaient cessé de lui tenir sous la gorge pendant tout son calvaire. D'autres humiliations faisant partie de l'agression, il avait été déterminé qu'on avait affaire, phénomène rare, à une équipe de deux violeurs.

En sa qualité d'inspectrice du troisième quart, c'était Ballard qui avait répondu aux deux appels. Elle avait alors passé les dossiers aux trois inspecteurs de jour de l'unité des Crimes sexuels de la division de Hollywood, dont faisait partie Lisa Moore. Parce qu'elle était de service lorsque ces agressions s'étaient produites, Ballard avait été ajoutée à l'équipe de manière informelle.

Avant cette année-là, l'existence de ce duo de violeurs en série aurait tout de suite attiré l'attention de l'unité des Crimes sexuels de la division d'élite des Vols et Homicides travaillant au Police Administration Building du centre-ville. Mais les coupes budgétaires ayant eu pour résultat le démembrement de cette unité, les affaires d'agressions sexuelles étaient passées à des équipes d'inspecteurs de la division. Bel exemple de la manière détournée dont les manifestants qui exigeaient de « définancer » les services de police avaient atteint leur but. Si la municipalité de Los Angeles avait bien écarté cette demande, elle avait englouti tout son budget dans la gestion des manifestations qui avaient suivi la mort de George Floyd aux mains de la police de Minneapolis. Après des semaines et des semaines de mises en alerte tactique avec tout ce que cela coûte, le LAPD n'avait plus un sou, le résultat étant le gel des embauches, la dissolution de certaines unités et la fin de toutes sortes de programmes d'aide. En fait, dans plusieurs domaines clés, la police de Los Angeles avait bel et bien cessé d'être financée.

Lisa Moore était l'exemple parfait de la manière dont tout cela avait conduit à la dévalorisation des services offerts à la communauté. Au lieu d'être confiée à une unité spécialisée disposant de nombreuses ressources, l'enquête sur les Hommes de minuit avait atterri sur le bureau d'une équipe des Crimes sexuels de la division de Hollywood qui, surchargée de travail par manque de personnel, devait gérer toutes les affaires de viol, tentatives de viol, agressions, attouchements, exhibitionnisme et plaintes pour pédophilie affectant une zone aussi vaste que densément peuplée. Et comme beaucoup dans le service depuis les manifestations, Moore envisageait d'en faire le moins possible jusqu'à la retraite, si lointaine fût-elle. Elle considérait l'affaire des Hommes de minuit comme une bouffeuse de temps qui la privait de son 8 heures-16 heures habituel avec paperasse à remplir dans la matinée, travail d'enquête minimal le reste de la journée et retour à la maison dès qu'il était possible de s'acquitter du boulot avec un téléphone et un ordinateur. Elle avait pris son affectation à passer le quart de minuit avec Ballard comme une insulte et un inconvénient de première grandeur. Ballard, elle, y avait vu une meilleure chance de coincer deux prédateurs qui s'en prenaient aux femmes.

— Et pour les vaccins, t'as appris des trucs ? reprit Moore.

— Probablement la même chose que toi, lui répondit Ballard en hochant la tête. Le mois prochain… peut-être.

Ce fut au tour de Moore de hocher la tête.

— Quels connards ! On est les premiers à répondre aux appels et on devrait les recevoir aussi vite que les pompiers ! Au lieu de quoi, on est rabaissés au rang des vendeurs de légumes.

— Les pompiers sont considérés comme des donneurs de soins. Pas nous.

— Je sais, mais c'est le principe. Tu parles d'un syndicat de merde qu'on a !

— C'est pas la faute du syndicat. C'est le gouverneur, les services de santé, beaucoup de choses.

— Putains de politiciens…

Ballard laissa filer. On entendait souvent ces plaintes lors des appels et dans les voitures de patrouille d'un bout à l'autre de la ville. Comme beaucoup d'autres dans le service, Ballard avait attrapé le Covid. Complètement K-O pendant trois semaines en novembre, elle n'espérait plus qu'une chose : avoir encore assez d'anticorps en elle pour attendre l'arrivée du vaccin sans dommage.

Pendant le silence plein de ruminations qui suivit, une voiture de patrouille s'arrêta à leur hauteur côté Moore, dans l'une des deux voies sud.

— Tu connais ces mecs ? demanda Moore en posant la main sur l'interrupteur de descente des vitres.

— Malheureusement oui, lui répondit Ballard. Remonte ton masque.

Smallwood et Vitello : un duo de bleus avec un peu trop de testostérone dans les veines depuis toujours. À leur avis « bien trop en bonne santé » pour contracter le virus, ils ne cessaient de râler contre l'obligation de porter le masque.

Moore abaissa sa vitre après avoir remonté le sien.

— Comment ça se passe dans la baignoire à thons[1] ? demanda Smallwood avec un grand sourire.

Ballard remonta le masque du service – bleu marine avec le sigle LAPD couleur argent à la hauteur de la mâchoire.

— Vous bloquez la circulation, Smallwood, lui lança-t-elle.

Moore se tourna vers elle

— Non, c'est vrai ? « Small »... « wood[2] » ? murmura-t-elle.

Ballard acquiesça.

Vitello appuya sur le bouton du gyrophare. Une forte lueur bleue éclaira les graffitis sur les murs en béton au-dessus des tentes et des taudis des deux côtés du passage. Diverses versions de « Fuck la Police » et « Fuck Trump » avaient été lavées à la chaux par les équipes de nettoyage municipales, mais toutes reparurent dans la lumière.

— Comme ça, c'est mieux ? demanda Vitello.

— Là-bas, y a un type qui veut déclarer un vol, lui répondit Ballard. Et si vous alliez prendre sa déclaration tous les deux, hein ?

— Mon cul, oui ! s'écria Smallwood.

---

1. En argot policier, les voitures de surveillance sont appelées des « sous-marins ». D'où cette variation sur le thème.

2. Soit « p'tite bite ».

— Pour moi, c'est du boulot d'inspecteur, ajouta Vitello.

La conversation, si l'on peut dire, fut interrompue par l'appel du dispatcher du service des communications qui arriva dans la radio des deux voitures : on voulait une unité « 6-William », ce 6 désignant la division de Hollywood et William, un inspecteur.

— Ça, c'est pour toi, Ballard, lâcha Smallwood.

Ballard sortit sa radio du chargeur de la console centrale et répondit.

— 6-William-26, allez-y.

Le dispatcher lui demanda de gérer une fusillade avec blessé dans Gower Street.

— Au Gulch, lança Vitello. Vous auriez pas besoin de renforts, les filles ?

La Division de Hollywood couvrait sept zones de patrouille appelées Basic Car Areas, Smallwood et Vitello étant affectés à celle des Hollywood Hills, où la criminalité était faible et les résidents qu'ils rencontraient, blancs. La décision avait été prise pour les tenir à l'écart des ennuis, et loin des zones où la confrontation avec les minorités pouvait poser problème. Mais cela ne marchait pas toujours. Ballard avait appris que le duo aurait malmené des jeunes mal garés dans Mulholland Drive, d'où, la nuit, on a une vue spectaculaire sur la ville.

— On devrait pouvoir gérer, lui renvoya Ballard. Remontez donc à Mulholland pour y surveiller les gamins qui jettent leurs capotes par les fenêtres de leurs voitures. Faudrait voir à restaurer l'ordre là-haut, les gars !

Sur quoi, elle écrasa l'accélérateur avant que l'un ou l'autre ne trouve quelque chose à lui rétorquer.

— Pauvre mec, commenta Moore sans la moindre sympathie dans la voix. Officier « P'tite bite » !

— Ouais, dit Ballard. Et il essaie de rattraper ça tous les soirs où il est de patrouille.

Moore éclata de rire alors qu'elles filaient plein sud dans Cahuenga.

Chapitre 3

« Gower Gulch », le « Ravin de Gower », était le surnom du folklore de Hollywood donné au croisement de Sunset Boulevard et de Gower Street où, presque cent ans plus tôt, se retrouvaient les journaliers en demande de travail. Nombre d'entre eux, en grande tenue de cow-boy avec bottes couvertes de poussière, chaps et énorme stetson, attendaient d'être pris comme figurants dans les westerns que tournaient les studios semaine après semaine. On raconte qu'un certain Marion Morrison, plus connu sous le nom de John Wayne, y aurait été engagé comme acteur.

Devenu centre commercial, le Ravin arborait maintenant une façade toute fanée de ville de western avec des portraits de cow-boys de Hollywood – de John Wayne à Gene Autry – accrochés au mur extérieur du drugstore Rite Aid. Vers le sud à partir du Ravin s'étendait, côté est de la rue, toute une série de studios de tournage grands comme des gymnases conduisant au bijou de la couronne de Hollywood, les Studios Paramount. S'élevant sur plusieurs étages avec murs de quatre mètres de hauteur et portails en fer, ceux-ci avaient tout d'une prison. Non pas pour empêcher les gens d'en sortir, mais d'y entrer.

Côté ouest, c'était tout le contraire. Une file de garages automobiles y partageaient l'espace avec des immeubles d'appartements, où des barreaux anti-effraction protégeaient les portes et les fenêtres. Le gang local des Las Palmas 13 y était fortement présent avec ses graffitis alors que les murs du côté est de la rue n'étaient pas touchés, comme si les tagueurs savaient intuitivement qu'il valait mieux ne pas se brouiller avec l'industrie qui avait fait la fortune de la ville.

L'appel qu'elles avaient reçu conduisit Moore et Ballard à une fête donnée dans la partie fourrière d'un atelier de carrosserie. Plusieurs individus virevoltaient dans la rue, les trois quarts d'entre eux sans masque. La plupart observaient les policiers descendus de deux voitures de patrouille établir un périmètre de sécurité à l'intérieur de la cour goudronnée fermée par un portail et contenant quantité de véhicules à divers stades de réparation.

— Faut vraiment qu'on se tape ça ? reprit Moore.

— Moi, oui, lui renvoya Ballard.

Elle ouvrit la portière et descendit de voiture. Elle savait que sa repartie allait obliger Moore à la suivre et était assez sûre d'avoir besoin de son aide.

Elle passa sous le ruban jaune tendu en travers de l'entrée, découvrit rapidement que la victime de la fusillade avait été évacuée, et vit le sergent Dave Byron et d'autres policiers essayer de contenir un groupe de témoins potentiels dans un des garages de la société. Deux autres flics en tenue délimitaient un périmètre plus restreint autour de la scène de crime proprement dite, celle-ci remarquable par sa flaque de sang et divers débris laissés par les ambulanciers. Ballard rejoignit Byron.

— Dave, lui dit-elle, qu'est-ce que tu as pour moi ?

Byron la regarda par-dessus son épaule. Il portait un masque, mais, à ses yeux, elle vit qu'il souriait.

— Pour toi, lui répondit-il, j'ai un gros sandwich à la merde.

Elle lui fit signe de s'écarter des badauds pour lui parler en privé.

— Hé ! tout le monde, on bouge pas d'ici ! lança Byron en levant les mains pour indiquer qu'il ne fallait pas s'éloigner, Ballard en déduisant que ces témoins ne parlaient peut-être pas anglais.

Byron la rejoignit devant la carcasse rouillée d'un vieux camping-car Volkswagen et regarda ce qu'il avait noté dans un petit carnet.

— Ta victime serait un certain Javier Raffa, le propriétaire du garage. Il habite à une rue d'ici, reprit-il en lui indiquant tout ce qui se trouvait à l'ouest de la carrosserie. Pour ce que ça vaut, le monsieur serait affilié au gang des Las Palmas.

— OK. Où a-t-il été transporté ?

— À l'hôpital Hollywood Presbyterian. Il était en train de décrocher sérieux.

— Que t'ont raconté les témoins ?

— Pas grand-chose. Je te les ai gardés au chaud. À les entendre, Raffa laissait les portails d'entrée ouverts toutes les veilles de Nouvel An, en plus d'offrir un fût de bière aux gens du coin. Mais pas mal de Las Palmas s'y pointent aussi. Dès que le décompte des dernières secondes a été terminé, on a un peu tiré en l'air et tout d'un coup Raffa s'est retrouvé par terre. Pour l'instant, personne ne dit l'avoir vu recevoir une balle. Et il y a des douilles dans tous les coins. Alors bonne chance !

D'un coup de menton, Ballard lui montra une caméra montée sur la maîtresse poutre d'un coin du garage.

— Et ça ? demanda-t-elle.

— Les caméras extérieures sont bidon. Il y en a de vraies à l'intérieur, mais je ne les ai pas vérifiées. Et on m'a dit que vu où elles sont placées, elles ne devraient pas beaucoup nous aider.

— D'accord. Et tu es arrivé avant les ambulanciers ?

— Non, pas moi, une équipe de la 79. Finley et Watts. Ils parlent d'une blessure à la tête. Ils sont là-bas et tu peux aller leur parler.

— Je le ferai si j'en ai besoin.

Elle chercha à savoir si l'un des flics en tenue en train de délimiter le périmètre de sécurité parlait espagnol. Elle en connaissait quelques mots de base, mais pas assez pour interroger un témoin. Elle vit qu'un des policiers en train d'attacher le ruban jaune au rétroviseur d'un vieux camion n'était autre que Victor Rodriguez.

— Ça t'embêterait que je garde V-Rod pour traduire ? demanda-t-elle.

Elle crut voir des rides de mécontentement se dessiner sous le masque de Byron.

— Ça te prendra longtemps ?

— Interrogatoire préliminaire des témoins et, après, peut-être des proches. Je prendrai quelqu'un d'une autre unité si on ramène des clients au commissariat.

— D'accord, mais s'il y a du nouveau, j'aurai besoin que tu me le rendes.

— Reçu cinq sur cinq. Je ferai vite.

Elle rejoignit Rodriguez. Il était arrivé à la division après son transfert de Rempart, environ un an plus tôt.

— Victor, lui lança-t-elle, vous bossez avec moi.

— Vraiment ?

— Allons causer avec les témoins.

— Cool.

Moore rattrapa Ballard et se dirigea vers les témoins.

— Je croyais que tu voulais rester dans la voiture, lui lança Ballard.

— T'as besoin de quoi ? lui rétorqua Moore.

— Si quelqu'un pouvait aller à l'hôpital pour voir où en est la victime… Tu veux prendre la voiture ?

— Et merde !

— Sinon tu peux interroger les témoins et les proches pendant que moi j'y vais.

— Passe-moi les clés.

— C'est ce que je me disais. Elles sont toujours dans la voiture. Fais-moi savoir ce que tu trouves.

Ballard briefa Rodriguez à voix basse tandis qu'ils s'approchaient des témoins.

— Pas de questions biaisées. On veut seulement savoir ce qu'ils ont vu et entendu… tout ce dont ils se souviennent avant de découvrir M. Raffa sur le sol.

— Pigé.

Ils passèrent les quarante minutes suivantes à interroger brièvement les témoins retenus, aucun d'entre eux n'ayant vu la victime se faire tirer dessus. Pris séparément, tous décrivirent une foule de gens embarqués dans une scène chaotique où aux douze coups de minuit tout le monde ou presque avait regardé le feu d'artifice et les balles qui déchiraient l'air. Si personne ne reconnut avoir tiré, tous admirent qu'il y avait eu des gens du quartier pour le faire. Personne ne révéla des choses assez importantes pour qu'on emmène qui que ce soit au commissariat pour un interrogatoire plus approfondi. Ballard nota leurs adresses et leurs numéros de téléphone dans son carnet et les avertit de s'attendre à des visites de suivi des enquêteurs des Homicides.

Puis elle fit signe à Finley et à Watts de la rejoindre afin d'avoir leurs premières impressions sur cette affaire. Ils lui apprirent que la victime ne réagissait déjà plus à son arrivée à l'hôpital et semblait avoir été touchée par une balle qui retombait, sa blessure se situant au sommet du crâne. Ils précisèrent encore qu'ils avaient surtout veillé à contrôler les mouvements de foule, à écarter les gens de Raffa et à faire de la place pour les ambulanciers.

Elle allait mettre fin à l'entretien lorsqu'elle reçut un appel de Moore à l'hôpital Hollywood Presbyterian.

— Les parents de la victime sont arrivés et s'apprêtent à s'entendre dire qu'elle n'a pas survécu, dit-elle. Que veux-tu que je fasse ?

J'aimerais que tu te conduises comme une inspectrice chevronnée, pensa Ballard, mais elle ne le lui dit pas.

— Garde-moi les parents au chaud, répondit-elle à la place. J'arrive.

— Je vais essayer.

— N'essaie pas, fais-le. Je serai là dans dix minutes. Sais-tu s'ils parlent anglais ?

— Je n'en suis pas sûre.

— D'accord, trouve la réponse et envoie-moi un SMS. J'amènerai quelqu'un au cas où.

— Ça ressemble à quoi de ton côté ?

— Trop tôt pour le dire. S'il s'agit d'un accident, le tireur n'est pas resté dans le coin. Et si ce n'est pas le cas, je n'ai ni caméras ni témoins pour le vérifier.

Sur quoi, elle raccrocha et rejoignit Rodriguez.

— Victor, dit-elle, j'ai besoin que tu me conduises à l'Hollywood Pres.

— Pas de problème.

Ballard informa Byron de l'endroit où elle se rendait et lui demanda de conserver la scène de crime à l'abri jusqu'à son retour.

Elle traversait le parking pour suivre Rodriguez jusqu'à sa voiture lorsqu'elle vit les premières gouttes de pluie frapper l'asphalte, là, au milieu des douilles.

Chapitre 4

Rodriguez enclencha le gyrophare, mais pas la sirène, pour arriver plus vite à l'hôpital, Ballard en profitant pour appeler son lieutenant chez lui afin de le mettre au courant. Derek Robinson-Reynolds, le patron des inspecteurs de Hollywood, lui avait envoyé un SMS pour lui demander de le faire et décrocha dans l'instant.

— Ballard, dit-il, j'attendais votre coup de fil un peu plus tôt que ça.

— Désolée, lieute. On a eu plusieurs témoins à interroger avant d'avoir une idée de ce qui s'était passé. Et je viens d'apprendre que notre victime était déjà morte en arrivant à l'hôpital.

— Va donc falloir que je demande aux gars du West Bureau de passer. Je sais qu'ils ont déjà mis tout le monde sur un double homicide hier.

C'était le West Bureau qui gérait les homicides. Robinson-Reynolds était prêt à leur passer l'enquête, mais savait que ce ne serait pas bien vu par son homologue.

— Chef, vous pouvez faire ça, bien sûr, mais je n'ai pas encore déterminé de quoi il est question. Des tas de gens ont tiré en l'air à minuit. Je ne sais pas trop s'il s'agit d'un accident ou d'un meurtre. Je suis en train de rejoindre l'hôpital pour aller voir la victime.

— Oui, bon, mais aucun témoin n'a vu ce qui s'est passé ?

— Aucun de ceux qui sont restés. Ils ont juste aperçu un type à terre. Tous ceux qui auraient remarqué quelque chose se sont empressés de filer avant l'arrivée de l'unité.

S'ensuivit une pause pendant que le lieutenant envisageait la suite.

Ballard et Rodriguez n'étaient plus qu'à une rue de l'hôpital. Elle reprit la parole avant Robinson-Reynolds.

— Lieute, dit-elle, laissez-moi faire.

Robinson-Reynolds gardant le silence, elle lui présenta ses arguments.

— Le West Bureau a déjà un double meurtre sur les bras. Et nous, on ne sait pas encore de quoi il retourne. Laissez-moi continuer et on verra où on en est demain quand je vous appellerai.

Enfin il parla.

— Je ne sais pas, Ballard, dit-il. Je ne suis pas très sûr de vouloir que vous caracoliez là-bas toute seule.

— Je ne suis pas toute seule. Je suis avec Lisa Moore, vous vous rappelez ?

— Ah oui, oui. Et… toujours rien ce soir ?

C'était des Hommes de minuit qu'il parlait.

— Pas pour l'instant. On vient d'arriver à l'hosto et les parents de la victime sont déjà là.

— OK, j'attends pour le West Bureau. Pour l'instant. Vous me tenez informé. À n'importe quelle heure, Ballard.

— Bien reçu.

— Bon, d'accord.

Il raccrocha tandis qu'un SMS s'affichait sur le portable de Ballard au moment où Rodriguez s'arrêtait derrière la voiture de Ballard, que Moore avait laissée dans un passage ambulances.

— C'était pas Dash ? lui demanda-t-il. Qu'est-ce qu'il a dit ?

Il avait repris le surnom dont se servait presque tout le monde à la division lorsqu'on ne s'adressait pas personnellement au grand chef. Ballard regarda son SMS. Envoyé par Moore : *Personne ne parle anglais ici.*

— Il nous a donné le feu vert, répondit-elle.

— « Nous » ?

— Il se peut que j'aie besoin de vous ici aussi.

— Le sergent Byron vient de me dire de rappliquer.

— Ce n'est pas lui qui dirige l'enquête. C'est moi, et vous resterez avec moi jusqu'à ce que je change d'avis.

— Bien reçu… mais faut que vous le lui disiez.

— Je le ferai.

Ballard trouva Moore au milieu d'un groupe de femmes avec un adolescent, tous en larmes dans la salle d'attente des urgences. Ils venaient d'apprendre la mauvaise nouvelle pour leur mari et père. Une épouse, trois filles adultes et le fils, tous montraient des signes de choc, de douleur et de colère.

— Aïe aïe aïe, lança Rodriguez en s'approchant.

Personne n'aime s'imposer dans les situations de trauma que génère un décès inattendu.

— V-Rod, reprit Ballard, j'ai entendu dire que vous aviez envie de devenir inspecteur.

— Ah putain oui, alors !

— Parfait. Je veux donc que vous aidiez l'inspectrice Moore à interroger les membres de la famille. Vous faites plus que traduire. Vous posez les questions. Sur les ennemis connus, les liens du mort avec les Las Palmas, et sur qui il y avait d'autre à l'atelier ce soir. Je veux des noms.

— D'accord, mais et vous ? Où sont…

— Il faut que je voie le corps. Je vous rejoindrai après.

— Bien. Mais vous prévenez l'inspectrice Moore.

Ballard le lâcha et gagna la réception. Elle fut bientôt conduite au poste des infirmières situé au milieu des urgences et entouré de toutes sortes de salles d'examen et de soins séparées par des rideaux. Elle demanda à une infirmière si le corps de la victime par balle avait été enlevé et s'entendit répondre qu'on attendait qu'une équipe du service de médecine légale s'en occupe. Et, du doigt, l'infirmière lui montra un rideau fermé.

Ballard écarta le rideau vert pâle, entra dans la salle d'examen à un lit et referma le rideau derrière elle. Le cadavre de Javier Raffa reposait sur le dos. Personne n'avait même seulement tenté de le couvrir. Sa chemise de travail avec son nom cousu dessus était ouverte, sa poitrine enduite d'un gel conducteur provenant très probablement des électrodes dont on s'était servi pour essayer de le ramener à la vie. On voyait aussi des décolorations blanchâtres sur la peau brune de son torse et de son cou. Il avait les yeux ouverts et un bout de caoutchouc sortait de ses lèvres. Ballard savait qu'on le lui avait inséré avant l'électrochoc.

Elle prit des gants en latex d'un compartiment de sa ceinture d'équipement et les enfila. À deux mains, elle tourna lentement la tête du mort pour repérer la blessure d'entrée. Javier Raffa avait des cheveux longs et bouclés, mais elle la trouva dans la partie supérieure du crâne, sous des mèches collées par le sang. Vu son emplacement, elle douta qu'il y ait une blessure de sortie. La balle était restée à l'intérieur de la boîte crânienne, une chance pour l'équipe de médecine légale.

Elle se pencha encore plus au-dessus du lit pour regarder la blessure de près. Pour elle, elle avait été faite par un projectile de petit calibre, et elle remarqua qu'il y avait des cheveux brûlés autour. Cela voulait dire que l'arme se trouvait à moins de trente centimètres de la victime lorsque le tireur avait fait feu. Elle vit encore des traces de poudre brûlée dans la chevelure de Javier Raffa.

Alors elle sut qu'il ne s'agissait pas d'un accident. Raffa avait été assassiné. Quelqu'un avait profité du moment où ça tirait de tous les côtés et où tout le monde avait les yeux tournés vers le ciel pour approcher son arme de sa tête et presser la détente. Alors aussi, elle sut qu'elle voulait l'affaire et qu'elle trouverait le moyen de garder ses conclusions pour elle jusqu'au moment où elle serait trop impliquée pour qu'on puisse la lui retirer.

Trouver la solution était sans doute, elle le savait, ce dont elle avait besoin pour se sauver elle-même.

Chapitre 5

Elle referma le rideau derrière elle en sortant de la salle de soins, regagna le poste des infirmières pour ne pas bloquer la circulation aux urgences plus que chargées et prit son portable pour téléphoner à l'unité des Renseignements sur les gangs de la division de Hollywood. Personne ne lui répondant, elle appela la ligne directe du poste de veille. Le sergent Kyle Dallas décrocha, et elle lui demanda qui se tapait deux services de suite aux Renseignements.

— Ça doit être Janzen et Cordero, lui répondit Dallas. Et le sergent Davenport doit aussi être dans le coin.

— Présents ou de sortie ?

— Je viens juste de voir Cordero dans la salle de repos. Ils doivent tous être rentrés maintenant que l'heure des fantômes de minuit est passée.

— Bon. Si vous les voyez, demandez-leur de ne pas partir. J'ai besoin de leur parler. J'arrive tout de suite.

— Ce sera fait.

Ballard franchit les portes automatiques de la salle d'attente et vit que Moore et Rodriguez avaient pris place dans un coin avec les membres de la famille Raffa pour les interroger tous ensemble. Elle s'agaça de constater que Moore n'avait pas mené des interrogatoires individuels, puis se rappela que sa collègue enquêtait sur des agressions sexuelles, ce qui impliquait d'interroger des victimes seule à seule. Moore n'était pas dans son élément et Rodriguez ne savait pas ce qu'il fallait faire.

Elle vit aussi que le fils s'était installé à l'écart du groupe et qu'il regardait Moore par-dessus les épaules de deux de ses sœurs. Il était encore assez jeune pour aller au lycée, ce qui voulait dire qu'il parlait peut-être anglais. Et ça, Moore aurait dû le savoir.

Elle rejoignit le gamin et lui donna une tape sur l'épaule.

— Vous parlez anglais ? lui demanda-t-elle.

Il acquiesça d'un hochement de tête.

— Veuillez me suivre.

Elle l'amena dans un autre coin de la salle, celle-ci étonnamment peu peuplée. Étonnamment pour n'importe quel soir de la semaine, mais encore plus pour une nuit de réveillon. Elle indiqua une chaise au jeune homme, en tira une posée près du mur et se positionna de façon qu'ils soient face à face.

Ils s'assirent.

— Comment vous appelez-vous ? lui demanda-t-elle.

— Gabriel.

— Et vous êtes le fils de Javier ?

— Oui.

— Toutes mes condoléances. Nous allons trouver ce qui s'est passé et qui a fait le coup. Je suis l'inspectrice Ballard. Vous pouvez m'appeler Renée.

Il regarda sa tenue.

— « Inspectrice » ? répéta-t-il.

— On nous a demandé d'être en tenue cette nuit. Genre tout le monde dans les rues. Quel âge avez-vous ?

— Quinze ans.

— Quel lycée fréquentez-vous ?

— Celui de Hollywood.

— Et vous étiez dans la partie fourrière de l'atelier ce soir à minuit ?

— Oui.

— Y étiez-vous avec votre père ?

— Euh, non, j'étais… près de la Caddy.

Sur la scène de crime, Ballard avait remarqué une vieille Cadillac rouillée garée sur le parking. Coffre ouvert, avec un fût de bière posé sur un lit de glaçons.

— Étiez-vous avec quelqu'un d'autre près de cette Caddy ?

— Avec ma copine.

— Qui s'appelle ?

— Je veux pas qu'elle ait des ennuis ni rien.

— Elle n'en aura aucun. On essaie seulement de savoir qui il y avait ce soir, rien de plus.

Et elle attendit.

— Lara Rosas, répondit-il enfin.

— Merci, Gabriel. Vous la connaissez du lycée ou du quartier ?

— Euh, des deux.

— Et elle est rentrée chez elle ?

— Oui, elle est partie quand on est venus ici.

— Avez-vous vu ce qui est arrivé à votre père ?

— Non, je l'ai vu seulement après. Quand il était déjà par terre.

Il ne montrait aucune émotion et aucune larme n'avait coulé sur son visage. Ballard savait que cela ne voulait rien dire. Les gens gérant et exprimant leur choc et leur douleur de différentes façons, une conduite inhabituelle ou un manque d'émotion manifeste ne devaient pas être considérés comme douteux.

— Avez-vous vu quelqu'un qui vous paraissait bizarre ou ne collait pas dans le paysage ?

— Pas vraiment, non. Au fût de bière y avait bien un type qu'avait pas l'air d'être du coin, mais… c'était une fête de quartier. Alors qui sait ?

— Lui a-t-on demandé de partir ?

— Non, il était juste là, comme ça. Il a pris sa bière et après, faut croire qu'il est parti parce que je l'ai plus vu.

— Il n'était pas du quartier ?

— J'en doute. Je l'avais jamais vu avant.

— Qu'est-ce qui vous fait dire qu'il ne donnait pas l'impression de coller dans le paysage ?

— Eh bien, c'était un Blanc et en plus, il avait l'air sale, vous voyez ? Ses habits, tout.

— Vous pensez que c'était un SDF ?

— Je sais pas. Peut-être. C'est ce que je me suis dit.

— Et c'est avant la fusillade que vous l'avez vu ?

— Oui, avant. Certainement. Avant que tout le monde se mette à regarder en l'air.

— Vous dites que ses vêtements étaient sales. Qu'est-ce qu'il portait ?

— Un sweat à capuche gris et un jean. Sales.

— Poussière ou taches de graisse ?

— Plutôt de la poussière.

— Sa capuche était-elle baissée ou relevée ? Avez-vous vu ses cheveux ?

— Relevée. Mais c'était genre comme s'il avait le crâne rasé.

— OK. Et ses chaussures, vous vous rappelez ?

— Non, ses chaussures, je sais pas.

Ballard marqua une pause et tenta de retenir tous ces détails. Elle n'avait rien écrit en pensant qu'il valait mieux maintenir le contact oculaire avec Gabriel et ne pas l'inquiéter en sortant un carnet et un stylo.

— Qui avez-vous remarqué d'autre qui ne collait pas dans le paysage ?

— Personne.

— Et vous n'êtes pas sûr que le type à la capuche soit resté après avoir pris sa bière ?

— Je ne l'ai pas revu.

— Et donc, la dernière fois que vous l'avez vu… combien de temps était-ce avant minuit et le début des coups de feu ?

— Je sais pas. Une demi-heure ?

— Avez-vous vu quelqu'un, votre père par exemple, lui demander ce qu'il faisait là ou alors de partir ?

— Non, parce que c'était une fête de voisins. Tout le monde était le bienvenu.

— Avez-vous vu d'autres Blancs à cette fête ?

— Quelques-uns, oui.

— Mais eux n'avaient pas l'air douteux ?

— Non.

— Alors que celui-là, si.

— C'est que c'était genre, une fête, et qu'il était sale. Et il avait la capuche relevée, vous voyez ?

— Votre père portait une chemise de travail. C'était son habitude ?

— Parce qu'il y a son nom dessus. Il voulait que tous les voisins sachent qui il était. Il faisait toujours ça.

Elle acquiesça. Le moment était venu de passer à des questions plus délicates et de garder aussi longtemps que possible le gamin de son côté.

— Vous avez tiré des coups de feu ce soir, Gabriel ?

— Non, pas question.

— Bon, d'accord. Vous avez des liens avec les Las Palmas 13 ?

— C'est quoi, cette question ? Je suis pas dans un gang, moi. Mon père m'en a toujours empêché.

— Ne vous énervez pas. J'essaie seulement de comprendre ce qui se passe. Vous n'avez aucun lien avec eux, c'est bien. Mais votre père en avait, non ?

— Il a lâché ces merdes y a longtemps. Il était totalement réglo.

— OK, c'est bon à savoir. Mais j'ai entendu dire qu'à la fête, il y avait des Las Palmas dans la cour du garage. C'est vrai ?

— Je sais pas. Peut-être. Mon père a grandi avec eux et ne les a pas jetés aux chiens comme ça. Mais il était réglo, et son affaire aussi. Il avait même un Blanc comme associé. Alors commencez pas à faire chier avec vos histoires de gang. C'est que des conneries.

Elle acquiesça d'un signe de tête.

— C'est bon à savoir, Gabriel, répéta-t-elle. Mais dites-moi, il était là, son associé ?

— Je l'ai pas vu. Et… on n'a pas fini, là ?

— Pas encore. Comment s'appelle-t-il ?

— Je sais pas. C'est un docteur à Malibu ou autre. Je l'ai vu qu'une fois, quand il est arrivé avec un châssis tordu.

— « Un châssis tordu » ?

— Oui, sa Mercedes. Il avait reculé dans quelque chose et a tordu le châssis.

— Ah, compris. D'accord. Encore deux choses, Gabriel.

— Quoi ?

— J'ai besoin du numéro de téléphone de votre copine et que vous m'accompagniez une minute à ma voiture.

— Pourquoi je devrais vous suivre ? Je veux voir mon père.

— Ils ne vont pas vous laisser le voir. Pas avant un moment, et je veux vous aider. Je veux que ce soit la dernière fois que vous aurez à parler de tout ça à la police. Mais pour ça, je vais devoir vérifier vos doigts pour être sûre que vous dites la vérité.

— Quoi ?

— Vous dites que vous n'avez pas tiré en l'air. Je frotte vos doigts avec quelque chose que j'ai dans ma voiture et on sera sûrs. Après, vous n'entendrez plus parler de moi jusqu'à ce que je vienne vous dire qu'on a attrapé le type qui a fait ça à votre père.

Et elle attendit qu'il se décide.

— Mais si ne vous voulez pas le faire, je vais être obligée de me dire que vous m'avez menti. C'est ça que vous voulez ?

— OK, bon, comme vous voudrez. Allons-y.

Ballard commença par rejoindre le groupe pour demander les clés de la voiture à Moore, qui l'informa qu'elles étaient à l'intérieur du véhicule. Puis elle emmena Gabriel aux entrées des ambulances. Où elle sortit un carnet de notes de sa poche revolver. Et après y avoir inscrit le numéro de portable de la copine de Gabriel, elle nota le signalement que celui-ci lui avait fait de l'homme à la capuche, et ouvrit le coffre de la voiture. Elle y prit un paquet de tampons adhésifs pour déceler les traces de poudre, et elle effectua le test sur chaque main et en scella le résultat dans deux sachets en plastique à soumettre au labo.

— Vous voyez ? Pas de poudre, hein ? dit Gabriel.

— Le labo le confirmera. Mais moi, je vous crois déjà.

— Bon, et maintenant, je fais quoi ?

— Vous entrez là pour être avec votre mère et vos sœurs. Elles vont avoir besoin que vous soyez fort pour elles.

Il acquiesça d'un signe de tête, mais son visage se crispa. C'était comme si lui dire d'être fort lui avait ôté toutes ses forces.

— Ça va aller ? lui demanda Ballard en lui effleurant l'épaule.

— Vous allez l'attraper, hein ?

— Oui, on va l'attraper, répondit-elle.

Chapitre 6

Elle ne réintégra pas le commissariat avant quasiment 3 heures du matin. Elle prit l'escalier de derrière et entra dans la salle que se partageaient les Mœurs et l'unité des Gangs. Longue et rectangulaire, elle était généralement vide, les deux escouades travaillant essentiellement dans les rues. Mais cette fois, il y avait foule. En tenue comme Ballard, les officiers des deux groupes s'étaient assis à des bureaux et à des postes de travail d'un bout à l'autre de la pièce. Les trois quarts d'entre eux sans masque. Leur présence en grand nombre pouvait s'expliquer de plusieurs façons. Et d'un, il est difficile de travailler les affaires de mœurs et de gangs en tenue, comme l'exige l'alerte tactique. Ce qui voulait dire que l'alerte qui imposait de mettre autant d'officiers que possible dans les rues pendant les fêtes avait eu le résultat inverse. Cela pouvait aussi signifier que l'heure des fantômes de minuit – elle va jusqu'à 2 heures du matin – étant passée, tout le monde avait rallié la grande maison pour se reposer. Mais Ballard savait que ce pouvait aussi être le nouveau visage du LAPD – celui d'officiers qui, privés de l'obligation de faire activement respecter l'ordre et la loi, se contentaient d'attendre d'être appelés quelque part et d'en faire le minimum afin de ne pas susciter plaintes ou controverses.

À ses yeux, une grande partie du service se retrouvait dans la position du citoyen lambda pris dans une attaque de banque. On baisse la tête, on regarde ailleurs et on obéit à l'avertissement : personne ne bouge et tout ira bien.

Elle repéra le sergent Rick Davenport au bout d'une table de travail et se dirigea vers lui. Il leva les yeux de son portable, la vit venir et un sourire de reconnaissance, sans masque, plissa son visage. La bonne quarantaine, il travaillait aux Gangs depuis plus d'une décennie.

— Ballard ! lança-t-il. Je me suis laissé dire qu'El Chopo venait de se faire buter.

Ballard s'arrêta à la table.

— « El Chopo » ? répéta-t-elle.

— C'est comme ça qu'on appelait Javier à l'époque. Quand il était dans les gangs et se servait du garage du *padre* pour désosser des bagnoles.

— Mais plus maintenant ?

— Il serait rentré dans le droit chemin quand sa femme a commencé à pondre des mômes.

— J'ai été surprise de ne pas vous voir sur les lieux du crime. C'est pour ça ?

— Pour ça et d'autres trucs. Je me contente de faire ce que veulent les gens, moi.

— Et qui serait de ne pas traîner dans les rues ?

— Il me semble assez clair que s'ils ne peuvent pas nous « définancer », ils ont assez envie de nous « dérencontrer », pas vrai, Cordo ?

Et de chercher confirmation en jetant un coup d'œil à un autre flic des Gangs dénommé Cordero.

— Ça, c'est sûr, sergent, dit celui-ci.

Ballard tira la chaise vide à droite de Davenport, s'assit, et décida d'aller droit au but.

— Bon, alors, qu'est-ce que vous pouvez me dire sur Javier ? Vous croyez vraiment qu'il s'est rangé des voitures ? Et que les Las Palmas le permettraient ?

— La rumeur affirme qu'il y a douze ou quinze ans de ça, il a payé ce qu'il fallait pour ne plus en être. Et pour ce que j'en sais, il est clean et réglo depuis.

— Ou trop finaud pour vous ?

Davenport éclata de rire.

— C'est toujours possible.

— Bon, mais vous avez encore un dossier sur lui ? Des cartes de dépouillement[1] ? Autre chose ?

— Oh, un dossier, on en a un. Probablement un peu poussiéreux. Cordo, tu voudrais bien sortir celui de Javier Raffa et l'apporter à l'inspectrice Ballard ?

Cordero se leva et gagna la file de classeurs à quatre tiroirs poussés contre un mur d'un bout à l'autre de la salle.

— Voilà à quel point ce type remonte à loin, reprit Davenport. Il est dans les dossiers papier.

1. Surnom donné aux procès-verbaux d'interpellation à la suite de certaines pratiques douteuses du LAPD.

— Et donc plus du tout actif, insista Ballard.

— Plus du tout, non. Parce qu'on l'aurait su. On suit toujours certains anciens. Et s'ils se rencontraient, on le saurait.

— À quel échelon était-il arrivé quand il a lâché le gang ?

— Pas très haut. C'était juste un soldat. On n'a jamais ouvert d'enquête sur lui, mais on savait qu'il désossait des bagnoles volées pour le gang.

— Comment avez-vous su qu'il s'était payé sa libération ?

Davenport hocha la tête comme s'il n'arrivait plus à se rappeler.

— Juste la rumeur. De tête, je pourrais pas te dire qui l'a cafté… Ça date pas d'hier. Mais c'est ce qui se disait et, pour ce qu'on en savait, c'était vrai.

— Et ça coûte combien un marché pareil ?

— Me rappelle plus. Ça pourrait être dans le dossier.

Cordero revint et tendit une chemise à Davenport plutôt qu'à Ballard. Davenport la tendit à Ballard à son tour.

— Vas-y, éclate-toi, dit-il.

— Je peux l'emporter ?

— Du moment que tu nous la rapportes…

— Bien reçu.

Elle prit le dossier, se leva et sortit en ayant l'impression que plusieurs officiers la regardaient.

Elle n'était pas très populaire dans le service après avoir passé un an à amadouer tout le monde, puis à exiger des renseignements et de l'aide de gens décidés à en faire le moins possible.

Elle redescendit l'escalier et entra dans le bureau des inspecteurs, où elle vit Lisa Moore assise à son bureau, occupée à taper sur son clavier.

— Tu es rentrée, dit-elle.

— Pas grâce à toi, riposta Moore. Me laisser avec ces gens et ce bébé flic !

— Rodriguez ? Il doit avoir au moins cinq ans de boulot derrière lui. Il était à Rampart avant de venir ici.

— Aucune importance. On dirait un gamin.

— As-tu obtenu des trucs intéressants de l'épouse et des filles ?

— Non, mais je t'écris ça dans le rapport. Et où il va aller, au fait ?

— Je vais garder ça un moment. Envoie-moi tout ce que tu as.

— Je ne le transfère pas au West Bureau ?

— Comme ils ont mis tout le monde sur un double meurtre, je vais travailler ça jusqu'à ce qu'ils soient prêts à reprendre la main.

— Et Dash est d'accord ?

— Je lui en ai parlé. Ça ne pose pas de problème.

— Et t'as quoi, là ? reprit Moore en montrant la chemise que Ballard tenait à la main.

— Un vieux dossier des Gangs sur Raffa. D'après le rapport, il n'était plus actif depuis des années. Il se serait payé sa libération au moment de fonder une famille.

— Si c'est pas mignon ! s'exclama Moore d'un ton ruisselant de sarcasme.

Cela faisait longtemps que Ballard savait que sa collègue avait perdu toute empathie. À force de ne travailler, et à plein temps, que sur des affaires sexuelles, sans doute. Ne pas compatir au sort des victimes permet de se protéger, mais Ballard espérait que cela ne lui arrive jamais. Le boulot de flic peut facilement vous vider de tout sentiment, mais pour elle, perdre son empathie, c'était perdre son âme.

— Envoie-moi tes rapports dès que tu les as finis, lança-t-elle à Moore.

— Ce sera fait.

— Et toujours rien sur les Hommes de minuit, hein ?

— Pour l'instant. Peut-être que ce soir ils font profil bas.

— Il est encore tôt. À Thanksgiving, l'appel ne nous est arrivé qu'à l'aube.

— Génial ! Vivement l'aube !

Encore des sarcasmes. Ballard les ignora et s'installa à un bureau vide. Parce qu'elle était du quart de nuit, elle n'avait pas droit à un poste de travail. Elle était censée en trouver un dans la salle selon ses besoins. Elle jeta un coup d'œil aux bibelots alignés sur l'étagère du poste et se rendit vite compte que c'était celui d'un certain Tom Newsome, du service de jour des Crimes contre les personnes. Il adorait le base-ball et avait posé plusieurs balles souvenirs sur de petits socles. Toutes portaient la signature de joueurs des Dodgers présents et passés. Le joyau de la collection était enfermé dans un petit cube en plastique pour ne pas l'abîmer. Il n'était pas signé par un joueur, mais par l'homme qui plus de cinquante ans durant avait commenté les matchs des Dodgers à la radio et à la télé. Vin Scully était révéré comme la voix même de la ville parce qu'il transcendait ce sport. Jusqu'à Ballard qui savait qui il était, et songea que Newton risquait fort de se faire voler son trophée, même dans un commissariat de police.

Elle ouvrit le dossier devant elle, et tomba sur la photo d'un jeune Javier Raffa en train d'être écroué. Il était mort à trente-huit ans, et la photo remontait à son arrestation pour recel de biens volés en 2003. Elle lut les détails portés au rapport d'arrestation. On y lisait qu'il avait été arrêté dans un pick-up Ford de 1977 au plateau rempli de pièces détachées usagées. L'une d'elles – un essieu – avait encore son numéro de série gravé dessus et avait été tracée jusqu'à une Mercedes tout-terrain Classe G volée un mois plus tôt dans la San Fernando Valley.

D'après les rapports contenus dans le dossier, Roger Mills, l'avocat du jeune Raffa alors âgé de vingt et un ans, lui avait négocié une peine de prison avec sursis et mise à l'épreuve en échange d'un plaider-coupable avec travaux d'intérêt public à la clé. Son casier judiciaire avait été expurgé au bout de sa période de probation et des cent vingt heures de travail qu'il avait données à la communauté sans faire d'histoires. Dans le dossier, il était encore noté que ce travail avait consisté à effacer les graffitis de gangs sous tous les ponts autoroutiers de la ville.

S'il y avait bien plusieurs fiches d'interpellation accrochées au dossier, c'était le seul et unique compte rendu d'arrestation qui s'y trouvait. Toutes remontaient avant, à l'époque où il n'avait encore que seize ans. Les trois quarts d'entre elles faisaient suite à des descentes de police de base – celles où la patrouille disperse des fêtes ou arrête des prostituées sur Hollywood Boulevard. Membres de gangs et associés, on prend des noms, on relève des tatouages et autres signes distinctifs à porter dans les dossiers et bases de données des Renseignements sur les gangs. Fils d'un propriétaire de garage comme il l'était, Raffa conduisait toujours des voitures anciennes ou restaurées, voire des surbaissées, elles aussi toutes répertoriées dans les fiches d'interpellation.

Dès le début, Raffa avait eu droit au surnom d'El Chopo dans ces fiches. Variation manifeste sur celui d'El Chapo donné à l'un des plus grands patrons des cartels – El Chapo signifiant « le petit » en espagnol. Une note qui attira l'attention de Ballard et se retrouvait dans les quatre fiches rédigées entre 2000 et 2003 décrivait le tatouage que Raffa portait sur le côté droit du cou : une boule de billard blanche frappée d'une rayure orange et du nombre 13. Cela faisait référence à la Las Palmas 13 et à son association pleine de déférence avec la eMe, l'autre nom de la mafia mexicaine dans les prisons. Le 13, lui, renvoyait à la lettre M, la treizième de l'alphabet.

Ballard repensa à la décoloration qu'elle avait remarquée sur le cou de Raffa et comprit qu'il s'agissait de la cicatrice laissée par le laser lorsqu'il s'était fait effacer son tatouage.

Figurait encore au dossier la photocopie d'un rapport des Renseignements sur les gangs remontant au 25 octobre 2006 et détaillant point par point de petits bijoux de ragots et informations donnés par un indic identifié sous le vocable de LP3 – Ballard supposa qu'il s'agissait d'un Las Palmas. Elle parcourut toutes les entrées et trouva celle consacrée à Raffa.

** Javier Raffa (El Chopo) Date naissance : 14/02/82. Aurait filé 25 K $ à Humberto Viera pour libération totale du gang.*

Si elle était au courant du serment de sang pour entrer dans un gang « jusqu'à ce que la mort nous sépare », elle n'avait jamais entendu dire que quelqu'un en aurait acheté sa libération. Elle décrocha le téléphone du bureau. Newsome y avait collé un répertoire téléphonique. Elle appela le poste voisin de l'unité des Renseignements sur les gangs et demanda qu'on lui passe le sergent Davenport. En attendant qu'il prenne la communication, elle s'empara d'une des balles de base-ball sur son socle et tenta de lire la signature qui y avait été griffonnée. Elle ne savait pas grand-chose sur ce sport ni sur les Dodgers d'hier et d'aujourd'hui. Il lui sembla que le premier nom ressemblait à Mookie[1], mais elle se dit qu'elle devait se tromper.

---

1. Mookie Wilson, célèbre joueur des Mets.

Davenport prit l'appel.

— Ballard à l'appareil, dit-elle. J'ai une question.

— Vas-y.

— Humberto Viera des Las Palmas est-il toujours dans les parages ?

Davenport gloussa.

— Ça dépend de ce que tu entends par là. Il est en prison à Pelican Bay depuis au moins huit ou dix ans. Et il n'en sortira pas.

— Vous vous êtes occupé de son affaire ?

— En partie, oui. Je l'ai coincé pour deux ou trois assassinats de membres de la White Fence. On a retourné le chauffeur du véhicule de fuite et ç'a été la fin de Humberto. Bye bye l'ami.

— D'accord. Quelqu'un d'autre pourrait me dire des choses sur ce rachat de liberté ?

— Hmm. Je ne pense pas. Ça remonte à pas mal de temps, si je me souviens bien. Ce que je veux dire par là, c'est qu'il y a encore des Original Gangsters qui traînent, mais que si ce sont toujours des Original Gangsters, c'est parce qu'ils n'ont jamais dévié du règlement. Cela dit, pour l'essentiel, ces gangs se renouvellent tous les huit à dix ans. Personne ne va te parler de Raffa.

— Et de LP3 ?

Il y eut une pause avant que Davenport ne réponde. Il était clair que, lorsqu'il avait prétendu ne se souvenir de rien un peu plus tôt, il mentait.

— Que crois-tu pouvoir tirer d'elle ?

— C'est une femme ?

— Je n'ai pas dit ça. Qu'est-ce que tu penses tirer de ce LP3 ?

— Je ne sais pas. Je cherche une raison qui aurait poussé quelqu'un à coller une balle dans le crâne de Javier Raffa.

— LP3 a disparu depuis longtemps. C'est une impasse.

— Et ça, vous en êtes vraiment sûr ?

— Absolument.

— Merci, sergent. Je vous rappelle plus tard.

Ballard reposa le combiné sur son support. Il lui paraissait clair que la gaffe de Davenport signifiait que l'indic LP3 était une femme, peut-être même encore en activité. Sinon, il ne se serait pas montré aussi balourd en essayant de se rattraper après que sa langue avait fourché. Elle ne savait pas ce que ça signifiait pour son affaire étant donné que Raffa semblait bien s'être séparé du gang quatorze ans plus tôt. Mais il était bon de savoir que si le problème tournait autour du gang, les Renseignements avaient une taupe qui pouvait fournir des infos et voir les choses de l'intérieur.

— C'était quoi, tout ça ? demanda Moore, assise en face de Ballard.

— Les Renseignements sur les gangs. Ils ne veulent pas que je parle à leur indic des Las Palmas.

— Ben tiens !

Pas très sûre de savoir ce que cela voulait dire, Ballard ne répondit pas. Pour elle, Moore en avait fini avec le quart de nuit. Son implication dans l'affaire se terminerait lorsque, le soleil pointant, elle serait arrivée au bout de son service et, l'alerte tactique levée, tous les officiers retrouveraient leur emploi du temps habituel. Moore réintégrerait le service de jour et la laisserait seule à travailler aux heures sombres de la nuit.

Ce qui était exactement ce qu'elle voulait.

Chapitre 7

Ballard s'attaqua à la préparation du compte rendu du meurtre de l'affaire Raffa. Pour commencer, elle s'acquitta du travail assommant qui consiste à rédiger le rapport d'incident où est décrit le meurtre et identifiée la victime, mais où sont aussi mentionnés de nombreux détails prosaïques tels que l'heure du premier appel, les noms des policiers de la patrouille qui y ont répondu, la température ambiante, les proches qui ont été notifiés et autres faits importants servant à caractériser l'affaire sans pour autant la résoudre. Puis elle fit un résumé des interrogatoires de témoins qu'elle avait menés et reçus de Moore, ces derniers très courts et de pure forme. Tel celui de la plus jeune des filles de Raffa qui ne contenait qu'une ligne : *Cette fille ne sait rien et ne pourra rien apporter à l'enquête.*

Tout cela fut inséré dans un classeur à trois anneaux. Pour finir, elle commença à établir une chronologie de tous ses faits et gestes, y compris sa discussion avec Davenport. Après quoi, elle fit des copies des documents du dossier des Renseignements sur les gangs et les glissa elles aussi dans le classeur. Tout ce travail une fois terminé à 5 heures du matin, elle se leva et s'approcha de Moore, qui consultait un mail sur son portable. Leur service se terminait dans une heure, mais pour Ballard, cela n'avait aucune importance.

— Je vais en ville pour voir ce qu'ont trouvé les légistes, lança-t-elle. Tu viens ou tu préfères rester là ?

— Je crois que je vais rester. Y a aucune chance que tu sois de retour avant 6 heures.

— C'est juste. Ça t'embêterait de rapporter le dossier des Renseignements à Davenport ?

— Pas de problème. Mais pourquoi tu fais ça ?

— Pourquoi je fais ça ?

— Pourquoi tu suis cette affaire ? C'est un homicide. Tu vas devoir la filer au West Bureau dès qu'ils ouvriront l'œil.

— Peut-être. Mais peut-être aussi me laisseront-ils travailler dessus.

— Tu nous fais une sale réputation à tous, Renée.

— Qu'est-ce que tu racontes ?

— Contente-toi de rester à ta place. Personne ne bouge, personne ne prend des coups, d'accord ?

Ballard haussa les épaules.

— T'as pas dit ça quand j'ai sauté sur l'affaire des Hommes de minuit.

— Ça, c'est du viol. Là, on parle d'un homicide.

— Je ne vois pas la différence. Il y a une victime, il y a une affaire.

— Et si on disait ça comme ça : les mecs du West Bureau, eux, la verront, cette différence. Et ils vont pas être gentils en te voyant leur piquer quelque chose qui leur revient.

— On verra. Bon, j'y vais. Fais-moi savoir si ces deux connards ont encore frappé.

— Oh, tu peux compter sur moi. Et rends-moi la pareille.

Ballard retourna à son bureau d'emprunt, ferma son ordinateur, rassembla ses affaires et mit son masque pour parcourir le couloir jusqu'à la sortie. Il s'y trouvait un banc où menotter les prisonniers et elle voulait ce surcroît de protection. Il n'y avait aucun moyen de savoir ce que tous ces interpellés pouvaient introduire dans le commissariat.

Enfin dehors, elle prit la 101 direction le centre-ville et roula dans l'air gris d'avant l'aube du côté des tours qui semblaient éclairées toute la nuit. La circulation avait en gros diminué de moitié pendant la pandémie, mais à cette heure la ville était complètement morte et elle arriva à l'échangeur est de la 10 en moins d'un quart d'heure. De là, il ne lui faudrait que cinq minutes pour atteindre la bretelle de sortie de Cal State. C'était à la pointe sud de ce vaste campus que se trouvait le Forensic Science Center, un labo de cinq étages que partageaient le LAPD et les services du shérif du comté de Los Angeles.

Le bâtiment semblait tout aussi calme que les rues. Ballard prit l'ascenseur jusqu'au troisième étage, où travaillaient les techniciens de scène de crime. Elle s'annonça, entra et fut accueillie par Anthony Manzano, un criminaliste qu'elle avait vu sur les lieux du meurtre.

— Ballard, dit-il. Je me demandais à qui j'allais avoir affaire.

— À moi, pour l'instant. Le West Bureau s'occupe d'un double meurtre et tout le monde est sur le pont.

— Ça doit être du costaud.

— Plutôt un truc qui attire les caméras, et ils ne veulent pas passer pour des nuls.

Ballard s'était demandé pourquoi aucun média ne s'était pointé à Gower Gulch. Elle aurait cru que la première théorie, à savoir que quelqu'un avait été tué par une balle perdue le soir du réveillon, aurait été du pain béni pour eux, mais pour l'instant et pour ce qu'elle en savait, personne n'avait posé la moindre question.

Manzano lui fit traverser tout le labo pour la conduire à son poste de travail. Elle aperçut trois autres criminalistes en train de travailler et se dit qu'ils devaient bosser sur le double meurtre du West Bureau.

— C'est quoi, leur affaire ? demanda-t-elle l'air de rien.

— Un couple de vieux cambriolés et assassinés.

Et après une pause, il assena :

— Brûlés vifs.

— Nom de Dieu ! s'exclama-t-elle en hochant la tête, comprenant aussitôt pourquoi les médias s'étaient rués là-dessus et que le LAPD y avait mis plusieurs inspecteurs pour faire croire qu'on ne laissait rien au hasard.

Cela voulait dire qu'elle avait une bonne chance de pouvoir garder l'assassinat de Raffa si elle obtenait l'aval du lieutenant Robinson-Reynolds.

Manzano avait étalé une grande feuille de papier millimétré représentant la scène de crime sur une table lumineuse.

— Voilà le travail, dit-il. J'ai marqué tous les endroits où on a retrouvé des douilles. On se serait cru dans *Règlement de comptes à OK Corral*.

— Vous parlez des tirs en l'air ?

— Oui, et c'est intéressant. On a retrouvé trente et une douilles et, pour moi, il n'y aurait eu que trois armes utilisées… y compris celle du meurtre.

— Montrez-moi.

À côté de la feuille se trouvait une écritoire avec les notes qu'avait prises Manzano et plusieurs croquis de la scène. Il y avait aussi une boîte en carton ouverte contenant trente et une douilles, chacune enfermée dans un sachet à éléments de preuve.

— Bon, reprit-il. On a donc trente-six coups de feu et trente et une douilles par terre. Et comme on a trois calibres et marques de projectiles différents, c'est assez facile à comprendre.

Il plongea la main dans la boîte, fouilla et en sortit une des douilles dans son sachet.

— Nous avons identifié dix-sept douilles comme étant des PDX1 neuf millimètres Winchester. Il vous faudra avoir la confirmation de la FU, mais, pour moi qui ne suis pas un expert, les marques du percuteur ont l'air toutes pareilles et cela laisse entendre que ces douilles proviennent toutes d'une arme de neuf millimètres avec seize projectiles dans le chargeur et un dans la chambre.

Manzano faisait référence à la Fire Unit, qu'on n'appelait plus ainsi à cause de l'autre acronyme[1]. On l'avait rebaptisée Firearms Analysis Unit.

— À mon avis, reprit-il, il s'agit probablement d'un Glock 17 ou d'une arme similaire. Et on a aussi treize douilles de calibre 40 de fabrication Federal. J'ai consulté notre catalogue de munitions et il s'agit probablement de balles creuses chemisées métal, mais la FU devrait en savoir plus. Et, bien sûr, elles auraient pu être tirées par tout un tas d'armes à feu. Douze dans le chargeur, une dans la chambre.

— OK, dit Ballard. Ça nous en laisse une.

Manzano replongea la main dans la boîte et sortit le sachet contenant la dernière.

— Oui, dit-il, et celle-là, c'est une Remington de vingt-deux millimètres.

Ballard s'empara du sachet et regarda la chemise en cuivre. Elle était certaine qu'il s'agissait bien du projectile qui avait tué Javier Raffa.

— C'est parfait, dit-elle. Montrez-moi où vous l'avez trouvée.

Manzano lui indiqua une croix avec un 1 juste à côté sur le schéma de la scène de crime, tout cela à l'intérieur d'un rectangle figurant une automobile. À la droite du véhicule était dessinée la silhouette d'un bonhomme que Ballard devina être Javier Raffa.

— Évidemment, la victime avait été emmenée quand nous sommes arrivés, mais la flaque de sang et

1. *FU* ou *Fuck You*.

les détritus laissés par les ambulanciers désignent clairement l'endroit où elle était. La douille se trouvait à deux mètres huit de la flaque de sang, sous l'une des deux épaves de la partie fourrière du garage. La Chevy Impala, je pense.

Ballard se rendit compte que cela leur ouvrait une piste. La cartouche éjectée avait filé sous la voiture, empêchant le tireur de la récupérer avant qu'on commence à remarquer que Raffa était à terre.

Elle tint le sachet en l'air.

— Je peux apporter ça aux Armes à feu ?

— Je vous fais un reçu de chaîne de suivi.

— Vous savez s'il y a quelqu'un là-bas ?

— Probablement. Ils sont en déploiement maximal, comme tout le monde.

Elle sortit son téléphone et vérifia l'heure. L'alerte tactique allait prendre fin dans un quart d'heure. On était jeudi, en pleines vacances du Nouvel An.

— OK, je vous signe le reçu et je file là-bas avant qu'ils partent.

La FAU se trouvait juste au bout du couloir. Ballard y entra, il ne lui restait plus que dix minutes. Ne voyant personne, elle crut d'abord qu'elle arrivait trop tard. Puis elle entendit quelqu'un éternuer.

Quelqu'un avec un plumeau.

— Je fais un peu de ménage, lui dit le type. On ne voudrait quand même pas que la pétoire de Sirhan[1] soit

1. L'assassin de Robert Kennedy.

couverte de poussière. Ça fait partie de l'Histoire avec un H majuscule.

Ballard le dévisagea.

— Mitch Elder, dit-il enfin. Que puis-je faire pour vous ?

Elle s'identifia.

— Vous vous apprêtez à partir dès la fin de l'alerte tactique ? lui demanda-t-elle.

— C'est ce qu'on est censés faire, mais... Qu'est-ce que vous avez là ?

Ballard savait d'expérience que les fous des armes adorent les défis.

— On a eu un homicide ce matin, dit-elle. Par arme à feu. J'ai une douille et je cherche la marque du flingue... Vérification au NIBIN ?

Le National Integrated Ballistic Information Network était un réseau de bases de données où l'on entrait toutes les caractéristiques des douilles et des projectiles ayant servi dans un crime. Tous portaient en effet des marques qu'on pouvait relier à des armes précises et comparer crime à crime. Les douilles donnent de meilleurs résultats que les balles qui souvent se fragmentent ou champignonnent à l'impact, rendant ainsi les comparaisons plus difficiles.

Ballard leva le sachet en l'air pour l'appâter. Il ne fallut pas longtemps à Elder pour réagir.

— Voyons donc voir ce que vous avez là, dit-il.

Ballard lui tendit le sachet et le suivit jusqu'à un poste de travail. Il enfila des gants, sortit la douille du sachet et l'examina sous une loupe éclairante en la tournant entre ses doigts pour y chercher les marques laissées sur le bord.

— Belle marque d'extraction, dit-il enfin. Je crois que vous tenez un Walther… mais voyons ça. Ça va me demander un peu de temps à encoder. Si vous voulez aller vous prendre un petit déjeuner, je serai là à votre retour.

— Non, ça ira, dit-elle. Il faut que je passe un coup de fil.

— Alors on pourra se le prendre quand on aura fini.

— Euh… Il va probablement falloir que je file. Mais merci !

— Comme vous voulez.

— Je vais chercher un bureau vide.

Elle s'éloigna en hochant presque la tête. Elle s'en voulait d'avoir ajouté ce « mais merci ! » après avoir refusé son invitation.

Elle trouva un poste de travail entièrement vide à l'exception d'un téléphone posé sur le bureau. Elle sortit son propre portable et appela Robinson-Reynolds – qu'elle réveilla, c'était clair.

— Ballard, dit-il, qu'est-ce qu'il y a ?

Il avait l'air agacé.

— Vous m'avez dit de vous tenir au courant à n'importe quelle heure.

— Exact. Et vous avez quoi ?

— Je pense que notre tir… est un homicide… un meurtre… et je veux suivre l'affaire.

— Ballard, vous savez très bien qu'il faut la passer au…

— Je connais le protocole, mais les collègues du West Bureau sont sur une grosse affaire médiatique et je crois qu'ils apprécieraient assez que je les débarrasse de celle-là… au moins jusqu'à ce qu'ils puissent respirer un peu avec leur double assassinat.

— Vous n'êtes pas inspectrice des Homicides.

— Je sais. Mais je l'ai été et je peux gérer, lieutenant. On a déjà mené des interrogatoires de témoins, j'ai fait un tour à la médecine légale et je suis actuellement aux Armes à feu où on interroge le NIBIN sur la douille qu'on a retrouvée.

— Il ne fallait rien faire de tout ça. Vous auriez dû passer l'affaire au West Bureau dès que vous avez compris qu'il ne s'agissait pas d'un accident.

— Ils étaient occupés, j'ai pris la main. On peut évidemment leur refiler l'affaire maintenant, mais ils ne vont pas se précipiter et des heures, voire des jours entiers pourraient s'écouler avant qu'ils ne s'y mettent.

— La décision ne m'appartient pas. Ce sont eux qui décident. Le lieutenant Fuentes.

— Vous pourriez l'appeler et arranger le coup pour moi, lieutenant ? Il sera probablement heureux que nous le libérions de ce truc.

— Il n'y a pas de « nous » là-dedans, Ballard. En plus de quoi, vous n'êtes plus en service depuis dix minutes. Et je n'ai pas de fiches vertes.

— Je ne le fais pas pour ça. Pas de fiches vertes là-dedans.

Les « fiches vertes » étaient les cartes 8 × 12 qu'il fallait remplir et faire signer par un supérieur pour avoir droit à des heures supplémentaires.

— Pas de fiches vertes ? répéta Robinson-Reynolds.

— Non, lui promit Ballard.

— Et les Hommes de minuit ? Où en est Moore ? Vous êtes censées y travailler ensemble.

— Elle est restée au commissariat pour commencer à rédiger le compte rendu du meurtre et mettre en forme les déclarations des témoins. Il n'y a rien de neuf sur les Hommes de minuit, mais je continue à y travailler. Je ne laisse pas tomber.

— Ça vous fait beaucoup de pain sur la planche.

— Je ne vous demanderais pas tout ça si je ne pouvais pas gérer.

S'ensuivit une pause tandis que Robinson-Reynolds prenait sa décision.

— Bon, d'accord, dit-il. Je passe un coup de fil à Fuentes et je vous tiens au courant.

— Merci, lieute.

Robinson-Reynolds raccrochant le premier, elle regagna le bureau d'Elders. Il était parti. Elle regarda autour d'elle et le vit assis à un terminal d'ordinateur près de la fenêtre donnant sur la 10. Cela voulait dire qu'il cherchait dans la base de données. Elle le rejoignit.

— Ballard, lança-t-il, vous tenez quelque chose.

— Non, vraiment ? Quoi ?

— Une autre affaire. Cette douille est reliée à un autre meurtre. Il y a presque dix ans de ça dans la

Valley. Un type tué au cours d'un cambriolage. Les douilles correspondent. C'est la même arme qui a servi. Un Walther P22.

— Waouh !

Elle sentit comme un doigt glacé descendre le long de son dos.

— Le numéro de dossier ? demanda-t-elle.

Elder le lui dicta. Elle attrapa un stylo dans un gobelet à côté de l'ordinateur et l'inscrivit dans son carnet.

— Et la victime s'appelait ?

— Lee, Albert. Mort le 2 février 2011.

Elle le nota aussi.

— Affaire toujours en cours ?

— Et non résolue. Aux Vols et Homicides.

L'unité des Vols et Homicides était celle de Ballard avant qu'elle se fasse assez peu cérémonieusement reléguer au quart de nuit de Hollywood. Cela dit, 2011, c'était avant son arrivée.

— Et on sait qui était chargé de l'enquête ?

— Oui, mais ce n'est plus d'actualité. C'était Harry Bosch. Je l'ai connu, mais il est à la retraite depuis un bon bout de temps.

Ballard se figea un instant avant de répondre.

— Oui, je sais, dit-elle.

Chapitre 8

Ballard se gara devant la maison de Woodrow Wilson Drive. Elle bâilla et se rendit compte qu'elle avait probablement commis une erreur en commençant par passer chez elle. Se débarrasser de sa tenue toute raide était une bonne chose, mais somnoler une heure sur le divan n'avait servi qu'à souligner son épuisement, et pas du tout à l'en guérir.

Elle entendit de la musique dès qu'elle ouvrit sa portière. Tempo rapide, mais plus bluesy que ce à quoi elle s'attendait de la part de Harry Bosch. Et en plus, il y avait une voix. Elle se demanda s'il n'avait pas un invité.

Elle toqua fort à la porte pour être entendue par-dessus la musique. Qui fut aussitôt arrêtée, et la porte s'ouvrit. Bosch.

— Ça alors ! s'écria-t-il. L'inspectrice prodigue !

— Quoi ? Et ça voudrait dire… ?

— Eh bien, mais… que ça fait longtemps que je n'entends plus parler de toi. Je commençais à me dire que tu m'avais oublié.

— Dis donc, c'est toi qui es passé de l'autre côté en travaillant pour ton avocat de la défense ! Je me suis dit que tu n'avais plus de temps à me consacrer.

— Non, vraiment ?

— Oui, vraiment. Alors, t'as eu le vaccin ? Quel effet ça te fait d'avoir de la visite ? J'ai des anticorps, mais je peux garder mon masque.

Il s'écarta pour la laisser passer.

— Tu peux entrer et laisser tomber le masque. Je n'ai pas encore été vacciné, mais je prends le risque. Et que ce soit bien clair : je n'ai pas travaillé pour Mickey Haller. J'ai travaillé pour moi.

Elle franchit le seuil, ignora le commentaire sur Haller et garda son masque.

— Tu faisais la fête ?

— J'ai peut-être monté un peu trop le volume.

La maison n'avait pas changé avec sa cuisine en longueur à droite de l'entrée. Ballard longea la salle à manger et passa dans le séjour pour regarder la vue. Les volets coulissants donnant sur la terrasse et le col de Cahuenga étaient ouverts.

— Tu partages ta musique avec tout le canyon ? demanda-t-elle. Sympa.

— C'est donc bien ce que je crois entendre ? On se plaindrait du bruit ?

Elle se retourna vers lui.

— En fait, oui, on se plaint. Mais d'autre chose.

— Belle manière d'entamer la nouvelle année : le LAPD est en colère contre moi. Vas-y, balance. Tant qu'à faire…

— Non, ce n'est pas le LAPD. Pour l'instant. C'est seulement moi. Ce matin, je me suis tapé tout le trajet jusqu'à la nouvelle bibliothèque des Homicides qu'ils ont ouverte à Westchester. Tu sais bien, celle où ils gardent tous les dossiers des affaires de meurtre non résolues. Enfin, ils les ont rassemblés dans un seul endroit. J'y ai donc demandé le compte rendu d'une de tes anciennes affaires et on m'a dit qu'il avait disparu et que le dernier à l'avoir consulté, c'était toi.

Bosch fronça les sourcils et hocha la tête.

— Oui, j'ai lu des trucs sur cet endroit dans les journaux. Subventionné par la famille Ahmanson. Mais l'inauguration s'est faite bien après mon départ du LAPD. Je n'y ai jamais mis les pieds, et encore moins piqué un dossier.

Elle hocha la tête comme si elle s'attendait à sa réponse.

— Ils ont déménagé les archives des divisions une à une, reprit-elle. Quand un dossier était en cours d'emprunt, ils mettaient une carte à la place sur les étagères de l'Ahmanson. Celle de ton affaire remontait à 2014… soit trois ans après le meurtre et bien avant que tu rendes ton tablier.

Il commença par ne rien dire, comme s'il vérifiait les faits dans sa tête.

— Une affaire de 2011 ? répéta-t-il enfin. C'était quoi, le nom ?

— Albert Lee. Abattu avec un Walther P22. Et il semblerait bien que tu aies récupéré la douille. Sauf que c'est tout ce que je sais parce que tu l'as piqué, ce dossier. Et que j'en ai besoin, Harry.

Il leva les mains comme s'il essayait de repousser l'accusation.

— Je n'ai pas pris ce dossier, OK ? Quand je suis parti, j'ai copié les chronologies de toutes les affaires que je n'avais pas résolues. Et pour certaines, j'ai même tout recopié. Mais je n'ai jamais piqué un seul dossier. Et avec les archives dans les divisions, n'importe qui aurait pu le prendre et mettre mon nom sur la fiche de sortie. Il n'y avait pas la moindre sécurité. On était censés ne pas en avoir besoin parce qu'on considérait qu'elles étaient en sécurité. C'était quand même dans des commissariats qu'elles se trouvaient !

Ballard croisa les bras sur sa poitrine, pas du tout prête à lui concéder ce point.

— Et donc, tu es en train de me dire que tu aurais la chronologie, mais pas le reste du dossier ?

— Exactement. Je gardais les chronologies au cas où, les affaires étant résolues, je devrais témoigner au tribunal sur mon enquête. Je voulais pouvoir me rafraîchir la mémoire, enfin tu vois… Je me rappelle l'affaire Albert Lee et je peux te dire que ce n'en était pas une dont j'aurais eu envie de piquer le dossier.

Ballard changea de posture, se retourna vers la table de la salle à manger et y découvrit une pile de documents de quinze centimètres de hauteur qu'elle n'avait pas remarquée en entrant. La page du dessus était très clairement la première d'un rapport d'autopsie. Elle la lui montra.

— Et ça, c'est quoi ? demanda-t-elle. Cela ressemble bien à un dossier complet de meurtre.

— Ce sont des bouts d'au moins six d'entre eux, rétorqua-t-il. Mais aucun de Lee. Tu peux regarder si tu ne me crois pas. Pourquoi est-ce que je te mentirais, Renée ?

— Je ne sais pas. Mais piquer des dossiers, c'est pas cool.

— Je suis bien d'accord. C'est même pour ça que je ne l'ai jamais fait.

Elle gagna la table et, d'une main, étala la pile de façon à regarder certains documents. L'un d'eux comportait ce qui ressemblait à une photo de surveillance. On y voyait un type monter dans une voiture au milieu de ce qui était très clairement le parking d'un restaurant In-N-Out. Mais comme il ne s'y trouvait pas de tampon avec la date, ce n'était pas un cliché officiel.

— C'est qui ? demanda-t-elle.

— Ce n'est pas le dossier de Lee, insista Bosch. C'est une affaire complètement différente, d'accord ?

— Je ne faisais que demander. C'est qui ?

— Finbar McShane.

Elle acquiesça d'un signe de tête. Cela expliquait la pile. Certaines affaires donnent lieu à de nombreux comptes rendus. Surtout les non résolues.

— C'est ce que je me disais. Tu ne peux toujours pas lâcher l'affaire, hein ?

— Et quoi encore ? Tu trouverais ça normal ? Il a tué toute une famille et s'en est tiré sans rien. Et je devrais laisser courir ?

— Je n'ai pas dit ça. Je sais bien que c'est ta baleine blanche, Harry. On en a déjà parlé.

— Ouais, donc tu sais.

Elle voulait ramener la conversation sur son affaire.

— Tu dis que l'histoire de Lee ne mérite pas de copier son dossier. Qu'est-ce que ça signifie ?

— Que ça ne m'a pas emballé.

— Pourquoi ?

— Eh bien, comme tu le sais ou ne vas pas tarder à le savoir, certains individus sont les architectes de leur propre malheur alors que d'autres, eux, se font renverser par un bus. Ils se sont trouvés au mauvais endroit au mauvais moment et n'ont rien fait pour que ça leur arrive. Ils sont innocents. (Il lui indiqua la pile de documents sur la table.) Et ce sont ceux-là qui ne te lâchent plus.

Elle hocha la tête et garda le silence un instant, comme en hommage à tous ces innocents.

— Que ça t'ait lâché ou pas, reprit-elle, peux-tu me dire ce dont tu te souviens ? Parce que de mon côté, j'ai un lien balistique avec quelqu'un qui s'est fait tuer à Hollywood hier soir.

Bosch haussa les sourcils. Enfin, ça l'intriguait.

— Le dernier meurtre de l'année, c'est ça ? dit-il.

— En fait non, le premier, le corrigea-t-elle. Quand la fusillade a commencé à minuit, quelqu'un lui en a collé une dans le crâne.

— Camouflage son. Pas con. Qui est la victime ?

— Harry, c'est pas toi qui poses les questions. Commence par me parler de cet Albert Lee et, après, on pourra discuter de mon affaire. Peut-être.

— Pigé. Tu veux t'asseoir ?

Il lui montra la table plutôt que le séjour plus confortable. Il passa derrière pour s'asseoir dos au mur de ses piles de livres, de dossiers, de CD et de vinyles, Ballard prenant place en face de lui.

Il se mit à parler en repoussant les dossiers qu'elle avait étalés devant elle pour en refaire une pile.

— Albert Lee, noir, il devait avoir trente-quatre ans quand il est mort. Peut-être trente-trois. Il avait eu une bonne idée. Beaucoup de rappeurs devenaient des célébrités du jour au lendemain, ils faisaient leurs propres albums, sortaient du ghetto, etc. Il avait emprunté du fric et ouvert un studio d'enregistrement à North Hollywood. Bien, le studio. Loin des territoires des gangs de South Central. On pouvait y venir louer du temps d'enregistrement et poser ses textes. Une idée vraiment géniale.

— Jusqu'au moment où elle ne l'a plus été.

— Exact, jusqu'au moment où elle ne l'a plus été. Je t'ai parlé du fric qu'il avait emprunté. Il avait donc une somme à rembourser tous les mois, en plus du loyer et d'autres dépenses courantes. Sans parler du fait que certains des individus qui venaient au studio étaient…

— … des membres de gangs.

— Non, enfin oui, mais ce que j'allais dire, c'est qu'ils n'avaient pas l'argent pour louer le studio et qu'Albert… Albert, c'était un chouette mec qui les laissait enregistrer s'ils lui signaient un papier comme quoi ils lui refileraient une part de ce qu'ils allaient gagner, si tu vois ce que je veux dire.

— Je vois, oui. Parce que essayer de se faire rembourser…

— Exactement, et certains de ces types se faisaient beaucoup de fric et… mettaient un temps fou à lui reverser sa part. Il en a poursuivi certains en justice, mais tout ça prenant un temps infini dans les tribunaux…

— Il allait faire banqueroute ?

— Ç'aurait été le cas s'il n'avait pas pris un investisseur. Sais-tu ce qu'est l'affacturage ?

— Non.

— C'est un prêt à haut financement à l'intérieur d'un prêt relais sécurisé par des créances clients. Tu vois ?

— Pas vraiment, non.

— Disons que quelqu'un doit cent dollars à ta boîte, mais qu'il ne va pas la rembourser avant quelques mois. Un prêt par affacturage te donnera les cent dollars nécessaires à ce que ta boîte ne coule pas, mais ce prêt n'est pas garanti par des biens ou de l'équipement parce que rien de tout cela n'est la propriété de ta boîte où tout est en location. Tout ce que ta boîte a de garanties pour un emprunt est ce qu'on lui doit… ses créances clients.

— OK, d'accord, j'ai compris.

— C'est donc ce qu'a fait Albert Lee. Sauf que ce sont des prêts à des taux de remboursement astronomiques… presque usuriers, mais sans dépasser la ligne rouge. C'est légal et c'est la voie qu'a empruntée Albert Lee. Il a pris trois emprunts différents pour un montant total de cent mille dollars, a fait la culbute et n'a pas pu les rembourser parce que ses poursuites en justice traînaient en longueur. Du coup, son prêteur reprend l'affaire. Il laisse Albert à la direction pour la gérer, lui paie un salaire et – c'est ça, le problème – le pousse à prendre une assurance homme clé au cas où il lui arriverait quelque chose.

— Ah, merde. Et de combien était cette assurance ?

— Un million de dollars.

— Et donc Albert se fait buter et le prêteur est remboursé ?

— Exactement.

— Mais toi, tu n'arrives pas à monter un dossier.

— Pas moyen, répondit Bosch.

Puis il lui montra la pile de documents sur la table et ajouta :

— C'est comme dans cette affaire. J'ai une assez bonne idée du mec qui a fait le coup, mais y a rien là-dedans. Parce qu'au contraire de cette famille, c'est avec son assassin qu'Albert a pris cette voie. Pour certains, c'est le loup qui entre dans la bergerie. Mais pour des gens comme Albert, c'est eux-mêmes qui invitent le loup à entrer.

— Et donc, tu n'as aucune sympathie pour ces types. Comment ça colle avec ton « tout le monde compte ou personne » ?

— Le type qui ouvre la porte compte toujours. Mais ce sont les innocents qui passent avant. Quand j'aurai résolu toutes ces affaires, on pourra parler de la prochaine vague. Tout le monde compte toujours. Mais les jours n'ont que vingt-quatre heures et les années trois cent soixante-cinq jours.

— Et c'est pour ça qu'un type qui a tué toute une famille est toujours tout en haut de ta pile.

— Voilà, c'est ça même.

Ballard hocha la tête en digérant la différence que voyait Bosch entre être hanté par une affaire et être capable de la mettre en bas de la pile.

— Et donc, reprit-elle enfin, qui était l'affactureur dans l'affaire d'Albert Lee ?

— Un médecin. Un dentiste, pour être précis. Il s'appelait John Williams James. Il avait son cabinet dans la Marina et, pour moi, il se faisait tellement de fric à couronner des dents qu'il s'était lancé dans l'affacturage.

— Tu as dit qu'il s'appelait John Williams James, au passé.

— Oui, et ça va être le problème dans ton affaire. John Williams James est mort. Deux ou trois ans après que Lee s'est fait assassiner, il s'est lui-même fait buter. Il était assis dans sa Mercedes dans le parking devant son cabinet quand quelqu'un lui a collé une balle de vingt-deux dans le crâne.

— Merde.

— Et c'est là que s'arrête ta piste ?

— Peut-être. Cela dit, j'aimerais quand même jeter un coup d'œil à ta chrono et le reste de ce que tu as.

— Pas de problème. Ça doit être dans l'armoire du garage ou sous la maison.

— Sous la maison ?

— Oui, j'y ai fait construire une pièce de rangement après avoir pris ma retraite. C'est assez chouette. J'ai même installé un banc pour quand je descends consulter des dossiers.

— Ce que, j'en suis sûre, tu fais tout le temps.

Bosch ne réagissant pas, elle prit cela pour un oui.

— À propos, reprit-elle. Comment ça se passe pour toi… dans ton histoire de radiations ?

Elle avait hésité à parler de leucémie.

— Je suis toujours là, dit-il. Je prends mes médicaments et ça semble tenir la maladie en échec. Elle pourrait revenir, mais pour l'instant, j'ai pas à me plaindre.

— Ravie de le savoir. Bon alors, ça t'embêterait d'aller me chercher cette chrono ?

— Non, je reviens tout de suite. Ça pourrait me prendre un moment. Tu veux que je remette la musique ?

— Si tu veux, mais j'allais te demander ce que tu écoutais quand je me suis garée. C'était assez sensationnel.

— *Compared to What*. D'après certains, ce serait la première chanson protestataire du jazz. « *Nobody gives us rhyme or reason. Have one doubt, they call it treason.* »

— D'accord, remets-le-moi. De qui c'est ?

Bosch se leva et gagna la stéréo pour enfoncer la touche *Play*. Puis il baissa le son.

— À l'origine, Eddie Harris et Les McCann, mais cette version est de John Legend et The Roots.

Ballard se mit à rire, Bosch réappuya sur la touche *Play*.

— Quoi ? demanda-t-il.

— Tu me surprends, Harry, c'est tout. Je croyais que tu n'écoutais rien de ce qui se fait au XXIe siècle.

— Ça fait mal, ça, Ballard.
— Je m’excuse.
— Je reviens tout de suite.

Chapitre 9

Les sorties d'imprimante de Bosch sous le bras, Ballard se trouvait au fond du garage de son immeuble et sortait son sac de sa voiture lorsqu'un type s'approcha d'elle. Elle regarda autour d'elle et se tendit en voyant qu'il n'y avait personne d'autre dans les environs. Elle avait rangé son arme dans son sac.

— Bonjour, voisine ! lui lança l'inconnu. Je voulais me présenter. Vous êtes au 23, n'est-ce pas ?

Le numéro de son appartement. Elle n'y avait emménagé que quelques mois plus tôt et, bien qu'il n'y ait que vingt-cinq logements, elle n'avait pas encore fait la connaissance de tous ses voisins.

— Euh, oui, répondit-elle. Bonjour. Moi, c'est Renée.

Ils se firent un check du coude.

— Et moi Nate, au 13, juste en dessous de chez vous. Bonne année !

— Bonne année à vous !

— Mon partenaire s'appelle Robert. Il m'a dit vous avoir rencontrée quand vous emménagiez.

— Ah oui, c'est vrai. Il m'a aidée à faire rentrer une table dans l'ascenseur.

— Et il m'a aussi dit que vous étiez flic.

— Oui, c'est bien ça.

— Faut croire que c'est pas le meilleur moment pour vous autres.

— Oh, il y en a d'autres. Ça n'est ni tout bon ni tout mauvais.

— Juste pour que vous le sachiez, j'ai manifesté avec les Black Lives Matter. Surtout, ne m'en voulez pas.

— Je ne vous en veux pas. Et en plus je suis d'accord : la vie des Noirs, ça compte.

Elle remarqua qu'il portait un casque et une tenue de cycliste, y compris le short bikini moulant avec le rembourrage fessier qui semble si bizarre quand on n'est pas assis sur une selle. Elle voulait changer de sujet sans être grossière.

— Vous faites du vélo ? lui demanda-t-elle.

La question était idiote, mais elle n'avait pas trouvé mieux.

— Chaque fois que je peux, répondit-il. Mais je vois bien que vous, vous avez un hobby différent.

Et de lui montrer les planches qu'elle avait appuyées au mur du garage devant son Defender. La première était sa planche de paddle pour mer calme, la seconde sa Rusty Mini Tanker pour surfer les vagues de Sunset Beach. Elle rangeait les autres dans la resserre de la copropriété, mais son espace était plein et elle savait que laisser ses planches les plus utilisées dans le garage lui faisait courir le risque qu'on les vole. Elle espérait que les caméras de surveillance installées aux sorties étaient dissuasives.

— Oui, faut croire que j'aime la plage, ajouta-t-elle en le regrettant aussitôt.

— Bon, eh bien, content de vous avoir rencontrée et bienvenue à vous. Je dois aussi vous dire que je suis le président du syndic. Je sais que vous louez, on vous a approuvée, mais si vous avez besoin de quoi que ce soit, vous pouvez frapper à ma porte au deuxième.

— Ah, d'accord. Je le ferai.

— Et j'espère vous voir à une de nos fêtes dans la cour.

— Je n'ai pas entendu parler de ça.

— C'est tous les premiers vendredis du mois, aujourd'hui excepté bien sûr. Happy hour. Chacun apporte sa bouteille et on partage.

— OK, génial. Peut-être que je vous y verrai. Et… contente d'avoir fait votre connaissance.

— Bonne année !

— À vous aussi.

Ballard en était encore à s'habituer à la présence de voisins et se sentait mal à l'aise quand elle en rencontrait un et devait se présenter… surtout quand il ressortait qu'elle était flic. Elle avait passé l'essentiel des quatre années précédentes à dormir dans une tente à Ventura Beach ou chez sa grand-mère à Ventura. Mais le Covid-19 avait vidé les plages cependant que la population grandissante de sans-abri à Venice transformait cette ville en un endroit où elle n'avait plus aucune envie d'aller. Elle avait alors loué cet appartement, à moins de dix minutes de voiture du commissariat. Mais cela voulait dire avoir des voisins au-dessus, au-dessous, à droite et à gauche de chez elle.

Nate se dirigeant vers l'ascenseur, elle décida de prendre l'escalier pour ne pas avoir à monter avec lui et continuer à se fendre de banalités. Son portable se mit à vibrer, et elle se démena pour le sortir de sa poche sans laisser tomber les documents de Bosch. C'était Lisa Moore.

— Putain de merde ! lança celle-ci en guise de salutations.

— Qu'est-ce qu'il y a, Lisa ?

— On a hérité d'une affaire et je suis à cinq minutes du Miramar avec Kevin.

Ballard devina que les Hommes de minuit venaient de faire une nouvelle victime et que Moore était presque arrivée à la station balnéaire de Santa Barbara avec son petit copain sergent à l'Olympic Division.

— Et c'est quoi, cette affaire ?

— La victime ne nous a appelés qu'il y a une heure et je pensais qu'on avait fini.

— Tu veux dire qu'elle a été violée dans la nuit et qu'elle ne l'a rapporté que maintenant ?

— Exactement. Elle est restée assise des heures dans sa baignoire. Écoute. On vient de l'emmener au RTC[1]… Y aurait une chance que tu puisses gérer ? Non parce qu'il me faudra probablement plus de deux heures pour revenir avec la circulation et toutes ces merdes.

— Lisa, on était de service tout le week-end.

---

1. Rape Treatment Center : centre de prise en charge des victimes de viol.

— Je sais, je sais, je me suis juste dit qu'on avait fini après qu'on s'est parlé, tu vois ? On va faire demi-tour. C'est pas cool de te le demander.

Ballard pivota sur ses talons et regagna sa voiture. C'était beaucoup demander de la part de Moore et pas seulement parce que, techniquement parlant, l'affaire lui revenait. Ballard savait que tout passage au RTC la marquerait. Les récits qui en sortaient n'avaient rien d'exaltant. Elle ouvrit la portière de son Defender et y posa son sac.

— OK, je prends, dit-elle. Mais à un moment ou à un autre, Dash va vérifier et il se pourrait qu'il t'appelle. C'est toi qui es aux Crimes sexuels. Pas moi.

— Je sais, je sais, répéta Moore. Je me disais que je pourrais l'appeler maintenant et lui dire qu'on vient de recevoir l'appel et que l'une de nous deux le mettra au courant quand on aura parlé à la victime. Appelle-le plus tard et ça me couvrira. Et si tu as besoin de moi demain, je reviens.

— Comme tu voudras. Mais je ne veux pas avoir d'emmerdes en te couvrant.

— Tu n'en auras pas. T'es la meilleure. Je te rappelle plus tard.

— D'accord.

Elles raccrochèrent, Ballard très agacée, et pas par le manque d'éthique du travail de Moore. Après une année de pandémie et de sentiments antiflics, s'engager pleinement dans le boulot était devenu rare. Le virus du « pourquoi on en aurait quelque chose à foutre ? » avait infecté tout le service. Ce qui l'agaçait, c'était que son projet de passer sa soirée chez elle, de commander de la bouffe à Little Dom's et de creuser la chronologie du meurtre d'Albert Lee pour y trouver des liens avec l'assassinat de Javier Raffa venait de tomber à l'eau. Maintenant qu'elle héritait d'une nouvelle affaire des Hommes de minuit, le lieutenant Robinson-Reynolds n'allait pas hésiter à passer son enquête aux Homicides du West Bureau dès le matin venu.

— Et merde ! lança-t-elle en mettant le contact.

Le RTC était une annexe du Medical Center de UCLA, campus de Santa Monica. Ballard s'y était rendue à de nombreuses reprises, dont une fois pour elle-même. Seules des femmes y travaillaient et elles les connaissaient toutes par leur nom. Elle franchit la porte banalisée du bâtiment et tomba sur deux flics de jour qu'elle reconnut comme étant McGee et Black, debout dans la salle d'attente.

— Hé, les mecs, je peux prendre la suite, leur lança-t-elle. Comment vous est arrivé l'appel ?

— C'est elle qui a appelé… La victime, répondit Black.

— Elle a réfléchi toute la journée et a fini par décider qu'elle avait été violée, précisa McGee. Et tous les éléments de preuve qu'elle avait ont filé par la bonde de sa baignoire.

Ballard le dévisagea un instant en essayant de deviner le sentiment qui animait cette déclaration imbécile.

— Bien, on va voir ça, dit-elle. Mais que ce soit clair : elle n'a jamais douté d'avoir été violée, McGee, compris ? Ce qui l'a fait hésiter, c'est l'idée de faire une déclaration à des flics qui n'ont rien à foutre d'un viol et n'y voient même pas un crime.

Le visage de McGee s'empourpra de colère ou d'embarras, voire les deux.

— Ne vous inquiétez pas, McGee, reprit-elle. Personne n'a dit que c'était de vous que je parlais.

— Ben tiens !

— Comme vous voudrez. Vous a-t-elle dit qu'il y avait deux suspects ?

— Oui, répondit Black. Le premier est entré et a fait signe à l'autre de venir.

— À quelle heure ?

— À peu près minuit, répondit encore Black. Elle a précisé qu'elle n'était pas restée debout pour fêter le Nouvel An. Elle était rentrée du boulot vers 21 h 30, s'était fait à manger, avait pris une douche et s'était mise au lit.

— Adresse ?

— Elle habite dans le Dell, répondit toujours Black en sortant une fiche d'interpellation de sa poche revolver et en la tendant à Ballard.

— Et merde ! s'exclama celle-ci.

— Quoi ? demanda McGee.

— J'étais de planque sous le pont autoroutier de Cahuenga. Juste au moment où ces types se trouvaient au-dessus.

Le Dell était un quartier à flanc de colline quelques rues au nord du pont où Ballard et Moore avaient attendu la grande fusillade du Nouvel An. Ballard jeta un coup d'œil à la fiche et découvrit que la victime,

Cynthia Carpenter, habitait à Deep Dell Terrace, soit presque à la hauteur du barrage de Mulholland.

Elle leva la fiche en l'air comme pour demander si c'était tout ce qu'ils avaient.

— Vous allez faire le rapport d'incident aujourd'hui, n'est-ce pas ? lança-t-elle.

— Dès qu'on file d'ici, lui répondit McGee.

Ballard acquiesça d'un signe de tête. Elle avait besoin de cette pièce comme point de départ de son enquête.

— Et vous pouvez aller vous faire foutre, Ballard, ajouta McGee sans bouger.

Black l'attrapa par le bras et le tira vers la porte.

— Allez, on se tire, mec, dit-il. Laisse tomber.

Ballard attendit de voir comment McGee voulait jouer le coup. Il y eut un moment de silence tendu, puis il fit demi-tour et suivit son coéquipier qui rejoignait le parking.

Ballard respira un grand coup et se tourna vers le bureau des admissions. Sandra, la réceptionniste, lui fit un grand sourire : elle avait entendu l'échange.

— T'as bien fait de leur dire, Renée. Ta victime est à la 3 avec Martha. Je lui fais savoir que tu attends dans le couloir.

— Merci.

Ballard passa derrière le bureau et descendit le petit couloir menant à quatre salles d'examen. Elle les avait déjà vues toutes occupées par des victimes d'agression sexuelle.

Le couloir était bleu pastel avec une frise de fleurs qui montait de la plinthe, comme pour rendre les choses moins pénibles dans un endroit où tout n'était qu'horreur. Sur le mur séparant les salles 1 et 3 se trouvait un panneau où étaient affichées des annonces pour des séances de thérapie post-traumatique et d'autodéfense. Ballard y examina une carte de visite professionnelle où un certain Henrik Bastin, un officier de police du LAPD à la retraite, offrait des cours de maniement des armes à feu. Elle espéra qu'il avait beaucoup de clientes.

La porte de la salle 3 s'ouvrit sur le Dr Martha Fallon, qui la referma derrière elle et sourit à Ballard malgré les circonstances.

— Bonjour, Renée, dit-elle.

— Martha. Pas de vacances pour toi, hein ?

— Faut croire qu'on n'en aura que lorsque le viol se mettra en congé. Pardon, ça sonnait un rien vulgaire et ce n'est pas ce que je voulais dire.

— Comment va Cynthia ?

— Elle préfère qu'on l'appelle Cindy. Elle est, euh… du mauvais côté de la lune.

Ballard avait déjà entendu Fallon se servir de cette expression. Pour elle, le mauvais côté de la lune était l'endroit où errent celles qui ont vécu ce que Cindy Carpenter endurait maintenant. L'endroit où quelques heures sombres changent tout pour ce qui viendra ensuite. L'endroit que seules comprennent celles qui ont connu ces instants.

Là où la vie n'est plus jamais la même.

— Tu le sais peut-être déjà mais… elle a pris un bain. Donc, on n'a rien… Pas que ç'aurait beaucoup d'importance.

Ballard vit dans cette dernière remarque une allusion à l'entassement de kits de viol attendant d'être ouverts à l'unité de médecine légale aux fins d'analyse d'ADN et d'éléments de preuve. À lui seul, cet état de fait indiquait où le LAPD et la moitié des gens en général, et plus encore le policier McGee, placent le viol sur l'échelle de gravité des crimes. Tous les deux ou trois ans, des politiques poussaient de grands cris et l'on trouvait de l'argent pour réduire le retard dans ces analyses, puis la fureur s'apaisait et les affaires recommençaient à prendre du retard. Et le cycle se répétait, interminablement.

Le rapport de Fallon ne la surprit pas. Aucun ADN n'avait été récupéré sur les précédentes scènes de crime des Hommes de minuit. Ces prédateurs inconnus planifiaient et exécutaient leurs crimes avec soin. Seuls leur modus operandi et l'exception que constituait leur duo reliaient leurs agressions. D'où l'acronyme de MOSA[1] qui les désignait maintenant.

— Tu as terminé ? Je peux lui parler ? demanda Ballard.

— Oui, je lui ai dit que tu étais là.

— Comment va-t-elle ?

1. *Multiple offender sexual assault* : agressions sexuelles en réunion.

Ballard savait bien que ça n'allait pas. Sa question faisait référence au niveau de trauma psychologique que, d'après Fallon qui avait soigné des milliers de rescapées de ces agressions au fil des ans, Cindy avait subi, les viols les plus singuliers étant les plus difficiles à traiter.

— Pas bien, répondit Fallon. Mais tu as de la chance : elle est en colère et c'est le bon moment pour lui parler. Dès qu'elle aura plus de temps pour réfléchir, ce sera plus difficile. Elle rentrera dans sa coquille.

— OK, dit Ballard. J'y vais.

— Je vais lui chercher des vêtements pour rentrer chez elle. Je me suis dit que tu lui prendrais ceux qu'elle portait pendant l'agression.

Les deux femmes partirent dans des directions opposées, Ballard gagnant la porte 3, devant laquelle elle s'arrêta un instant pour lire ce que l'officier Black avait noté dans sa fiche d'incident lors du transport de Cindy Carpenter au RTC.

Âgée de vingt-neuf ans, la victime était divorcée et dirigeait le Native Bean, un *coffee shop* de Hillhurst Avenue. Ballard se rendit brusquement compte qu'elle allait peut-être la reconnaître, parce que l'établissement se trouvait dans son quartier de Los Feliz et que, même si elle n'y avait emménagé que depuis quelques mois, ce Native Bean était devenu l'endroit où elle aimait prendre un café et de temps à autre un muffin aux myrtilles, surtout quand elle voulait résister au sommeil et rejoindre l'océan.

Elle frappa doucement à la porte et entra. Vêtue d'une chemise d'hôpital, Cindy était assise sur la table d'examen. Tout ce qu'elle portait, même si elle s'était rhabillée après son bain, avait été pris comme élément de preuve et mis dans un sac en papier posé sur le comptoir de la salle. Le protocole avait été observé et le sac scellé par le Dr Fallon. Et il y avait un deuxième sac à éléments de preuve dans lequel Black et McGee avaient eu la présence d'esprit de glisser la chemise de nuit que portait Carpenter au moment de son agression, en plus des draps, de la couverture et des oreillers de son lit. Procédure standard sans doute, mais souvent négligée par les officiers de la patrouille. À son grand regret, Ballard dut leur donner un bon point à tous les deux. Sur le comptoir se trouvait aussi une ordonnance pour la pilule du lendemain prescrite par le Dr Fallon, ainsi qu'une note d'instructions à suivre pour accéder aux résultats des tests VIH et de dépistage de MST qui suivraient les examens pratiqués au RTC.

Ballard reconnut effectivement Carpenter. Grande et élancée, celle-ci avait des cheveux blonds qui lui tombaient jusqu'aux épaules, et Ballard l'avait souvent vue dans la lucarne de livraison du Native Bean. Elle lui avait passé plusieurs fois des commandes, même si, en réalité, Cindy Carpenter était plus qu'une simple barista et dirigeait l'établissement. Ballard attendait même avec impatience le jour où, l'échoppe étant à nouveau ouverte au public après la pandémie, elle pourrait aller s'y asseoir à une table. Elle faisait toujours du bon boulot dans les *coffee shops* et c'était une des choses qui lui manquaient le plus depuis un an.

Rien de ce qui avait été noté sur la fiche d'incident ou dit par Fallon dans le couloir n'avait préparé Ballard à découvrir dans quel état était Cindy. Elle avait des bleus autour des yeux à la suite de plusieurs séries d'étranglements, et des lacérations sur la lèvre inférieure et à l'oreille gauche où elle avait été mordue. L'abrasion qu'elle avait à un sourcil dit aussi à Ballard, qui avait déjà vu le cas, que le masque qu'on lui avait mis en travers des yeux lui avait été brutalement arraché du visage. Et, dernière chose, ses longs cheveux blonds avaient perdu leur belle symétrie sous le coup de couteau que leur avaient porté ses assaillants, ultime indignité que, elle le savait, Cindy lui dirait avoir subie à la fin de son calvaire : ses violeurs lui avaient coupé une mèche de cheveux pour l'emporter.

— Cindy, je m'appelle Renée, lui lança-t-elle en essayant d'être simple. Je suis inspectrice à la division Hollywood du LAPD. C'est moi qui vais enquêter sur cette affaire et je vais avoir besoin de vous poser des questions, si ça ne vous gêne pas.

Laissée seule dans la salle, Carpenter avait pleuré. Elle tenait un mouchoir en papier dans une main et son téléphone portable dans l'autre. Ballard aurait voulu savoir à qui elle avait parlé ou envoyé des SMS, mais ça pouvait attendre.

— J'ai failli ne pas vous appeler, répondit Carpenter, mais après je me suis dit : et s'ils revenaient ? Je voulais que quelqu'un le sache.

Ballard lui signala qu'elle comprenait en hochant la tête.

— Eh bien, je suis contente que vous l'ayez fait parce que je vais avoir besoin de votre aide pour attraper ces types.

— Mais je ne peux pas vous aider. Je n'ai même pas vu leurs visages. Ils portaient un masque.

— Commençons par là. Avez-vous vu leurs mains ? d'autres parties de leur corps ? Étaient-ils blancs, noirs, métis ?

— Ils étaient tous les deux blancs. J'ai vu leurs poignets et d'autres parties de leur corps.

— Très bien. Parlez-moi de leurs masques.

— C'était comme des cagoules. Une verte et une bleue.

Même chose que dans les deux agressions précédentes. Le lien entre les trois affaires était maintenant plus qu'une hypothèse. Il était confirmé.

— OK, cela nous aide, reprit Ballard. À quel moment avez-vous vu leurs cagoules ?

— À la fin. Quand ils m'ont arraché mon masque des yeux.

C'était ce qu'il y avait d'inhabituel dans leurs trois agressions. Les Hommes de minuit apportaient des masques adhésifs fabriqués à l'avance, les appliquaient sur le visage de leur victime et ne les en arrachaient qu'à la fin. Cela signifiait qu'ils ne voulaient pas les laisser derrière eux comme pièces à conviction. Plus important encore, cela indiquait qu'ils ne masquaient pas leurs victimes pour les empêcher de les voir. C'étaient leurs cagoules qui protégeaient leur identité – et cela signifiait qu'il y avait autre chose qu'ils voulaient cacher à leurs victimes.

— Avez-vous remarqué autre chose ? En dehors de leurs cagoules.

— L'un des deux tirait sur sa chemise et j'ai vu un pansement adhésif sur son bras.

— Le bras de qui ? Du type à la cagoule verte ou bleue ?

— Verte.

— De quel genre, ce pansement adhésif ? À quoi ressemblait-il ?

— C'était un des plus gros qu'on peut avoir. Carré. Juste ici, répondit-elle en lui montrant la face interne du haut de son bras.

— Pour couvrir un tatouage, à votre avis ?

— Je ne sais pas. Je ne l'ai vu que, disons… une demi-seconde.

— OK, Cindy. Je sais que c'est difficile, mais je veux que vous me décriviez ce qu'ils vous ont fait, et je vais devoir prendre des photos de vos blessures. Mais d'abord… Vous ont-ils dit quelque chose… quoi que ce soit qui pourrait indiquer qu'ils savaient qui vous étiez ?

— Vous voulez dire… comme s'ils n'avaient pas été là par hasard ? Non, je ne connaissais pas ces types. Pas du tout.

— Non, ce que je voulais dire, c'est si vous pensez qu'ils vous auraient vue quelque part… par exemple au *coffee shop* ou dans un magasin où vous faites vos courses ou n'importe où ailleurs, et que c'est là qu'ils auraient décidé de vous cibler. Ou le contraire. Qu'ils auraient ciblé votre quartier et vous auraient choisie comme ça, au hasard.

Elle fit non de la tête.

— Je n'en ai aucune idée. Ils n'ont rien dit de ce genre, ils me menaçaient, seulement ça, et ils disaient des conneries du genre… « Tu te crois si cool et forte que ça ? » Ils…

Elle cessa de parler pour porter son mouchoir à ses yeux alors qu'une vague de pleurs la submergeait. Ballard tendit la main et lui toucha le bras.

— Je suis navrée de vous imposer ça, dit-elle.

— C'est comme si j'avais à le revivre.

— Je sais. Mais ça nous aidera à attraper ces deux… hommes. Et à les empêcher de faire du mal à d'autres femmes.

Ballard attendit quelques instants que Carpenter se calme, puis elle reprit :

— Parlons de ce qui s'est passé hier soir avant qu'ils vous agressent. Êtes-vous sortie ou restée chez vous pour le Nouvel An ?

— Eh bien, j'avais travaillé jusqu'à la fermeture, à 21 heures.

— C'est bien du Native Bean que vous parlez ?

— Oui, pour nous, c'est juste le Bean. Une de mes employées a attrapé le Covid et notre emploi du temps est sens dessus dessous. J'ai été obligée de me taper le dernier service de l'année.

— J'aime beaucoup cet endroit. J'ai emménagé dans Finley Avenue il y a quelques mois de ça et c'est chez vous que je prends mon café. Vos muffins aux myrtilles sont géniaux ! Bon, bref, vous avez fermé à

21 heures et, après, vous êtes rentrée chez vous ? Ou vous vous êtes arrêtée quelque part ?

Ballard crut qu'elle allait lui dire être passée au supermarché Gelson's de Franklin Avenue. C'était sur son chemin et une autre victime y avait fait ses courses le soir de son agression.

— Non, je suis rentrée directement chez moi. Je me suis fait à dîner… des restes de bouffe à emporter.

— Et vous vivez seule ?

— Oui, depuis mon divorce.

— Qu'avez-vous fait après le dîner ?

— J'ai juste pris une douche et je suis allée me coucher. J'étais censée ouvrir ce matin.

— Vous ouvrez presque tous les matins, exact ? C'est à ce moment-là que je vous vois.

— Oui, c'est moi qui fais l'ouverture. À 7 heures.

— Prenez-vous votre douche d'habitude le matin avant de partir au travail ?

— En fait non, comme je préfère dormir le plus longtemps possible, je… Pourquoi tout cela a-t-il de l'importance ?

— Parce qu'au point où nous en sommes, nous ne savons pas ce qui en a.

La déception que Ballard avait éprouvée en ne pouvant pas faire le lien avec le supermarché avait disparu lorsque Cindy avait déclaré avoir pris une douche le soir. Les deux victimes précédentes avaient elles aussi mentionné avoir pris une douche avant d'aller se coucher le soir de leur viol. Avec seulement deux victimes pour signaler ce fait, ç'aurait pu être une coïncidence.

Avec trois, il y avait un schéma répétitif. Ballard sentit tous ses instincts d'enquêtrice se réveiller. Peut-être tenait-elle enfin un point de départ.

Chapitre 10

Cindy Carpenter refusa tout soin médical supplémentaire et dit à Ballard qu'elle n'avait plus qu'une envie : rentrer chez elle. Comme il y avait pas mal de route à faire pour rejoindre le Dell, Ballard en profita pour reprendre toute l'histoire depuis le début. Carpenter était vidée et épuisée, mais elle coopéra et la lui répéta avec tous les détails humiliants – ce que les violeurs l'avaient obligée à faire, ce qu'elle avait entendu et réussi à voir lorsque le masque qu'on lui avait appliqué sur les yeux avait commencé à se décoller. De sa première version au RTC à celle qu'elle raconta dans la voiture, elle ne varia guère. En dehors de quelques détails qu'elle omit ou ajouta ici et là, elle ne se contredit à aucun moment important de son récit. Et ça, c'était bien, Ballard le savait. Cela voulait dire qu'elle ferait un bon témoin au cours de l'enquête et au tribunal si jamais on arrivait au procès.

Ballard la complimenta et lui dit pourquoi : il était important de ne pas perdre sa coopération. Souvent les victimes renâclent lorsqu'elles commencent à mettre en balance leur guérison psychologique et leur foi dans le système.

C'était de propos délibéré que Ballard n'avait pas enregistré ces deux interrogatoires. Un enregistrement effectué dans les heures qui suivent une agression peut constituer une mine d'or pour une avocate de la défense. Elle peut – car oui, les violeurs intelligents ont souvent recours aux services d'avocates pour impressionner les jurés – s'emparer de la moindre différence entre ce qui est dit à la barre et ce qui a été raconté lors du premier interrogatoire pour creuser un tunnel où pousser les jurés dans leur recherche du doute raisonnable, et Ballard devait toujours penser à la suite alors même qu'elle n'en était encore qu'à essayer de résoudre l'affaire.

Carpenter avait fourni de nombreux détails reliant de manière indiscutable son agression aux deux précédentes. Points essentiels : l'heure des viols, les violences spécifiques que ces femmes avaient endurées et les mesures qu'avaient prises les prédateurs pour éviter de laisser des traces derrière eux. Il y avait aussi le port de gants et de préservatifs et, encore plus remarquable, le fait qu'ils avaient apporté un Dustbuster[1] qu'ils avaient passé sur leurs victimes et dans divers endroits de la maison avant de repartir.

Deux ou trois détails supplémentaires firent alors surface dans le récit de Cindy, l'un d'eux étant que « M. Green », comme elles s'étaient mises à appeler le suspect à la cagoule verte, avait des poils pubiens roux alors que ceux de M. Blue étaient foncés, presque

1. Marque d'aspirateur à main.

noirs. À supposer qu'il y avait correspondance entre leur pilosité et leurs cheveux, Ballard tenait maintenant un signalement partiel des deux agresseurs. Les victimes précédentes n'avaient rien vu de tel parce qu'à aucun moment leur masque ne s'était décollé. Si les trois femmes avaient bien déclaré que leurs violeurs portaient des gants, Carpenter, elle, avait vu leurs mains et déclaré que ces gants étaient des jetables en latex noir. Ballard savait qu'on en trouvait partout et que ça n'irait pas loin pour prouver leur culpabilité, mais cela constituait un des nombreux indices qui pourraient compter si les suspects étaient un jour identifiés.

Il y avait encore un élément de preuve reliant les trois affaires côté modus operandi. En interrogeant Cindy pendant le trajet, Ballard s'était concentrée sur la manière dont parlaient ces hommes et les ordres qu'ils lui avaient donnés. Elle avait pris soin de ne pas lui demander d'exemples précis afin de ne pas l'amener à de fausses confirmations de liens. Elle avait, et de manière très générale, fait en sorte que Cindy se rappelle ce qu'ils lui avaient dit, et c'est là que la jeune femme lui avait révélé un lien clé :

— À la fin, avant de partir, l'un d'eux… M. Blue, je crois… a dit : « Tu vas t'en sortir, poupée. Et un jour tu repenseras à cette journée et tu souriras. » Et il a ri, et ils ont disparu.

C'était exactement ça qu'attendait Ballard : l'espèce de demi-excuse à la fin. Les deux victimes précédentes avaient rapporté la même chose, jusqu'à ce « poupée » du langage familier d'autrefois.

— Vous êtes sûre qu'il a dit ça ? Qu'il vous a appelée « poupée » ?

— Certaine, oui. Jamais personne ne m'avait appelée comme ça. C'est genre… années quatre-vingt, ça, non ?

Ballard le pensait elle aussi, mais cela contredisait l'estimation de Cindy selon laquelle, étant donné ce qu'elle avait vu de leurs corps, ils allaient sur la trentaine ou y étaient déjà.

Il restait environ une heure de lumière lorsqu'elles se garèrent devant le petit bungalow de Deep Dell Terrace, où habitait Carpenter. Ballard voulait y jeter un coup d'œil pour repérer un possible point d'entrée et déterminer s'il valait la peine d'en demander un examen complet à la Scientifique. Elle voulait aussi faire le tour du quartier à la lumière du jour puis à minuit pour évaluer l'éclairage et le degré de vigilance des habitants du coin.

Une fois à l'intérieur, elle demanda à Carpenter de s'installer sur le canapé du séjour et d'attendre qu'elle finisse sa vérification.

— Vous pensez qu'ils vont revenir ? lui demanda la jeune femme, toute la tension de la peur dans la voix.

— Non, ce n'est pas ça, répondit aussitôt Ballard. Ce que je veux savoir, c'est si les gars de la patrouille n'ont pas laissé passer quelque chose. Et je veux aussi comprendre comment ces fumiers sont entrés. Vous êtes certaine de ne rien avoir laissé ouvert ?

— Absolument rien. Question fermer les portes à clé, je suis obsessionnelle. Je vérifie tous les soirs, même quand je sais que je ne suis pas sortie de la journée.

— OK, donnez-moi juste quelques minutes.

Ballard partit seule dans la maison et sortit une paire de gants en latex de sa poche. Dans la cuisine, il y avait une porte qu'elle devina donner directement sur le garage extérieur à une place. Fermeture simple à bouton-poussoir sur la poignée et pas de serrure à pêne dormant. Pour l'heure, la porte n'était pas fermée à clé.

— La porte dans la cuisine ouvre sur le garage ? lança-t-elle.

— Oui, pourquoi ?

— Parce qu'elle n'est pas verrouillée. C'est comme ça que vous l'aviez laissée ?

— Je ne crois pas. Mais j'ai peut-être oublié de la refermer parce que les poubelles sont dans le garage et que, lui, il est toujours fermé, de toute façon.

— Vous voulez dire fermé ou fermé à clé ?

— Fermé à clé. De l'extérieur, on ne peut l'ouvrir qu'avec une télécommande.

— Y a-t-il une autre porte d'accès au garage ? En dehors de celle à enroulement ?

— Non, il n'y a que celle-là.

Ballard décida de ne pas ouvrir celle de la cuisine, même avec des gants, jusqu'à ce que les techniciens l'aient examinée. Ç'aurait pu être le point d'entrée. Elle devait aussi envisager que McGee ou Black l'ait ouverte en inspectant la maison à la suite du premier appel. Elle pouvait le leur demander, mais savait que ni l'un ni l'autre ne reconnaîtraient une bourde pareille. Elle ne le saurait avec certitude que si l'un d'eux avait laissé une empreinte sur le bouton.

Elle décida d'examiner le garage en dernier, en y entrant de l'extérieur. Elle prit un couloir conduisant à deux chambres et une salle de bains, commença par cette dernière et n'y vit aucun signe d'intrusion par la petite fenêtre au-dessus de la baignoire.

Elle passa ensuite dans la chambre principale, où l'agression s'était déroulée. Elle découvrit une fenêtre scellée par plusieurs couches de peinture appliquées au fil des ans, et regarda le lit. Carpenter avait dit ne pas avoir pris conscience de l'intrusion avant de se réveiller avec un type allongé sur elle et lui collant de l'adhésif sur la bouche et les yeux. Ensuite, il lui avait attaché les mains à la tête de lit en cuivre, lui avait ordonné de ne pas bouger et avait ouvert la porte de devant à son partenaire.

Ballard se mit à genoux pour regarder sous le lit. Rien, à l'exception de quelques livres. Elle les sortit et constata qu'ils étaient tous écrits par des femmes : Alafair Burke, Steph Cha et Ivy Pochoda. Elle les glissa de nouveau sous le lit, se releva et balaya encore la pièce du regard, mais rien ne lui sauta aux yeux. Elle repassa dans le couloir et inspecta la deuxième chambre. Propre, peu meublée, manifestement une chambre d'amis. Porte de la penderie entrouverte sur une dizaine de centimètres.

Elle l'ouvrit complètement sans en toucher la poignée. La moitié de l'armoire était bourrée de cartons de fournitures du Native Bean empilés les uns sur les autres. Rien dans l'autre moitié laissée vide pour les invités. Elle ne vit rien non plus sur la moquette, hormis un motif dans sa trame indiquant qu'on y avait récemment passé un coup d'aspirateur. Toujours à genoux, Ballard se redressa sur les talons et demanda à Cindy de la rejoindre dans la pièce.

Celle-ci arriva tout de suite.

— Qu'est-ce qu'il y a ? demanda-t-elle.

— Vous m'avez bien dit n'avoir aucun aspirateur, à main ou autre, n'est-ce pas ?

— Oui, pourquoi ?

— Parce que cette penderie a été passée à l'aspirateur. Je pense que c'est là qu'il s'était caché.

Cindy regarda fixement le tapis impeccable.

— On a mis ce tapis parce que le propriétaire d'avant y avait entreposé des pots de peinture et que ça avait éclaboussé par terre. C'est vraiment affreux en dessous.

— « On » ?

— Oui, mon mari et moi. On a acheté la maison ensemble et c'est moi qui l'ai gardée après le divorce.

— La porte… vous la laissez ouverte ? Disons… pour faire circuler l'air à l'intérieur ?

— Non, je la laisse fermée.

— Vous êtes certaine de l'avoir fermée derrière vous la dernière fois que vous en avez sorti des fournitures pour le Bean ?

— Absolument.

— D'accord. Bon, écoutez, je suis désolée parce que je sais que vous voulez probablement qu'on vous fiche la paix, mais je veux que les services de la Scientifique légale passent ici et inspectent cette penderie, voire toute la maison.

— Quand ça ? demanda Carpenter, dépitée.

— Je les appelle tout de suite. Et je leur dis de faire ça le plus vite possible. Je sais qu'il y a eu intrusion, mais on doit coincer ces types et, moi, je ne veux rien laisser au hasard. Ni vous non plus, je pense.

— Bon, d'accord, enfin… Vous serez là ?

— S'ils peuvent venir tout de suite, je reste, mais je dois reprendre mon service dans quelques heures et il faudra que je sois au commissariat.

— Faites de votre mieux pour qu'ils viennent tout de suite, je vous en prie.

— Bien sûr. Euh… vous avez parlé de votre mari. Il est toujours à L.A. ? Quelles sont vos relations ?

— Oui, il est toujours ici et tout va bien parce que nous ne nous voyons pas. Il habite à Venice, répondit-elle.

Mais il y avait de la tension dans la façon dont elle s'était exprimée.

— Que fait-il ?

— Il est dans la technologie de pointe. Il travaille pour des start-up et autres. Il cherche des investisseurs.

Ballard se releva et dut faire un pas pour retrouver son équilibre. Le manque de sommeil commençait à se faire sentir.

— Ça va ? lui demanda Cindy.

— Oui, ça va… Pas assez de sommeil. Comment votre ex a-t-il pris le fait que vous gardiez la maison ?

— Bien. Pourquoi ? Il n'a évidemment pas beaucoup apprécié, mais… À quoi pensez-vous ?

— Je suis obligée de poser des tas de questions, rien de plus, Cindy. Ça n'est pas très important. Était-ce à lui que vous envoyiez un SMS ?

— Quoi ?

— Quand je suis entrée dans la salle d'examen, vous m'avez donné l'impression de passer un coup de fil ou d'envoyer un SMS à quelqu'un.

— Non, j'appelais Lacey au *coffee shop* pour lui demander de garder le fort jusqu'à ce que je revienne.

— Vous lui avez dit ce qui vous était arrivé ?

— Non, j'ai menti. Je lui ai dit que j'avais eu un accident, répondit-elle en lui montrant ses blessures à la tête. Faut bien que je trouve un moyen d'expliquer ça.

Ballard réfléchit. Elle savait que ce que Cindy dirait aux gens reviendrait hanter le tribunal si jamais il y avait procès. Si fou que cela paraisse, une défense autour de rapports consentis pourrait séduire un juré si le témoignage d'un ami de la prétendue victime laissait entendre que celle-ci n'avait jamais parlé d'agression sexuelle. Un rien tiré par les cheveux sans doute, mais Ballard savait que, à un moment ou à un autre, elle allait devoir préparer Carpenter pour son témoignage. Cela dit, ce n'était pas pour tout de suite.

— Et donc, allez-vous en parler à votre ex ? Lui dire ce qui vous est arrivé ? lui demanda-t-elle.

— Je ne sais pas. Probablement pas. Ça ne le regarde pas. Et de toute façon, je n'ai pas envie de penser à ça maintenant.

— Je comprends. J'appelle les techniciens pour voir si je peux les faire venir. Vous allez devoir rester dans le séjour, si ça ne vous gêne pas. Je veux qu'ils inspectent votre chambre.

— Je peux aller chercher mon livre ? Il est sous le lit.

— Oui, pas de problème. Essayez seulement de ne rien toucher d'autre.

Carpenter quitta la pièce, et Ballard sortit son portable. Avant d'appeler une équipe de techniciens, elle s'accroupit et prit une photo du tapis de la penderie dans l'espoir que la trace de l'aspirateur y soit discernable. Puis elle appela la Scientifique et apprit qu'il y aurait environ une heure d'attente.

Une fois revenue dans le séjour, elle informa Carpenter que l'équipe serait bientôt là. Puis elle lui demanda s'il y avait une télécommande pour ouvrir la porte du garage en lui expliquant qu'elle ne voulait pas toucher le bouton de porte de la cuisine. Même avec un gant, une empreinte digitale pourrait être effacée.

— Je me sers du garage pour stocker des trucs et je me gare devant ou dans l'allée, reprit Carpenter. C'est pour ça que j'ai un bip dans la voiture pour l'ouvrir, et il y a un bouton sur le mur à l'intérieur, à côté de la porte de la cuisine.

— OK. On peut aller à la voiture et se servir du bip ?

Elles sortirent, Carpenter se servant d'une télécommande pour ouvrir sa voiture. Les feux de stationnement clignotèrent bien, mais Ballard n'entendit aucun claquement caractéristique d'une serrure qui s'ouvre.

— Votre voiture était fermée ? demanda-t-elle. Je n'ai pas...

— Oui, je l'ai fermée hier soir.

— Je n'ai pas entendu se déverrouiller les serrures.

— C'est que... Non, je ferme toujours ma voiture.

Ballard s'en voulut de ne pas avoir commencé par vérifier si la voiture était verrouillée parce que, maintenant, elle ne pourrait plus jamais en être certaine.

— Je vais entrer du côté passager. Je ne veux pas toucher la poignée côté conducteur. Où est le bip du garage ?

— Sur le pare-soleil. Côté conducteur.

Ballard ouvrit la portière et se pencha à l'intérieur. Elle avait sorti son jeu de clés de sa poche et s'était servie du bout de celle de son appartement pour appuyer sur le bouton de la télécommande. Elle ressortit de l'habitacle et regarda la porte du garage s'ouvrir dans un grand grincement.

— Ça fait toujours ce bruit-là ? demanda-t-elle.

— Oui, il va falloir que je la fasse graisser. C'était mon mari qui s'occupait de ce genre de trucs.

— Vous entendez le bruit de l'intérieur quand ça s'ouvre ?

— Je l'entendais quand mon mari habitait ici.

— Pensez-vous qu'il vous réveillerait dans votre chambre ?

— Oui, ça faisait bouger toute la maison comme un tremblement de terre. Vous croyez que c'est comme ça qu'ils…

— Je ne le sais pas encore, Cindy.

Elles restèrent debout sur le seuil du garage. Carpenter avait raison. Il n'y avait pas de place pour une voiture. Tout était encombré de cartons, de vélos et d'autres biens, y compris trois bennes pour les ordures, le recyclage et les déchets végétaux. Carpenter semblait aussi y entreposer d'autres fournitures pour le Native Bean. Il y avait là des piles de gobelets et de couvercles amovibles dans des sachets en plastique transparent et de grandes boîtes de sucrettes. Ballard gagna la porte de la cuisine et repéra l'interrupteur de la porte du garage sur le mur, à gauche de l'encadrement.

Elle se pencha pour examiner le trou de serrure, mais ne vit rien qui aurait pu indiquer qu'on l'avait forcée.

— Et donc, on n'est pas certains que cette porte ait été fermée à clé, dit-elle.

— Non, mais elle l'est dans les trois quarts des cas. Et comme je vous l'ai dit, le garage, lui, l'est toujours.

Ballard se contenta de hocher la tête. Elle ne lui dit rien de l'hypothèse qui lui était venue, à savoir que le premier violeur était peut-être entré dans la maison avant même qu'elle revienne du boulot et s'était caché dans la penderie de la chambre d'amis jusqu'à ce qu'elle ait, elle, fini de prendre sa douche et se soit mise au lit. C'est à ce moment-là qu'il serait passé à l'attaque, l'aurait immobilisée et lui aurait couvert la bouche et les yeux d'adhésif avant de faire entrer son partenaire.

Un établi à droite de la porte de la cuisine croulait sous de l'équipement provenant probablement du Native Bean, dont une boîte à outils ouverte avec des outils posés n'importe comment sur le plateau supérieur. Elle vit encore un tournevis tout seul sur l'établi comme si on l'avait sorti de la boîte avant de le laisser là. Elle se demanda si les violeurs apportaient leurs outils pour entrer, ou s'ils comptaient trouver quelque chose dans le garage d'une femme seule.

— Ce tournevis est-il à vous ? demanda-t-elle.

Cindy s'approcha et tendit la main pour le prendre.

— Non, n'y touchez pas !

— Pardonnez-moi. Il pourrait être à moi, oui, mais je ne peux pas vraiment vous dire. Tous ces trucs, ces outils, c'est Reggie qui les a laissés.

— Reggie, votre ex.

— Oui. Vous pensez qu'ils se sont servis de celui-là pour entrer ? Mais alors, comment ont-ils fait pour pénétrer dans le garage ? demanda-t-elle d'une voix soudain suraiguë.

— Je n'ai la réponse à aucune de ces deux questions. Nous verrons ce que diront les techniciens.

Ballard consulta son portable et informa Cindy qu'ils seraient là dans trois quarts d'heure, et, pendant qu'elle regardait son écran, un appel s'afficha. Harry Bosch.

— Il faut que je prenne cet appel, dit-elle à Cindy. Et si vous retourniez un peu dans votre séjour ?

Ballard sortit du garage et était en train de décrocher lorsqu'elle fit soudainement demi-tour pour empêcher Carpenter de toucher le bouton de porte de la cuisine.

— Cindy, non ! lui cria-t-elle. Je suis désolée, mais… pouvez-vous venir ici et passer par la porte de devant ?

Carpenter s'exécutant, Ballard reprit l'appel.

— Salut, Harry, lança-t-elle.

— On dirait que tu es occupée. Je voulais juste vérifier. Tu as sorti des trucs de la chrono qui pourraient t'aider ?

Ballard mit une seconde à se souvenir de quelle affaire et de quelle chrono il parlait.

— Euh, non, répondit-elle. J'ai été dérangée. On m'a appelée pour autre chose.

— Un autre meurtre ?

— Non, les violeurs en série qu'on recherche.

— Des violeurs au pluriel ? Un MOSA ?

— Oui, c'est bizarre. Ils travaillent en duo. Hier soir, on a eu droit à une troisième victime, mais elle ne nous a appelés qu'après mon passage chez toi.

Silence.

— Harry, t'es toujours là ?

— Oui, je réfléchissais. Une équipe, c'est plutôt rare. Les MOSA, en général, ce sont des tournantes de gang. Jamais deux psychopathes.

— Ouais, bon, et je cherche depuis le début de l'après-midi. On les appelle les Hommes de minuit.

— Quand on tombe sur deux types comme ça… Tu sais, deux mecs qui pensent de la même façon…

Puis il se tut.

— Oui, et alors… ?

— C'est juste que un et un, ça ne fait pas deux, tu sais ? Ils se nourrissent l'un de l'autre. Un et un, ça fait trois… et c'est l'escalade de la violence. À la fin, violer ne leur suffit plus. Il faut qu'ils tuent. Faut les serrer maintenant, Renée.

— Parce que tu crois que je ne le sais pas ?

— Désolé. Je sais que tu maîtrises. Toujours est-il que j'ai un livre ici quelque part que tu devrais lire.

— Un livre ?

— C'est sur le Hillside Strangler[1], ça remonte à loin. L'inspecteur Bob Grogan… une vraie légende aux Vols et Homicides. Mais là, il s'est avéré qu'il s'agissait de deux étrangleurs, pas d'un seul. Grogan les a serrés et quelqu'un a écrit un livre sur l'affaire. Ça s'intitule *Two of a Kind*[2].

— OK, avertis-moi quand tu le retrouves. Je pourrais passer le prendre. Peut-être que ça m'aidera à comprendre ces deux fumiers.

— Bon, alors, si tu dois t'occuper de ton histoire de viol, pourquoi je bosserais pas un peu sur l'autre truc ? La fusillade d'hier soir…

— J'ai l'impression qu'on va me la retirer. Parce que maintenant on a trois viols qui ont des liens entre eux. Ils vont me garder là-dessus et filer l'homicide au West Bureau.

---

1. L'étrangleur de la colline, deux tueurs actifs en 1977 et 1979 à Los Angeles.

2. « Deux de la même espèce. »

— OK, mais en attendant je peux m'y coller. Il faudrait que je voie ce que tu as.

Ballard marqua une pause pour réfléchir. Amener quelqu'un d'extérieur dans une enquête – même quelqu'un avec l'expérience d'un Harry Bosch – pouvait vous valoir de grosses emmerdes. Surtout après que Bosch avait travaillé avec l'avocat de la défense Mickey Haller juste l'année d'avant, et sur une affaire qui avait fait beaucoup de bruit. Au haut commandement, personne n'approuverait. En fait même, personne dans tout le service.

Il fallait que ce soit en dehors des heures de travail.

— Qu'est-ce que tu en penses ? insista-t-il.

— J'en pense que si tu trouves ce dossier, on pourrait faire un échange, répondit-elle. Mais c'est dangereux pour moi… côté service, je veux dire.

— Je sais. Réfléchis. On se voit quand on se voit.

Chapitre 11

En attendant l'arrivée des techniciens, Ballard alla faire un tour dans le quartier et se mit à réfléchir à ce qui rendait cette agression différente des deux autres. Parce qu'elle ne doutait pas que les deux agresseurs soient les mêmes qu'avant. Il y avait trop de similitudes. Cela étant, il y avait aussi des choses qui rendaient ce dernier crime absolument unique.

Elle commença à en dresser la liste dans sa tête en marchant. La différence essentielle était le lieu. Les deux premières agressions s'étaient produites dans un quartier des Flats à rues se coupant à angle droit et offrant aux violeurs beaucoup de possibilités de sortie rapide si quelque chose tournait mal. Rien à voir avec Deep Dell Terrace qui menait à une impasse. Sans même parler du fait que, véritable route de montagne étroite et sinueuse, elle serpentait dans un quartier où il n'y avait que deux ou trois autres voies pour monter et descendre dans la colline. Et, distinction d'importance, aucune ne permettait de passer de l'autre côté du col. Si quelque chose s'était mal passé pour les violeurs et qu'un appel au secours avait été lancé, la réponse policière aurait pu boucler rapidement toutes les voies de sortie. Mais alors même qu'elle remarquait cette différence, elle dut reconnaître que les comportements peuvent évoluer. Leur réussite lors des deux premiers viols pouvait les avoir enhardis et poussés à tenter le coup dans des territoires de chasse plus risqués.

Le deuxième aspect sensiblement différent était la topographie. Ballard et Lisa Moore étaient parties du principe que ces agressions étaient soigneusement planifiées. Aussitôt leur victime ciblée, les criminels surveillaient ses allées et venues et préparaient leur effraction pour pouvoir la violer. Cela signifiait vraisemblablement qu'ils entraient dans le quartier de l'extérieur. Les deux premières victimes habitaient effectivement à quelques rues à peine de grands axes est-ouest – Melrose Avenue pour la première et Sunset Boulevard pour la seconde. L'idée était qu'une fois dans le quartier les violeurs s'y déplaçaient furtivement, repéraient leur victime, sa maison, et étudiaient les routines de chacun dans les environs. D'où le fait qu'un quartier plat et à croisements de rues à angle droit offrait un meilleur accès, à la victime et à des voies de sortie une fois l'affaire faite. Mais en se déplaçant dans Deep Dell Terrace, Ballard comprit tout de suite qu'un tel travail de préparation et de stratégies de sortie à envisager était difficile, voire impossible dans cette zone. La pente sur laquelle reposait l'arrière de la maison de Cindy en restreignait sévèrement tout accès. Et les habitations de la rue au-dessus s'accrochaient à un à-pic de roche vertigineux. Il n'y avait aucun moyen de passer entre elles ou par l'arrière. Elles n'avaient même pas besoin de barrières ou de portails tellement la disposition des lieux leur offrait de sécurité.

Tout cela lui fit comprendre que Lisa et elle regardaient dans la mauvaise direction. Elles cherchaient un duo de vagabonds, de voyeurs qui entraient dans un quartier par une rue très commerçante, se déplaçaient entre les maisons ou les longeaient par-derrière, découvraient leur proie en regardant par les fenêtres et frappaient aussitôt, ou revenaient plus tard. Cette hypothèse s'était trouvée renforcée lorsque les interrogatoires des deux premières victimes et la comparaison entre leurs habitudes et leurs déplacements les jours précédant leur agression n'avaient fait apparaître aucune similitude entre elles. Ces femmes évoluaient dans des milieux différents et rien ne les reliait.

Tout l'indiquait, la troisième affaire changeait tout. Elle montrait que les victimes avaient été ciblées ailleurs et suivies jusque chez elles. La direction de l'enquête était à modifier, et Ballard s'en voulut du temps qu'elles avaient perdu à regarder ailleurs.

Une alerte mail lui arrivant sur son portable, elle ouvrit l'application et vit que Black lui avait envoyé une copie du rapport d'incident. Elle le parcourut sur son petit écran, rien dans tous les détails notés ne lui paraissant bien nouveau. Elle refermait l'application lorsqu'elle fut surprise par le déplacement d'air d'un véhicule qui passait juste à côté d'elle sans faire de bruit. Elle se retourna et reconnut une des BMW électriques utilisées par les équipes de la Scientifique.

Le LAPD en avait acheté toute une flotte pour les inspecteurs, mais leurs quatre-vingt-dix kilomètres de rayon d'action par charge de batterie en limitaient l'utilité quand ils devaient aller plus loin pour ne pas perdre l'élan qu'ils avaient pris dans une affaire. Sans compter que l'autonomie promise se réduisait fortement sur l'autoroute, alors qu'enquêter dans L.A. sans devoir en emprunter une était rare. Les histoires d'inspecteurs naufragés à cause d'une batterie à plat ne manquant pas, ces véhicules avaient fini par être abandonnés et parqués sur le toit d'un garage municipal avant d'être remis en circulation un an plus tard, cette fois au bénéfice d'unités telles que la Scientifique et les Audio/Visual[1], qui n'effectuent que des trajets d'un point A à un point B pour rejoindre une scène de crime et rentrer à la maison mère.

Ballard regagna le domicile de Cindy et y retrouva le technicien au moment où il descendait de sa BMW et en déverrouillait le coffre.

— Ballard, division de Hollywood, lui dit-elle. C'est moi qui vous ai appelé.

— Moi, c'est Reno. J'espère ne pas vous avoir foutu la trouille là-bas. Ces bagnoles sont incroyablement silencieuses. J'ai déjà vu des gens traverser devant moi sans regarder.

— Oui, mais si vous ralentissiez un peu, ça ne se produirait pas.

---

1. Soit de médecine légale et de recherche des éléments de preuve de nature audiovisuelle.

— Si vous saviez comme elles vont vite ! À peine on appuie sur l'accélérateur qu'on est à soixante. Bon mais… de quoi avez-vous besoin ?

Il referma le hayon arrière et se tint prêt, son épaule ployant sous la charge de la lourde mallette d'équipement qu'il tenait à la main. De charpente légère, il portait une combinaison bleu foncé, le sigle SID[1] brodé en lettres blanches au-dessus de sa poche de poitrine.

— On a eu un viol avec deux agresseurs et bris de clôture dans la nuit d'hier, lui répondit Ballard. Je n'arrive pas à trouver le point d'entrée, mais je crois qu'il s'agit du garage, et c'est par là que je veux que vous commenciez. Il y a un tournevis sur l'établi et… peut-être que ça sera notre coup de chance. Après, il y a aussi une penderie dans la chambre d'amis que j'aimerais que vous inspectiez.

— OK, dit Reno. La victime est à l'hôpital ?

— Non, elle a refusé tout soin supplémentaire et elle est là.

— Oh !

— Elle sait que vous venez et je resterai avec vous. Mais je veux que vous fassiez aussi la voiture, ajouta-t-elle en lui montrant la Toyota garée dans la rue derrière le véhicule de Reno.

— Elle était dans le garage ? demanda-t-il.

— Non, mais elle avait laissé la télécommande dans sa voiture et je pense qu'ils sont montés dedans, puis sont entrés dans le garage et, de là, dans la maison. Il

1. Special Investigation Division.

n'y a qu'un bouton à serrure sur la porte qui donne dans la cuisine.

— Et la voiture n'était pas fermée à clé ?

— Je n'en suis pas certaine. Ce n'est pas impossible. La télécommande est sur le pare-soleil.

— Compris.

— Faites vite, d'accord ? Elle a eu une sale journée.

— On dirait. Je ferai vite.

Reno préparait son équipement lorsque Ballard rentra dans la maison et demanda à Cindy de lui confier la clé de sa voiture. Elle lui expliqua pourquoi, Cindy semblant y voir un degré de plus dans le viol – sa maison, son corps et maintenant sa voiture, pour elle, tout avait été envahi par ces vauriens. Elle se mit à pleurer.

Ballard comprit qu'elle sombrait dans un état de grande détresse. Elle lui demanda si elle avait une amie ou un membre de sa famille qui pourrait rester avec elle. Cindy lui répondit que non.

— J'ai vu dans le rapport d'incident que vous aviez mis votre ex sur la liste des parents proches. Est-ce qu'il viendrait ?

— Oh, mon Dieu, non ! s'exclama Carpenter. Et je vous en prie, ne l'appelez pas. Je ne l'ai mis sur la liste que parce que je n'avais plus toute ma tête. Et que je n'ai que lui comme proche à L.A. Toute ma famille habite à La Jolla.

— OK, désolée de vous avoir demandé ça. C'est que vous m'avez l'air très fragile.

— Vous ne le seriez pas ?

Ballard se rendit compte qu'elle avait marché en plein dedans.

— Je m'excuse, dit-elle. C'était bête. Et Lacey, à votre magasin ?

— Vous n'avez pas l'air de comprendre. Je ne veux pas qu'on sache quoi que ce soit. Pourquoi croyez-vous que j'aie attendu si longtemps avant de vous appeler ? Je vais bien, d'accord ? Contentez-vous de faire ce que vous avez à faire et, après, laissez-moi tranquille.

Pas moyen de revenir là-dessus. Ballard s'excusa et apporta la clé à Reno. Il avait déjà passé de la poudre à empreintes sur la poignée de la portière côté conducteur.

— Quelque chose ? lui demanda-t-elle.

— Des traînées, c'est tout.

— Comme si on avait essuyé quelque chose ?

— Peut-être, mais peut-être pas.

Ça ne servait à rien. Ballard posa la clé sur le toit du véhicule.

— Je vais aller taper aux portes, reprit-elle. Je devrais être de retour avant que vous ayez fini. Si ce n'est pas le cas, demandez à la Communication de m'appeler. Je n'ai pas de radio.

— Et la victime sait que je vais entrer ?

— Oui, mais frappez d'abord.

— OK.

— Elle s'appelle Cindy.

— Compris.

Ballard ne s'attaqua qu'aux maisons à l'est de celle de Carpenter, son idée étant qu'il y avait de meilleures chances que des résidents de ce côté-là aient vu quelque chose d'inhabituel, le côté ouest conduisant à l'impasse. Toute personne quittant la maison de Carpenter à pied ou en voiture ne pouvait prendre qu'à l'est.

Faire du porte-à-porte dans un quartier après un viol est toujours délicat, la dernière chose dont a besoin la victime étant de découvrir que tous les voisins sont au courant de ce qui lui est arrivé. Certaines refusent d'être stigmatisées, mais d'autres finissent par avoir honte et perdent toute confiance en elles-mêmes après une pareille agression. Cela étant, s'il y a du danger dans le quartier, les habitants doivent le savoir.

En plus de quoi, c'était la loi même qui piégeait Ballard. En Californie, les victimes d'agression sexuelle ont droit à la confidentialité absolue, à moins d'y renoncer formellement. Parce qu'elle n'avait même pas abordé le sujet avec Cindy Carpenter, Ballard était de par la loi contrainte de ne pas révéler son statut de victime de viol à quiconque n'appartenant pas aux forces de l'ordre.

Elle remonta son masque et tenait son badge à la main lorsque la porte d'à côté s'ouvrit sur une femme d'une soixantaine d'années montrant un des signes qu'elle était restée confinée neuf mois chez elle : une bande grise barrait la racine de ses cheveux bruns et disait la dernière fois qu'elle était allée se faire faire une teinture chez le coiffeur.

— Inspectrice Ballard du LAPD, madame, dit-elle. Je suis désolée de vous déranger, mais je parle à tous les voisins du quartier. Un crime s'est produit dans cette rue hier soir et je voudrais savoir si vous avez vu ou entendu quoi que ce soit d'anormal la nuit passée.

— Quel genre de crime ?

— Violation de domicile.

— Ah, mon Dieu, où ça ?

Qu'elle ait demandé où au lieu de chez qui indiquait qu'elle ne connaissait peut-être pas personnellement ses voisins. Aucune importance si elle avait effectivement vu ou entendu quelque chose. Cela signifiait aussi qu'elle ne propagerait probablement pas de rumeurs après le départ de Ballard et ça, c'était une bonne chose. Ballard n'avait aucune envie qu'on sache qu'elle arrivait avant même qu'elle ne frappe à la porte.

— À côté, répondit-elle. Avez-vous vu ou entendu quoi que ce soit d'inhabituel la nuit dernière ?

— Non, répondit la femme. Pas que je me rappelle. Quelqu'un de blessé ?

— Madame, je ne peux pas discuter des détails de l'affaire avec vous et je suis sûre que vous comprenez. Vivez-vous seule ?

— Non, il y a aussi mon mari. Nos enfants sont grands. C'est la fille d'à côté ? Celle qui vit seule ? demanda-t-elle en montrant la maison de Cindy du doigt.

Qu'elle ait dit « la fille d'à côté » au lieu de la désigner par son nom était une preuve de plus qu'elle ne connaissait pas bien, voire pas du tout ses voisins.

— Votre mari est-il là ? reprit Ballard en ignorant sa question. Je pourrais lui parler ?

— Non, il est parti jouer au golf. Au country-club de Wilshire. Il devrait revenir bientôt.

Ballard sortit une carte de visite professionnelle, la lui tendit et lui demanda de dire à son mari de l'appeler s'il se rappelait quoi que ce soit. Puis elle nota son nom pour le dossier.

— On est en sécurité ? reprit la femme.

— Je ne pense pas qu'ils reviennent.

— « Ils » ? Y en avait plus d'un ?

— On pense qu'il s'agit de deux hommes.

— Ah, mon Dieu !

— Auriez-vous vu deux types dans la rue hier soir ?

— Non, je n'ai rien vu. Mais maintenant j'ai peur.

— Vous êtes en sécurité, madame. Comme je vous l'ai dit, nous ne pensons pas qu'ils reviennent.

— Elle a été violée ?

— Madame, je ne peux pas vous parler de cette affaire.

— Ah, mon Dieu ! Elle a été violée !

— Écoutez-moi, madame ! Je vous ai dit qu'il s'agissait d'une violation de domicile. Si vous commencez à répandre des rumeurs, vous allez faire beaucoup de mal à votre voisine. C'est ça que vous voulez ?

— Bien sûr que non.

— Bien. Alors ne le faites pas. Dites à votre mari de m'appeler s'il a vu ou entendu quoi que ce soit d'inhabituel cette nuit.

— Je vais lui passer un coup de fil tout de suite. Il devrait rentrer en voiture.

— Je vous remercie du temps que vous m'avez accordé.

Ballard regagna la rue et passa à la maison suivante. Et ainsi de suite, l'heure suivante la voyant frapper à sept portes de plus et parler aux habitants de cinq de ces maisons. Mais personne ne lui révéla quoi que ce soit d'intéressant. Deux de ces habitations étaient équipées d'une caméra Ring, mais leurs enregistrements vidéo ne donnèrent rien d'utile.

Ballard revint chez Cindy Carpenter au moment même où Reno rangeait son équipement dans le coffre de sa voiture électrique.

— Alors ? Vous avez quelque chose ? lui demanda-t-elle.

— Non, absolument rien. Ces gars sont bons.

— Merde.

— Désolé.

— Et le tournevis dans le garage ?

— Nettoyé. Ce qui veut dire que vous avez sans doute raison. Ils s'en sont servis pour dégonder la porte et l'ont nettoyé après. Sauf que cette porte de garage fait du bruit. Les ressorts grincent et le moteur est bruyant. Si c'est comme ça qu'ils sont entrés, comment se fait-il que ça n'ait pas réveillé la victime ?

Ballard allait lui expliquer que, pour elle, au moins un des deux intrus était déjà dans la maison quand Carpenter était rentrée du boulot lorsqu'elle comprit brusquement que toute cette théorie était fausse. S'ils avaient ouvert le garage avec la télécommande rangée dans la voiture, il fallait que cette dernière soit déjà là, ce qui voulait dire que Carpenter était rentrée du travail. Alors tout changea dans sa façon de voir l'affaire.

— Bonne question, répondit-elle à Reno en ayant envie de se débarrasser de lui pour réfléchir à cette nouvelle idée. Merci d'être venu, Reno. Je vais aller la voir.

— Comme vous voulez...

Ballard remonta jusqu'à la porte de devant, frappa et entra. Carpenter était assise dans le canapé.

— Il s'en va et moi aussi, je ne vais plus vous embêter, dit Ballard. Vous êtes sûre de n'avoir personne que je pourrais contacter pour vous ?

— Certaine. Mais ça ira. J'ai retrouvé un second souffle.

Ballard n'étant pas trop sûre de ce que pouvait être un « second souffle » étant donné son traumatisme, Carpenter parut lire dans ses pensées.

— Je pense à mon père, dit-elle. Je ne sais plus qui a dit ça, mais il citait toujours un philosophe quand je m'égratignais le genou ou me faisais mal. Il disait : « Tout ce qui ne te tue pas te rend plus fort »... quelque chose comme ça. Et c'est ce que je ressens maintenant. Je suis vivante, j'en ai réchappé, je serai plus forte.

Ballard ne réagit pas tout de suite. Elle sortit une autre carte de visite et la posa sur une petite table près de la porte.

— Bien, dit-elle. Vous avez tous mes numéros si vous avez besoin de moi ou pensez à autre chose.

— D'accord.

— Nous allons coincer ces types, j'en suis sûre.

— Je l'espère.

— Pouvez-vous faire encore quelque chose pour moi et on se reparle disons… demain ?

— Peut-être.

— Je vais vous envoyer un questionnaire. On appelle ça une enquête de Lambkin. En gros, ce sont des questions sur vos déplacements et interactions récentes… en personne et sur les réseaux sociaux. Il y a un calendrier pour tracer où vous étiez, qu'on vous demande de remplir au mieux. Je crois que ça remonte à soixante jours, mais ce sont surtout les deux ou trois dernières semaines sur lesquelles il faut se concentrer. Tous les lieux où vous vous rappelez être allée. Parce que ces gars-là ont dû vous voir quelque part à un moment donné. Peut-être au Native Bean, mais peut-être aussi ailleurs.

— Nom de Dieu, j'espère que ce n'est pas au Bean. Ce serait horrible.

— Je ne vous dis pas que c'est là, mais il faut envisager toutes les possibilités. Vous avez une imprimante ?

— Oui. Dans une armoire.

— Eh bien, si vous pouviez imprimer ce questionnaire et le remplir à la main, ce serait formidable.

— Pourquoi est-ce que ça s'appelle une enquête de Lamb-quelque chose ?

— C'est le nom du type qui l'a conçue. C'était l'expert en crimes sexuels du LAPD jusqu'à ce qu'il prenne sa retraite. On y a ajouté l'aspect réseaux sociaux. D'accord ?

— Oui, envoyez-le-moi.

— Dès que possible. Et je passe demain pour vous aider à le remplir ? Ou je vous le reprends quand vous aurez fini.

— Demain, il faut que j'ouvre le Bean et j'y serai probablement toute la journée. Mais je vais l'emporter et je le remplirai dès que j'aurai un moment.

— Vous êtes sûre de vouloir aller bosser demain ?

— Oui. Ça m'aidera à penser à autre chose.

— OK. Je vais rester dans le quartier encore un peu. Juste pour que vous le sachiez, ma voiture sera devant chez vous.

— Êtes-vous en train de raconter ce qui s'est passé aux voisins ?

— Non. En Californie, la loi m'interdit de dire quoi que ce soit. Je les informe juste qu'il y a eu une violation de domicile dans le quartier. Rien d'autre.

— Ils le sauront sans doute. Ils comprendront.

— Peut-être pas. Mais nous, on veut attraper ces monstres, Cindy. Il faut que je fasse mon boulot et peut-être qu'un de vos voisins aura remarqué quelque chose qui nous aidera.

— Je sais, je sais. Quelqu'un vous a-t-il dit avoir vu des trucs ?

— Pour l'instant, non. Mais j'ai encore ce bout de la rue, là, répondit Ballard en pointant le doigt vers l'ouest.

— Bonne chance !

Ballard la remercia, partit et gagna la maison voisine. Un homme âgé lui ouvrit, mais s'avéra ne lui être d'aucune utilité en lui révélant même avoir ôté ses prothèses auditives pour mieux dormir. Alors elle traversa la rue et parla à un autre voisin qui, lui aussi, lui avoua n'avoir rien remarqué, mais lui apprit quelque chose lorsqu'elle lui demanda s'il avait entendu quoi que ce soit.

— Vous qui êtes juste en face du garage, entendez-vous quand la porte se lève ou s'abaisse ?

— Tout le temps, merde alors ! s'écria-t-il. J'aimerais bien qu'elle y mette de l'huile, dans ces ressorts ! Ça hurle comme pas permis chaque fois qu'elle monte.

— Et vous rappelez-vous l'avoir entendue la nuit dernière ?

— Ça, pour l'entendre, je l'ai entendue !

— Vous rappelez-vous à quelle heure par hasard ?

— Pas exactement, mais assez tard.

— Étiez-vous au lit ?

— Non, pas encore. Mais j'allais m'y mettre. Je regarde jamais les émissions du Nouvel An. C'est pas mon truc. Je me couche et c'est toujours la même année et, quand je me réveille, c'est celle d'après. C'est comme ça que je fais.

— Avant minuit, donc. Vous rappelez-vous ce que vous étiez en train de faire ou de regarder à la télé ? J'essaie de réduire la fourchette horaire.

— Attendez. J'ai ce qu'il vous faut.

Il sortit un portable de sa poche, ouvrit les SMS et les fit défiler.

— J'ai une ex à Phoenix, reprit-il. On pouvait pas vivre ensemble, mais maintenant on est amis parce qu'on est séparés. C'est drôle des fois comment ça marche. Toujours est-il qu'elle regarde toujours descendre la grosse boule de Times Square à New York pour pouvoir se coucher tôt. Alors moi, je lui ai envoyé un SMS de bonne année à l'heure de New York. Et c'est là que j'ai entendu la porte du garage.

— Et voilà, ajouta-t-il en lui montrant l'écran de son portable.

Ballard se pencha pour regarder. Elle vit un « Bonne année » envoyé à une certaine Gladys à 20 h 55 la veille au soir.

— Et c'est à ce moment-là que vous avez entendu la porte du garage ?

— Ouais.

— L'avez-vous entendue s'ouvrir et se refermer, ou juste s'ouvrir ?

— S'ouvrir et se refermer. C'est pas aussi fort quand elle descend que quand elle monte, mais je l'entends.

Ballard lui demanda son nom pour le dossier et le remercia, mais sans lui dire qu'il venait de l'aider à mettre une pièce du puzzle à sa place. Elle ne doutait pas qu'il ait bien entendu les Hommes de minuit entrer chez Cindy Carpenter. Celle-ci avait travaillé jusqu'à 21 heures et ne garait pas sa voiture dans son garage de toute façon.

Il n'y avait pas d'autre explication possible. Un des violeurs était entré dans le garage, s'était servi du tournevis pour ouvrir très facilement la porte de la cuisine et était allé attendre le retour de Cindy dans la chambre d'amis.

Sauf qu'avoir ainsi un morceau du puzzle bien en place en chassa un autre. Si Cindy était toujours au travail et sa voiture avec elle, comment les Hommes de minuit avaient-ils fait leur compte pour ouvrir la porte du garage ?

Chapitre 12

Harry Bosch habitait dans un quartier situé en face du Dell, de l'autre côté de l'autoroute. Ballard en prit la direction et l'appela.

— Je suis à côté, dit-elle. As-tu retrouvé ce dossier ?

— Oui. Tu arrives tout de suite ?

— Je serai chez toi dans cinq minutes. Faudra aussi que je me serve de ton Wi-Fi.

— OK.

Elle raccrocha. Elle aurait dû passer à la division de Hollywood pour l'appel avant le début de son quart, et elle le savait, mais elle voulait avancer. Elle téléphona donc au poste de veille pour savoir quel sergent ferait l'appel, apprit que ce serait Rodney Spellman, et demanda à lui parler.

— Alors, t'as quoi ? lui lança ce dernier en guise de salutation.

— Les Hommes de minuit ont frappé une troisième fois hier soir. Dans le Dell.

— Oui, j'en ai entendu parler.

— Je bosse dessus et ne pourrai pas être à l'appel, mais pouvez-vous en parler et demander pour hier soir ?

Surtout aux collègues des voitures 15 et 31. Je veux savoir s'ils ont vu quelque chose, coincé quelqu'un, tout, quoi.

— Je le ferai, oui.

— Merci, sergent. Je vous rappelle plus tard.

— Bien reçu.

Elle raccrocha. Traversa la 101 par le pont de Pilgrimage et se retrouva bientôt à remonter Woodrow Wilson Drive jusque chez Bosch. Elle n'y était pas encore lorsqu'elle reçut un coup de fil de Lisa Moore.

— Quoi de neuf, sister Ballard ? lui lança celle-ci.

Ballard devina qu'elle devait déjà avoir quelques coups dans le nez tellement son salut sonnait faux et agaçant. Il n'empêche : il fallait qu'elle parle à quelqu'un de ce qu'elle venait de découvrir.

— Toujours à bosser sur notre affaire, répondit-elle. Mais à mon avis, il va falloir tout repenser. Ce troisième viol est différent des deux autres et on pourrait bien regarder du mauvais côté.

— Waouh ! s'écria Moore. Et moi qui espérais m'entendre dire que ça ne poserait pas de problème si je restais ici jusqu'à dimanche.

Ballard perdit patience.

— Mais putain, Lisa, elle ne t'intéresse pas, cette affaire ? Ces deux types sont dans la nature et…

— Bien sûr qu'elle m'intéresse, lui rétorqua Moore aussi sec. C'est mon boulot. Mais là, ça fout la merde dans mes plans. Mais bon, je vais revenir. Je serai là demain à 21 heures. Et je te retrouverai au commissariat.

Ballard se sentit tout de suite mal d'avoir explosé de cette façon. Elle était juste devant chez Bosch et n'était pas descendue de sa voiture.

— Non, te donne pas cette peine. Je te couvre pour demain.

— T'es sûre ?

Elle avait dit ça un peu trop vite et avec trop d'espoir pour Ballard.

— Ouais, comme tu voudras, dit celle-ci. Mais tu me remplaceras, et sans poser de questions, la prochaine fois que j'en aurai besoin.

— Marché conclu.

— Et laisse-moi te demander quelque chose. Comment as-tu croisé les renseignements sur les deux premières victimes ? Par leurs interrogatoires ou en leur demandant de remplir un Lambkin ?

— Ce truc fait huit pages de long, maintenant, avec toutes les mises à jour. J'allais quand même pas leur demander de se taper tout ça. Je les ai interrogées. Même chose pour Ronin.

Ronin, l'inspecteur de l'unité des Crimes sexuels. Moore et lui n'étaient pas coéquipiers de manière classique. Chacun avait son propre lot d'affaires à gérer, mais ils s'épaulaient quand il y en avait besoin.

— Je pense qu'on devrait leur demander de remplir le Lambkin, reprit Ballard. Les choses ont changé. Je pense qu'on a mal catégorisé les victimes.

Silence de Moore. Ballard y perçut un désaccord, mais sa collègue ne devait pas se sentir dans son droit d'élever une objection après avoir quitté la ville et lui avoir laissé tout le travail.

— Bon, bref, je gère, conclut Ballard, et là, faut que j'y aille. J'ai beaucoup de boulot et j'ai mon quart ce soir.

— Je passe demain, lui dit Moore obligeamment. Et merci, non, vraiment, Renée. Je te revaudrai ça. Tu me dis le jour et je te remplace.

Ballard raccrocha, mit son masque et descendit de voiture avec sa mallette. La porte de devant s'ouvrit avant même qu'elle ne l'atteigne.

— Je t'ai vue attendre dans ta voiture, lui lança Bosch en s'écartant pour la laisser entrer.

— J'ai été bête.

— Rapport à quoi ?

— Ma coéquipière dans l'affaire des viols. La laisser se barrer pour le week-end avec son petit copain pendant que moi, je me tape deux affaires. Je suis trop conne.

— Où est-elle allée ?

— À Santa Barbara.

— Y a des trucs ouverts là-bas ?

— Je pense pas qu'ils aient beaucoup prévu de quitter leur chambre.

— Ah. Eh bien, comme je te l'ai dit, moi, je suis là et je peux te donner un coup de main. Où que tu aies besoin de moi.

— Je sais. Et j'apprécie, Harry. C'est juste pour le principe. Elle est complètement cramée. Elle n'a plus aucune empathie. Elle devrait demander à être transférée dans un autre service, dit-elle en lui montrant la table de la salle à manger, où il avait déjà ouvert son ordinateur.

Ils s'assirent l'un en face de l'autre. Bosch n'avait pas mis de musique. Et sur la table était posé un livre cartonné aux pages jaunies : *Two of a Kind*, de Darcy O'Brien.

— C'est que ça te vide, les crimes sexuels, reprit Bosch. Et c'est comme je t'ai dit : deux crimes clairement liés, mais le troisième… bien différent des deux autres. Et ça change tout.

Elle posa sa mallette par terre à côté de sa chaise et sortit son portable.

— Tu veux me mettre au jus puisque ta collègue est partie ? enchaîna Bosch.

— À quoi tu joues, là ? Au tonton préféré que j'ai jamais eu ? Tu vas me donner un dollar pour aller m'acheter des bonbons quand j'aurai fini ?

— Euh…

— Je m'excuse, Harry. Je ne voulais pas… C'est juste que j'en ai par-dessus la tête de Lisa, et je m'en veux de la laisser faire ce qu'elle veut.

— Pas de problème. Je comprends.

Elle ouvrit son ordinateur et Bosch lui montra comment se connecter à Internet. Son mot de passe pour le Wi-Fi était 2997, son ancien numéro de badge. Ballard sélectionna un formulaire Lambkin vierge, l'envoya à Cindy Carpenter à l'adresse mail trouvée dans le rapport que Black lui avait transmis et espéra que Carpenter ne l'ignore pas.

— Tu sais ce qui collerait une belle leçon à ta coéquipière ? reprit Bosch. Que tu serres ces deux fumiers avant son retour.

— C'est assez peu probable. Ces types… Ils savent ce qu'ils font. Et ils viennent juste de changer la règle du jeu.

— Dis-moi.

Ballard passa les vingt minutes suivantes à le mettre au courant des derniers développements de l'affaire – en se disant qu'elle allait devoir en faire autant avec Lisa Moore. Lorsqu'elle en eut fini, Bosch eut la même idée qu'elle et arriva à la même conclusion : l'enquête devait changer de direction. Elles s'étaient trompées sur les Hommes de minuit et la manière dont ils choisissaient leurs victimes. Ce n'était pas le quartier, mais ces femmes qu'ils choisissaient en premier. Ils les sélectionnaient, puis les suivaient jusque chez elles. Ces trois femmes avaient croisé le chemin de leurs prédateurs ailleurs que dans leur quartier.

Il ne restait plus qu'à découvrir où.

— Je viens d'envoyer un Lambkin à la troisième victime, dit Ballard. J'espère l'avoir demain ou dimanche. Il faut que je convainque les deux premières d'en remplir un, parce que Lisa a cru que c'était trop leur demander à ce moment-là. Le premier viol remonte à Thanksgiving et je doute fort que la victime ait aussi bonne mémoire que si on lui avait demandé de le faire sur le coup.

— Cette Lisa commence à beaucoup m'agacer, dit Bosch. C'était de la flemme. Tu vas en envoyer un aux deux autres ?

— Non, je préfère commencer par les appeler pour leur en parler. C'est ce que je vais faire dès que j'aurai fini ici. Tu le connaissais ce Lambkin, quand il était dans la maison ?

— Oui, on a travaillé sur des affaires ensemble. Il savait ce qu'il faisait dans ce genre de dossiers.

— Il est toujours dans les parages ?

— Non, j'ai entendu dire qu'il avait pris sa retraite dans un autre État, quelque part dans le Nord, et il n'est jamais revenu ici.

— Eh bien, nous, on se sert toujours du formulaire de références croisées qui porte son nom. C'est un sacré legs. Tu veux ce que j'ai sur Raffa ?

— Si tu veux bien partager.

— Tu as une imprimante ?

— Là, en bas.

Il tendit la main vers une des étagères inférieures de la bibliothèque derrière lui et en sortit une espèce d'imprimante cubique qui avait dû être mise en service au siècle dernier.

— Tu rigoles ! lui lança Ballard.

— Quoi ?… Ça ? répondit-il. C'est que… je n'imprime pas grand-chose, moi. Mais elle fonctionne.

— Oui, probablement à raison de cinq pages à la minute. Heureusement que je n'ai pas grand-chose à partager. Passe-moi le câble et branche-la. Tu as du papier ?

— Oui, j'ai du papier.

Il s'exécuta et, pendant qu'il branchait l'imprimante et y chargeait le papier, elle ouvrit le dossier de l'affaire et envoya dans la file d'attente les documents qu'elle avait rassemblés pendant son dernier quart. Elle ne se trompait pas : l'imprimante n'était pas des plus rapides.

— Tu vois ? enchaîna Bosch. Je te l'avais dit, qu'elle marchait. Pourquoi j'aurais besoin d'une imprimante super chic ?

Il semblait même fier de son entêtement technologique.

— Peut-être parce que moi, j'aimerais assez me mettre au boulot à un moment de la soirée ! Je n'ai même pas jeté un coup d'œil à ton dossier.

Bosch l'ignora et prit les deux premières pages du bac de sortie de l'imprimante. Ballard avait commencé par lui envoyer les deux feuillets du rapport d'incident avant la chronologie, les déclarations des témoins et le schéma de la scène de crime. Elle ne savait pas trop ce qu'il allait pouvoir faire de tout ça, mais la chronologie était de première importance : un résumé après l'autre, ses déplacements et les décisions qu'elle avait prises, tout ce que Ballard avait fait cette nuit-là était détaillé. Qu'elle n'ait pas grand espoir de garder l'affaire bien longtemps ne l'empêchait pas de savoir que si Bosch découvrait une direction d'enquête qui conduise de Raffa au meurtre d'Albert Lee sur lequel il avait travaillé, elle aurait de quoi négocier avec les autorités en place lorsqu'elles viendraient lui piquer son dossier.

Elle attendit patiemment que les feuillets s'impriment, mais elle se sentait nerveuse à l'idée de ne pas se pointer au commissariat, sans même parler de tout le travail qui l'attendait dans l'affaire des Hommes de minuit.

— Tu veux boire quelque chose ? Je peux te faire un café, reprit Bosch. Ça pourrait prendre un moment.

— Le café ira plus vite que ton imprimante ?

— C'est pas impossible.

— Alors, d'accord. Un peu de caféine ne me fera pas de mal.

Bosch se leva de table et gagna la cuisine. Ballard fixa l'imprimante antédiluvienne et hocha la tête.

— Tu n'as pas pris de repos après ton passage ici ce matin, c'est ça ? lui lança Bosch de la cuisine.

— Nan…

— Alors, je t'en fais un costaud.

Ballard se leva à son tour et rejoignit la porte coulissante.

— Je peux aller sur la terrasse ? demanda-t-elle.

— Bien sûr.

Elle fit glisser la porte, passa dehors et ôta son masque pour respirer librement. Arrivée à la rambarde, elle vit quelques rares voitures en bas sur la 101 et remarqua que le parking sur plusieurs niveaux d'Universal City était très clairement vide. Le parc d'attractions avait fermé à cause de la pandémie.

Puis elle entendit l'imprimante qui s'arrêtait. Elle remit son masque, repassa à l'intérieur, vérifia que tout avait été bien imprimé, déconnecta son ordinateur de la machine et l'éteignit. Elle se redressait et s'apprêtait à dire à Bosch de laisser tomber le café lorsqu'il ressortit de la cuisine avec une tasse bien fumante pour elle.

— Noir, c'est ça ?

— Merci, dit-elle en acceptant la tasse.

Elle baissa son masque et se détourna de Bosch pour boire le liquide brûlant. Le café était fort et lui racla la gorge. Elle crut presque sentir la caféine parcourir son corps alors même qu'elle n'avait pas encore fini de le boire.

— Ça fait du bien, dit-elle. Merci.

— Ça t'aidera à tenir.

Le portable de Ballard se mit à vibrer. Elle le décrocha de son ceinturon et regarda l'écran. Indicatif 323, mais pas de nom.

— Vaudrait mieux que je prenne l'appel, dit-elle.

— Bien sûr.

Elle se connecta.

— Inspectrice Ballard, dit-elle.

— Inspectrice, c'est moi, Cindy Carpenter. J'ai le formulaire que vous m'avez envoyé et je vais m'y mettre. Mais je viens de me rappeler quelque chose.

— Oui, quoi ?

— J'ai dû bloquer ce souvenir jusqu'ici, mais… je crois qu'ils m'ont prise en photo.

— De quelle photo parlons-nous ?

— Non, je veux dire, une photo… vous savez bien, quand ils étaient en train de me violer.

— Pourquoi le pensez-vous, Cindy ?

— Parce que quand, vous savez bien… ils m'ont obligée à les sucer, y en a un qui m'a attrapée par les cheveux, m'a ramené la tête en arrière et l'a maintenue comme ça pendant quelques secondes. Comme pour me faire poser. Comme pour une espèce de selfie dégueulasse.

Ballard hocha la tête même si Carpenter ne pouvait pas la voir. Celle-ci avait probablement bel et bien deviné ce qu'ils étaient en train de faire et, pour Ballard, c'était la raison qui les poussait à porter une cagoule et à masquer leurs victimes. Ils ne voulaient pas que leurs proies sachent que leur viol était photographié, voire enregistré. Cela suscitait toute une série de nouvelles questions sur le pourquoi de leurs agressions, mais la fit avancer dans ses réflexions sur leur mode opératoire.

Et raviva son désir d'attraper ces deux hommes, avec ou sans l'aide de Lisa Moore.

— Vous êtes toujours là, Renée ? demanda Carpenter. Parce que je peux… vous appeler Renée ?

— Désolée, oui, je suis toujours là… et oui, je vous en prie, appelez-moi Renée. J'étais en train de noter tout ça. Je pense que vous avez raison et c'est un détail précieux. Ça va beaucoup nous aider. On trouve cette photo dans leur portable ou leur ordinateur et c'est direct la prison. C'est une preuve en béton, Cindy.

— OK, alors c'est une bonne chose.

— Je sais que ce sont des souvenirs horribles, mais je suis contente que vous vous en soyez souvenue. Je vais rédiger une note que je veux que vous vérifiiez, et je la verserai au dossier.

— OK.

— Bon, et maintenant, le formulaire que je viens de vous envoyer… Il y a une partie où on vous demande de dresser la liste de tous les gens qui pourraient vouloir vous faire du mal pour quelque raison que ce soit. C'est très important, Cindy. Réfléchissez-y bien. Les gens que vous connaissez et ceux que vous ne connaissez pas vraiment. Un client en colère au Native Bean, quelqu'un que vous pourriez penser avoir offensé d'une façon ou d'une autre. Cette liste est importante.

— Vous voulez dire que c'est par là que je devrais commencer ?

— Pas nécessairement. Mais je veux que vous y pensiez. La photo, les cheveux qu'on vous coupe, il y a comme de la vengeance dans tout ça.

— D'accord.

— Bien. Je vous appelle demain pour savoir où vous en êtes de vos devoirs du soir.

Carpenter gardant le silence, Ballard sentit que sa petite tentative d'humour était tombée à plat. Il n'y avait aucun humour à trouver dans cette situation.

— Euh, bon, je sais que vous commencez tôt demain matin, enchaîna-t-elle maladroitement. Mais voyez ce que vous pouvez faire et on s'en reparle dans l'après-midi.

— OK, Renée.

— Bien et… Cindy ? Vous pouvez m'appeler à n'importe quelle heure. À plus.

Elle raccrocha et regarda Bosch.

— C'était la victime. Elle pense qu'ils ont pris une photo pendant la fellation.

Bosch lâcha Ballard des yeux en enregistrant l'info et ajouta celle-ci à tout ce qu'il savait déjà du mal que peuvent faire les hommes.

— Ça change un peu la donne, dit-il.

— Oui, confirma-t-elle. En effet.

Chapitre 13

Après avoir posé sa mallette sur un bureau de la salle des inspecteurs, Ballard gagna le poste de veille pour y faire une apparition et voir s'il y avait quelque chose en cours qui aurait pu exiger ses services d'inspectrice. Le lieutenant, un certain Dante Rivera, était là depuis toujours et attendait son pactole : trente-trois ans de service lui garantissaient une pension s'élevant à quatre-vingt-dix pour cent de son dernier salaire. Il ne lui restait plus que cinq mois à tirer et, sur le mur de son bureau, il y avait un calendrier dont il arrachait une page tous les jours, non seulement pour son décompte, mais aussi pour faire disparaître les grossièretés qu'y inscrivait un petit malin du service de jour.

Rivera avait passé l'essentiel de ses années à sauter d'une tâche à une autre à la division de Hollywood. Selon les standards du service, c'était un vieux de la vieille alors même que, entré jeune dans la police, il était loin d'avoir soixante ans. Il obtiendrait ses quatre-vingt-dix pour cent, y ajouterait un boulot de gardien ou de privé et se la coulerait douce jusqu'à la fin de ses jours. Cela étant, toutes ses années de service l'avaient aussi enveloppé dans un cocon d'inertie bien serré. Ce qu'il voulait ? Que tous les quarts de nuit soient aussi lisses que du verre. Pas de vagues, pas de complications, pas de problèmes.

— Lieute, lança Ballard, que se passe-t-il ce soir dans la grande méchante ville ?

— Nada, répondit-il. À l'ouest, rien de nouveau.

Il usait toujours de cette expression comme si Hollywood se trouvait à la limite de la ville. La nuit, cela avait peut-être un sens dans la mesure où les quartiers riches se faisant alors calmes et sans incident, Hollywood devenait la ligne de front ouest. Les trois quarts du temps, Ballard détestait l'entendre déclarer qu'il n'y avait rien de nouveau parce qu'elle cherchait toujours une affaire sur laquelle travailler, mais pas ce soir-là. Ce soir-là, elle avait à faire.

— Je m'installe dans la salle des inspecteurs et j'aurai ma radio. J'ai du suivi à faire sur les incidents de la nuit dernière. Spellman est dans le coin ?

— Le sergent Spellman ? C'est la porte à côté.

Elle prit note de la correction en quittant le poste, passa dans le couloir central, gagna le bureau indiqué, aussi appelé bureau du sergent parce que c'était un endroit où les superviseurs pouvaient se tenir à l'écart des troupes pour donner des coups de fil, rédiger des rapports ou décider de signaler des officiers ayant contrevenu au règlement. Spellman était seul dans la salle et, assis à un long comptoir, il regardait une vidéo sur son ordinateur portable. Qu'il ferma aussitôt lorsqu'elle entra.

— Ballard, lança-t-il. Quoi de neuf?

— Je ne sais pas. Je passais vous le demander et savoir s'il est sorti quelque chose sur mon affaire dans le Dell à l'appel.

Tout indiquait qu'il regardait un policier s'approcher d'une voiture garée, la scène étant filmée par sa caméra de corps. Cela faisant partie de son travail, qu'il ait fermé aussi vite son ordinateur amena Ballard à se demander si ce qu'il visionnait avait à voir avec une interpellation musclée ou une scène de baise, l'une ou l'autre n'ayant rien de rare lors d'un contrôle de la circulation ou lorsqu'on s'approche d'une voiture à l'arrêt.

— Ah oui, dit-il, j'ai oublié de vous rappeler. Ç'a été assez agité à l'appel parce qu'on a fait venir les Mœurs pour une séance de renseignements et qu'après, j'ai dû expédier les gars dans les rues. Mais j'ai réussi à attraper Vitello et Smallwood à la salle des équipements avant qu'ils partent et ils m'ont dit qu'il ne s'était rien passé de notable la nuit dernière. Sans parler du fait qu'ils ont été retirés de leur zone pour aller renforcer des collègues.

— OK, d'accord, dit-elle. Merci d'avoir demandé.

Sur quoi elle fit demi-tour et gagna la sortie. Petite et encombrée, la pièce puait l'eau de Cologne de Spellman.

Ballard fit un détour pour rejoindre la salle des inspecteurs afin de ne pas avoir à retraverser le poste de veille en se disant : *Ni vu ni connu, Rivera m'oubliera.* De retour au bureau qu'elle avait emprunté, elle sortit un carnet de notes, alluma son ordinateur portable, ouvrit ses dossiers sur les Hommes de minuit, trouva le numéro de téléphone de la première victime, Roberta Klein, appela et jeta un coup d'œil à la pendule murale au-dessus des écrans de télé en attendant qu'elle décroche. Et inscrivit 21 h 05 dans son carnet afin d'avoir l'info lorsqu'elle devrait mettre à jour la chronologie. Roberta Klein décrocha à la sixième sonnerie.

— Salut, Bobbi, c'est l'inspectrice Ballard à la division de Hollywood.

— Vous les tenez ?

— Non, pas encore, mais on y travaille… même en vacances. Désolée de vous appeler si tard.

— Ç'a m'a fait peur. Je me suis demandé qui m'appelait à cette heure.

— Je suis navrée. Comment allez-vous ?

— Pas bien. Je n'entends pas beaucoup parler de vous. Je ne sais pas ce qui se passe. Je n'arrête pas de me dire qu'ils pourraient revenir parce que le LAPD n'arrive pas à les coincer.

Une fois de plus, Ballard fut agacée par la conduite de Lisa Moore. Les affaires d'agression sexuelle exigent beaucoup de maternage des victimes. Celles-ci ont besoin d'être tenues au courant dans la mesure où plus elles savent ce que fait la police, plus elles se sentent en sécurité. Et plus elles se sentent en sécurité, plus elles sont susceptibles de coopérer. Et dans une affaire de viol, coopérer peut vouloir dire faire baisser les yeux à son agresseur lors d'un tapissage ou en plein tribunal. Ce qui exige du courage et du soutien. Et là encore, Lisa avait laissé filer. Alors que c'était son affaire et que Ballard n'était que l'inspectrice de nuit – et pas la patronne de l'enquête. Jusqu'à maintenant, apparemment.

— Eh bien, là, je vous promets qu'on est sur cette affaire à plein temps, et c'est pour ça que je vous appelle.

— J'ai lâché mon boulot, dit Klein.

— Comment ça ?

— J'ai arrêté. Je ne veux plus quitter ma maison jusqu'à ce qu'ils soient pris. J'ai trop peur.

— Avez-vous vu les thérapeutes qu'on vous avait conseillés ?

— Je déteste ces trucs par Zoom. J'ai renoncé. Trop impersonnel.

— C'est que… vous devriez peut-être y repenser, Bobbi. Ça pourrait vous aider à tenir. Je sais que c'est diffi…

— Pourquoi m'appelez-vous si vous ne les avez pas attrapés ?

Klein ne voyait clairement aucun intérêt à s'entendre dire en quoi tel ou tel thérapeute lui parlant par ordinateur pouvait l'aider à venir à bout de ces heures sombres.

— Bobbi, je vais tout vous dire parce que je sais que vous êtes assez forte pour l'encaisser, reprit Ballard. Nous avons besoin de réorienter l'enquête et, pour ça, votre aide nous sera précieuse.

— Comment ? demanda Klein. Et pourquoi ?

— Parce que nous n'envisagions pas les choses sous le bon angle. Nous pensions que ces types commençaient par choisir un quartier et qu'après seulement ils y cherchaient une victime... parce qu'il était facile d'y entrer et d'en sortir.

— Et ce n'est pas ce qui se passait ?

— Eh bien... nous commençons à penser qu'ils ciblent spécifiquement leurs victimes.

— Ce qui signifie ? demanda-t-elle, sa voix montant dans les aigus au fur et à mesure qu'elle comprenait.

— Il est possible qu'ils aient croisé votre chemin d'une manière différente, Bobbi. Et nous avons besoin que...

— Vous voulez dire qu'ils m'auraient choisie, moi, et pas une autre ?

Le cri qu'elle poussa rappela à Ballard les fois où elle avait marché sur la patte de son chien par inadvertance.

— Bobbi, dit-elle aussitôt, écoutez-moi. Vous n'avez rien à craindre. Nous ne pensons vraiment pas qu'ils vont revenir. Ils sont passés à autre chose, Bobbi.

— Qu'est-ce que ça veut dire ? insista-t-elle. Qu'il y a une autre victime ? C'est ça que vous êtes en train de me dire ?

Ballard se rendit compte que la conversation lui échappait. Elle allait devoir la remettre sur ses rails ou l'arrêter et passer à une autre victime en se servant de tout ce qu'elle avait appris en s'y prenant aussi mal avec la précédente.

— Bobbi, il faut que vous vous calmiez pour que je puisse vous parler et vous dire ce qui se passe. Vous vous en sentez capable ?

Un long silence s'ensuivit avant que la femme à l'autre bout du fil ne réagisse.

— OK, d'accord, dit-elle d'un ton égal. Je suis calme. Dites-moi ce qui se passe, bordel !

— Il y a eu une autre victime, Bobbi. Ça s'est passé tôt ce matin. Je ne peux pas vous donner de détails, mais ça change notre façon de penser. Et c'est pour ça que j'ai besoin de votre aide.

— Qu'est-ce que vous voulez que je fasse ?

— J'ai d'abord besoin que vous me disiez si vous êtes déjà allée au Native Bean de Los Feliz.

Klein marqua une pause pour réfléchir.

— Non, dit-elle enfin. Je n'y suis jamais allée.

— C'est dans Hillhurst Avenue. Vous êtes sûre ?

— Sûre et certaine. C'est…

— Connaissez-vous quelqu'un qui y travaille ?

— Non, et je ne vais même jamais de ce côté-là.

— Merci, Bobbi. Et maintenant…

— Quelqu'un y a été agressé ?

— Je ne peux pas vraiment en discuter avec vous. L'identité des autres victimes est protégée de la même façon que la vôtre, et… J'ai votre mail et je vais vous envoyer un document. C'est un questionnaire sur vos faits et gestes qui nous aidera à comprendre où vous pourriez avoir croisé le chemin de ces types.

— Ah, mon Dieu ! Ah, mon Dieu !

— Aucune raison de paniquer, Bobbi. Ce sera…

— « Aucune raison de paniquer ? » répéta-t-elle. Vous rigolez ? Ces types pourraient très facilement revenir ici et me refaire du mal. À n'importe quel moment, bordel !

— Ça n'arrivera pas. C'est très peu probable. Mais je vais passer au poste de veille dès que nous aurons fini de parler et je demanderai au lieutenant d'augmenter le nombre de patrouilles dans votre rue. Et je veillerai à ce que ce soit fait. D'accord ?

— Comme vous voulez. Mais c'est pas ça qui les arrêtera.

— Ce qui m'amène au formulaire que je voudrais vous faire remplir. Parce que *ça*, ça nous aidera à les arrêter. Vous pourriez y consacrer un peu de temps ce soir et demain ? Vous pouvez me le renvoyer par mail ou, si vous préférez, l'imprimer, y travailler, et moi, je passe le prendre dès que vous avez fini ? Il faudra juste que vous m'appeliez.

— Et l'inspectrice Moore ? Où est-elle ?

Bonne question, songea Ballard.

— On est toutes les deux sur l'affaire. C'est moi qui gère le questionnaire.

Et elle se mit en devoir de lui donner les mêmes consignes qu'à Cindy Carpenter un peu plus tôt. Se voir confier une tâche qui la distraie de ses peurs, au moins temporairement, parut calmer Klein qui finit par accepter. Ballard lui promit de passer prendre le questionnaire et de vérifier la sécurité de la maison. Lorsque l'entretien prit fin, Bobbi Klein parlait calmement et semblait prête à s'y mettre.

Ballard était lessivée après cet appel et sentit l'épuisement gagner ses muscles. Elle décida d'appeler sa deuxième victime plus tard, se leva, rejoignit la salle de repos et se fit une tasse de café avec la Keurig. Bien moins fort et bon que celui de Bosch. Puis elle passa au poste de veille et demanda à Rivera d'ordonner à la patrouille chargée de surveiller le quartier de Bobbi Klein de passer plus souvent dans sa rue. Rivera lui assura qu'il le ferait.

Une fois revenue à son bureau, Ballard décida de suivre l'idée qui lui était venue depuis que Cindy Carpenter lui avait parlé de la photo prise par ses violeurs.

Elle alluma l'ordinateur du bureau, tapa ses identifiants et ouvrit le premier rapport d'incident contenant les détails sur la victime. Elle y trouva le nom de Reggie Carpenter, l'ex-époux de Cindy, et entra son nom dans la base de données du DMV[1]. Elle obtint quelques résultats, mais un seul qui lui donnait une adresse à Venice, où Cindy lui avait dit qu'habitait son ancien mari. Elle chercha son nom et sa date de naissance dans la base des données criminelles et découvrit que Reginald Carpenter avait un casier avec une arrestation pour conduite en état d'ivresse et une autre pour agression, tout cela remontant à sept ans. Il avait obtenu une libération conditionnelle pour ces deux affaires et semblait se tenir tranquille depuis lors.

1. Équivalent américain de notre service des cartes grises.

Ballard appela le numéro de Reggie Carpenter, que Cindy lui avait donné sur sa fiche de renseignements. Quelqu'un décrocha, et elle entendit plusieurs voix en arrière-plan, masculines et féminines, avant qu'on lui parle.

— Monsieur Carpenter, dit-elle, inspectrice Ballard du LAPD à l'appareil. Je vous appelle au mauvais moment ?

— Attendez… La ferme, putain ! Allô ? Qui…

— Je vous l'ai déjà dit. Je suis l'inspectrice Ballard du LAPD. Auriez-vous quelques minutes à m'accorder ?

— Euh, ben, de quoi s'agit-il ?

Ballard décida d'y aller par la bande, histoire de voir si cela lui donnait des infos.

— J'enquête sur un crime dans votre quartier… une violation de domicile.

— Vraiment ? Quand ça ?

— La nuit dernière. Un peu après minuit… soit, techniquement parlant, aujourd'hui. Je vous appelle pour voir si vous étiez chez vous à ce moment-là et si vous n'auriez pas remarqué quelque chose d'inhabituel dans votre rue.

— Euh, non. Je n'étais pas ici. Et je suis rentré assez tard.

— Étiez-vous dans les environs ? Peut-être avez-vous vu quelque chose de l'endroit où…

— Non, je n'étais pas dans le quartier. J'étais à Palm Springs pour fêter le Nouvel An, et je viens de rentrer il y a à peine deux ou trois heures. Où est-ce que ça s'est passé ?

— Au 115 de Deep Dell Terrace, et nous pensons que ces individus ont surveillé la maison avant de choisir le moment où…

— Je vous arrête tout de suite. Je n'habite plus à Deep Dell. Vos renseignements sont erronés.

— Vraiment ? J'ai dû me tromper. Et donc, vous n'étiez pas dans ce quartier-là ?

— Non, c'est mon ex qui y habite et je fais en sorte de l'éviter.

Éclat de rire en arrière-plan, ce qui donna à l'homme de l'assurance.

— Comment m'avez-vous dit vous appeler ? reprit-il.

— Ballard. Inspectrice Ballard.

— Eh bien, je ne peux pas vous aider, inspectrice Ballard. Ce qui se passe là-bas ne me concerne plus.

Il avait dit ça sur un ton empressé qui suscita d'autres rires chez les gens avec qui il se trouvait. Ballard n'éleva pas la voix, le remercia du temps qu'il lui avait accordé et raccrocha. Elle n'était même pas très sûre de ce qui l'avait poussée à passer cet appel. Elle improvisait sur quelque chose qu'elle avait décelé dans la voix de Cindy lorsque celle-ci lui avait parlé de son ex. Comme une note d'appréhension, voire de peur.

Une fois revenue à l'ordinateur, elle ouvrit la base de données des tribunaux du comté et passa au domaine des affaires familiales. Elle y chercha le dossier de divorce de Carpenter, mais, comme elle s'y attendait, le contenu était scellé, à l'exception de la première page où apparaissait la demande de dissolution du mariage. Cela n'avait rien d'inhabituel. Ballard savait que les trois quarts de ces dossiers étaient scellés parce que les deux parties se lançaient généralement des accusations graves dont la diffusion dans le public aurait pu ruiner des réputations, surtout quand aucune preuve ne venait les étayer.

Elle n'en réussit pas moins à tirer deux choses de ces maigres renseignements. Un, que c'était Cindy qui avait entamé la procédure, et deux, les nom, adresse et numéro de téléphone de son avocate, Evelyn Edwards. La recherche Google qu'elle effectua sur cette dernière l'amena sur le site d'Edwards & Edwards, un cabinet d'avocats spécialisé dans le droit familial, ouvert vingt-quatre heures sur vingt-quatre et sept jours sur sept. Elle afficha la bio d'Edwards, tomba sur la photo d'une Afro-Américaine tout sourires proche de la quarantaine et décida de voir si cette firme était effectivement ouverte à ses clients vingt-quatre heures sur vingt-quatre et sept jours sur sept.

Elle appela le numéro indiqué dans le dossier de divorce et eut droit à un robot qui lui demanda de laisser un message et lui assura que Mme Edwards la rappellerait dès que possible. Ballard laissa un mot.

— Je m'appelle Renée Ballard, suis inspectrice au LAPD et aurais besoin qu'Evelyn Edwards me rappelle ce soir. J'enquête sur des violences perpétrées contre une de ses clientes. Rappelez-moi, s'il vous plaît.

Sur quoi elle raccrocha et resta sans bouger un long moment en s'attendant à moitié à ce qu'Edwards la rappelle immédiatement. Même si elle savait que c'était peu probable. Elle commença à réfléchir à la suite et au besoin qu'elle avait d'ouvrir un dossier de référencement croisé où porter les informations qu'elle obtiendrait des trois victimes des Hommes de minuit.

Elle en créa un dans son ordinateur, mais, avant même de pouvoir lui donner un intitulé, son portable vibra. C'était Evelyn Edwards.

— Désolée de vous gâcher votre vendredi soir, lança-t-elle.

— Que je vous dise, inspectrice. Votre message n'est pas de ceux qu'on aime recevoir, peu importe le soir. Laquelle de mes clientes vient de subir ces violences ?

— Cindy Carpenter. Vous vous êtes occupée de son divorce il y a deux ans.

— Oui, c'est bien une cliente. Que s'est-il passé ?

— Elle a été victime d'une intrusion à son domicile, mais, parce que l'enquête est en cours, je ne vais pas entrer dans les détails et j'espère que vous comprendrez.

S'ensuivit un instant pendant lequel Edwards lut entre les lignes.

— Cynthia va-t-elle bien ? demanda-t-elle enfin.

— Elle est en sécurité et va mieux.

— C'est Reginald ?

— Pourquoi cette question ?

— Parce que je ne vois pas pourquoi vous m'appelleriez si ça n'avait rien à voir avec son divorce et son ex.

— Je peux vous dire qu'il n'est pas suspect pour l'instant. Cela étant, une enquête sérieuse implique qu'on envisage toutes les possibilités, et… c'est ce que nous faisons. J'ai cherché le dossier de divorce, constaté qu'il était scellé, et c'est ce qui m'amène à vous.

— Oui, ce dossier est scellé, et pour une bonne raison. Et je violerais les décisions du tribunal et mes obligations de confidentialité sur les relations avocat-client si je discutais de ce genre de choses avec vous.

— Je pensais qu'il y aurait un moyen de contourner cette interdiction et que vous pourriez me parler de leur couple sans, disons… violer ces scellés.

— Vous n'avez pas demandé à Cynthia ?

— Si, et elle a rechigné à m'en parler, et je n'ai pas voulu insister. Elle a eu une sale journée.

— Qu'est-ce que vous êtes en train de ne pas me dire, inspectrice ?

C'était toujours l'avocat qui voulait poser les questions au lieu d'y répondre. Ballard ignora la demande d'Edwards.

— Pouvez-vous me dire ceci…, enchaîna-t-elle. Qui a demandé au juge de sceller le dossier ?

S'ensuivit une longue pause pendant laquelle l'avocate dut se repasser les règles du droit pour déterminer si elle pouvait répondre.

— Ce que je peux vous confier, c'est que c'est moi qui l'ai demandé au juge, répondit-elle enfin. Et ma requête a été formulée en séance plénière.

Ballard comprit le message.

— Vous savez que je ne vais pas pouvoir trouver la transcription de cette séance un vendredi soir. Peut-être même pas lundi. Serait-ce attenter au règlement de me résumer pourquoi vous avez demandé au juge de sceller le dossier en audience publique ?

— Sans commencer par consulter ma cliente, je ne puis vous dire que ceci : l'origine de la demande de divorce contient des allégations selon lesquelles M. Carpenter aurait commis des actes propres à humilier ma cliente. Des actes si ignobles que Cynthia a refusé de les voir mentionnés dans des pièces accessibles au public. Le juge en a été d'accord et le dossier a été scellé… et je ne peux pas vous en dire plus.

— Reggie n'est pas un type bien, n'est-ce pas ? insista Ballard à tout hasard en se disant qu'Edwards lui donnerait peut-être une réponse, mais celle-ci ne mordit pas à l'hameçon.

— Que puis-je faire d'autre pour vous, inspectrice Ballard ?

— Je vous remercie du temps que vous m'avez accordé, maître Edwards. Merci de m'avoir rappelée.

— Mais de rien. J'espère que vous allez attraper l'individu qui a commis ce crime.

— C'est bien mon intention.

Ballard raccrocha, se renversa dans son fauteuil pour analyser ce qu'elle avait appris d'Edwards et de l'appel qu'elle avait passé à Reginald Carpenter. Elle venait de tirer sur un fil sans grande raison autre que celle que lui avait inspirée la façon dont Cindy avait parlé de son ex. Cela dit, cette affaire était celle de deux violeurs en série qui s'en étaient pris à trois femmes différentes. Qu'on puisse la relier à Reginald Carpenter semblait un rien tiré par les cheveux, que celui-ci ait ou n'ait pas été un mari violent. Sans compter qu'il affirmait s'être rendu à Palm Springs, et Ballard doutait fort qu'il l'ait révélé à une inspectrice s'il ne pouvait pas le prouver.

Il n'empêche : les renseignements tirés de ces deux conversations téléphoniques ne la quittant pas, elle décida qu'à un moment ou à un autre elle allait devoir parler avec Cindy de son ex, même si c'était un sujet que celle-ci n'avait manifestement aucune envie d'aborder. En attendant, Ballard décida aussi de revenir au nouveau nœud de l'affaire : comment trouver ce qui reliait les trois victimes entre elles.

Elle appela la deuxième, Angela Ashburn, et la convainquit de remplir le questionnaire Lambkin qu'elle allait recevoir par mail. Ashburn ne montra pas les mêmes crainte et colère que Bobbi Klein. Si elle lui fit bien part de sa réticence à repenser à son agression, elle finit par accepter de remplir le formulaire dès le lendemain, où elle ne travaillerait pas. Ballard la remercia et l'informa qu'elle passerait la voir ce samedi-là dans l'après-midi.

Puis elle se remit à son ordinateur et reprit le dossier dans lequel elle rassemblerait les infos que lui fourniraient les victimes. Elle venait à peine de s'y attaquer lorsqu'elle entendit le signal d'appel de la radio qu'elle avait posée sur son bureau et reconnut aussitôt le lieutenant Rivera à son léger accent.

— Voiture 6 William 26, dit-elle.

Elle attendit trente secondes que Rivera reprenne la parole.

— Code 6, Adam-15, croisement de Cahuenga Boulevard et Odin Street, répondit-il.

Cela voulait dire que des flics de la patrouille réclamaient la présence d'un inspecteur pour une enquête, mais rien n'indiquait la nature du crime. Ballard était souvent appelée sur des scènes de crime sans savoir à l'avance de quoi il retournait. Et, neuf fois sur dix, la présence d'un inspecteur n'était pas nécessaire, les officiers de la patrouille cherchant seulement à se décharger d'une partie de leurs responsabilités sur lui et de le travailler au corps. L'Adam-15 étant, elle le savait, la voiture de Vitello et Smallwood, elle se douta que c'en serait un énième exemple. Mais elle répondit présente à Rivera sans lui demander de plus amples renseignements.

— Bien reçu, 6 William 26.

Elle referma son ordinateur portable, le glissa dans sa mallette et s'empara de sa radio avant de gagner le couloir de derrière pour rejoindre la sortie du commissariat.

Chapitre 14

Elle quitta le parking, prit vers l'est jusqu'au croisement suivant en longeant la caserne des pompiers et tourna à gauche dans Cahuenga Boulevard. C'était tout droit jusqu'au col, où elle vit les gyrophares à la hauteur d'Odin Street. Elle s'arrêta derrière la voiture de la patrouille, elle-même garée derrière un coupé de couleur foncée. Vitello et Smallwood se tenaient entre les deux véhicules avec un type menotté dans le dos.

Elle s'approcha, sa radio à la main.

— Salut, lança-t-elle. Qu'est-ce qu'on a ?

Smallwood lui fit signe de la suivre jusqu'à l'avant du coupé afin qu'ils puissent parler hors de portée d'oreille du type menotté.

— Hé, Mallard, dit-il, on a un des petits fumiers que vous cherchez.

Elle ignora le jeu de mots sur son nom[1] que venait de lui lancer celui-là même dont le nom suscitait bien plus de plaisanteries à la division.

— Quels petits fumiers ? demanda-t-elle.

---

1. Autre nom du canard colvert en anglais.

— Vous savez bien, les duettistes. Les violeurs qu'ont frappé hier soir. Ce mec, c'en est un.

Ballard regarda le type par-dessus d'épaule de Smallwood. Tout honteux, il avait baissé la tête.

— Et comment le savez-vous ? demanda-t-elle à Smallwood. Pourquoi l'avez-vous arrêté ?

— Pour conduite en état d'ivresse. Mais regardez par terre devant le siège arrière. On n'a pas fouillé au cas où il faudrait un mandat ou autre. On voulait pas bousiller des trucs, vous voyez ?

— Passez-moi votre lampe torche. Vous lui avez parlé, à ce type ?

— Pas du tout. On voulait pas bousiller des trucs.

— Vous l'avez déjà dit.

Smallwood lui ayant tendu sa torche, elle longea le coupé en dirigeant le faisceau de sa lampe dans l'habitacle. Elle le passa sur les sièges de devant et la console centrale avant de s'occuper de l'arrière. Posé sur le sol côté passager, elle vit un carton ouvert et y aperçut des rouleaux d'adhésif, de ruban de masquage et un cutter. Elle sentit un petit départ d'adrénaline.

Elle se glissa derrière la voiture et braqua la torche sur l'individu qui, aveuglé, dut se détourner. Cheveux bruns et bouclés, il avait dans les trente-cinq ans et des cicatrices d'acné sur les joues.

— Monsieur, dit-elle, d'où veniez-vous lorsque ces officiers vous ont arrêté ?

— Du haut de Mulholland.

— Vous aviez bu ?

— Quelques bières après avoir fini le boulot. Je m'étais garé au belvédère.

— Où alliez-vous quand vous avez été arrêté ?

— Euh… juste à la maison.

— Qui se trouve… ?

Vitello tendit le permis de conduire du type à Ballard. Elle l'éclaira et le lut tandis que ce dernier lui donnait l'adresse qui convenait. Mitchell Carr avait trente-quatre ans et habitait à Los Feliz, dans Commonwealth Avenue – Ballard se rendant soudain compte qu'il pouvait être son voisin. Elle rendit le permis à Vitello.

— Vous l'avez passé au fichier ? lui demanda-t-elle.

— Rien à signaler hormis des contraventions.

— Je n'ai bu que deux bières, précisa Carr, pour aider.

Ballard le regarda. Elle remarqua quelque chose accroché à sa ceinture et l'éclaira. Un mètre à ruban rétractable. La montée d'adrénaline retomba. Ça ne collait pas.

— D'où êtes-vous, monsieur ? À l'origine.

— De New South Wales, répondit-il. Il y a longtemps de ça.

Vitello se pencha vers Ballard d'un air confidentiel.

— C'est en Australie, murmura-t-il.

Ballard leva la main et lui fit signe de reculer sans le toucher.

— Comment gagnez-vous votre vie, monsieur ? reprit-elle.

— Je travaille dans la décoration intérieure.

— Designer ?

— C'est-à-dire que non, mais j'en ai un pour patron.

— Et vous faites quoi exactement ?

— Je livre et installe du mobilier, j'accroche des tableaux, je prends des mesures, ce genre de choses.

Ballard regarda Smallwood qui les avait rejoints entre les deux voitures. Elle lui rendit sa torche et se retourna vers Carr.

— Et ce cutter et le ruban dans votre voiture ? demanda-t-elle.

— Je mettais du ruban pour marquer les dimensions des meubles dans une maison, répondit Carr. Pour que le propriétaire voie où tout allait être installé. Comment ça irait.

— Et c'était là-haut, dans Mulholland ?

— En fait, c'était bien là-haut, mais dans une rue qui s'appelle Outpost. Juste en retrait de Mulholland Avenue.

— Avez-vous un aspirateur à main pour votre travail ?

— Que voulez-vous dire ?

— Disons un aspirateur à batterie… du genre Dustbuster.

— Oh. Non, pas vraiment. Moi, je supervise les installations et y a des types qui font le ménage après.

— Cela vous gênerait-il qu'on regarde dans votre coffre, monsieur Carr ?

— Allez-y. Que croyez-vous que j'aie fait ?

Ballard ignora sa question et adressa un signe de tête à Smallwood. Il gagna la portière ouverte côté conducteur, mit quelques secondes à trouver le bouton de déverrouillage du coffre et finit par l'ouvrir. Ballard s'avança pour regarder, Vitello sur les talons.

— Vous restez avec lui, lui ordonna-t-elle.

— Ah, oui, exact, dit Vitello.

Ballard vérifia le coffre. Elle y découvrit d'autres cartons ouverts contenant de l'équipement pour la profession que Carr avait déclaré exercer – des rouleaux d'adhésif, d'autres cutters, de petits pots de peinture et de nettoyants industriels. Mais ni aspirateur à main, ni combinaisons, ni cagoules de ski, ni masques pour les yeux fabriqués à l'avance.

— Merci, monsieur Carr, dit-elle.

Puis elle se tourna vers Smallwood et Vitello et ajouta :

— Et merci à vous deux de m'avoir fait perdre mon temps.

Sur quoi, elle les poussa pour passer, reprit le chemin de sa voiture en portant sa radio à ses lèvres et informa le centre de communication qu'elle quittait la scène de crime. Mais Smallwood l'avait suivie.

— Mallard, lança-t-il, vous êtes sûre ?

Elle continua d'avancer sans rien dire, puis elle ouvrit sa portière et se retourna vers Smallwood qui attendait toujours une réponse.

— Dites, l'interrogea-t-elle, vous aviez vérifié sa taille sur le permis ?

— Euh, non, répondit-il.

— Un mètre quatre-vingts. On cherche des types qui font un mètre soixante-cinq, soixante-dix max.

Elle monta dans sa voiture, regarda dans son rétroviseur latéral, déboîta et laissa Smallwood en plan.

Comme elle était déjà en route, elle décida de suivre son instinct et de rejoindre le Dell pour voir comment était le quartier de nuit. Elle descendit la rue lentement et passa devant chez Cindy. Celle-ci avait tiré les rideaux et les lumières du salon étaient allumées. Sur le côté de la maison, Ballard découvrit aussi une lumière dans ce qui devait être la chambre d'amis et se dit que Cindy y avait probablement emménagé pour dormir ailleurs que dans celle où elle avait été agressée. Elle se demanda aussi si Cindy allait dormir avec la lumière allumée à l'avenir.

Puis elle décida de parcourir la rue à pied dans les deux sens et roula jusqu'au bout du cul-de-sac, où elle se gara le long du trottoir. Le froid de la nuit pourrait la revigorer et l'aider à explorer tous les endroits sombres et sans lumière.

La première chose qu'elle remarqua en commençant à marcher fut que si la rue semblait calme, le bruit de fond de la 101 toute proche était audible. Un peu plus tôt, elle s'était trouvée sur la terrasse de Bosch qui dominait cette même autoroute de l'autre côté, mais le bruit de la circulation n'y était pas aussi envahissant qu'à cette hauteur. Elle songea aussi que les habitants du quartier devaient entendre les bruits du Hollywood Bowl qui se trouvait directement de l'autre côté de la route. Ce devaient être des bruits agréables à entendre et qui devaient leur manquer depuis quasiment un an qu'il était fermé à cause de la pandémie.

Les lampadaires étaient trop espacés pour donner de la lumière partout dans la rue. Il y avait des poches de ténèbres, et la maison de Carpenter se trouvait dans l'une d'elles, et plus sombre encore que les autres parce que le réverbère le plus proche – à l'extrémité est de la propriété – ne fonctionnait pas. Ballard sortit la petite lampe qu'elle avait toujours dans la poche de sa veste Van Heusen et en braqua le faisceau sur le globe en verre opaque en haut du poteau. Antique, le luminaire – du genre qu'adorent les résidents des quartiers riches des collines de Hollywood, où l'on se soucie plus du design et de l'esthétique que de dissuader d'éventuels criminels. Nombre de ces quartiers des collines habités par des communautés aisées sont ainsi toujours faiblement éclairés. À Los Angeles, les décisions portant sur le style des réverbères, leur intensité lumineuse et leur nombre sont laissées à l'appréciation de groupes de propriétaires. Conséquence, des dizaines de styles différents dans toute la ville et les trois quarts des associations de propriétaires qui s'opposent à tout effort de modernisation de l'éclairage.

Le haut du globe embué semblait intact et Ballard ne put déterminer s'il avait été endommagé ou trafiqué. Elle fit glisser le faisceau de sa lampe jusqu'en bas le long du poteau en pierre préassemblé et découvrit une plaque en acier par laquelle on pouvait accéder aux câbles d'alimentation. Elle allait se baisser pour voir si elle non plus n'avait pas été trafiquée lorsqu'une voix d'homme dans son dos la fit sursauter.

— C'est un globe en forme de gland, entendit-elle.

Elle pivota sur les talons et braqua le faisceau de sa lampe droit dans les yeux d'un vieil homme avec un petit chien dans les bras – probablement un chihuahua et apparemment aussi vieux et décati que son propriétaire. L'homme tenta de bloquer la lumière de sa main, mais fut incapable de la lever assez haut sans risquer de laisser tomber son chien. Ballard abaissa sa lampe et se couvrit le nez et la bouche avec son masque.

— Veuillez m'excuser, dit-elle. Vous m'avez fait peur.

— Oh, ce n'était pas mon intention, répondit le vieillard. Je vois que vous admirez ce globe à gland.

— Vous voulez dire ce réverbère ?

— Oui, nous parlons de réverbères à gland à cause de la forme de leur globe, voyez-vous. Nous les préservons un maximum.

— Eh bien, celui-ci ne va pas très fort, dit-elle.

— Ç'a été signalé au BEP. C'est moi qui l'ai appelé personnellement.

— Vous habitez dans cette rue ?

— Oh oui ! Depuis plus de cinquante ans. J'ai même connu Peter l'Ermite en son temps.

Ballard n'avait aucune idée d'à qui ou à quoi il se référait.

— Je suis officier de police, reprit-elle. Inspectrice. Vous promenez-vous souvent dans cette rue le soir ?

— Oui, tous les soirs. Frederic ici présent est devenu trop vieux pour marcher, alors je le porte. Je sais que ça lui plaît.

— Quand avez-vous signalé que ce… que ce réverbère était éteint ?

— Hier matin. Je voulais qu'il soit réparé avant les fêtes, mais ça n'a pas été fait. Mais moi, je leur ai dit, vous avez merdé, alors vous revenez et vous nous arrangez ça. Je ne voulais pas que ça se retrouve en bas de la pile. Je sais comment ils travaillent, au BEP.

— Et c'est quoi, ce BEP ? Et qui a merdé quoi ?

— Le Bureau de l'éclairage public. Parlez d'un bureau ! Du Baratin En Pagaille, oui ! Ils sont censés préserver les choses, mais ils se foutent du passé. Et du beau. Ils veulent que toute la ville soit pareille. Avec de la vilaine lueur orange qui tombe de leurs grands poteaux en acier. De la vapeur de soude ! Si vous voulez mon avis, c'est même pour ça qu'ils viennent ici tout saboter.

À peine eut-il prononcé ces mots que Ballard s'intéressa soudain beaucoup à lui.

— Comment vous appelez-vous, monsieur ?

— Jack. Jack Kersey. Président du comité de l'éclairage public, association du Hollywood Dell.

— Quand avez-vous remarqué que ce réverbère était éteint ?

— Mercredi soir, pendant notre promenade… avant-hier soir donc.

— Et vous pensez qu'il a été saboté ?

— Je ne le pense pas, je le sais. Je les ai vus, avec leur fourgon. Combien faut-il de types du BEP pour dévisser une ampoule ? Moi, je dirais deux. Ils sont passés ici et après, y a plus eu de lumière.

Ballard pointait sa lampe vers le sol, elle la braqua sur la plaque d'accès au pied du réverbère.

— Ils ont travaillé dessus ici même ?

— Voilà. Le temps que j'attrape Frederic et arrive, ils faisaient demi-tour pour filer. Je leur ai fait de grands signes, mais ils se sont contentés de passer devant moi dans leur fourgon.

— Avez-vous réussi à les voir ?

— Pas vraiment. Le type qui conduisait était blanc. Avec des cheveux roux, ça, je m'en souviens.

— Et l'autre ?

Il hocha la tête.

— Non, je n'ai regardé que le conducteur.

— Parlez-moi de ce fourgon. De quelle couleur était-il ?

— Blanc. C'était juste un fourgon.

— Y avait-il des inscriptions dessus… du genre Bureau de l'éclairage public ? Le sceau de la ville ? Autre chose ?

— Euh… oui, je l'ai bien vu, leur BEP… là, juste sur la portière quand ils sont passés devant moi à toute allure.

— C'est bien des lettres B, E et P que vous parlez ?

— Oui, juste là, sur la portière.

— Pourriez-vous me dire de quel genre de fourgon il s'agissait ?

— Pas vraiment. C'était juste un de leurs véhicules de travail.

— Disons par exemple… Avait-il l'avant plat comme les anciens avec le moteur entre les sièges avant ? Ou alors… avec l'avant plus incliné… comme les plus récentes ?

— Avec l'avant incliné. Il avait l'air neuf.

— Et les vitres ? Celles qui descendent sur les côtés, ou alors était-ce ce qu'on appelle un fourgon à panneaux ?

— À panneaux. Dites, inspectrice, vous vous y connaissez drôlement en fourgons, vous !

— On a déjà vu ça avant, dit-elle en ne se donnant pas la peine de lui préciser qu'elle en avait eu plusieurs à l'époque où elle transportait ses planches de surf un peu partout.

Elle rajusta la lumière sur la plaque et vit que celle-ci était maintenue en place par deux vis. Elle avait des outils de base dans son sac d'équipement rangé dans sa voiture.

— Où habitez-vous, monsieur Kersey ? reprit-elle.

— Juste au bout de la rue. Au croisement, répondit-il.

Il lui donna son adresse précise et lui montra la maison quatre portes plus bas, au feu rouge. Ballard se rendit compte que c'était une des demeures où personne ne lui avait ouvert plus tôt dans la journée.

— Êtes-vous sorti aujourd'hui ? lui demanda-t-elle. J'ai frappé chez vous.

— Oui, je suis allé au magasin. En dehors de ça, je suis resté à la maison. Pourquoi avez-vous frappé chez moi ? De quoi s'agit-il ?

— Il y a eu une violation de domicile dans cette rue hier soir et j'enquête dessus. Ce réverbère a pu être mis hors service par les criminels.

— Ah, mon Dieu ! Où ça ?

— Là-bas, répondit Ballard en lui montrant la maison de Carpenter.

— Et dire que ça commençait aussi à s'apaiser de ce côté-là.

— Que voulez-vous dire ?

— Eh bien, qu'il y avait un type qui y habitait. Bruyant, toujours à gueuler et à balancer des trucs à droite et à gauche. Un excité, je dirais. Mais je crois qu'elle l'a viré et c'était redevenu calme. Paisible.

Ballard acquiesça d'un signe de tête et se rendit compte à quel point elle avait eu de la chance que Kersey ait baladé son chien alors qu'elle se trouvait dans la rue : ses informations étaient de première importance.

— Auriez-vous par hasard remarqué quoi que ce soit d'inhabituel dans le quartier hier soir ?

— Hier soir… Non, je ne pense pas.

— Rien du tout après disons… 20 heures ?

— Rien qui me vienne à l'esprit. Désolé, inspectrice.

— Pas de problème, monsieur Kersey. Je vais aller chercher des outils dans ma voiture, que j'ai garée au bout de l'impasse. Il faut que j'ouvre cette plaque. Je reviens tout de suite.

— Il vaudrait sans doute mieux que je mette Fred au lit, dit-il. Il se fatigue vite, vous savez.

Ballard lui demanda son numéro de téléphone au cas où elle aurait besoin de lui poser d'autres questions ou de lui montrer des photos de fourgons.

— Merci, monsieur Kersey, dit-elle. Et bonne nuit.

— Vous aussi, inspectrice. Bonne nuit et soyez prudente.

Sur quoi il fit demi-tour et repartit en murmurant des mots de réconfort au chien dans ses bras.

Ballard rejoignit sa voiture et la ramena dans la partie sombre de la rue. Puis elle déverrouilla le coffre, ouvrit le mini-jeu d'outils en plastique qu'elle conservait dans son sac d'équipement, enfila des gants, revint au réverbère avec un tournevis et ôta rapidement la plaque d'accès. Les vis étaient bien serrées, mais tournèrent sans difficulté, ce à quoi elle ne s'attendait guère étant donné l'état de l'équipement. Sur la plaque, elle remarqua une marque de fabricant à demi effacée : celle de la Pacific Union Metal Division.

Une fois la plaque enlevée, elle braqua le faisceau de sa lampe dans l'ouverture et découvrit un fouillis de fils sortant d'un conduit en métal qui, elle le pensa, devait remonter le long du poteau jusqu'à la lampe. Un de ces fils avait été coupé et son cœur en cuivre brillait fort à la lumière. Il n'était ni abîmé ni oxydé le moins du monde, ce qui indiquait qu'il avait été sectionné récemment.

Ballard n'eut alors plus aucun doute. Les Hommes de minuit avaient bel et bien coupé ce fil pour éteindre la lumière ce mercredi soir là, revenir le lendemain jeudi dans la nuit et entrer chez Cindy par effraction pour la violer. Ils avaient alors eu la très grande malchance de tomber sur un Kersey qu'elle avait, elle, eu la très grande chance de rencontrer. Il les avait vus et s'y connaissait en réverbères. Le portrait de base d'un conducteur aux cheveux roux correspondait bien à celui d'un des deux agresseurs de Cindy.

Ballard se sentit mal d'avoir enguirlandé Smallwood et Vitello qui l'avaient appelée pour un contrôle routier. S'ils ne l'avaient pas fait, elle n'aurait peut-être pas vadrouillé dans le quartier pile au bon moment pour croiser la route de Jack Kersey. Les étoiles semblant s'être par miracle alignées correctement, enfin, elle se retrouvait plus près des Hommes de minuit.

Elle remit la plaque d'accès en place, la revissa, regagna sa voiture et décida de prendre vers le sud et d'aller vérifier les réverbères installés devant le domicile des deux premières victimes.

Chapitre 15

Tous les réverbères éclairaient fort les rues où s'étaient produites les deux premières agressions perpétrées par les Hommes de minuit. Ballard n'en découvrit pas moins un bon exemple de l'éclectisme des programmes d'éclairage public de la ville : les deux rues étaient équipées de réverbères à globes et poteaux de styles différents, l'une avec des poteaux ornés en fer et à deux globes et l'autre à gland simple. Elle s'en voulut de constater que l'inspectrice de police qu'elle était et qui, en plus, travaillait la nuit n'avait jamais remarqué ces différences de quartier à quartier. Cela lui rappela de ne jamais cesser d'observer et de chercher le détail qui change tout.

Elle s'était arrêtée au bord de la route et cherchait l'adresse du Bureau de l'éclairage public lorsqu'elle reçut un autre appel où l'on demandait la présence de l'« inspectrice de nuit ». Il fallait qu'elle aille superviser une scène de crime – un homme retrouvé mort sous le pont autoroutier de Gower Street. Elle nota l'adresse du BEP le plus proche – en fait, il y en avait beaucoup – et se mit en route pour gagner, elle le savait, une des communautés de sans-abri les plus peuplées et moches de Hollywood. La pandémie l'avait vue passer de quelques tentes à un véritable dédale d'abris en toile, d'appentis et autres structures de bric et de broc – certaines édifiées avec une ingéniosité surprenante –, le tout habité par au moins cent personnes. Rien que les dix derniers mois, Ballard avait déjà été appelée deux fois sur des scènes de crime de « Gower Grim[1] », comme certains de la division qualifiaient maintenant cet endroit. Le premier décès avait été attribué au Covid-19, le second à une overdose d'opioïdes.

Elle y arriva par Hollywood Boulevard, où le terrain monte doucement vers Beachwood Canyon et ses résidents des collines à l'est du Dell. Elle aperçut les lumières bleues des gyrophares de deux voitures de patrouille. Un sergent était donc déjà sur les lieux. Elle se rangea derrière les véhicules et vit deux bleus et le sergent Spellman regroupés devant une petite cabane en palettes. Sur le mur en béton du pont autoroutier, quelqu'un avait tagué : *Pas de masques, pas de vaccins, pas de problèmes*.

Elle enfila son masque, descendit de voiture et rejoignit les trois policiers.

— Ballard, lui lança Spellman. Faut que vous signiez pour qu'on finisse le premier. Encore une overdose. De fentanyl, on dirait.

Ballard était là pour déterminer s'il fallait appeler les Homicides ou déclarer qu'il s'agissait d'une mort

1. « Gower la sinistre ».

accidentelle, « à la suite d'une mésaventure », selon l'expression préférée des services de médecine légale. De sa décision dépendrait la mise en action de tout le mécanisme d'enquête pour homicide, avec inspecteurs et unités de médecine légale qu'on fait venir en pleine nuit.

À peine sortis de leur année de mise à l'essai, Castro et Vernon, les deux policiers en tenue, arrivaient de la très calme Devonshire Division de la Valley. Ils n'avaient pas encore fait l'expérience de l'environnement hostile qui ne manquerait pas de régner à nouveau à Hollywood une fois la pandémie terminée.

Ballard enfila des gants et sortit sa mini-torche.

— Voyons un peu ça, dit-elle.

Un morceau de bâche en plastique bleu servant de porte avait été rabattu sur le haut de l'abri de fortune et il y avait juste assez de place pour elle, l'espace étant encore plus réduit que celui d'une cellule à l'ancienne prison du comté. Par terre était étendu un matelas crasseux sur lequel reposait, cheveux sales et barbe hirsute, le corps d'un homme complètement habillé. Ballard lui donna une vingtaine d'années alors qu'il semblait en avoir plus de trente tant la drogue et le fait de vivre dans les rues l'avaient usé. Allongé sur le dos, il avait les yeux ouverts en une sorte de rictus tourné vers l'absence de toit. Huit mètres au-dessus de lui, on voyait le dessous en acier de l'autoroute. Chaque fois qu'une voiture y passait, un grondement se faisait entendre et, même à minuit, la circulation n'arrêtait pas.

Ballard s'agenouilla et approcha la lumière du cadavre. Lèvres bleu-mauve, bouche légèrement ouverte. Elle vit aussi du vomi jaunâtre qui avait séché sur ses lèvres, dans sa barbe et sur le matelas, juste à côté de son oreille droite. Elle fit descendre le faisceau de sa lampe le long du corps et remarqua que les doigts de ses deux mains s'étaient serrés fort contre ses paumes.

Un camion qui passait au-dessus d'elle gronda si fort que les palettes en tremblèrent. Ballard éclaira l'abri autour d'elle et s'aperçut que le mort l'avait isolé en y clouant des cartons dépliés. Et que l'un d'entre eux avait contenu une télé à écran plat, ainsi orientée qu'il pouvait la regarder depuis son matelas pourri.

Des débris jonchaient ce dernier, dont des cartons renversés, un sac à dos graisseux complètement retourné et un bocal de mayonnaise vide qui aurait pu contenir des pièces mendiées au coin des rues. Tout le reste de ses biens avait disparu, ses copains résidents de Gower Grim s'étant assurés de lui faire les poches avant d'appeler la police.

Avec les sans-abri, il est difficile de déterminer si la mort est due à une overdose sur site. Il n'y a pas de flacons de pilules vides ou à moitié pleins laissés là pour aider l'enquêteur. Dans ces campements, les accros à la drogue ne peuvent pas se payer le luxe d'avoir des réserves ou, si c'est le cas, celles-ci ont disparu bien avant l'arrivée de la police. Cela étant, plutôt deux fois qu'une, leur existence miséreuse dit clairement que c'est la dernière pilule qu'ils ont réussi à se procurer qui les a tués. La cause de la mort de cet homme serait certainement déterminée par l'autopsie et des examens de toxicité. Il n'en restait pas moins que Ballard devait décider, et tout de suite, s'il fallait mettre toute la machine en branle, et ce n'était pas une décision à prendre à la légère. Le plus sûr était toujours d'appeler les Homicides, mais cela voulait souvent dire crier au loup. Et ne manquerait pas de déclencher des rumeurs qui auraient pour résultat de créer de la défiance envers elle dans les rangs. En plus de quatre ans de service passés chez eux, elle les avait appelés plusieurs fois, et sans jamais se tromper.

Elle se redressa, repassa dans la rue et vit le fourgon blanc des services du coroner arriver avec sa grande bande bleue sur le côté.

— Alors ? lui demanda Spellman.

— On est dans le brouillard mauve[1].

— Qu'est-ce que ça veut dire ?

— Que Jimi Hendrix s'est étouffé avec son vomi en avalant trop de ces pilules. Exactement comme ce type. Quelqu'un aurait trouvé son identité ?

Spellman se mit à rire.

— Génial, celle-là, Ballard ! s'exclama-t-il. Je l'oublierai pas.

Ballard regretta aussitôt d'avoir utilisé cette expression. C'était cruel et, maintenant, ce flic cruel la replacerait. Et ça passerait de flic en flic dans tout le service avec chaque fois une couche de cruauté en plus.

---

1. *Purple haze* en anglais. Titre d'un morceau de Jimi Hendrix et nom d'une variété de cannabis.

— Papiers d'identité ? répéta-t-elle pour remettre les choses en place.

— Non, rien, répondit La Castro. On a demandé autour… Ici, on l'appelait seulement Jimmy.

— Ah, nom de Dieu ! s'écria Spellman. « Brouillard mauve », c'est tout à fait ça !

Sur quoi, il se détourna pour abaisser son masque et pouvoir rire tout son soûl. Ballard vit plusieurs sans-abri regarder la scène depuis leurs tentes et appentis. Elle sentit tous leurs regards morts sur elle – elle qui avait lancé la plaisanterie qui faisait rire le sergent.

Elle resta sur le site une demi-heure de plus pendant que l'enquêteur des services du coroner procédait aux mêmes examens qu'elle, et arrivait à la même conclusion : ce décès ne serait pas considéré comme un homicide. En attendant, elle prit sa radio pour appeler l'unité dotée d'un lecteur d'empreintes de pouce. Si la victime en avait déjà donné une pour obtenir son permis de conduire ou avoir été mis en prison, son identité serait révélée. Ces lecteurs mobiles coûtaient cher et, flics de la patrouille ou inspecteurs, seuls quelques-uns y avaient droit.

Dès qu'il arriva, elle l'emporta dans l'abri et posa le pouce du mort sur l'écran. Résultat négatif. Pas une correspondance. Rien dans le système judiciaire, ce qui était inhabituel, quasiment inouï, même, pour un sans-abri qui se drogue. Elle refit une prise d'empreintes – négative encore une fois. Cela voulait dire que les services du coroner allaient devoir creuser plus profond pour avoir son identité et notifier ses proches. Et si cela ne donnait rien, la dépouille devrait rester au frigo pendant un an avant d'être brûlée, et ses cendres enterrées sous un numéro au cimetière d'Evergreen d'East L.A.

Dès que le corps fut chargé dans le fourgon aux bandes bleues, Ballard regagna le commissariat pour remplir la paperasse avant la fin de son quart. Elle commença par mettre à jour la chrono dans l'enquête sur les Hommes de minuit, puis elle rédigea son rapport sur la mort du sans-abri non identifié, l'enquêteur des services du coroner lui ayant appris qu'il figurerait dans les dossiers sous le nom de John Doe[1] 21-3 jusqu'à ce que son identité véritable soit déterminée. Ballard se rendit alors compte qu'à peine vingt-quatre heures après le début de la nouvelle année, il y avait déjà trois corps non identifiés dans la Big Crypt des services du coroner. Et que tous les anonymes et disparus de la ville le restaient jusque dans la mort.

Ce travail une fois terminé, elle imprima ses rapports et en laissa des copies dans la boîte du lieutenant. Il ne les verrait pas avant le lundi suivant, où il devait reprendre le boulot. Elle envoya aussi sa chrono mise à jour à Lisa Moore par mail. Cela n'était pas vraiment nécessaire, mais elle voulait que sa collègue des Crimes sexuels voie jusqu'où elle avait fait avancer l'enquête sans son aide.

La paperasse l'avait menée jusqu'à la fin de son quart à 6 heures, mais elle avait encore une heure à tuer parce qu'elle voulait faire un saut au Native Bean,

1. Formule désignant un mort inconnu.

qui n'ouvrait qu'à 7 heures. Elle la passa à vérifier son courrier et à surfer sur le Web, en commençant par y lancer une recherche sur Peter l'Ermite. Elle découvrit que c'était une figure légendaire du Dell : il avait habité Ivar Avenue et, grande barbe et longs cheveux blancs, il avait joué dans des films à thèmes bibliques dans les années vingt et trente. On lui attribuait aussi le mérite d'avoir été un des pionniers du business des sosies sur Hollywood Boulevard où il prenait des poses bibliques pour les touristes moyennant pourboire. Il était resté l'un des piliers du Dell jusqu'à sa mort dans les années soixante.

Puis elle étudia les dernières offres de chiens à adopter sur le site de Wags and Walks. Elle pleurait toujours la mort de sa chienne Lola, qui avait succombé à un cancer des os huit mois plus tôt. C'était avec une fréquence grandissante qu'elle allait maintenant sur ce genre de sites pour y regarder des photos en songeant à ramener un chien chez elle. Bâtarde de pit-bull, Lola avait une allure qui en avait intimidé plus d'un à Venice Beach et jamais Ballard n'avait eu à s'inquiéter de laisser ses affaires dans sa tente quand elle allait faire du paddle.

Sauf que maintenant, elle habitait dans un appartement neuf, qu'il y avait une limite de poids pour les animaux acceptables et que c'était plus de la compagnie que de la protection qu'elle recherchait.

Elle fit défiler les photos et lut certaines des histoires qui les accompagnaient – toutes racontées du point de vue des chiens. Enfin, elle tomba sur Pinto, un bâtard de chihuahua à l'air sincère et aux yeux dorés. Il avait déjà attiré son attention quinze jours plus tôt lorsqu'il avait fait sa première apparition dans le dépliant de photos de chiens à la recherche d'un foyer. Et il était toujours au chenil et toujours disponible.

Elle jeta un coup d'œil à la pendule murale. L'heure était venue d'attraper Cindy Carpenter à l'ouverture du Bean. Mais elle eut encore un regard pour Pinto avec ses poils marron et blancs et son museau plus allongé que celui d'un chihuahua pur-sang comme Frederic, le chien que baladait Jack Kersey. Elle cliqua sur un bouton sous la photo et un formulaire apparut à l'écran. « Je veux faire la connaissance de Pinto », tapa-t-elle. Puis elle hésita, mais seulement une seconde ou deux, avant d'ajouter son numéro de portable et de cliquer sur la case « envoi ».

Elle était morte de fatigue lorsqu'elle traversa le parking du commissariat pour rejoindre son Defender, mais elle avait de l'espoir pour Pinto.

Elle compta les heures qu'elle avait passées sans dormir et arriva à un total de pas loin d'une journée entière. Elle avait envie d'emporter sa planche jusqu'aux vagues de Sunset Beach et de laisser le Pacifique la revigorer, mais elle savait qu'il était impératif de dormir. Elle allait donc se contenter de faire une apparition au Native Bean pour y saluer Cindy et rentrerait chez elle pour y dormir jusqu'à au moins midi. Elle sortit du parking, prit par Sunset Boulevard, puis à droite, et fila vers Hillhurst Avenue.

Elle arriva au Bean pile à 7 heures et découvrit quatre personnes déjà en train de faire la queue à la guérite. Elle se gara de l'autre côté de la rue, enfila son masque et descendit de voiture.

Lorsque enfin ce fut son tour, ce ne fut pas Cindy qui la servit. Elle commanda un déca et la vit préparer les boissons au fond de l'établissement. Elle l'appela et lui fit de grands signes de la main.

— Vous avez une minute ? lui lança-t-elle.

— Euh, pas tout de… Je finis ces commandes. Il y a une table sur le côté.

Parce qu'elle n'avait pas commandé un café grand luxe, elle eut droit à sa tasse dans l'instant. Elle l'emporta à droite du bâtiment où, sur le trottoir de la rue transversale, étaient installées quatre tables espacées ainsi qu'il convenait. Elle s'assit à la plus proche de la porte et attendit. Elle ne voulait pas du café qu'elle venait de se payer, même si c'était un déca. Elle voulait pouvoir dormir.

Carpenter arriva avec son propre café environ cinq minutes plus tard.

— Désolée, on a eu du monde, dit-elle en prenant place en face d'elle.

Les bleus qu'elle avait au visage avaient grandi et viré au violet et ses lacérations commençaient à peine à cicatriser.

— Pas de problème, lui répondit Ballard. Je ne vous avais pas avertie de ma visite. Je voulais juste avoir de vos nouvelles et voir comment vous alliez.

— Ça va, dit Carpenter, enfin… vu ce qui m'est…

— Oui, vous avez vécu ce que personne ne devrait jamais avoir à supporter.

— Y a-t-il du nouveau ? Avez-vous…

— Non, pas vraiment. Ce que je veux dire, c'est qu'il n'y a pas eu d'arrestations. Dès qu'on les coince, je vous avertis, de jour comme de nuit.

— Eh bien… merci…

— Avez-vous eu le temps de vous mettre au questionnaire ?

— Oui, mais je n'ai pas terminé. Il y a beaucoup de choses. Je l'ai apporté et j'y travaillerai après le coup de feu du matin.

Comme si c'était un signal convenu, la porte moustiquaire du Bean s'ouvrit et la femme qui avait pris la commande de Ballard se pencha dehors.

— Y a des clients, dit-elle.

— OK, lui répondit Carpenter. J'arrive.

L'employée laissa la porte se refermer en claquant.

— Je suis désolée, reprit Carpenter. Faut vraiment que j'y aille.

— Aucun souci. On pourra parler plus tard, quand vous aurez terminé le questionnaire. Je voulais juste savoir s'il vous était revenu quelque chose d'autre. Vous savez bien, comme quand vous vous êtes souvenue de la photo… Juste savoir si d'autres détails…

Carpenter se leva de la table.

— Non, pas vraiment, dit-elle. Désolée.

— Pas la peine de vous excuser, mais j'ai juste un petit truc à vous dire rapidement. Un de vos voisins a vu un fourgon blanc dans la rue avant votre agression. Deux types qui auraient réparé un réverbère, sauf que maintenant il est complètement hors service. Je suis allée voir. Pour moi, ce sont eux, et ils ont trafiqué la lumière pour que ce soit plus sombre devant chez vous.

— Ça fout la trouille. Vous êtes sûre ?

— Je vais vérifier auprès du Bureau de l'éclairage public pour voir s'ils ont envoyé quelqu'un dans votre rue, mais j'en doute. Un des câbles d'alimentation était coupé. Bon, bref, je voulais juste vous demander… Vous ne connaissez personne qui aurait un fourgon blanc ?

— Euh, non.

— D'accord, je vous laisse y retourner.

Après que Carpenter fut repassée à l'intérieur, Ballard se leva et vida dans une poubelle le café auquel elle n'avait pas touché. L'heure était venue d'aller dormir.

Chapitre 16

Les vibrations de son portable s'infiltrèrent dans son sommeil et la sortirent d'un rêve d'eau. Elle repoussa son masque de sommeil sur son front, prit l'appareil et vit que c'était Bosch et qu'il était exactement midi.

— Harry, lança-t-elle.

— Merde, tu dormais. Rappelle-moi quand tu seras réveillée.

— Non, c'est bon, je suis réveillée. Qu'est-ce qu'il y a ?

— Je crois avoir trouvé le lien.

Qu'il ait utilisé ce terme la renvoya aux victimes des Hommes de minuit. C'était à cela qu'elle avait travaillé jusqu'à ce que l'épuisement la plonge dans le profond sommeil dont il venait de la sortir. Elle repoussa l'édredon, passa les jambes par-dessus le bord du lit et s'assit.

— Minute, reprit-elle. Qu'est-ce que tu es en train de me dire ? Tu as relié mes trois victimes ? Comment as-tu…

— Non, pas tes femmes. Les assassinats. De Javier Raffa et d'Albert Lee.

— Ah oui, je comprends. Désolée. Va effectivement falloir que je me réveille.

— À quelle heure t'es-tu effondrée ?

— Vers 8 heures.

— C'est pas assez. Rendors-toi et rappelle-moi plus tard.

— Non, maintenant je ne vais plus pouvoir dormir. Je vais recommencer à penser à l'affaire. J'ai une idée… tu as faim ? Je n'ai rien mangé hier. Je pourrais apporter quelque chose.

— Euh, ben… oui, mais… tu es sûre ?

— Oui. Qu'est-ce que tu veux ?

— Je ne sais pas. N'importe quoi.

— Je vais prendre une douche et je démarre. Dis-moi ce que tu veux chez Birds. C'est sur le chemin. Le menu est en ligne.

— Je sais déjà ce que je veux. Un quart de poulet avec des *baked beans* et du coleslaw. Avec la sauce barbecue ordinaire.

— Envoie-moi quand même un SMS, pour que je n'oublie pas.

Elle raccrocha et resta assise un bon moment sur son lit à se demander si elle n'aurait pas dû suivre le conseil de Bosch et essayer de se rendormir. Elle se tourna et regarda son oreiller. Après quatre ans de quart de nuit à travailler de 20 heures à 6 heures du matin quatre fois par semaine, elle avait appris que tricher sur son sommeil pouvait avoir de graves conséquences.

Elle se força à sortir du lit et gagna la salle de bains.

Une heure plus tard, elle s'arrêtait devant chez Bosch et descendait de voiture avec son portable et le sac de chez Birds. Situé à quelques minutes seulement de son appartement, ce restaurant était devenu l'endroit où aller acheter de la nourriture à emporter pendant la pandémie. On y faisait aussi un rabais pour les membres de forces de l'ordre, même si les policiers du LAPD n'étaient pas censés profiter de pareils avantages.

Bosch lui prit son sac, le posa sur la table du salon où il avait fait de la place entre son ordinateur, son imprimante et sa paperasse et se mit à en sortir les boîtes de nourriture.

— J'ai pris la même chose que toi, dit-elle. Ça devrait être facile. Ça te gêne si j'enlève mon masque pour manger ? J'ai les anticorps… normalement.

— Non, pas de problème. Quand l'as-tu attrapé ?

— En novembre.

— Grave ?

— J'ai été patraque pendant quelques semaines, mais j'ai clairement eu plus de chance que certains. Tu penses que notre nouveau président va pousser à la vaccination ? Je ne sais même pas si un seul d'entre nous l'a eue.

— J'espère.

— Et toi ? Tu es éligible ?

— Je ne sors jamais d'ici. Ça pourrait être plus dangereux que j'aille me le faire faire.

— Tu devrais prendre un rendez-vous, Harry. N'en fais pas une histoire.

— On dirait ma fille.

— Eh bien, ta fille a raison. Comment va-t-elle ?

— Bien. Elle s'en sort bien à l'académie et elle a un petit copain.

Il n'en dit pas plus, mais Ballard comprit qu'il ne voyait plus très souvent sa fille et en fut attristée.

Ils sortirent la nourriture des boîtes et laissèrent les couverts en plastique dans le sac. Bosch avait déjà étalé l'argenterie.

— Autrefois, reprit-il, ils faisaient des rabais aux flics. Chez Birds.

— Ils le font toujours. Ils aiment bien nous avoir comme clients.

Elle lui laissa le temps de savourer sa première bouchée de poulet rôti dégoulinante de sauce barbecue – le genre de plat qui vous fait porter la serviette à la bouche après chaque coup de dents.

— Bon, alors, parle-moi de ce lien que tu as trouvé, dit-elle.

— Tout ce que j'ai se réduit aux documents qu'on peut lire en ligne. Aux registres d'entreprises de l'État. Va falloir que tu creuses plus profond avec les accès que tu as pour confirmer.

— D'accord, et pour confirmer quoi ?

— Que c'est le même affacturage que dans l'affaire d'Albert Lee. Il y a trois ans de ça, la propriété de l'atelier, y compris de l'endroit où il se trouve, est passée de Javier Raffa à une corporation détenue par Raffa et un partenaire.

— Qui est… ?

— Un dentiste du nom de Dennis Hoyle. Cabinet à Sherman Oaks.

— Encore un dentiste. Dennis. Celui d'Albert Lee était bien de la Marina, non ?

— Si, John William James.

— Des rapports entre Hoyle et James ?

— C'est justement ça, le lien.

Elle sentit qu'il était fier de ce qu'il avait trouvé, et de l'avoir fait sans même seulement bouger de chez lui. Elle espéra avoir la même niaque à son âge, si elle était encore en vie à ce moment-là et travaillait sur des affaires.

— Dis-moi.

— Bien, commencer par le fait que Hoyle et James sont dentistes, dit-il. Cabinets entièrement différents. James travaille à la Marina avec un type bien particulier de patients : des célébrités, des célibataires, des acteurs, tout ça. L'autre, Hoyle, bosse dans la Valley. Clientèle différente, probablement plus familiale. D'où il semblerait bien que jamais les deux fils ne devraient se croiser.

— Sans doute. Mais peut-être qu'ils se sont croisés professionnellement. Tu sais bien, à une réunion des Arracheurs de dents de Los Angeles ou autre.

— Tu brûles. Ces mecs, ces… dentistes… quand ils te mettent une couronne, un implant ou tout ce que tu veux, c'est pas fait sur place. Ils font une empreinte de la dent et l'envoient à un labo qui fabrique les couronnes et les appareils.

— Ils les envoyaient au même labo.

— Non, ils en étaient les propriétaires. C'étaient des associés… jusqu'à ce que quelqu'un bute James. Tout est dans les registres d'entreprises de l'État. Tout est là si jamais quelqu'un a envie de passer le temps qu'il faut pour retrouver le fil dans le fouillis de holdings.

— Et toi, le temps qu'il faut, tu l'as mis.

— Qu'est-ce que je pourrais faire d'autre ?

— Traquer ton copain Finbar McShane ?

— Finbar, c'est une baleine blanche. Tu l'as dit toi-même, mais ça ? Ça, c'est du réel.

Il s'essuya les mains sur un tas de serviettes en papier, puis en tendit une vers une pile de documents posée sur le côté de la table, Ballard découvrant alors le sceau de l'État de Californie sur la feuille du haut.

— Et donc, tu as fait chauffer l'imprimante, reprit-elle. Ça a dû prendre toute la matinée.

— Très drôle, dit-il. Il s'agit des dépôts de constitution d'une coentreprise intitulée Crown Labs Incorporated. Située à Burbank, à côté de l'aéroport. Quatre autres corporations en sont propriétaires et ce sont tous des dentistes : James, Hoyle et deux autres, Jason Abbott et Carlos Esquivel.

— Comment James peut-il en être encore propriétaire alors qu'il est mort depuis sept ans ?

— Sa société est la JWJ Ventures. Les registres montrent qu'au moment de sa fondation, le vice-président était Jennifer James qui, et je ne prends pas trop de risques à l'affirmer, était son épouse. Sept mois plus tard, il se fait assassiner, les registres sont amendés et maintenant la présidente n'est autre que

Jennifer James. Il est mort et c'est elle qui a sa part du labo.

— D'accord, et donc James, quand il était encore en vie, connaissait Hoyle et était en affaires avec lui.

— Et l'un et l'autre avaient des liens avec une entreprise dont le principal patron-propriétaire se fait assassiner.

— Avec la même arme.

Bosch acquiesça.

— Avec la même arme, répéta-t-il. Très risqué, tout ça. Les douilles relient l'affaire plus solidement que les registres d'entreprises. Et il doit y avoir une raison.

— C'est que… les projectiles de vingt-deux sont difficiles à relier, fit observer Ballard. Ils champignonnent, se brisent… Tout tournait autour de ça. Et dans le meurtre de Raffa, on a eu une piste. La douille a roulé sous une voiture et n'a donc pas été immédiatement récupérable.

— Même chose avec Albert Lee… La douille ne l'a pas été non plus. C'est là qu'on tombe dans les coïncidences, et moi je ne marche pas trop.

— Mais peut-être qu'il y a eu d'autres meurtres où il n'y a pas eu de douilles qui traînaient et que nous avons eu de la chance avec ces deux-là.

Ils réfléchirent un instant en silence. Ballard songea, mais le garda pour elle, qu'il devait y avoir une autre raison pour laquelle le tueur avait conservé l'arme. Cela faisait mentir à la fois la théorie de la préméditation et la précision des coups de feu, et elle savait que c'était une question à laquelle il faudrait répondre à un moment ou à un autre de l'enquête.

— Et donc…, enchaîna-t-elle, imaginons que ce qui relie Hoyle à Javier Raffa, c'est l'affacturage. Ces dentistes ont bien dû avoir quelqu'un pour leur monter l'affaire. Quelqu'un qui savait que ces types, Albert Lee et Javier Raffa, avaient besoin d'argent.

— Exactement. L'affactureur.

— Et c'est lui que nous devons retrouver.

— Il faut revenir à la famille Raffa et savoir quand il a eu des problèmes financiers et qui il est allé voir pour les régler.

— Moi, en tout cas, je sais un truc : il a dû payer pour sortir du gang. D'après nos renseignements, ce sont quand même vingt-cinq mille dollars en liquide qu'il a dû refiler aux Las Palmas pour acheter sa liberté.

— Où un type comme ça pourrait-il trouver une telle somme sans braquer une banque ?

— Il aurait pu refinancer l'affaire ou la propriété.

— Quoi ? Et dire à la banque qu'il avait besoin de ce fric pour se libérer d'un gang de rue ? Alors là, bonne chance !

Ballard garda le silence et réfléchit à l'idée.

— Et les deux autres dentistes ? dit-elle enfin. Abbott et Esquivel.

— Je les ai ici même, répondit Bosch en tapotant sa pile de sorties d'imprimante. Le premier a un cabinet à Glendale et l'autre à Westwood.

— C'est bizarre. Je me rappelle le fils de Raffa me disant l'autre soir que l'associé de son père était un Blanc de Malibu.

— Peut-être que c'est là qu'il habite et qu'il fait le trajet jusqu'à Sherman Oaks. Malibu, ça le met plus près de James à la Marina. Va falloir que tu les passes tous les deux au DMV pour avoir leurs adresses.

— Ce sera fait. Quand la Crown Labs a-t-elle été incorporée ?

— En 2004.

— Ce ne sont donc pas des jeunots.

— Oh, non ! James avait trente-neuf ans quand il s'est fait rétamer il y a sept ans de ça.

Ballard termina l'accompagnement de coleslaw du poulet, s'essuya la bouche une dernière fois avec une serviette et referma le carton d'emballage.

— Il n'y a pas grand-chose que je puisse faire pour passer tous ces liens à l'ordi avant lundi, dit-elle. Et encore, à condition qu'on ne m'ait pas pris l'affaire.

— Y a ça aussi, c'est vrai, dit Bosch.

— Mais qu'elle soit toujours à moi ou pas, j'ai bien envie de faire un peu de *skeeing* devant quelques-uns de ces endroits. Le labo, la maison de Hoyle, et peut-être son cabinet. Histoire de voir sur quel pied il vit. Les deux autres, je les entre dans le DMV et je vois ce qu'il en est. Cela dit, pour l'instant, on n'a pas de liens réels avec eux. C'est pour ça que je vais aller y jeter un coup d'œil. Je veux savoir à quoi j'ai affaire. Après, j'irai parler avec les Raffa.

De pur jargon LAPD, le terme de *skeeing* était moins formel que « surveiller » et signifiait passer en voiture devant « un suspect potentiel » pour en prendre la mesure, l'origine du mot restant en débat. Pour certains, il serait dérivé de *schematic*, soit prendre les paramètres physiques du lieu de résidence ou de travail d'un suspect. Pour d'autres, il s'agirait d'une forme abrégée de *scheming*, ce qui veut dire planifier une descente sur un lieu d'activités criminelles. Dans l'un comme dans l'autre cas, Ballard n'eut pas besoin de traduire.

— Je viens avec toi, dit Bosch.

— Tu es sûr ?

— Certain, répondit-il. J'attrape un masque.

Chapitre 17

La séance de *skeeing* commença par le labo près de l'aéroport. Situé dans la zone industrielle de San Fernando Road qui remonte jusqu'à l'autoroute 5, celui-ci était vaste, tout en rez-de-chaussée et équipé d'un parking fermé par un portail sur le côté. Sur la porte se trouvait un petit panneau avec un logo pour l'identifier : une dent de cartoon avec des yeux et un large sourire.

— C'est plus grand que ce à quoi je m'attendais, fit remarquer Ballard.

— Les propriétaires sont bien nos quatre entités, mais il est probable que ce labo travaille pour des tas d'autres dentistes dans toute la ville, dit Bosch.

— À voir un truc pareil, on pourrait penser qu'ils se font assez de fric pour ne pas avoir besoin de se lancer dans de l'affacturage accompagné de meurtres.

— Certains individus n'ont jamais assez d'argent. Et en plus, on pourrait se tromper complètement et avoir affaire à une boîte parfaitement réglo.

— Ça n'en a pas l'air.

— Tu veux essayer d'entrer ?

— C'est fermé. Et il n'y a pas de voitures dans le parking. Sans compter qu'on n'a pas envie de les avertir qu'on les a sur notre radar.

— Bien vu. Mais avance jusqu'au bout du bâtiment, qu'on voie tout ce qu'on peut.

Ballard roula le long du grillage jusqu'à ce qu'ils découvrent un troisième côté de la bâtisse, avec une issue de secours à côté d'une benne à ordures.

— OK, dit-elle. Et après ?

Bosch avait apporté ses sorties d'imprimante et établi l'ordre des choses à voir. Arrêt suivant : Glendale. Ils passèrent devant un centre commercial de Brand Boulevard, où Carlos Esquivel avait son cabinet de dentiste à clientèle familiale. Celui-ci se trouvait au deuxième niveau, auquel on pouvait accéder par un escalator extérieur – arrêté pour ce week-end de fêtes.

— Ça n'a pas l'air mal du tout, son truc, fit remarquer Ballard.

— Passons par-derrière. Histoire de voir comment c'est côté parking.

Ballard s'exécuta et découvrit une ruelle parallèle au centre commercial avec un parking pour les employés. Esquivel y avait un emplacement réservé avec une plaque à son nom, juste à côté d'un autre pour un certain Dr Mark Pellegrino.

— On dirait qu'il a un associé, lança Ballard.

L'arrêt suivant fut pour le domicile d'Esquivel dans les collines au-dessus de Glendale. Bâtiment à plusieurs millions de dollars de style contemporain avec murs blancs, lignes dures, encadrements de fenêtres noirs et allée cochère fermée par un portail.

— Pas dégueu, dit Bosch.

— On se débrouille plutôt bien. Faut croire que c'est de l'or qu'on trouve quand on fait des trous dans les dents.

— Mais tu imagines un peu le genre d'existence ? Avec personne jamais content de te voir ?

— Et toi, t'es le mec qui va me coller tes doigts et tes instruments dans la bouche ?

— Ça craint.

— C'est pas tellement loin de la vie de flic. Depuis quelque temps, les gens n'ont pas beaucoup envie de nous voir, nous non plus.

Et ainsi en fut-il. Ils traversèrent la Valley et jetèrent un coup d'œil aux cabinet et résidence de Dennis Hoyle, les archives du DMV montrant que, s'il avait vécu à Malibu, aujourd'hui il habitait dans les collines en retrait de Coldwater Canyon, dans une propriété sécurisée avec vue sur toute la San Fernando Valley. Ils prirent ensuite par le col de Sepulveda, descendirent jusqu'à Westwood Boulevard, où Jason Abbott avait son cabinet de dentiste, et passèrent à Brentwood, de l'autre côté de l'autoroute où il habitait.

Puis ce fut le but du dernier coup d'œil en voiture : les lieux où feu John William James avait travaillé, vécu et trouvé la mort. Mais avant d'y arriver, Ballard prit un virage inattendu à Venice. Bosch crut qu'elle se trompait de direction.

— C'est pas par là, dit-il.

— Je sais, lui répondit-elle. Je veux juste faire un petit détour. Une de mes victimes des Hommes de minuit, la dernière, a un ex qui habite dans le coin. Alors je me suis dit que puisqu'on faisait du *skeeing*, autant passer devant chez lui et jeter un coup d'œil.

— Pas de problème. Tu penses que c'est un de tes bonshommes ?

— Non, c'est pas ça. Mais quelque chose me dérange. Ils ont divorcé il y a deux ans, mais elle donne l'impression d'avoir toujours peur de lui. Hier soir, je l'ai appelé sous un faux prétexte pour voir sa réaction, et il m'a fait l'effet d'être un vrai connard. Il bosse dans l'investissement technologique.

— C'est tous des cons. C'est quoi, l'adresse qu'on cherche ?

— 5, Spinnaker Street.

Ils se trouvaient dans une voie étroite à une rue de l'océan. Rien que des maisons modernes à plusieurs étages, et coûteuses. Reginald Carpenter donnait l'apparence de s'en sortir nettement mieux financièrement que son ex-épouse. Il habitait à deux maisons de la plage. Trois niveaux au-dessus d'un garage à trois voitures, avec juste assez de place entre les deux bâtisses très semblables de part et d'autre pour y loger des poubelles.

— J'espère qu'il a un ascenseur, dit Bosch.

À droite du garage, une porte arborait un panneau : *Pas de démarcheurs*. Ballard se pencha vers sa fenêtre pour regarder la façade et aperçut le bout d'une planche de surf qui dépassait d'une rambarde de balcon.

— Je me demande si je n'ai pas rencontré ce type quand je traînais par ici, dit-elle.

Bosch garda le silence. Ballard fit demi-tour et repartit vers Pacific Avenue.

Ils prirent la voie qui longe le Ballona Lagoon et sépare Venice de Marina Del Ray jusque Via Marina et commencèrent à passer devant des demeures encore plus chères que celles déjà hors de prix de Venice, dont le complexe de copropriétés où avait habité James. De là, ils rejoignirent Lincoln Boulevard, où ce dernier avait jadis ouvert son cabinet dans un centre commercial se terminant dans le dédale de docks et de bateaux constituant la Marina. C'est là que la partie de *skeeing* paya enfin : le cabinet de dentiste était toujours opérationnel sept ans après l'assassinat non résolu de son propriétaire. Le nom inscrit sur la porte n'était autre que Jennifer James, docteur en chirurgie dentaire.

— Eh bien, voilà qui explique certaines choses ! s'exclama Ballard.

— Elle a hérité et du cabinet et du partenariat de son mari, précisa Bosch. À moins qu'il y ait eu exercice commun de la profession depuis le début.

— Je me demande ce qu'elle savait ou sait de l'affacturage.

— Et des assassinats, dont celui de son propre mari.

Bosch lui montra une place libre dans le coin du parking.

— Là, dit-il. C'est là qu'il s'était garé. Le tueur serait venu de la Marina, aurait traversé le parking et l'aurait abattu direct à travers sa vitre. Deux balles en pleine tête, très propre, très rapide.

— Et j'imagine qu'il n'a rien laissé traîner par terre.

— Rien, non.

— Ç'aurait été trop facile. Et les douilles ?

— Ce n'était pas mon enquête, répondit Bosch en hochant la tête. Mais si je me souviens bien, ça n'a rien donné. Elles se sont aplaties contre l'os.

Ballard ressortit du parking pour reprendre Lincoln Boulevard et obliqua vers le nord et l'autoroute 10.

— Et donc, enchaîna-t-elle, que sais-tu d'autre sur cette enquête ?

Bosch lui expliqua que le meurtre de John William James avait été géré par les Homicides de la Pacific Division, qui avaient alors déterminé qu'il n'y avait pas assez de raisons ou d'éléments de preuve pour le relier à l'assassinat d'Albert Lee.

— J'ai essayé de les convaincre, mais ils ont refusé de m'écouter. C'était un certain Larkin qui travaillait dessus et, étant donné qu'il ne lui restait plus que trois mois à tirer avant de rendre son tablier, il n'avait aucune envie de se taper une grosse affaire de complot. À ce moment-là, ça faisait deux ans que j'enquêtais sur le meurtre de Lee, mais je n'arrivais toujours pas à établir le lien qui forcerait la décision. La dernière fois que j'ai entendu parler de tout ça, ils pensaient à un vol. James portait une Rolex à dix mille dollars, un cadeau de sa femme, et elle avait disparu.

— Sa femme qui, elle, héritait et de son cabinet et de sa part de labo. Quand la lui avait-elle offerte, cette montre ?

— Ça, je n'ai pas l'info. Mais pour ce que j'en sais, l'affaire n'a jamais été résolue. D'où cold case avec dossier du meurtre au centre Ahmanson.

— On fait demi-tour ?

— Ça dépend de ce que tu as d'autre sur le feu aujourd'hui.

— J'ai mon quart de nuit ce soir et j'aurai besoin d'appeler les victimes des Hommes de minuit. Elles sont toutes en train de remplir le questionnaire.

— D'où un autre lien à trouver.

— Espérons-le. Je veux aussi aller voir la veuve de Raffa pour lui demander des éclaircissements sur l'emprunt de vingt-cinq mille dollars qu'il avait fait.

Elle vit un passage et fit demi-tour, reprit vers le sud et Westchester, non loin de l'aéroport de LAX.

— Un vrai bonheur ! s'écria-t-elle. Se taper les bouchons de deux aéroports dans la même journée !

— Mais c'est rien, cette circulation ! Attends un peu que la pandémie soit terminée et que tout le monde veuille sortir et voyager. Parce qu'alors là, ce sera autre chose !

L'Ahmanson Training Center se trouvait dans Manchester Boulevard et faisait partie du réseau d'établissements de formation pour les nouvelles recrues du LAPD. Il y avait longtemps que, l'académie installée aux alentours du Dodger Stadium ne répondant plus aux besoins du service, de nouveaux établissements auxiliaires avaient ouvert à cet endroit et plus haut dans la Valley. C'était aussi là qu'étaient conservées les archives des Homicides. Le centre avait été inauguré à peine quelques années plus tôt lorsque l'encombrement d'affaires non résolues – six mille depuis 1960 – avait dépassé les capacités de rangement de toutes les divisions. Les dossiers y étaient maintenant classés dans les rayons d'une salle aussi grande qu'une bibliothèque de quartier, sans même parler d'un projet de numérisation des dossiers qui libérerait encore plus d'espace.

— Tu as ton badge de retraité ou ta carte d'identité avec toi ? lui demanda Ballard. Au cas où ils te la demanderaient ?

— J'ai ma carte dans mon portefeuille. Je ne pensais pas devoir montrer mon badge à quiconque.

— Tu n'en auras probablement pas besoin. Le week-end et pendant les vacances, ils n'ont que deux ou trois jeunes recrues de service de merde pour garder ce truc ouvert. Y a des chances qu'ils soient bien trop intimidés par des types dans ton genre pour te demander une pièce d'identité.

— Contente de savoir que j'en impose encore.

— Et si tu apportais tes sorties d'imprimante avec la date du dossier qu'on doit récupérer ?

Ils se garèrent et montèrent les marches du parvis pour entrer dans un grand couloir aux murs couverts de photos des bienfaiteurs du LAPD. Le bâtiment ayant abrité le quartier général d'une société pétrolière dans sa précédente incarnation, Ballard se demanda si ces mêmes murs avaient été couverts de photos de bienfaiteurs de cette industrie.

La bibliothèque des Homicides se trouvait au rez-de-chaussée, au bout du grand couloir, derrière une double porte sans rien dessus, l'idée étant probablement de ne pas crier sur les toits que la ville avait une bibliothèque entière de dossiers d'affaires de meurtre non résolues.

Assis dans un fauteuil pivotant à la réception, une jeune recrue esseulée jouait à quelque chose sur son téléphone, mais passa en alerte totale lorsque Ballard et Bosch, ses deux seuls visiteurs de la journée sans doute, entrèrent dans la salle. C'était sur le même gamin que Ballard était tombée la veille lorsqu'elle était venue chercher le dossier de l'affaire Albert Lee, mais il n'empêche. Elle lui montra vite son badge pendant que Bosch posait ses feuilles sur le comptoir et commençait à les étaler.

Le jeune homme portait la tenue de formation avec son nom inscrit sur un patch au-dessus de sa poche de poitrine droite. Celui-ci y était fixé avec un Velcro de façon à pouvoir l'en arracher sans difficulté si jamais la recrue, qui s'appelait Farley, se faisait virer de l'académie.

— Ballard, Hollywood Division, dit-elle. Je suis passée hier et nous avons besoin de sortir un autre dossier, une affaire de 2013.

Elle regarda la sortie d'imprimante sur laquelle se concentrait Bosch, à savoir sa copie de la chronologie de l'affaire Albert Lee qu'il consultait en faisant descendre son doigt sur les entrées de 2013. Il trouva celle détaillant les demandes qu'il avait adressées à la Pacific Division dans l'affaire du meurtre de John William James, en donna le numéro, Farley l'inscrivant aussitôt ainsi qu'il convenait.

— Bien, dit ce dernier, je vais vous chercher ça.

Il quitta la réception et disparut dans le dédale de rayonnages croulant sous les dossiers à couverture en plastique, chacun d'entre eux se réduisant au catalogue d'une vie trop tôt ôtée et sans que justice ait été rendue.

Farley semblait mettre longtemps à localiser l'ouvrage. Tous étant rangés par ordre chronologique, il était pourtant plutôt facile de repérer les rayons 2013 et d'y trouver le classeur John William James.

Impatiente, Ballard se mit à tambouriner du bout des doigts sur le comptoir.

— Mais qu'est-ce qui lui est arrivé ? demanda Bosch.

Ballard cessa de taper sur le comptoir et donna l'impression de se rendre compte de quelque chose.

— Il n'est pas là, dit-elle.

— Comment ça ?

— Je viens juste de comprendre. Le livre de l'affaire Albert Lee ayant disparu, pourquoi auraient-ils laissé celui-là ?

— Ils ? Qui ça, ils ?

Avant que Ballard ne puisse lui répondre, Farley revenait sans dossier dans les mains, mais avec une carte d'emprunt jaune lignée comme celle qu'avait vue Ballard lorsqu'elle était venue chercher le dossier d'Albert Lee.

— Il est sorti, dit-il.

— Deux zéros pour moi, dit-elle. Qui l'a emprunté ?

Farley lut le nom sur la fiche.

— Ted Larkin, Homicides de la Pacific Division. Mais ça dit aussi qu'il l'a sorti il y a cinq ans. Avant même que cet endroit n'existe. Même chose pour le dossier que vous m'avez demandé hier.

Elle fit claquer sa main sur le comptoir en devinant que le classeur avait probablement été emprunté après le départ à la retraite de Larkin. Quelqu'un avait joué les inspecteurs chargés des deux affaires pour entrer dans deux commissariats différents et y voler les dossiers en laissant derrière lui ce qui pourrait être pris pour des fiches de sortie authentiques.

— On s'en va, dit-elle.

Elle se détourna du comptoir et se dirigea vers la porte, Bosch sur ses pas.

— Merci, Farley, lança-t-elle par-dessus son épaule.

Sur quoi elle descendit le grand couloir au pas de charge en laissant Bosch faire de son mieux pour la rattraper.

— Une minute ! Attends une minute ! s'écria-t-il. Où cours-tu comme ça ? Il n'y a rien que tu…

— Je veux sortir d'ici. Qu'on puisse parler tranquillement.

— Alors on ne peut pas y aller plus vite que moi. Ralentis !

— D'accord. C'est juste que ça me fout en rogne.

Elle ralentit l'allure et Bosch la rattrapa.

— C'est n'importe quoi, reprit-elle. Quelqu'un nous pique des dossiers dans notre propre service !

L'urgence du ton qu'elle avait pris attira l'attention de deux jeunes recrues qui passaient dans le couloir.

— Attends, c'est tout. Tu as toi-même dit de parler dehors.

— OK.

Elle tint sa langue jusqu'à ce qu'ils aient franchi les portes, descendu les marches et traversé le parking pour rejoindre sa voiture.

— Ils ont quelqu'un dans la place, enchaîna-t-elle.

— Oui, on le sait. Mais qui est ce « ils » ? Les dentistes ? Ou alors… un intermédiaire ?

— C'est toute la question.

Ils montèrent dans le Defender, Ballard s'arrachant du parking comme s'ils venaient de recevoir un code 3[1]. Ils roulèrent longtemps sans rien dire jusqu'à ce qu'elle s'engage sur la bretelle d'accès à l'autoroute 10.

— Bon, et alors, c'est quoi, la suite ? demanda Bosch.

— On fait un dernier arrêt. Et après, je me remets à l'autre affaire. J'ai dit aux victimes que j'allais les appeler.

— C'est bien. Et c'est quoi, cet arrêt ?

— Dodger Stadium.

— Quoi, l'académie ? Mais pourquoi ?

— Non, pas l'académie. Le stade. Je vais te faire vacciner, Harry. Tu y as droit et j'ai l'impression que si je ne t'y pousse pas, ça n'arrivera jamais.

— Écoute, contente-toi de me ramener chez moi. Je peux y aller sur mon temps libre sans te faire perdre le tien.

1. Appel d'urgence avec sirène et gyrophares.

— Non, on y va. Que ça soit fait. Il faut avoir confiance en la science, Harry.

— Mais j'ai confiance. Seulement il y a tout un tas de gens qui méritent ce vaccin avant moi. Et en plus il faut prendre rendez-vous.

Elle décrocha son badge de sa ceinture et le tint en l'air.

— Le voilà, ton rendez-vous, Harry !

Chapitre 18

Après s'être débarrassée de l'appel sans se faire entraîner dans quoi que ce soit de nouveau, Ballard avertit le commandant de veille qu'elle montait au Dell pour réinterroger la dernière victime des Hommes de minuit. Il lui rappela de ne pas oublier sa radio.

Elle aurait pu se contenter de téléphoner à Cindy Carpenter, mais un face-à-face avec les victimes vaut toujours mieux. Non seulement cela les rassure d'avoir une inspectrice en chair et en os devant elles, mais les chances de les voir se rappeler un nouveau détail du crime en sont améliorées. Le cerveau se protège en basculant sur les systèmes de secours essentiels lorsqu'il y a traumatisme physique. Ce n'est que lorsque la sécurité est revenue que les détails commencent à remonter à la surface. Que Cindy se soit rappelé avoir eu l'impression d'être filmée ou photographiée en était un exemple, et Ballard espérait que le lien entre l'inspectrice et la victime ne serait pas rompu.

Mais, toujours vêtue de son polo de travail orné du logo du Native Bean, Carpenter l'accueillit avec un grand « Quoi encore ? » en ouvrant la porte.

— Euh… tout va bien ?

— Tout va bien. Pourquoi vous n'arrêtez pas de revenir ?

— Mais vous le savez. Et j'espérais que vous auriez rempli le questionnaire.

— Non, je ne l'ai pas terminé.

Elle allait refermer la porte lorsque Ballard tendit la main pour l'arrêter.

— Quelque chose ne va pas, Cindy ? Il est arrivé quelque chose ? lui demanda-t-elle en réévaluant le but de sa visite et en décidant que, maintenant, elle voulait entrer.

— Eh bien, vous avez appelé mon ex alors que je vous avais demandé de pas le faire, lui répondit Cindy. Parce qu'à présent, je dois le gérer, lui, en plus du reste.

— Vous ne m'avez jamais demandé de ne pas lui parler, lui rétorqua Ballard. Vous m'avez dit que vous, vous ne vouliez pas le voir, mais vous avez donné son nom et son numéro de téléphone à l'officier de la patrouille lorsqu'il vous a demandé qui contacter. Et ça…

— Je vous ai aussi dit que je ne savais pas pourquoi j'avais fait ça. J'étais perdue et terrifiée et je n'arrivais pas à penser à quelqu'un d'autre.

— Tout ça, je le comprends, Cindy, vraiment. Mais moi, j'ai une enquête à mener et il faut que j'aille où elle me conduit. Vous donnez le nom de votre ex pour le rapport d'incident et, après, vous ne voulez pas lui parler ? Pour moi, c'est un signal d'alarme. Alors, oui, je l'ai appelé, mais je ne lui ai pas dit que vous aviez été agressée. Je me suis débrouillée pour éviter le sujet. Mais il vous a appelée. Pour vous dire quoi ?

Carpenter hocha la tête comme s'il l'agaçait de voir l'adresse avec laquelle Ballard gérait la confrontation.

— Je peux entrer ? insista celle-ci.

— Vous feriez aussi bien.

Cindy s'écarta de la porte et Ballard entra, et tenta encore plus de dissiper la tension.

— Cindy, reprit-elle, j'espère vraiment que vous comprenez que mon seul but aujourd'hui est de trouver les types qui s'en sont pris à vous et de les coller à jamais derrière les barreaux. Quelles que soient les décisions que je prends dans cette enquête, aucune n'aura pour but de vous causer plus de mal ou de vous perturber. C'est bien la dernière chose que je cherche. Et donc, pourquoi ne pas s'asseoir et commencer par ce qui s'est passé après ma conversation avec Reginald ?

— Si vous voulez…

Carpenter reprit la place qu'elle occupait sur le canapé la dernière fois que Ballard l'avait vue, la veille. Celle-ci s'assit dans un fauteuil rembourré de l'autre côté d'une table basse.

— Et donc, il vous a appelée ? la pressa-t-elle.

— Oui, il m'a appelée. Il m'a demandé ce qui s'était passé et j'ai fini par le lui dire.

— Vous a-t-il montré de la sympathie ?

— Il a fait semblant, mais il faisait toujours comme s'il se souciait de moi. C'était ça le problème… C'était toujours de la comédie, et…

— Et quoi ?

— C'est pour ça que je vous en veux de l'avoir appelé. Parce que maintenant, il me tient avec ça.

Ballard attendit qu'elle en dise plus, mais elle garda le silence.

— Je ne comprends pas, Cindy. Avec quoi vous tient-il ?

— Avec le fait que c'est moi qui l'ai quitté, d'accord ? C'est moi qui ai voulu en finir.

— OK.

— Et il me disait… Il m'a dit que je le regretterais. Et maintenant, grâce à vous, il sait ce qui m'est arrivé et c'est comme je vous ai dit, il a fait semblant de me montrer de la sympathie, mais j'ai bien entendu que c'était pas vrai. Il me disait « Je te l'avais bien dit » sans le dire.

Sur quoi, elle se détourna et regarda la rue par la fenêtre, Ballard gardant le silence en pensant à l'histoire de leur couple. Une question lui vint.

— Cindy, dit-elle, vous rappelez-vous… Avez-vous eu jamais l'impression qu'il savait déjà ce qui était arrivé lorsqu'il vous a demandé ce qui s'était passé ?

— Bien sûr que oui. Vous le lui aviez dit.

— Je ne lui ai pas dit que vous aviez été victime d'un viol. Je lui ai parlé d'une violation de domicile. Savait-il que vous aviez été agressée ?

— Je ne sais pas.

— Essayez de vous rappeler… Qu'a-t-il dit exactement ?

— Il m'a dit : « j'ai appris que des types étaient entrés chez toi » et « ça va ? », des trucs comme ça.

Ballard marqua une pause. Elle ne voulait pas se tromper dans sa question.

— Cindy, repensez à ce coup de téléphone. A-t-il dit que des types étaient entrés chez vous ? Des types au pluriel ?

— Je ne sais pas. Je n'arrive pas à me rappeler. Il est possible que je lui aie dit qu'il y en avait deux vu que je lui ai raconté ce qui s'était passé. Le truc, c'est que maintenant, il sait et que je préférerais vraiment pas.

Ballard savait parfaitement ne pas avoir mentionné deux suspects lorsqu'elle avait téléphoné à Reginald. Mais maintenant, Cindy se montrait incapable de dire de manière fiable qui avait introduit cet élément dans la conversation. Cela ne fit qu'augmenter ses soupçons, la façon dont Cindy lui relatait leur conversation en révélant plus sur le couple qu'ils avaient formé. Le tableau qu'elle lui faisait de lui disait un homme mesquin, égoïste et rancunier.

Cela étant, Ballard ne pouvait pas ne pas se demander pourquoi elle en revenait toujours à Reginald. Qui censément avait un alibi. Sans même parler du fait qu'il n'y avait aucun lien entre Cindy ou Reginald Carpenter et les deux autres victimes des Hommes de minuit.

— Reginald vous aurait-il dit par hasard où il se trouvait la veille du Nouvel An ? demanda-t-elle.

— Il m'a dit qu'il rentrait juste d'une tournée de golf dans le désert quand vous l'avez appelé, répondit Carpenter. Il ne m'a pas dit exactement où et je ne le lui ai pas demandé. C'était bien la dernière chose qui m'intéressait. Pourquoi me demandez-vous ça ?

— Parce qu'il me paraissait inquiet.

— Je vous en prie, cessez de l'appeler.

— C'est déjà fait, répondit-elle.

Palm Springs faisait bien partie du désert. Si fort que Reginald Carpenter lui déplaise, il semblait bien improbable qu'il ait été impliqué dans les agressions des Hommes de minuit. Elle décida de mettre l'ex-époux de côté et de continuer à chercher le lien entre les trois victimes.

— Jusqu'où êtes-vous allée dans le questionnaire ? enchaîna-t-elle.

— J'ai presque fini. Et je l'ai là, répondit Carpenter.

Elle prit une liasse de feuilles pliées sur la table basse, essaya de la jeter à Ballard et rata lamentablement son coup, tout atterrissant à l'autre bout du canapé.

— Oups, désolée, dit-elle.

Ballard se leva et ramassa les feuilles.

— La chronologie remonte à soixante jours, reprit Carpenter, et c'est à peine si je me rappelle où j'étais il y a une semaine. Bref, je suis loin d'avoir fini. Mais le reste, je l'ai fait.

— Merci, dit Ballard. Je sais que pour vous, c'était un vrai casse-tête à faire maintenant, mais c'est vraiment utile à l'enquête.

Elle feuilleta les pages et lut quelques-uns des renseignements que Cindy avait donnés dans la chronologie. Dont des noms de restaurants et de magasins. Pour la semaine et le jour même de Noël, elle avait écrit « La Jolla ».

— La Jolla ? demanda-t-elle.

— C'est là qu'habitent mes parents. J'y descends toujours à Noël.

Ballard arrêta de lire les feuilles en travers.

— Et vous avez roulé tout le mois sans refaire le plein d'essence ? Même quand vous êtes descendue à La Jolla ?

— Je ne savais pas que vous vouliez aussi ce genre de renseignements.

— On veut tout, Cindy. Tout ce que vous pouvez vous rappeler.

— Je prends de l'essence à la station Shell au croisement de Franklin et de Gower. C'est sur ma route quand je vais au boulot.

— Vous voyez ? C'est exactement ça qu'on veut savoir. Les lieux de vos routines. Quand avez-vous pris de l'essence la dernière fois ?

— En rentrant de chez mes parents le lendemain de Noël. Quelque part dans le comté d'Orange, en retrait de la 5.

— Bon d'accord, ça, ça ne nous intéresse pas, enfin je pense, dans la mesure où ça n'est pas habituel et… Des disputes ? Quelqu'un au boulot ou ailleurs ?

— Pas vraiment. Ce que je veux dire, c'est que les clients râlent tout le temps… alors, on leur donne un autre café et ça s'arrête là.

— Et donc, rien qui ait dégénéré ? Surtout récemment ?

— Pas que je sache.

— Ici, vous avez écrit « Massage Envy »… c'est bien le salon de massage de Hillhurst ?

— Oui, mes employées m'avaient donné une carte cadeau pour Noël et je m'en suis servie un jour que je finissais tôt. Mais il ne s'est rien passé.

— Masseur ou masseuse ?

— Masseuse.

— Bon, d'accord. J'aurai probablement d'autres questions à vous poser quand j'aurai fini de lire tout ça.

Ce qu'elle ne lui dit pas fut qu'elle pourrait en avoir d'autres lorsqu'elle aurait croisé ses réponses avec celles des deux autres victimes.

— Et… vous avez trouvé autre chose sur les types de l'éclairage ? reprit Carpenter.

— Non, pas encore.

— Vous pensez que c'étaient eux ?

— C'est possible. Et ce questionnaire est important parce que nous avons besoin de savoir où vos agresseurs vous ont croisée. Nous voulons essayer de comprendre qui aurait voulu vous cibler, et pourquoi.

Carpenter se donna une grande claque sur la cuisse comme si elle en avait assez.

— Pourquoi ce serait ma faute ? s'écria-t-elle. Pourquoi ce serait à cause de quelque chose que j'aurais fait ?

— Ce n'est pas ce que je dis, répondit vivement Ballard. Pas du tout.

Elle sentit vibrer son portable, jeta un coup d'œil à l'écran et vit que c'était un appel du commissariat de

Hollywood. Coup de fil du commandant de veille, et elle s'aperçut qu'elle avait laissé sa radio dans le chargeur de sa voiture de service. Elle rangea son portable sans répondre.

— Ça y ressemble quand même beaucoup, reprit Carpenter.

— J'en suis désolée et, donc, que ce soit clair : vous n'avez rien fait pour mériter ou vous attirer ça. Ce qui vous est arrivé n'est en aucune façon votre faute. C'est de vos agresseurs que nous parlons et j'essaie de savoir où et dans quelles circonstances ces détraqués ont décidé de vous choisir, vous. Je ne voudrais pas que vous alliez vous imaginer que je vois ça autrement.

Carpenter, qui s'était à nouveau détournée, murmura :

— OK.

— Je sais qu'à certains moments, l'enquête ne fait que vous ramener à ce que vous avez enduré, reprit Ballard. Mais c'est un mal nécessaire parce que nous voulons coincer ces fumiers et les mettre en taule.

— Je sais. Et je suis navrée d'être aussi pénible.

— Vous ne l'êtes pas, Cindy. Et vous n'avez rien à vous reprocher. Rien du tout.

Ballard se leva et plia le questionnaire Lambkin en deux.

— Vous partez ?

Après s'être détournée d'elle et avoir repoussé ses questions sans arrêt, Carpenter paraissait soudain inquiète que Ballard la quitte.

— On dirait bien que j'ai un autre appel, répondit Ballard. Il faut que j'y aille. Mais je peux repasser plus tard si vous le désirez.

— D'accord.

— Vous travaillez demain ?

— Non, je suis en congé.

— OK, je passerai vous voir si j'ai du nouveau à vous rapporter.

Ballard sortit de la maison et regagna sa voiture en cherchant un message du poste de veille. Il n'y en avait pas. Arrivée à son véhicule, elle regarda le réverbère devant chez Cindy. Il était toujours hors service.

Chapitre 19

Elle n'avait pas encore regagné sa voiture de service lorsque son portable vibra de nouveau. Cette fois, c'était son inspecteur en chef et cela voulait dire que le commandant de veille avait appelé Robinson-Reynolds chez lui pour se plaindre que, radio ou portable, elle ne répondait pas aux appels.

— Lieute, dit-elle, j'allais appeler le commandant de veille.

— Mais bon sang, Ballard ! s'écria-t-il.

— J'étais avec ma victime de viol. Elle était très agitée et ce n'était pas le bon moment pour répondre. Sans compter que j'ai pris une radio déchargée en partant du commissariat. Elle est en train de charger dans ma voiture.

— On a besoin de vous sur une scène de crime, bordel !

— Je démarre. De quoi s'agit-il et où est-ce ?

— Je ne sais pas. Une agression dans Thai Town. Demandez les détails au commandant de veille.

— Je l'appelle tout de suite.

— J'aime pas recevoir des coups de fil sur mes troupes, Ballard. Et vous le savez.

— Je le sais, lieute. Et ça ne se reprodui… (il avait raccroché) … ra pas.

Elle avait espéré le garder en ligne pour le mettre au courant des derniers développements dans les affaires sur lesquelles elle travaillait et, maintenant, elle allait devoir attendre lundi. Et des tas de choses pouvaient se produire d'ici là.

C'était une bonne chose qu'elle aime bien travailler seule : le service avait gelé les promotions et tout nouveau recrutement jusqu'à ce que le monde se soit débarrassé de la pandémie. C'était plutôt de ne pas avoir de collègue avec qui partager les responsabilités qui lui rendait la tâche difficile. Elle devait tout gérer, en plus de se battre pour conserver les affaires dont elle voulait s'occuper. Une fois dans sa voiture, elle passa un appel radio au commandant de veille – elle avait choisi cette méthode pour que leur conversation soit entendue par tout le monde. L'appeler avec son portable lui aurait donné carte blanche pour l'enguirlander de ne pas avoir répondu à ses premiers appels.

Parce que c'était un week-end de vacances et que les plus anciens prenaient des journées de repos, ce fut encore un nouveau commandant de veille, le troisième en trois jours, qui lui répondit. Le lieutenant Sandro Puig garda un ton modéré pour lui dire de rejoindre Hobart Avenue où il y avait eu invasion de domicile et agression. Elle lui demanda s'il y avait des policiers thaïlandais sur les lieux, il lui répondit que la 6-A 79 (l'unité de la patrouille affectée à Thai Town) comprenait un officier qui pouvait traduire.

Il lui fallut cinq minutes pour, un virage après l'autre, sortir du Dell, et cinq de plus pour arriver sur le lieu de l'agression, un immeuble d'appartements à deux étages des années cinquante avec parking souterrain. Il donnait l'impression que la peinture datait du siècle dernier. Elle se rangea derrière une voiture de patrouille, mais ne vit pas d'ambulance alors que l'appel avait été lancé pour une agression.

L'accès aux appartements se faisait par un couloir extérieur. Elle montait les marches conduisant à l'appartement 22 lorsque, torse nu et l'œil ensanglanté, un type apparut au palier du premier, découvrit Ballard et se rua vers elle dans l'escalier.

Au même moment, elle entendit une femme crier « Hé ! Arrête ! » d'une voix suraiguë.

La mémoire musculaire prenant le dessus, Ballard fit un pas de côté vers le milieu de l'escalier en béton et leva les bras pour recevoir le corps qui fondait sur elle d'une position plus élevée. L'homme tomba sur elle de tout son poids. Il était petit, mais l'impact la projetant en arrière et l'homme lui dégringolant dessus, elle atterrit sur les fesses sur le palier du premier. L'homme chercha aussitôt à se dégager. Elle tenta de s'emparer de lui, mais, sans chemise comme il était, elle n'eut aucune prise sur son corps glissant de sueur. Aussi vite que s'était produite la collision, il se releva et fila tandis qu'elle voyait une policière descendre les marches vers elle. Arrivée sur le palier, celle-ci sauta par-dessus Ballard et continua sa poursuite en criant quelque chose du genre «*Houd, Houd, Houd*[1] *!*».

Ballard se rendit alors compte qu'elle s'était cogné la tête sur le béton. Elle voulut se lever et se joindre à la poursuite, mais tout se mit à tourner. Elle se cala sur le côté et finit par se redresser sur les mains et les genoux.

— Ballard, ça va?

Elle tourna la tête vers l'escalier, vit un autre officier descendre et sentit une main se poser sur son bras. Quelqu'un essayait de l'aider à se relever.

— Attendez! Donnez-moi une seconde, lança-t-elle.

Elle marqua une pause et regarda le second officier. C'était Rodriguez, son traducteur la nuit du meurtre de Raffa.

— V-Rod! s'exclama-t-elle. Mais c'était qui, bordel?

— Notre putain de victime, lui répondit-il. Il s'est levé d'un coup et a filé.

— Rejoignez votre collègue. Moi, ça va.

— Vous êtes sûre?

— Allez!

Rodriguez se dépêcha de partir tandis que Ballard attrapait la rambarde de l'escalier et se remettait debout. Prise de vertige, elle s'accrocha au grillage le temps de reprendre ses esprits, puis se risqua à le lâcher. Elle fit quelques pas pour voir si tout allait bien, passa la main sous sa veste, la fit descendre jusqu'au creux de son dos

1. Transcription phonétique de «Stop» en thaï.

pour vérifier si elle saignait ou avait d'autres blessures, mais ne trouva rien. Puis elle se toucha la nuque et là, faute de sang, elle sentit une bosse se former.

— Merde ! s'exclama-t-elle.

Bientôt, elle entendit un hélicoptère traverser le ciel au-dessus d'elle et comprit qu'on avait appelé un « oiseau » pour essayer de retrouver le fuyard.

Mais en vain. Rodriguez fut vite de retour avec sa coéquipière, Chara Paithoon, tous deux le souffle court après leur poursuite infructueuse.

— Il a disparu, dit Rodriguez.

— Ça va, Renée ? demanda Paithoon.

— Je me suis cogné la tête.

Paithoon était une des rares policières d'origine thaïlandaise du service. Petite et trapue, elle avait les cheveux courts et rasés sur les côtés avec une frange passée au gel. Ballard savait que beaucoup d'officières adoptaient des coiffures strictes pour éviter les attentions non désirées de leurs collègues masculins.

— Je peux regarder ? insista Paithoon. Laissez-moi vérifier vos yeux.

Elle alluma une lampe torche, en dirigea le faisceau de façon que le bord en éclaire légèrement le visage de Ballard et resta tout près d'elle pour examiner ses pupilles par en dessous.

— Elles sont dilatées, dit-elle. Vous devriez demander aux ambulanciers de vous examiner.

— OK, mais où sont-ils ? Je croyais qu'on était là pour une agression.

Paithoon recula et éteignit sa lampe.

— On les a appelés, mais ils doivent être occupés ailleurs, dit Rodriguez.

— Qu'est-ce qui s'est passé exactement ?

— Un voisin nous a appelés en disant qu'il y avait une bagarre au 22, répondit-il. On arrive et les suspects ont disparu. Chara était en train de parler au type quand tout d'un coup il l'a poussée contre moi et a filé. Vous savez le reste.

— Étranger sans papiers ?

— On n'a jamais pu le savoir, répondit Paithoon. Mais ce n'est pas un Thaïlandais. Le voisin qui a appelé l'est, mais lui, c'est un Cambodgien. Affaire d'ABZ à mon avis. Il a dû avoir peur qu'on l'arrête et c'est pour ça qu'il a pris la fuite.

Ballard savait que les initiales ABZ désignaient les Asian Boyz, un gang qui s'en prenait aux immigrés avec ou sans papiers d'Asie du Sud-Est.

Deux ambulanciers étant entrés dans la cour centrale de l'immeuble, Paithoon les héla.

— Notre victime a disparu, dit-elle, mais il faudrait que vous examiniez l'inspectrice Ballard. Elle a fait une chute et s'est cogné la tête.

Ils acceptèrent, mais voulurent le faire dans leur véhicule. Paithoon et Rodriguez restèrent pour gérer ce qui ressemblait de plus en plus à une agression sans victime.

Ballard s'assit sous un projecteur installé au bout de l'extension amovible de l'ambulance, un infirmier vérifiant alors ses signes vitaux et cherchant la moindre trace de dilatation dans ses yeux et de bleus et de bosses sur son crâne. Le patch d'identité accroché à sa tenue disait SINGLE[1].

— C'est votre nom ou votre statut marital ? lui demanda Ballard.

— C'est mon nom, mais on me pose beaucoup la question, répondit-il.

— Évidemment.

— Bon, je pense que vous avez une petite commotion cérébrale. On a une légère dilatation des pupilles et la tension est montée.

Il lui appuya autour de l'œil avec ses doigts gantés. Elle vit son air concentré. Il portait un masque, avait les yeux marron, le regard aigu et des cheveux bruns fournis, et devait être plus jeune qu'elle de quelques années. Dans une de ses pupilles, elle remarqua une encoche un rien décentrée.

— Colobome, dit-il.

— Quoi ?

— Vous êtes en train de regarder mon œil. L'encoche que j'ai à la pupille est due à une malformation congénitale appelée colobome. Certains parlent de pupille « en trou de serrure ».

— Oh ! Et est-ce que…

— … ça affecte ma vue ? Non. Mais je dois porter des lunettes noires dès qu'il y a du soleil. Soit les trois quarts du temps.

— C'est bien. Pour votre vue, je veux dire.

1. Soit « célibataire ».

— Merci. Et donc vous, vous êtes de l'autre côté du mur, c'est ça ?

— Pardon ?

— À la Hollywood Division.

— Ah oui, à Hollywood. Et vous, vous êtes à la caserne de pompiers, non ?

— Oui, peut-être que je vous verrai dans le parking un de ces jours.

— Bien sûr.

— En attendant, je pense que vous devriez arrêter de bosser et rentrer vous reposer chez vous.

— Je ne peux pas. Je suis la seule inspectrice de garde cette nuit.

— C'est que vous n'allez pas faire une inspectrice de génie si votre cerveau se met à gonfler et que vous avez une attaque.

— Non, sérieux ?

— Vous avez pris un sacré coup sur le crâne. Blessures par coup et contrecoup… choc au cerveau, gonflement, tout ça peut venir plus tard. Je ne dis pas que c'est ça que vous avez parce que la dilatation est faible, mais oui, il faut absolument que vous y alliez doucement. Vous pouvez dormir, mais il faut que quelqu'un vous réveille toutes les deux ou trois heures et surveille votre état. Il y a quelqu'un chez vous qui peut s'occuper de vous cette nuit ?

— Non, je vis seule.

— Alors donnez-moi un numéro où je puisse vous appeler.

— Sérieusement ?

— Absolument. Faut pas rigoler avec une blessure comme ça. Appelez votre superviseur et dites-lui que vous rentrez chez vous. S'il veut me parler, je lui répéterai ce que je viens de vous dire.

— OK, OK, je le ferai.

— Donnez-moi un numéro.

Elle lui tendit une carte de visite professionnelle avec son nom et son numéro de portable, sceptique quant à sa promesse de l'appeler. Mais elle espéra qu'il le ferait : elle aimait bien son look et ses manières. Et le trou de serrure dans son œil.

— Bon, mais, dit-elle, je peux conduire ? J'ai une bagnole de service que je dois rendre avant de reprendre la mienne.

— Je peux vous rapporter votre voiture puisqu'on retourne à la caserne. Où habitez-vous ?

— À Los Feliz.

— Eh bien, vous pourriez prendre un Uber ou alors un des gars de la patrouille pourrait vous ramener chez vous.

— D'accord. Je vais voir.

— Bien. Et je vous appelle dans deux ou trois heures pour vérifier dans quel état vous êtes.

Chapitre 20

Il lui semblait que chaque fois qu'elle sombrait dans un rêve, elle en était sortie par les vibrations de son portable – et c'était l'ambulancier Single qui s'en tenait à sa promesse de vérifier son état. Ce cycle se poursuivit toute la nuit jusqu'au dimanche matin, lorsque enfin il l'informa qu'elle ne courait plus aucun danger à dormir sans interruption.

— Vous voulez dire que maintenant que le soleil est levé, je peux m'offrir une bonne nuit de sommeil ? lui demanda-t-elle.

— Je pensais que c'était votre emploi du temps habituel. Parce que vous êtes bien du quart de nuit, non ?

— Je ne faisais que vous taquiner. Merci d'avoir veillé sur moi. Ça me touche.

— Aucun problème. Appelez-moi pour votre prochaine commotion cérébrale.

Elle mit fin à la conversation avec un grand sourire malgré la migraine qu'elle avait derrière les yeux. Elle se leva, tituba avant de retrouver son équilibre et gagna la salle de bains pour s'asperger le visage d'eau. Elle se regarda dans la glace et vit des ombres bleuâtres sous ses yeux, mais ses pupilles semblaient être revenues à la normale, à tout le moins comparées à leur dilatation quand elle était rentrée chez elle la veille au soir. Puis elle repensa à la pupille en trou de serrure de Single et sourit à nouveau.

Il était 8 heures du matin, et elle était encore fatiguée après son cycle de sommeil sans cesse interrompu. Elle resta en sweat et se remit au lit en se disant qu'elle allait dormir encore un peu. Elle savait qu'elle avait beaucoup de travail, mais avait besoin d'être reposée et prête pour son prochain quart de nuit. Elle ferma les yeux et bientôt tout fut oublié.

Dans son rêve, elle respirait sous l'eau et n'était pas obligée de vite remonter respirer à la surface à toute allure – ses poumons ne la brûlaient pas. Dans le bleu de l'océan, elle regardait le soleil et ses rayons lui apportaient chaleur et réconfort. Elle se retournait sur le dos et se laissait porter par le courant lorsqu'elle s'aperçut que le soleil avait pris la forme d'un gland et n'avait rien à voir avec ce qu'il est en réalité.

Les vibrations de son portable semblaient l'avoir réveillée juste au moment où elle fermait les yeux, mais, en tendant la main vers l'appareil, elle vit qu'il était 15 h 50 et qu'elle avait dormi presque huit heures. L'appel émanait de Bosch.

— Tu as eu mes messages ?

— Non. Pourquoi ? Qu'est-ce qui s'est passé ? Tu m'as appelée ?

— Non, je t'ai envoyé un SMS. Il y a un service commémoratif pour Javier Raffa aujourd'hui.

— Merde, à quelle heure ? Où ?

— Ça commence dans dix minutes à l'église Sainte-Anne d'Occidental Boulevard.

Ballard savait que ce n'était pas trop loin. Elle mit Bosch sur haut-parleur de façon à pouvoir faire défiler les SMS et les mails qu'elle avait ratés. Il y en avait trois de Bosch et un de son lieutenant. Un de ceux qui lui étaient arrivés émanait de Bobbi Klein, la première victime des Hommes de minuit. Les autres n'avaient pas d'importance.

— Je ne sais pas comment j'ai pu dormir malgré tout ça… J'ai eu une commotion cérébrale hier soir.

— Que s'est-il passé ?

— Je te dirai ça plus tard. Tu es à la cérémonie ?

— Oui, mais je ne suis pas entré dans la chapelle. On ne verrait que moi. Je suis à un bon endroit et je surveille les gens qui arrivent. Je crois que Hoyle est là. En tout cas, il y a un Blanc et je pense que c'est lui.

— OK, j'arrive. Merci de m'avoir réveillée.

— Tu es sûre que ça va ?

— Oui, tout va bien.

Elle s'habilla vite et descendit au garage. Sa voiture s'y trouvait parce qu'elle avait désobéi aux ordres de Single et avait conduit jusque chez elle après avoir averti le lieutenant de veille le soir précédent.

Elle prit Hillhurst Avenue jusqu'à Beverly Boulevard, passa dans Occidental Avenue, trouva une place où se garer le long du trottoir et appela Bosch.

— Je suis arrivée, dit-elle. Tu es toujours en position ?

— Oui.

— OK, moi, je vais entrer. Et je verrai si je peux parler avec la veuve après la cérémonie.

— Bonne idée.

— Quelqu'un d'autre d'important qui serait là ?

— Il y a des tas de membres de gang évidents, avec tatouages jusqu'aux oreilles. Tu veux que j'entre avec toi ?

— Non, ça ira. Tu crois que ça vaut le coup de suivre Hoyle si c'est bien lui que tu as vu ?

— Je ne sais pas. Où pourrait-il bien aller un dimanche soir ? Il est probablement juste venu pour qu'on le voie. Ils auraient pu se douter de quelque chose s'il ne s'était pas pointé... si tu vois ce que je veux dire.

— Oui. Mais attends que la veuve Raffa découvre ce qui se passe.

— Tu vas le lui dire ?

— Non. Plus tard. Bon, j'y vais.

Elle raccrocha, descendit de voiture, remonta l'avenue, emboîta le pas à quelques retardataires qui arrivaient et se dépêcha de les suivre pour qu'ils lui servent de couverture. La cérémonie se déroulait dans une chapelle sur un côté de l'église. Comme il y avait trop de monde pour y accéder, elle resta dehors dans l'allée, avec les derniers arrivés. Des haut-parleurs installés au plafond lui permirent d'entendre les témoignages et les souvenirs éplorés d'amis et de collègues de Raffa, ainsi qu'un hymne repris par toute l'assemblée, tout cela presque entièrement en espagnol. Ballard en comprenait assez pour savoir que beaucoup pleuraient le fait que Javier Raffa avait lâché une vie de violences pour fonder une famille et gérer une affaire, mais que la violence avait fini par le rattraper et l'avait emporté.

Trois quarts d'heure plus tard, la cérémonie prit fin, les intimes étant les premiers à quitter la chapelle pour recevoir les condoléances de tous à l'extérieur. Ballard resta en retrait et observa la scène depuis l'une des arches de l'allée qui courait le long de l'église.

Et bientôt, elle vit Dennis Hoyle, l'investisseur de Javier Raffa, apparaître dans la file. Elle le reconnut d'après les photos de studio postées sur le site web de son cabinet familial. Tout en angles, il était maigre et avait les épaules et les coudes pointus, des cheveux grisonnants et un bouc poivre et sel.

Ballard se rendit compte que c'était peut-être le meilleur moment pour aller lui parler, alors même qu'il s'attendait le moins à être interrogé par la police. Elle envoya rapidement son plan à Bosch par SMS, puis attendit l'instant où Hoyle se mettrait dans la file pour présenter ses condoléances aux membres de la famille. C'était très clairement la première fois qu'il les voyait, y compris la veuve. Il ne serra personne sur son cœur et se contenta de tendre les deux mains à cette dernière. Puis il se pencha vers elle pour lui dire quelque chose ou, ce n'est pas impossible, se présenter, mais ce que Ballard lut sur le visage et dans le langage corporel de Mme Raffa fut bien qu'elle n'avait aucune idée de qui il était.

Gabriel, le fils de la victime, se tenait au bout de la file des intimes. Hoyle ne lui adressa qu'un simple hochement de tête et le gratifia d'une claque d'encouragement sur l'épaule avant de s'éclipser, un air de pur soulagement sur la figure. D'un geste du bras, Ballard tint sa veste bien fermée par-dessus le badge qu'elle portait à la ceinture, le laissa passer devant elle et fit demi-tour pour le suivre.

Il se dirigeait vers la rue lorsqu'elle vit Bosch debout sur le trottoir. Il avait enfilé un costume, juste au cas où il aurait dû se joindre à la cérémonie. Mais ce costume leur serait aussi très utile pour ce qu'ils s'apprêtaient à faire.

Ballard continua de suivre Hoyle et accéléra l'allure pour le rattraper, Bosch se positionnant au milieu du trottoir pour le ralentir le temps qu'il décide s'il allait l'éviter par la droite ou la gauche.

— Docteur Hoyle ? lui lança Ballard.

Hoyle fit volte-face comme s'il n'en revenait pas que quelqu'un le connaisse par son nom dans cette partie de la ville.

— Euh… oui ? dit-il.

Ballard ouvrit sa veste pour lui montrer son badge et son arme de service.

— Inspectrice Ballard du LAPD, et voici mon collègue Harry Bosch, dit-elle en lui désignant ce dernier qui se trouvait maintenant juste derrière lui.

Le dentiste se tourna de nouveau pour regarder Bosch avant de revenir vers Ballard.

— Oui ?

— J'enquête sur le meurtre de Javier Raffa, reprit celle-ci, et j'aimerais vous poser quelques questions, si vous avez le temps.

— Quoi, à moi ? Pourquoi voudriez-vous me poser des questions ?

— Eh bien, pour commencer, vous étiez bien son associé, n'est-ce pas ?

— C'est que… oui, mais je ne sais rien sur ce qui est arrivé. Parce que je n'étais même pas là.

— Bon, d'accord, mais nous avons besoin d'être exhaustifs et de parler à tous ceux qui l'ont connu. Et si vous étiez son associé, vous avez dû le connaître assez bien.

— C'était un investissement, rien de plus.

— OK, c'est bon à savoir. Où êtes-vous garé ? On devrait peut-être s'éloigner de l'église pour parler.

— Hmm, je me suis mis là-bas, mais je…

— Montrez-nous le chemin.

Hoyle conduisait une berline Mercedes et, pure coïncidence, s'était garé juste derrière la vieille Jeep de Bosch. Ni lui ni Ballard ne le mentionnèrent dans la mesure où ç'aurait pu fissurer la fiction d'un Bosch inspecteur du LAPD en service. Ils arrivaient à la voiture de Hoyle lorsque ce dernier sortit la clé de sa poche, déverrouilla les portières et se retourna vers eux.

— Vous savez, dit-il, ce n'est pas le bon moment pour parler. Je sors d'une cérémonie commémorative pour mon ami et je suis un peu chaviré. J'aimerais assez rentrer chez moi. Est-ce qu'on ne pourrait pas…

— Comment le saviez-vous ? l'interrompit Ballard.

— Comment savais-je qu'il était mort ? C'était dans le journal… en ligne.

Ballard marqua une pause au cas où il aurait bafouillé autre chose. Mais non, rien.

— Non, je voulais dire comment avez-vous su qu'il cherchait un partenaire, reprit-elle. Un investisseur. Quelqu'un qui pouvait racheter sa liberté à son gang.

L'espace d'un instant, Hoyle écarquilla grand les yeux. Qu'elle sache tout cela le surprenait.

— Je… C'est que j'ai des conseillers pour ce genre de choses, répondit-il.

— Vraiment ? insista-t-elle. Et ce serait… J'aimerais bien leur parler.

— Je vous l'ai dit, ce n'est pas le bon moment pour ça. Je peux y aller ?

Elle écarta grand les mains comme pour lui dire qu'elle ne l'empêchait pas de partir.

— Alors, je peux ?

— Docteur Hoyle, dit-elle, il vaudrait mieux pour vous que vous nous expliquiez un peu tout ça dès maintenant.

— Que je vous explique quoi ? Vous ne venez pas de me dire que je pouvais y aller ?

— Non, je vous ai dit qu'il vaudrait mieux pour vous que vous nous parliez tout de suite et ici même. Je ne pense pas que vous apprécieriez que nous nous pointions à votre cabinet… ou alors… si ?

Hoyle ouvrit si violemment sa portière qu'elle se referma aussitôt. Exaspéré, il la rouvrit et la tint ouverte.

— Je n'ai rien fait de mal et c'est du harcèlement ! s'écria-t-il.

Sur quoi, il bondit dans sa voiture, en claqua la portière, mit le contact, déboîta du trottoir et passa devant Bosch et Ballard.

— S'il croit que c'était du harcèlement, il n'a rien vu, dit Ballard.

Bosch debout à côté d'elle, ils regardèrent la Mercedes prendre vers le nord sur Occidental Avenue.

— J'y suis allée un peu trop fort ? reprit-elle.

— C'est ce qu'il pense.

— Qu'il aille se faire foutre.

— Il doit être en train d'appeler ses associés. C'est ça que tu voulais ?

— Je voulais qu'ils sachent que je suis là.

Chapitre 21

Ballard et Bosch retournèrent à l'église pour voir si les proches en avaient fini avec le défilé de ceux qui leur voulaient du bien. Il n'y avait personne à la porte de la chapelle. Ballard jeta un coup d'œil à l'intérieur et vit la veuve et ses filles, mais pas son fils.

— Il faut que je trouve Gabriel pour qu'il traduise si c'est nécessaire, dit-elle. Reste ici au cas où ils voudraient partir.

— Je les bloquerai.

Elle emprunta le couloir, passa la tête par la double porte donnant sur le bâtiment principal et vit Gabriel assis tout seul sur un banc. Elle entra et s'avança dans la travée centrale sans faire de bruit. Gabriel était en train de graver quelque chose dans le banc avec un canif. Elle lut « GOD S » et se dit qu'après ces trois derniers jours, ce n'était sans doute pas « SAVES[1] » qu'il était en train d'écrire.

— Gabriel, arrête ! lui lança-t-elle.

1. « Dieu sauve », étant sous-entendu ici que Gabriel compte plutôt écrire *sucks*, soit « Dieu craint ».

Il fut tellement surpris qu'il laissa tomber son petit couteau, qui claqua sur le sol en marbre. Elle remarqua des traces de larmes sur son visage.

— Écoute, reprit-elle, je sais que ce qui est arrivé à ta famille est horrible. Mais si tu veux y faire quelque chose, aide-moi à parler avec ta mère. Allez, viens.

Et elle recula dans la travée centrale. Il hésita, puis se baissa pour ramasser son canif.

— Donne-moi ça, dit-elle. Tu n'en as pas besoin et ça ne t'apportera que des ennuis. Allons parler avec ta mère.

Il quitta son banc, lui tendit son couteau et marcha tête baissée jusqu'à la chapelle. Ballard referma le canif et le glissa dans sa poche.

— Ce qui est arrivé à ton père n'est pas juste, reprit-elle. Mais il avait lâché la rue, et c'est ce qu'il voulait pour toi aussi. Alors, ne le déçois pas, Gabriel.

— Je ne le décevrai pas.

— L'autre soir, tu m'as dit que ton père avait un associé… un Blanc de Malibu. Est-il venu à la cérémonie ?

— Je crois. C'était le Blanc, non ?

— Je ne sais pas, Gabriel. C'est moi qui te le demande. Sais-tu comment il s'appelle ?

— Non, je m'en souviens pas. Je ne l'ai vu qu'une fois, quand il est passé à l'atelier.

Bosch attendait dehors, à la porte de la chapelle. Il fit un signe de tête à Ballard pour lui indiquer que les proches étaient toujours à l'intérieur.

Ballard et Gabriel entrèrent. Bosch les suivit, mais resta près de la porte. Ballard se présenta, annonça qu'elle avait des questions à poser et précisa que Gabriel s'était porté volontaire pour traduire si nécessaire. La mère, Josefina, accepta de parler, Ballard ayant l'impression que les larmes qu'elle avait versées lui avaient laissé des rides permanentes sur le visage. Elle avait l'air que Ballard avait déjà vu des centaines de fois chez les femmes à qui l'on vient d'arracher le mari par la violence, et qui signifiait : « Et maintenant, comment vais-je vivre ? Comment vais-je prendre soin de ma famille ? »

— Tout d'abord, soyez assurée que nous faisons tout ce que nous pouvons pour trouver l'individu qui a fait ça à Javier, commença Ballard en parlant lentement. Nous avons quelques pistes qui, nous l'espérons, nous conduiront à une arrestation. Comme je n'ai pas le droit de vous dire tout ce que nous faisons, certaines de mes questions pourront vous sembler bizarres. Tout ce que je vous demande, c'est de garder patience, et soyez certaine que les renseignements que vous nous fournirez seront importants. M'avez-vous comprise ou voulez-vous que Gabriel vous traduise ?

— Je comprends, oui, dit Josefina.

— Bien. Merci. Commençons par ce que je vous ai demandé l'autre soir à l'hôpital. Connaissez-vous quelqu'un qui aurait pu vouloir du mal à Javier ?

— Non. Qui ferait ça ? Javier était homme bon.

— A-t-il récemment parlé des clients ou des employés mécontents ?

— Non. Tout le monde content. C'était endroit joyeux.

— Javier avait-il écrit un testament ?

Josefina paraissant perdue, Ballard se tourna vers Gabriel et cherchait un moyen d'expliquer ce qu'elle voulait dire lorsque Bosch lança « *Ultimo testamento* » du fond de la chapelle.

Ballard se tourna vers lui et lui adressa un signe de tête en se rendant compte qu'il avait dû avoir des tas de conversations de ce genre au fil de sa carrière aux Homicides. Puis elle revint sur Josefina qui s'était mise à parler à son fils en espagnol.

— Elle ne sait pas, dit celui-ci.

— Avait-il un avocat ? *Abogado ?*

— *Sí, sí, sí* répondit Josefina. *Dario Calvente es su abogado.*

Ballard acquiesça.

— Merci. Nous allons l'appeler, et il pourrait vous demander la permission de parler avec nous.

Gabriel traduisit et sa mère hocha la tête.

— Maître Calvente est-il venu aujourd'hui ?

Josefina acquiesça.

— Connaissiez-vous l'associé de votre mari ? enchaîna Ballard.

— Non.

— Est-il venu ici aujourd'hui ? Le Dr Hoyle ?

— Je ne sais pas.

Il apparut clairement à Ballard que Josefina ne sachant pas grand-chose sur les affaires de son mari, elle allait devoir parler à l'avocat pour clarifier certains faits concernant son testament, ses assurances et les documents ayant à voir avec son partenariat.

— Josefina, enchaîna-t-elle, saviez-vous que Javier a dû acheter sa libération au gang des Las Palmas ?

La femme fit oui de la tête et donna l'impression de prendre le temps de composer sa réponse. Puis elle parla en espagnol et Gabriel traduisit.

— Nous ne pouvions pas avoir de famille s'il continuait ces trucs avec eux, dit-il.

— Combien a-t-il dû leur donner ?

— *Veinticinco*, répondit Josefina.

— Vingt-cinq mille dollars ?

— *Sí*, oui.

— Bon, d'accord. Où a-t-il trouvé cet argent ?

— *El dentista.*

— Son associé ?

— *Sí.*

— D'où connaissait-il ce dentiste ? Qui le lui avait présenté ?

Gabriel traduisit la question, mais n'obtint pas de réponse, Josefina faisant non de la tête. Elle ne savait pas.

Ballard les informa qu'elle les contacterait dès qu'elle aurait du nouveau dans son enquête, demanda à Gabriel de traduire pour Josefina afin d'être sûre qu'elle comprenait, puis Bosch et elle les quittèrent et regagnèrent la Jeep.

— On essaie de trouver Dario Calvente, l'*abogado* ?

— C'est dimanche. Je doute qu'il soit à son cabinet.

— On peut le trouver. Prenons ma voiture. Je te ramènerai après.

— Parfait.

Ballard chercha le nom de l'avocat sur Google avec son portable, trouva son site web et lui laissa un message sur son fixe avant de monter dans la voiture. Comme celui de l'avocate de Cindy Carpenter, le site de Calvente promettait un service vingt-quatre heures sur vingt-quatre, sept jours sur sept.

— Je le passe au DMV pour avoir son adresse personnelle s'il ne se dépêche pas de répondre, dit-elle à Bosch.

Ils montèrent dans le Defender et, dans l'instant ou presque, elle reçut un appel non identifié qu'elle pensa émaner de Calvente.

— Inspectrice Ballard à l'appareil.

— Ballard, vous évitez mes appels ?

Elle reconnut la voix du lieutenant Robinson-Reynolds.

— Lieute, euh… non je, euh… j'étais dans une église, j'avais éteint mon portable.

— Je sais qu'on est dimanche, Ballard, mais je ne pensais pas que vous étiez du genre à aller à l'église.

— C'était pour une cérémonie commémorative en l'honneur de ma victime d'homicide. J'avais besoin de parler à la famille et de voir qui s'y pointerait.

— Ballard, vous ne devriez pas travailler. Vous devriez être à l'hôpital.

— Non, ça va, lieutenant. J'ai juste reçu un coup sur la tête.

— Écoutez, le rapport dit qu'un ambulancier vous a ordonné de rentrer chez vous et moi, je ne veux pas de ça dans un rapport, d'accord ? Je veux que vous filiez aux urgences et que vous vous fassiez examiner avant de reprendre le travail.

— Mais je suis sur une piste et je vous le dis, je n'ai…

— Cela n'est pas une suggestion, inspectrice. C'est un ordre. Il n'est pas question de risquer quoi que ce soit avec une blessure à la tête. Vous allez aux urgences et vous vous faites examiner. Et après, vous m'appelez pour que je sache.

— OK, d'accord, je finis ici et j'y vais.

— Ce soir, inspectrice. Je veux avoir de vos nouvelles ce soir.

— Ce sera fait, lieutenant.

Elle raccrocha et répéta l'ordre qu'elle avait reçu à Bosch.

— Ça me semble une bonne décision, dit-il.

— Toi aussi, tu t'y mets ? s'écria-t-elle. Je vais bien et tout ça ne sera qu'une grosse perte de temps.

— Tu es flic. Ils te prendront tout de suite.

— Eh bien, je n'irai pas avant d'être de service. Pas question de perdre mon temps. Et justement, à propos de temps, je ne vais pas attendre que cet *abogado* me rappelle. Vingt-quatre heures sur vingt-quatre, sept jours sur sept, mon cul !

Elle appela le centre de communication, s'identifia, donna son numéro de série, demanda une recherche sur Dario Calvente dans le DMV et eut de la chance. Il n'y avait qu'un Calvente avec une adresse à Los Angeles. Elle remercia l'opératrice et raccrocha.

— Silver Lake, dit-elle. Tu veux toujours y aller ?

— C'est parti, répondit Bosch.

Il leur fallut un quart d'heure pour arriver à destination. Calvente habitait en face du réservoir, dans une maison de style espagnol des années trente. Ils montèrent quelques marches en pierre pour atteindre la véranda. Il y avait une grande baie vitrée avec vue sur le lac, mais elle était couverte d'une affiche proclamant BLACK LIVES MATTER.

Ballard frappa à la porte, son badge décroché du ceinturon et tenu bien en main. La porte s'ouvrit sur un homme d'une quarantaine d'années qu'elle reconnut pour l'avoir vu dans la file des proches à la cérémonie. Il était encore en costume, mais avait laissé tomber la cravate. Moustache fournie et yeux aussi noirs que ceux de Bosch.

— LAPD, maître Calvente, dit-elle. Désolée de vous déranger chez vous, mais nous vous avons laissé un message à votre cabinet et n'avons pas eu de réponse.

Il la montra du doigt et lança :

— Mais... je vous ai vue aujourd'hui. À l'office pour Javier.

— Exact. Je m'appelle Renée Ballard et je vous présente mon collègue Harry Bosch. Josefina Raffa nous a dit que vous étiez l'avocat de son mari et nous voudrions vous poser quelques questions.

— Je ne vois pas trop ce que je pourrais vous dire, objecta-t-il. J'ai travaillé pour Javier, c'est vrai, mais seulement en échange d'un boulot sur ma voiture. Je ne dirais donc pas que je suis son avocat *per se*.

— Savez-vous s'il en avait un autre ?

— Je ne pense pas, non. C'est pour ça qu'il m'avait demandé si je pouvais l'aider.

— Et ça remonte à… ?

— Oh, à quelques mois. Ma femme avait eu un accident et j'avais fait remorquer la voiture à son atelier. Quand il a découvert que j'étais avocat, il m'a demandé de faire un peu de travail pour lui.

— Sur quoi portait ce travail ? Pouvez-vous nous le dire ?

— Il y avait bien du secret dans la relation client-avocat, mais c'était pour un contrat qu'il avait signé. Il voulait savoir comment s'y prendre pour mettre fin à un partenariat.

— Pour son affaire ?

Calvente regarda le réservoir derrière eux et hocha la tête de droite et de gauche comme s'il hésitait à répondre. Puis il se tourna vers Ballard et lui fit signe que oui.

— Avez-vous pu l'aider ?

— Le droit des contrats n'étant pas ma spécialité, je lui ai juste dit que je ne voyais rien qu'il puisse contester dans celui-là. Mais je lui ai aussi conseillé de prendre un deuxième avis auprès d'un spécialiste. Je lui ai demandé s'il voulait que je lui en indique un et il m'a dit non. Et pour tout ça, il m'a fait un rabais sur les réparations de ma voiture. Voilà, c'est tout.

— Vous rappelez-vous si cet associé s'appelait Dennis Hoyle ?

— Je crois que c'était bien ce nom-là, mais je n'en suis pas certain. Ça remonte à plusieurs mois.

— Vous a-t-il confié quoi que ce soit sur les raisons pour lesquelles il voulait casser ce contrat ?

— Il m'a juste dit que ce n'était pas bien parce qu'il y avait longtemps qu'il avait remboursé sa dette à cet homme, mais qu'il devait toujours lui payer des sommes sur ce qu'il gagnait. Et je me rappelle que ce contrat n'était pas limité dans le temps. C'était un partenariat complet pour toute la durée de l'affaire.

— Et quelle était la part de Hoyle dans cette affaire ?

— Vingt-cinq pour cent, je crois.

— Si vous n'avez fait qu'examiner ce contrat pour lui, pourquoi vous êtes-vous rendu à la cérémonie d'aujourd'hui ?

— Eh bien, euh… je voulais présenter mes condoléances à la famille et dire que j'étais toujours disponible pour tous les services dont ils pourraient avoir besoin. En ma capacité d'avocat, s'entend.

— À ce propos… d'où teniez-vous qu'il avait été victime d'un homicide ?

— J'ai vu l'annonce de la cérémonie à l'église quand j'y suis allé ce matin. Je n'ai su qu'il s'agissait d'un homicide que lorsque je m'y suis rendu. C'est vraiment horrible pour la famille.

Ballard se tourna vers Bosch pour voir s'il avait des questions qu'elle aurait ratées. Il fit non de la tête, elle revint sur Calvente.

— Merci, maître Calvente, dit-elle. Vous nous avez bien aidés.

— À votre service.

Bosch redescendant les marches de la véranda lentement, Ballard dut l'attendre. Il arrivait sur le trottoir lorsqu'il murmura quelque chose dans sa barbe.

— Chasseur d'ambulances ! C'est à peine s'il connaît le type et il va à son enterrement ?

— Ça ! As-tu vu *Le Verdict*, le film de Sidney Lumet ?

— Je ne crois pas. Je ne vais plus trop au cinéma.

— C'est un vieux film, avec Paul Newman. Parce que j'ai eu ma phase Paul Newman. Quoi qu'il en soit, là, il est avocat – mais surtout alcoolo – et il essaie de se trouver du boulot en allant aux enterrements pour y distribuer ses cartes de visite professionnelles.

Bosch se retourna vers la maison.

— Ce type-là doit y passer tout son temps !

— Mais ce qu'il nous a donné est bon. Javier voulait casser ce contrat. Et ça, c'est un mobile.

— Exact. Sauf que justement : Hoyle sera protégé par ce contrat qui, d'après Calvente, est irréprochable. Et nous, faut toujours qu'on retrouve le mec de l'affacturage en espérant qu'il nous conduise au type au Walther P22.

— Ce soir, je passe aux Renseignements sur les gangs. Ils ont un indic qui leur a dit il y a des années de ça que Javier avait racheté sa liberté aux Las Palmas. Je crois que c'était une femme. Ils n'ont pas voulu me donner son nom à l'époque, mais maintenant je vais les y obliger. Elle pourrait savoir qui a mis Raffa en contact avec Hoyle.

— Pas mal, comme plan.

Un quart d'heure plus tard, Ballard venait juste de raccompagner Bosch chez lui et avait pris le chemin des urgences de l'hôpital Hollywood Presbyterian lorsqu'elle reçut un appel de l'infirmier Single.

— Comment vous sentez-vous ? lui demanda celui-ci.

— Justement, je me rends aux urgences, lui répondit-elle.

— Ah, non ! Qu'est-ce qui se passe ?

— Rien, tout va bien. C'est juste que le boss ne veut pas que je reprenne le boulot ce soir avant d'avoir l'aval des urgences. Je lui ai dit qu'un très bon ambulancier m'avait donné le feu vert, mais il m'oblige quand même à y aller.

— Ah, c'est vraiment dommage. J'allais vous inviter à un dîner à la caserne.

— Waouh, je n'ai jamais reçu une invitation pareille ! Qu'est-ce qu'il y a au menu ?

— Des tas de bonnes choses. Des *grilled cheese* et du chili. Et je crois que quelqu'un a apporté deux ou trois tartes aux pommes. Et il y aura de la salade et des épis de maïs.

— Moi, je prendrais volontiers de la salade et un *grilled cheese*.

— Ooooh, on dirait qu'on a une végétarienne sur les bras.

— Non, seulement je ne mange plus de viande rouge.

— Pas de problème, mais je croyais que vous alliez aux urgences.

— Je préfère aller dîner avec vous et passer aux urgences pendant mes heures de service.

— Eh bien, venez. On dîne dans trente-cinq minutes. À moins qu'on reçoive un appel et qu'on doive filer.

— J'arrive. Mais… vous avez le droit d'inviter des gens ?

— L'un d'entre nous, oui. Et un seul invité par soir. J'ai échangé avec un type pour avoir ce soir, parce que j'espérais qu'un petit chili spécial caserne de pompiers vous tenterait. Mais le *grilled cheese* m'ira tout aussi bien.

— Parfait, génial. On se voit tout à l'heure. Une dernière question…

— Oui.

— C'est quoi, votre prénom ?

— Oh, Garrett.

— Garrett, cool. Je vous retrouve tout à l'heure, Garrett.

Elle raccrocha et enregistra ses nom et prénom avec son numéro dans son téléphone en espérant qu'ils y resteraient un moment. Puis elle se gara derrière le commissariat et, avant de rejoindre la caserne, elle fit un saut par les vestiaires pour se remettre un peu de rouge à lèvres. Elle ne se rendait qu'à une caserne de pompiers pour y déguster un sandwich, mais elle voulait quand même faire bonne impression.

Chapitre 22

Single présenta Ballard à ses collègues et, celle-ci ayant alors droit à une tournée d'applaudissements, le dîner fut agréable. Et le *grilled cheese* pas mauvais, sauf que, plaisir et nourriture, tout prit fin lorsque l'ambulancier Single et son équipe furent appelés sur les lieux d'un accident de la route au croisement de Highland Avenue et de Hollywood Boulevard, un des carrefours les plus animés de la ville. Ils s'y précipitèrent, Ballard contournant alors le mur séparant la caserne du commissariat en emportant la moitié de sandwich qu'il lui restait dans une serviette pour le finir pendant l'appel de la mi-journée. Ce quart se terminant à 20 heures – heure à laquelle elle attaquait d'habitude –, il y avait moins de monde et, l'appel étant moins formel, personne ne se récria de la voir manger.

Ensuite, elle descendit au deuxième étage jusqu'au service des Renseignements des gangs pour y chercher le sergent Davenport et le trouva assis à l'endroit même où elle l'avait vu trois soirs plus tôt. S'il n'avait pas porté des habits différents, elle aurait pu croire qu'il n'en avait jamais bougé. Elle sortit de sa sacoche le dossier qu'il lui avait donné et le laissa tomber sur son bureau. Et le lui montra du doigt.

— LP-3, dit-elle. J'ai besoin de lui parler. Et pour de bon, cette fois.

Davenport ôta ses jambes de la corbeille à papier posée à l'envers sur laquelle il les avait allongées et se redressa.

— Ballard, dit-il, vous savez très bien que je ne peux pas vous filer juste comme ça le nom d'un informateur.

— Je le sais. Vous devez passer par le capitaine. Ou alors, vous pourriez aller la voir et moi, vous accompagner. L'un ou l'autre, cela me va très bien, mais on a maintenant affaire à un meurtre avec préméditation, lui-même relié à un autre meurtre avec préméditation, et j'ai besoin de savoir ce qu'elle sait. Alors, comment voulez-vous la jouer ?

— Et d'un, je le répète, je ne vous ai jamais dit que c'était…

— Une femme, oui, je sais. Disons donc que je l'ai deviné. Vous allez aider ou entraver cette enquête ?

— Si vous arrêtiez de m'interrompre et m'écoutiez un peu, vous apprendriez que LP-3 n'est plus en service – elle ne l'est plus depuis des années – et que ça ne l'intéressera pas des masses de parler à des gens qui vont lui rappeler son passé sordide.

— OK, d'accord, je vais donc appeler le capitaine chez lui.

Et elle se tourna vers la porte.

— Oh, allez, quoi, Ballard ! s'écria-t-il. Pourquoi faut-il toujours que vous soyez une telle ch…

Elle se retourna vers lui.

— Quoi ? Une telle « chieuse » ? Si vouloir résoudre un homicide, c'est être une chieuse, alors pas de problème, j'en suis une. Sauf qu'il y a encore dans ce service des gens qui sont prêts à se lever le cul pour aller frapper aux portes. Et j'en fais partie.

Il en rougit jusqu'aux oreilles de colère ou d'embarras. En sa qualité de sergent deuxième échelon, il était un grade au-dessus d'elle qui n'était qu'inspectrice deuxième classe, mais même s'il était en civil, il n'était pas inspecteur et cette différence lui cassait sa supériorité en grade. Et de ce fait, Ballard pouvait lui dire tout ce qu'elle voulait sans craindre de possibles conséquences.

— Je veux la rencontrer ce soir même, reprit-elle. C'est d'un homicide qu'il est question. Et à propos… vous venez encore une fois de révéler que c'était une femme.

— Comme si c'était pas connu de tout le monde !

— Je dois filer quelques minutes à l'Hollywood Presbyterian et j'espère bien vous entendre me dire que vous nous avez organisé un rendez-vous dès que j'en aurai terminé là-bas.

— Parfait, allez donc faire ça.

— Je vous appelle dès que c'est fini.

Elle embarqua une radio et prit sa voiture de service pour rejoindre les urgences de l'hôpital, où elle passa devant tout le monde avec son badge. Elle fut examinée et déclarée apte à travailler par un médecin et, de retour à sa voiture, elle appela le lieutenant Robinson-Reynolds chez lui pour lui rapporter la nouvelle.

— Voilà qui est bon, Ballard, dit-il. Je suis content que vous alliez bien.

— Je vous l'avais dit.

— Oui, mais il fallait que ce soit officiel. Ces ambulanciers sont des clowns ! Si c'était ma mère qui se faisait balancer dans un escalier, c'est un médecin que je voudrais pour l'examiner, moi, si vous voyez ce que je veux dire.

Ballard ne sut pas trop contre quelle partie de cette déclaration elle devait s'élever, ni même si cela en valait seulement la peine. Cela étant, celle où elle était balancée dans un escalier pouvait avoir des conséquences dans la façon dont il voyait ses capacités.

— Lieute, reprit-elle, je ne sais pas ce qu'on vous a raconté, mais je n'ai pas été « balancée » dans un escalier. Je le montais quand, la prétendue victime me fonçant dessus, je l'ai attrapée et nous sommes tombées toutes les deux.

— Question de sémantique, Ballard. Mais bon, vous êtes prête à reprendre le travail ?

— Mais je travaille en ce moment même et je n'ai jamais arrêté.

— D'accord, d'accord, j'ai tort. Et donc, si vous vous contentiez de me dire ce que vous faites depuis que vous n'avez jamais cessé de travailler ? Où en sommes-nous dans nos affaires ?

Elle prit un moment pour réfléchir.

— Dans le dossier Raffa – l'homicide –, je suis en train d'organiser une réunion avec une indic des gangs qui, je l'espère, nous conduira à un financier avec un mobile pour tuer Raffa.

— Et c'est quoi, ce mobile ? Il lui devait du fric ? Ce n'est jamais un bon mobile. Pourquoi tuer le type qui te doit du fric ? Après, il ne peut plus payer.

— Non, ce n'est pas ça. Raffa avait emprunté vingt-cinq mille dollars à ce type pour racheter sa liberté aux Las Palmas. Et ça lui a valu d'avoir un investisseur. Sauf que maintenant, avec Raffa mort, l'investisseur hérite de l'affaire, de la police d'assurance s'il y en a une et, plus important, du terrain sur lequel est bâti l'atelier de réparation. C'est là que se trouvent le fric… et le mobile.

— Pigé. C'est bon, ça, Ballard. Vraiment bon. Mais vous savez que ça a toutes les chances de passer aux types du West Bureau quand ils referont surface.

— Je sais, lieutenant, mais vous voulez que je fasse du baby-sitting ou que je leur passe un bon dossier à travailler ? Qu'est-ce que ça dirait de vous, hein ?

Robinson-Reynolds garda le silence, mais il ne lui fallut pas longtemps pour faire le lien.

— Vous avez raison, Ballard. J'ai pas envie que vous fassiez du baby-sitting dans cette affaire. Je veux qu'on y travaille jusqu'au moment où il faudra la leur filer. Y a-t-il eu une autopsie ?

— Pas encore. Comme c'est moi qui dirige l'enquête pour l'instant, ils m'appelleront quand ils seront prêts à la faire. Demain dans la journée, probablement.

— OK. Et pour cette indic… Vous allez prendre des renforts ?

— C'est Rick Davenport, des Gangs, qui organise ça, et il y sera.

— D'accord, et pour les Hommes de minuit et la nouvelle affaire ?

— Les trois victimes sont en train de remplir le questionnaire Lambkin et je pense que dès demain, toute l'équipe des Crimes sexuels commencera à croiser les données, et on verra ce que ça donne. Après cette nouvelle affaire, nous voyons la façon dont sont ciblées les victimes d'une manière différente.

Nous. Ballard s'en voulut de continuer à couvrir Lisa Moore.

— Bien, dit Robinson-Reynolds. Je regarderai ça avec Neumayer demain matin.

Matthew Neumayer était le chef des trois membres de l'unité des Crimes sexuels de la division, et le supérieur direct de Lisa Moore.

— Bon, eh bien, je vais m'y remettre, conclut Ballard.

— Parfait, dit Robinson-Reynolds. Demain matin, j'arriverai tôt et vous attraperai peut-être avant que vous ne finissiez votre quart.

Ballard raccrocha et appela aussitôt Davenport.

— Ballard.

— Alors, on fait ça ce soir ou pas ?

— Faites pas suer, oui, on va le faire. Je vais aller la chercher et je vous la ramène. À quelle heure ? Elle ne veut pas vous voir près de chez elle.

Ballard sentit monter l'adrénaline. Enfin, elle allait parler à LP-3.

— Dans une heure ?

— Une heure, ça me va.

— Où ?

— Le parking de la plage au bout de Sunset Boulevard.

Ballard connaissait l'endroit pour y avoir surfé bien des matins après le travail. Mais ça faisait une sacrée trotte pour y aller.

— Je suis de quart et ça va me mettre à quarante minutes de la division, dit-elle. Je serai dans la merde si jamais je reçois un appel.

— Vous voulez lui parler ou pas ? C'est là-bas qu'elle vit maintenant et elle n'a aucune envie de revenir à Hollywood.

Ballard sentit qu'elle n'avait pas le choix.

— Bon, OK, dans une heure. J'y serai.

— Et pas de noms, d'accord ? Ne lui demandez même pas.

— Pas de problème.

Elle savait pouvoir obtenir son nom plus tard si le tribunal l'exigeait. Alors, les autorités compétentes fondraient sur Davenport et l'obligeraient à le lui donner. Pour l'instant, la seule chose qui intéressait Ballard était de savoir si LP-3 pouvait la rapprocher de l'individu au Walther P22.

Après avoir mis fin à l'appel, elle regagna le commissariat et informa le lieutenant de veille qu'elle serait sous le radar et hors des territoires de la division la dernière nuit de ce week-end de vacances. Il ne lui donna pas l'impression de s'en soucier beaucoup, à condition qu'elle prenne une radio au cas où, comme il l'exprima, « l'enfer se déchaînerait ».

Plus tard, elle se rendit à la salle de repos pour y imprimer une photo de Raffa, mettre des piles neuves dans son mini-enregistreur et attraper une radio entièrement chargée avant de sortir prendre sa voiture.

La circulation se fluidifia vite sur Sunset Boulevard une fois qu'elle eut traversé le Strip pour passer dans Beverly Hills. Même avec tous les restaurants et clubs fermés depuis presque un an, les gens qui roulaient lentement ralentissaient le flot de voitures. Ballard sentit baisser la température au fur et à mesure qu'elle progressait vers l'ouest par cette nuit claire et fraîche. Elle comprit qu'elle allait devoir mettre la doudoune qu'elle gardait dans le coffre pour les longues nuits à passer sur des scènes de crime. Le vent qui soufflait du Pacifique allait refroidir le parking où elle devait retrouver l'informatrice et elle ne savait pas s'ils allaient parler dehors ou rester dans la voiture.

On dit souvent que quiconque veut connaître Los Angeles doit parcourir Sunset Boulevard du centre-ville à la plage. C'est par cet itinéraire que le voyageur peut découvrir tout ce qui fait la ville : sa culture et ses gloires aussi bien que ses nombreux échecs et fissures. À partir du centre-ville, où plusieurs blocks ont été rebaptisés Cesar E. Chavez Avenue il y a trente ans de cela pour honorer ce leader syndical et défenseur des droits civils, il traversera Chinatown, Echo Park, Silver Lake et Los Feliz, puis, après avoir bifurqué vers l'ouest, découvrira Hollywood, Beverly Hills, Brentwood et les Palisades avant de déboucher sur l'océan Pacifique. À suivre cette artère à quatre voies, il traversera des quartiers pauvres et des quartiers riches et longera des campements de sans-abri et des palaces, des institutions iconiques du savoir, du divertissement, de la nourriture et des religions cultes. Cette rue semblait traverser cent villes, et pourtant il n'y en avait qu'une seule.

Y songer lui fit penser à Bosch. Elle prit son portable et l'appela en mettant sur haut-parleur.

— Je vais rencontrer LP-3, dit-elle.

— Maintenant ? Toute seule ?

— Non, Davenport, mon contact aux Gangs, y sera. C'est lui qui a organisé le coup. Il est parti la chercher et l'amènera au rendez-vous.

— Où ça ?

— À Sunset Beach. Sur le parking.

— C'est assez bizarre, ça.

— Ça ne m'a pas ravie non plus. Mais elle a lâché les gangs et c'est là qu'elle vit. À entendre Davenport, je n'avais pas le choix.

— Et c'est déjà en route ?

— On doit se voir dans trois quarts d'heure environ. Je suis en train d'y aller.

— Bon, écoute, si ça part de travers, envoie une fusée ou un signal de détresse. Tu ne me verras pas, mais je serai là.

— Quoi ? Mais il ne se passera rien de mal, Harry ! Davenport sera là. Et cette indic est devenue réglo. Alors, reste chez toi et je t'appellerai après. En plus, t'as eu ta piqûre aujourd'hui, alors tu devrais te tenir tranquille jusqu'à ce qu'il n'y ait plus d'effets secondaires.

— Je vais bien, et tu oublies quelque chose. Ce n'est que si quelqu'un du service les a fauchés que ces dossiers ont pu disparaître de deux divisions différentes. Je n'essaie pas de flinguer Davenport, mais il bossait à Hollywood quand j'y étais et je ne l'aimais pas trop. Je ne dis pas qu'il a les mains sales, mais c'était un gros paresseux et il parlait beaucoup. Et nous, on ne sait pas à qui il a parlé de tout ça.

Ballard commença par ne pas réagir et réfléchit à ce qui inquiétait Bosch.

— Je te confirme qu'il est flemmard, mais je croyais que c'était récent. Disons comme sa réponse personnelle au définancement de la police. Cela dit, je ne pense pas qu'il y aura un problème. J'ai dit ce que je faisais à mon lieutenant et au lieute de veille parce que je m'éloigne vraiment beaucoup de la division. Je ne t'empêche pas de venir, Harry… on pourrait même se retrouver après pour en causer. Mais je crois vraiment que tout ira bien.

— J'espère que tu as raison, mais j'y serai quand même. D'ailleurs, je ferais bien de partir tout de suite.

Ils raccrochèrent, Ballard ne cessant de penser aux paroles de Bosch pendant tout le reste de son périple dans les méandres de Sunset Boulevard.

Chapitre 23

Après son dernier virage, Sunset Boulevard débouche sur la plage, et Ballard y découvrit un énorme parking proche d'un restaurant touristique fermé. Il n'y avait qu'une voiture sur le parking, et elle n'avait pas la silhouette carrée d'un véhicule de la police. Ballard avait oublié que Davenport avait toutes les chances de conduire une voiture banalisée dans son travail contre les gangs. En attendant que le feu passe au vert, elle l'appela.

— Vous êtes déjà là ?

— On vous attend et vous êtes en retard.

— C'est quoi, votre voiture ? Je vais entrer sur le parking.

— Elle se verra, Ballard. Il n'y a que nous sur le parking. Allez, ramenez-vous.

Il raccrocha. Ballard regarda le feu rouge qui brillait et reconnut que Bosch lui avait flanqué la trouille. Elle jeta un coup d'œil à la station-service au coin et au parking du supermarché, mais n'y vit pas sa vieille Cherokee. Il était absolument impossible qu'il soit arrivé aussi vite.

Le feu passant au vert, elle entra sur le parking. La barre étant levée au distributeur de tickets parce que la journée touchait à sa fin, elle se dirigea vers la voiture solitaire, mais selon un angle qui lui permit de braquer le faisceau de ses phares sur la vitre côté conducteur. Elle s'approcha et reconnut Davenport assis au volant. Elle prit alors un grand virage et vit que sa passagère était bien assise à côté de lui. Elle se rangea de façon qu'ils puissent se parler de fenêtre à fenêtre et mit la voiture au point mort. Et, avant de couper le moteur, elle sortit son mini-enregistreur, l'alluma, commença à enregistrer et le glissa dans la grille de la clim, où il ne pourrait pas être vu par l'informatrice mais capterait tout ce qu'elle dirait. Puis elle donna sa position au centre des communications pour qu'il y ait une trace de l'endroit où elle s'était trouvée en dernier si jamais quelque chose tournait mal.

Enfin, elle baissa sa vitre et coupa le contact.

Latina, la femme assise à côté de Davenport dans sa voiture banalisée pouvait avoir dans les quarante ans. Yeux lourdement maquillés, longs cheveux bruns et chemisier à grand col, pour cacher des tatouages ou des cicatrices laissées par leur suppression, se dit Ballard.

Davenport se pencha en avant pour voir Ballard derrière sa passagère.

— C'est quoi, tout ce cinéma, Ballard ? lui lança-t-il. Et vous avez signalé où vous êtes ? Vous vous foutez de moi ?

— C'est Robinson-Reynolds qui l'a exigé.

— Vous n'auriez même pas dû lui parler de ça.

— Bien obligée. Vous me mettez à quarante minutes de la division, fallait que j'en avertisse quelqu'un. Il m'a ordonné de le signaler aux…

— Ouais, bon, c'est qu'un connard. Vous avez vingt minutes, Ballard. Posez vos questions.

Ballard regarda la femme. Celle-ci avait l'air ennuyée par les hurlements de Davenport à côté d'elle.

— Bon, d'accord, lança Ballard. Et vous vous appelez ?

— Pas de noms ! s'écria Davenport. Mais bon sang, Ballard, je vous l'ai dit ! Pas de noms !

— OK, OK, comment voulez-vous que je vous appelle ? J'aimerais qu'on ait une conversation et avoir un nom pour la personne à qui je vais parler.

— Pourquoi pas Jane Doe ? hurla Davenport en prononçant le « J » comme un « H ».

— D'accord, on laisse tomber, dit Ballard. Commencez par me dire quels étaient vos liens avec les Las Palmas 13.

— Mon fiancé – en tout cas, l'homme que je prenais pour mon fiancé – en était un des chefs, répondit la femme. Il donnait les ordres.

— Et vous, vous étiez informatrice à ce moment-là ?

— Oui.

— Pourquoi ?

La femme parla sans aucune hésitation ou trace d'accent, comme si de rien n'était, de la double vie potentiellement mortelle qu'elle avait menée.

— Il s'est mis à baiser à droite et à gauche. À sortir avec d'autres filles. Des putes des gangs. Et moi, personne ne me fait ça.

— Et donc, vous ne l'avez pas quitté, mais vous êtes devenue indic.

— C'est ça. Et je me suis fait payer et mes infos étaient bonnes, précisa-t-elle en coulant un regard à Davenport comme pour en avoir confirmation.

Celui-ci gardant le silence, Ballard dut deviner que le fiancé dont elle parlait était Humberto Viera qui, toujours d'après Davenport, avait été expédié à Pelican Bay et n'en reviendrait pas. C'était là l'incarnation même de la vengeance d'une femme humiliée. L'enfer n'a pas de fureurs plus fortes que celles de la femme trompée[1].

— Un quart d'heure, pas plus, lança Davenport plein d'attentions.

— Il y a environ quatorze ans de ça, vous avez dit à votre officier traitant du LAPD que Javier Raffa s'était libéré des Las Palmas moyennant finances. Il aurait payé vingt-cinq mille dollars à Humberto Viera. Vous en souvenez-vous ?

— Oui, répondit-elle.

— Comment avez-vous eu ce renseignement à l'époque ?

— J'ai vu le fric. Je l'ai vu le lui donner.

Qu'elle ait assisté à la transaction semblait confirmer encore plus que Viera était son fiancé et que la condamnation de ce dernier au pénitencier de Pelican Bay était en partie due à sa vengeance.

---

1. Citation tirée de *The Mourning Bride* ou *L'Épouse en deuil*, 1697, tragédie de William Congreve.

— Comment ce deal est-il arrivé ? Raffa s'est-il contenté de faire son offre ?

— Ç'a été négocié. Raffa voulait sortir du gang et savait qu'il n'y avait qu'un moyen d'y parvenir… dans un cercueil. Mais mon bonhomme était gourmand. Il pensait toujours à lui avant les gens du gang. Et avant moi. Il a donc dit à Raffa qu'il pouvait se libérer en payant, a décidé du montant et l'a aidé à trouver le fric.

— En désossant des bagnoles ?

— Non, ça, Raffa le faisait déjà. C'était son boulot. « El Chopo[1] », qu'on l'appelait même en blaguant.

— Et donc, comment s'est-il procuré l'argent ?

— Il a dû emprunter.

— Où peut-on emprunter du fric pour se libérer d'un gang ?

— Y avait un type que des gens connaissaient. Un *banquero callejero*, et il est allé le voir.

— Un banquier de la rue.

— Voilà, et c'est par lui qu'il a eu le fric. Ce *banquero* connaissait des gens qui pouvaient avoir besoin de lui. Des gens prêts à avancer la somme.

— Vous souvenez-vous de son nom ou vous rappelez-vous qui c'était ?

— J'ai entendu dire que c'était un flic.

Davenport ouvrit violemment sa portière et passa devant sa voiture pour se pointer à la fenêtre de Ballard.

— Mais qu'est-ce que vous faites ? s'écria celle-ci.

1. Celui qui découpe.

Il avança le bras vers elle, elle recula, il lui arracha sa clé du contact.

— C'est terminé, dit-il. On arrête.

— Mais qu'est-ce que vous racontez, Davenport ? On est en pleine enquête !

— Et moi, je n'ai pas signé pour impliquer des flics dans tout ça. Pas pendant mon service, bordel !

— Rendez-moi ma clé.

Il était déjà reparti vers sa voiture et sa portière ouverte.

— Je vous la rapporterai dès que j'aurai reconduit cette dame dans un endroit où vous ne pourrez jamais la retrouver, putain de merde !

— Davenport, vous me rendez ma clé ou je vous colle un 128 si vous…

— Allez vous faire foutre, Ballard, parce que moi je vous en foutrai tout de suite un autre et on verra qui ils croient. Vous êtes à une plainte de la porte de sortie définitive !

Sur quoi il remonta d'un bond dans sa voiture en claquant la portière, Ballard restant concentrée sur l'informatrice.

— Qui était ce flic ? lui demanda-t-elle.

— Vous, ne répondez pas ! hurla Davenport à l'indic.

La vitre de sa passagère commença à remonter. La voiture démarra en trombe et traversa le parking en direction de la sortie.

— Nom de Dieu ! s'écria Ballard. Merde !

Puis son portable vibra et elle vit que c'était Bosch.

— Harry !

— Qu'est-ce qu'il vient de se passer ?

— Je te dirai ça plus tard. Où es-tu ? Est-ce que tu les vois ?

— Quoi, l'autre voiture ? Oui, il vient de griller le feu rouge et il fonce vers Malibu par le PCH.

— Tu peux le suivre ? Il m'a piqué ma clé de contact et je suis coincée. Il est en train de la ramener chez elle et j'ai besoin de savoir qui c'est et où elle habite.

— Je m'en occupe.

Elle entendit le portable de Harry tomber dans la console centrale de sa Jeep au moment même où il mettait le contact et s'élançait. Ballard sauta de sa voiture et regarda les commerces et les parkings le long de la Pacific Coast Highway. Elle vit la Cherokee carrée sortir du parking du supermarché pour prendre le PCH et passer au rouge au croisement de Sunset Boulvard pour filer vers Malibu.

— Coince-le, Harry ! lança-t-elle tout haut.

Chapitre 24

Davenport ne revint pas avant presque quarante minutes. Bras croisés, Ballard s'était adossée à sa voiture lorsqu'elle vit la sienne traverser le parking et venir dans sa direction. Il sortit la main de sa fenêtre, la clé de contact de Ballard au bout des doigts. Il n'allait pas rester.

— Fallait que je le fasse, Ballard, dit-il en regardant droit devant lui à travers le pare-brise.

Elle lui arracha sa clé.

— Pourquoi ?

— Parce que la police est en train de couler, Ballard. Comme s'il y avait besoin de traîner un autre flic dans un autre scandale. Vous ne comprenez donc pas ?

— Non, Davenport, je ne comprends pas. Qui est ce flic que vous protégez ?

Alors il se tourna vers elle.

— Je ne sais pas et je ne l'ai pas demandé à la fille parce que je ne veux pas savoir. C'est le service que je protège, Ballard, pas ce flic. C'est pour ça que si vous portez plainte contre moi et que moi, je fais pareil contre vous, c'est vous qui perdrez. La police d'abord. Et c'est toujours elle qui l'emporte. Pensez-y !

Sur quoi il écrasa le champignon et sa voiture bondit en avant. Ballard, elle, ne broncha même pas. Elle suivit des yeux le grand virage qu'il effectuait pour regagner le portail, puis elle sortit son portable et appela Bosch.

— Harry, tu as la fille ?

— Elle habite par ici, dans une maison du PCH au bord de l'eau, juste après le feu rouge de Topanga Canyon. Qu'est-ce qui s'est passé ? Il t'a rapporté ta clé ?

— Je l'ai, oui. Donne-moi l'adresse et je te rejoins.

Un quart d'heure plus tard, elle se rangeait derrière sa Jeep sur un côté de la Pacific Coast Highway. Elle descendit de sa voiture, le rejoignit et s'assit à côté de lui sur le siège passager.

— C'est celle avec les hublots, dit Bosch en lui montrant une maison de l'autre côté de la route bordée de bâtisses surplombant les rochers, le sable et l'océan sur plusieurs étages.

Toutes se serraient les unes contre les autres telles les dents d'une mâchoire, si près même qu'il aurait été impossible de dire qu'elles donnaient sur l'océan si le bruit des vagues ne montait pas en écho derrière elles. À un étage, celle que lui montrait Bosch était équipée d'un auvent à une seule place. Bois gris avec bordures blanches et deux fenêtres rondes au premier. Ballard savait qu'avec la vue de l'autre côté, il y aurait une grande baie vitrée donnant sur l'océan.

— C'est là qu'ils se sont garés, reprit Bosch. Il l'a fait entrer, est resté deux ou trois minutes et est reparti. Qu'est-ce qui se passe, Renée ?

— Elle était sur le point de me donner le nom du financier, répondit-elle. Elle l'a qualifié de « banquier de la rue » et a précisé que c'était un flic. C'est là que Davenport est entré en jeu et a tout bloqué en jouant les grands seigneurs… quasi qu'il aurait essayé de protéger la police, sauf que moi, je ne marche pas. Pour moi, cette fille allait révéler quelque chose qu'il savait.

— Il a les mains sales ?

— Ça s'arrête où, les mains sales ? Je pense qu'au minimum il sait quelque chose qui pourrait faire du tort au LAPD. Et il a décidé de couvrir plutôt que de nettoyer. Alors si ça, c'est avoir les mains sales, oui, il les a. Mais, peu importe de quoi il s'agit, il ne savait pas qu'elle allait parler. Sans ça, il n'aurait pas organisé la rencontre.

— Ça se tient. Bon alors, qu'est-ce que tu veux faire ?

— Je veux le nom de ce banquier de la rue.

— Eh bien, allons le chercher.

Dimanche soir. Malibu s'était vidée à la fin du week-end. Il n'y avait guère de circulation, rien qui aurait pu constituer un danger pour eux lorsqu'ils traversèrent les quatre voies du PCH dans le noir. La porte d'entrée de la maison où habitait l'ancienne indic se trouvait en retrait de l'auvent, près de la portière conducteur de la Porsche Panamera qui y était garée. Ballard frappa fort du poing pour qu'on l'entende par-dessus le bruit des vagues s'écrasant de l'autre côté de la maison.

La porte s'ouvrit avant même qu'elle ait à frapper une seconde fois. Sur un homme. La soixantaine, blanc, avec tous les clichés du type qui veut avoir l'air plus jeune : les boucles d'oreilles, les bracelets, les cheveux teints et le bouc, le jean effiloché et la capuche grise. Tout pour aller avec la Porsche.

— Oui ? lança-t-il.

Ballard lui présenta son badge.

— Nous voulons voir la femme qui vient d'être déposée ici il y a une demi-heure. Je pense que c'est votre épouse.

— Je ne sais pas de quoi vous parlez, objecta-t-il. Il est minuit et ceci est…

Il fut interrompu par l'informatrice, qui s'était rapprochée pour voir qui était à la porte.

— Vous ! dit-elle. Qu'est-ce que vous voulez ?

— Vous savez très bien ce que je veux, lui répondit Ballard. Je veux son nom.

Ballard fit un pas en avant, son allure intimidante faisant reculer l'homme alors même qu'il protestait.

— Une minute, s'il vous plaît ! Vous ne pouvez pas vous…

— Cette femme est-elle votre épouse, monsieur ?

— C'est exact.

— Alors, reculez si vous ne voulez pas que cette conversation se termine au commissariat.

Et elle regarda l'informatrice droit dans les yeux.

— Parce que vous, vous ne voudriez pas de ça, n'est-ce pas ? ajouta-t-elle. Retourner là-bas, dans les quartiers que vous… On ne sait jamais sur quel type des Las Palmas enchaîné au banc des interpellés on pourrait tomber en entrant au commissariat par-derrière, hein ?

— Gene, dit la femme. Laisse-les entrer. Plus vite j'aurai réglé ça avec eux, plus vite ils partiront. Va faire un tour sur la terrasse.

— Malin, ça, constata Ballard.

— Mais il fait froid, dehors ! s'exclama Gene.

— Vas-y, c'est tout, lui ordonna sa femme. Ça ne prendra pas longtemps.

— Mais putain ! protesta-t-il. Et tu m'avais dit que ce genre de merdes, c'était fini !

Sur quoi, il gagna lentement les portes vitrées coulissantes donnant sur la terrasse. Plus loin, les vagues bleu-vert de l'océan étaient très joliment éclairées par des spots fixés sous la maison. L'informatrice attendit qu'il soit passé sur la terrasse et en ait refermé les baies derrière lui pour étouffer le bruit de l'océan avant de parler.

— Tout ça ne me plaît pas, dit-elle. Davenport m'a ordonné de ne plus vous parler. Et vous, vous êtes qui, bordel ? lança-t-elle à l'adresse de Bosch.

— Il est avec moi et vous n'avez pas besoin d'en savoir plus, répondit Ballard. Et je me fous de ce que Davenport vous a dit et que ça vous plaise ou pas. Vous allez me parler de ce banquier ou vous retrouver dans un genre d'ennuis dont tout l'argent de Gene ne pourra jamais vous sortir.

— Je n'ai enfreint aucune loi.

— Il y a les lois de l'État, et il y a celles des gangs, rétorqua Ballard. Parce que vous vous imaginez que là-bas, à Pelican Bay, Humberto Viera vous croit innocente ? Vous vous imaginez qu'il n'a aucune envie de savoir où vous êtes passée ces dix dernières années ?

Ballard vit sa menace crever l'armure de la femme : elle ne s'était pas trompée. Viera était bien le fiancé cavaleur et il avait maintenant le reste de son existence à passer dans un quartier de haute sécurité pour se demander qui lui avait fait ce coup-là.

— Asseyez-vous, lui lança Bosch en lui montrant un canapé. Tout de suite.

Il avait bien compris la situation, lui aussi. L'informatrice était passée d'ex-fille des gangs pas commode à femme entretenue et elle avait peur que sa nouvelle vie bien rangée avec un monsieur plus âgé qu'elle et fortuné ne change brutalement.

Elle fit ce qu'on lui demandait et gagna le canapé. Ballard prit un fauteuil pivotant de l'autre côté de la table basse en bambou et le fit tourner pour regarder la femme plutôt que la vue, Bosch se tenant devant les portes vitrées coulissantes, le dos tourné à Gene qui essayait de voir à travers.

— Comment vous appelez-vous ? attaqua Ballard.

— Pas question de vous donner mon nom, lui répondit la femme, le ressentiment s'affichant sur son visage.

— Il faut bien que je vous appelle quelque chose, insista Ballard.

— Alors, appelez-moi Darla. J'ai toujours beaucoup aimé ce prénom.

— D'accord, Darla. Parlez-moi de ce banquier de la rue. Qui était-ce ?

— Tout ce que je sais, c'est que c'était un flic et qu'il s'appelait Bonner. C'est tout. Je ne l'ai jamais vu et je ne sais pas à quoi il ressemble. Et maintenant partez, s'il vous plaît.

— Quel genre de flic ?

— Je ne sais pas.

— Un flic du LAPD ? des services du shérif ?

— Je vous ai dit que je savais pas.

— Et son prénom ?

— Ça non plus, je ne sais pas, sinon je vous l'aurais dit.

— Comment savez-vous que c'était un flic ? Qui vous avait dit son nom ?

— Berto. Il en parlait.

— Et il disait que c'était un banquier de la rue ?

— Il prétendait que c'était le type qui pourrait trouver du fric pour Raffa et il le lui a dit. Et j'étais là.

— Où ça ?

— On était allés chez le père de Raffa. Où ils arrangeaient des voitures devant et les désossaient derrière. Raffa s'est approché de la bagnole et Berto lui a parlé de ce type. Et lui a donné un numéro à appeler. Il a aussi averti El Chopo que Bonner était flic et lui a dit de faire gaffe quand il ferait affaire avec lui parce que c'était un flic et qu'il rigolait pas.

— Comment ça, « il rigolait pas » ?

— Vous savez bien… Qu'il valait mieux pas l'emmerder. Qu'il y avait des conséquences pour les merdes de ce genre.

— Et ça voulait dire que c'était un tueur ?

— Je sais pas. Ça voulait dire qu'il rigolait pas.

— OK. Y a-t-il eu d'autres moments où ce Bonner a été mentionné ?

— Oui, quand Raffa a apporté le fric à Humberto. Il lui a dit que Bonner l'avait eu d'un docteur et qu'il fallait signer des papiers et tout ça.

— Quel genre de docteur ?

— J'ai pas entendu cette partie-là ou alors ils en ont pas parlé. C'était juste un docteur, ça, je me rappelle.

— Comment se fait-il que vous n'ayez jamais dit ça à votre contact au LAPD… Que ce banquier était un flic, je veux dire ?

— Parce que je suis pas folle.

— Ce qui signifie ?

— Et d'un, que s'il arrivait quelque chose, Berto aurait su que ça venait de moi parce que c'est lui qui m'avait parlé de Bonner. Et l'autre truc, c'est qu'on cafte pas des flics à d'autres flics. C'est con. Parce que juste après, y a quelqu'un qui te cafte à ton homme, si vous voyez ce que je veux dire.

— Je vois, oui. Comment pensez-vous que Berto a fait la connaissance de Bonner ?

— Ça, je sais pas. Ils se sont juste rencontrés d'une manière ou d'une autre. Ils se connaissaient avant que j'arrive dans le tableau.

Ballard savait que c'était un lien clé à découvrir.

— Quand ça ? demanda-t-elle. Quand êtes-vous entrée dans le tableau ?

— Moi et Berto, on s'est mis ensemble quand j'avais seize ans, répondit Darla. En 2004. Et on est restés six ans ensemble.

Ballard éprouvait du respect pour Darla et le chemin qu'elle avait suivi. Sortir d'East Hollywood et terminer au bord de la mer n'avait rien d'évident, et elle voyait bien que Darla en tirait une certaine fierté malgré le genre d'hommes qu'elle avait utilisés pour y arriver.

— Savez-vous s'il y a eu d'autres transactions entre Berto et Bonner ? enchaîna Ballard. En dehors du marché avec Raffa, je veux dire.

— Oui, ils faisaient affaire. Comme quand quelqu'un avait besoin de beaucoup de fric, ils... disons... ils causaient, quoi. Oui, je pense qu'il y a eu d'autres deals.

Ballard regarda Bosch pour voir s'il avait des questions qu'elle n'aurait pas couvertes.

— Comment Berto et Bonner communiquaient-ils ? demanda-t-il.

— Par téléphone la plupart du temps. Mais des fois, ils se retrouvaient.

— Où ?

— Je sais pas, lui répondit Darla en se détournant.

C'était la première fois que Ballard voyait un signe indiquant qu'elle mentait. Elle coula un regard à Bosch qui acquiesça en hochant légèrement la tête. Lui aussi avait remarqué.

— Vous êtes sûre ? demanda Ballard.

— Oui, j'en suis sûre, répondit Darla. Vous croyez que je demandais tout le temps à Berto ce qu'il fabriquait ? Il m'aurait tuée !

Encore une fois, elle avait regardé ailleurs en protestant. Ballard comprit qu'elle cachait quelque chose.

Elle réfléchit à la meilleure manière de lui soutirer le renseignement et à ce qui pouvait la mettre mal à l'aise, puis elle devina ce dont il devait s'agir.

— Allons, Darla, dites-nous, insista-t-elle.

— Je vous l'ai déjà dit. Je ne sais pas.

— Parce que Bonner, vous l'avez vu, c'est bien ça ?

— Je vous ai déjà dit que non.

— Parce que Humberto, vous l'avez suivi. Vous l'avez suivi parce que vous pensiez qu'il allait voir une fille, sauf que c'était Bonner. Et vous les avez vus ensemble.

Darla se renversa en arrière sur le canapé comme si la conclusion de Ballard la choquait.

— Où se rencontraient-ils ? la pressa celle-ci. C'est important, Darla.

Darla agita une main en l'air comme pour dire : « Oh, et puis, pourquoi pas ? T'as déjà tout le reste. »

— Ils se retrouvaient au resto de Franklin Avenue où le poulet est si bon.

Ballard jeta un coup d'œil à Bosch.

— Quoi ? Chez Birds ? demanda-t-elle.

L'endroit où ils faisaient des rabais aux flics.

— Oui, c'est ça. Je les ai vus, j'ai fait demi-tour et je suis partie.

— À quoi ressemblait Bonner ?

— Je sais pas. C'était un Blanc.

— Couleur des cheveux ?

— Il avait le crâne rasé. Cet enfoiré se prenait pour Vin Diesel !

Ballard repensa au signalement que Gabriel Raffa lui avait fait de l'homme à la capuche.

— Il était en tenue ?

Darla éclata de rire.

— Ben voyons ! L'Old Gangster Berto Viera qui déjeune avec un flic en tenue !

— OK, pas en tenue. Que vous rappelez-vous d'autre, Darla ?

— C'est tout. Rien d'autre.

— Vous êtes sûre ? C'est la seule fois où vous les avez vus ?

— La seule.

Ballard hocha la tête. Elle avait assez de choses pour l'instant. Et elle savait où trouver Darla au besoin. Elle regarda Bosch, qui hocha la tête : lui aussi en avait terminé. Pour bien marquer qu'on arrivait à la fin de l'entretien, Gene cogna à la vitre et ouvrit grand les mains.

Il avait froid et voulait rentrer.

Ballard lui fit signe de venir, puis regarda Darla.

— Merci… Darla, dit-elle. Vous nous avez beaucoup aidés.

— Et vous allez me payer ? Les types des Gangs le faisaient toujours.

— Si on fait ça, faudra qu'on vous mette une nouvelle veste d'indic sur le dos et j'ai pas l'impression que vous en avez envie.

Darla regarda Gene qui franchissait les portes coulissantes, le bruit d'une vague s'écrasant sur la plage entrant dans la pièce avec lui.

— Non, pas trop, répondit Darla.

Ballard remercia l'heureux couple et sortit avec Bosch. Toujours pas de circulation, ils traversèrent la PCH sans se presser.

— Jolie petite supposition que tu as faite là, dit Bosch. Comme quoi elle l'aurait suivi pour savoir s'il n'allait pas voir une fille…

— Merci, dit-elle. Ça m'est venu tout à coup.

Ils restèrent un instant entre leurs voitures.

— Et maintenant ?..., reprit Bosch.

— Je vais m'occuper de Bonner. Voir où ça va. Le signalement qu'elle nous a fait correspond à celui que m'a donné le fils de la victime d'un Blanc venu à la fête du Nouvel An. Un chauve avec une capuche.

— Mais y a quelque chose qui ne colle pas dans l'histoire de Darla.

— Quoi ?

— Si le banquier… Bonner… était un flic, pourquoi Humberto ne s'en est-il pas servi pour échapper à sa condamnation à perpète ?

Ballard acquiesça. C'était bien vu.

— Peut-être qu'il a essayé et qu'il n'a pas trouvé preneur, dit-elle. Ou alors, peut-être que ce Bonner ne « rigolait » tellement pas qu'il a eu peur de tenter le coup. Il s'est peut-être dit qu'étant flic, Bonner pouvait se le faire à la prison du comté.

— Ça fait beaucoup de peut-être.

— Y en a toujours beaucoup.

— Dis-moi ce que tu trouves. Et je serai là si tu as besoin de moi.

— Merci, Harry. Et merci d'être venu ce soir. On n'en serait pas là si tu n'avais pas pensé que Davenport était pourri d'une façon ou d'une autre.

— Faut donc croire qu'on a tous les deux très bien supposé !

— Une sacrée équipe, qu'on fait, Harry ! Tope là !

Et Ballard leva la main en l'air.

— On n'est pas censés faire ça pendant le Covid, dit-il.

Et il leva lui aussi la main et tapa dans la sienne sans enthousiasme.

— Va falloir travailler ça, conclut-elle.

Chapitre 25

Après s'être présentée au lieutenant Rivera au bureau de veille, Ballard gagna la salle des inspecteurs pour essayer d'identifier Bonner. La liste du personnel en activité était aisément accessible sur l'intranet. Il y avait deux Bonner dans le service, mais l'un était une femme, Anne-Marie, et l'homme, Horatio Junior, ne faisait pas partie des effectifs lorsque Javier Raffa avait acheté sa libération aux Las Palmas 13. Au mieux, il pouvait s'agir de descendants du Bonner qu'elle cherchait. Mais leur poser la question n'était pas une option. Leur loyauté irait à leur père, oncle ou autre. Et ils alerteraient l'intéressé avant qu'elle puisse l'atteindre.

Chaque division possédait un « livre des pensions », soit un classeur où étaient recensés tous les officiers à la retraite, cette liste étant mise à jour chaque année – pour les vivants, s'entend. Les officiers décédés étaient les plus difficiles à retrouver. Dans ces registres étaient mentionnés les adresses et numéros de badge et de série des officiers, leurs dates de début et de fin de service, et la dernière division à laquelle ils avaient été affectés. Parce qu'il permettait de joindre d'anciens policiers dans des enquêtes touchant à leur travail lorsqu'ils étaient en service, ce livre des pensions était particulièrement utile dans des affaires toujours non résolues.

L'exemplaire de la division de Hollywood était conservé dans le bureau du lieutenant des inspecteurs, présentement fermé parce que Robinson-Reynolds avait pris son dimanche soir. Pas démontée, Ballard se servit d'un rossignol qu'elle gardait dans son meuble classeur personnel pour ouvrir la serrure des plus simples. Le classeur blanc qu'elle cherchait était posé sur une étagère, au milieu de tout un tas de manuels de service, derrière le bureau du lieutenant. Elle violait le règlement, le savait, et ne perdit pas de temps. Elle ouvrit le registre sur le bureau et y chercha un Bonner dans la liste alphabétique.

Elle en trouva deux : un Horatio Bonner qui, parti à la retraite en 2002, ne pouvait pas être celui qu'elle voulait, mais était probablement le père d'au moins un des deux Bonner actuellement en service ; et un Christopher Bonner qui, lui, avait rendu son tablier sept ans plus tôt après vingt ans de boulot. Ses grade et dernière affectation : inspecteur première classe à Hollywood, ce qui lui parut bien curieux. Ballard n'avait jamais entendu parler d'un quelconque Christopher Bonner. Elle était certes arrivée à la division deux ans après son départ, mais il n'empêche : elle n'avait souvenir d'aucune affaire où serait apparu son nom. Détail qui ne faisait qu'ajouter au puzzle, Bosch n'avait pas davantage réagi en entendant ce nom alors qu'il semblait bien qu'ils avaient dû travailler à Hollywood au même moment. Cela étant, elle n'était pas trop sûre de l'année où ce dernier avait quitté la division de Hollywood pour rejoindre l'unité des Affaires non résolues du centre-ville.

Le classeur toujours ouvert sur le bureau, elle sortit son téléphone portable et prit une photo de l'entrée « Christopher Bonner ». Et, ce faisant, remarqua un bloc de Post-it jaunes posé au bord du bureau et aussi que Robinson-Reynolds avait écrit « Ballard » et rien d'autre sur la première feuille du bloc. Il s'agissait manifestement d'une note destinée à lui rappeler de lui dire ou demander quelque chose. Ou alors, et ce n'était pas impossible, de parler d'elle à quelqu'un d'autre. Mais de quoi, elle fut incapable de le dire dans la mesure où Robinson-Reynolds s'était trouvé dans son bureau pour écrire ce mot la veille du Nouvel An, pendant la journée. Elle que rien de ce sur quoi elle travaillait maintenant ne s'était alors encore produit, hormis dans l'enquête sur les deux premières agressions perpétrées par les Hommes de minuit.

Elle écarta momentanément la question, rangea son portable dans sa poche et remit le livre des pensions à sa place sur l'étagère. Elle laissa le bureau dans l'état où elle l'avait trouvé et referma la porte à clé derrière elle.

Arrivée à son bureau d'emprunt, elle transféra l'info sur Bonner de son téléphone à son ordinateur. Bonner habitait à Simi Valley, un paradis pour flics dans le comté de Ventura – au moins était-ce là que sa retraite lui était envoyée. L'endroit était assez proche de Los

Angeles pour qu'il ait pu y résider à l'époque où il travaillait au LAPD. Beaucoup de flics le faisaient. Il était aussi assez proche de la San Fernando Valley, où se trouvait la Crown Labs Incorporated, soit le lien même entre les quatre dentistes.

Ballard se leva et retourna au poste de veille, où le lieutenant Rivera était assis à son bureau, un cupcake à la main – il y en avait tout un plateau sur un comptoir voisin. Ballard s'approchait lorsqu'il le lui montra avec son gâteau.

— Des citoyens qui nous apprécient, dit-il. Servez-vous.

— Vu l'époque, vaudrait mieux faire vérifier ça par un labo, lui fit-elle remarquer. Glycosides de séné, tout ça…

— Et c'est quoi ?

— Un laxatif. Le principe actif de l'Ex-Lax.

Rivera contempla son cupcake au glaçage chocolat, des images de mangeurs de petits gâteaux faisant la queue devant les toilettes défilant très probablement aussitôt dans sa tête. Il avait déjà ôté la coupelle en papier de son petit gâteau lorsque, soudain hésitant, il le reposa sur son bureau.

— Alors là, merci beaucoup, Ballard, dit-il.

— Je ne fais que veiller sur votre santé, lieute. J'appelle le labo ?

— Qu'est-ce que vous faites ici ? Y a rien de nouveau à l'ouest.

— Je sais. Je voulais juste vous poser des questions sur Christopher Bonner.

— Bonner ? Que voulez-vous savoir ?

— Vous le connaissez ?

— Bien sûr. Il travaillait ici.

— Il était censé être inspecteur.

— Oui, il occupait même votre poste.

— Quoi ?

— Il a fait le quart de nuit jusqu'à ce qu'il rende son tablier.

La coïncidence était choquante, mais expliquait pourquoi son nom ne disait rien à Ballard. Les inspecteurs affectés à ce service devant toujours refiler leur travail à leurs collègues de jour, ils n'apparaissaient que très rarement comme inspecteurs principaux dans les enquêtes. Cela pouvait aussi expliquer pourquoi Bosch n'avait pas reconnu ce nom lui non plus.

— Vous avez donc dû bien le connaître à l'époque, reprit-elle.

— Ouais, sans doute, dit-il. Il travaillait pour moi, exactement comme vous.

Ballard ne se donna pas la peine de lui rappeler à qui elle devait vraiment en référer.

— Vous dites qu'il a rendu son tablier. Il lui serait arrivé quelque chose qui l'y aurait obligé ?

— Je ne sais pas, Ballard. Il est juste parti comme ça. Peut-être qu'il en a eu marre de toutes les merdes qu'on voit dehors. J'ai pas besoin de vous dire tout ce sur quoi on tombe la nuit.

— Non, y a pas besoin.

— Mais pourquoi me posez-vous toutes ces questions sur Chris ?

— Oh, seulement parce que son nom est apparu dans mon enquête sur l'homicide de jeudi soir. Il connaissait la famille et ça m'a rendue curieuse, rien de plus, dit-elle en espérant que sa réponse n'éveille pas ses soupçons.

Pour détourner son attention, elle se pencha sur le plateau de cupcakes en tenant ses cheveux pour qu'ils ne touchent pas le glaçage.

— Vous savez quoi ? reprit-elle. Ils m'ont l'air parfaits. Je peux en prendre un ?

— Faites-vous plaisir !

Elle en choisit un glacé à la vanille.

— Merci. Pas facile de cacher des trucs dans de la vanille, dit-elle.

Et elle se dirigea vers la porte.

— Je serai là si vous avez besoin de moi, ajouta-t-elle.

— Je vous appellerai.

Une fois revenue dans la salle des inspecteurs, elle jeta le cupcake dans la poubelle sous son bureau d'emprunt, puis elle ressortit son portable et appela Bosch en espérant qu'il ne soit pas allé se coucher.

— Tu l'as trouvé ? lui lança-t-il.

— Je crois. Et devine un peu ! Il occupait mon poste ici même, à Hollywood.

— Comment ça ? Il était du quart de nuit ?

— Exactement. Il a pris sa retraite deux ans avant que j'arrive et je crois qu'il était ici quand tu y étais.

— Je dois avoir la tête qui s'en va. Je ne me rappelle pas ce nom.

— Tu ne l'as probablement jamais croisé. Loin des yeux…

— Il est toujours dans le coin ?

— Simi Valley.

— Ça nous le met dans notre cadre de référence. On dirait bien que c'est lui, le financier. Il serait aussi le type au P22 ?

— On n'en est pas encore là.

— Comment tu vas travailler la question ?

— Je ne peux pas faire grand-chose avant demain. Mais je peux éplucher des dossiers, histoire de voir s'il n'y aurait pas quelque chose qui relie les points.

— Bonne idée.

— Ouais, tu me laisses faire ça, tu dors un peu et je te dirai si j'ai trouvé quelque chose demain matin après mon service. À ce moment-là, je devrais aussi savoir si j'ai toujours l'affaire.

— Bonne chasse !

Il s'agissait de l'au revoir propre aux inspecteurs des Homicides. C'était un signe de respect et il n'y avait personne d'autre dans tout le service dont elle aurait plus voulu mériter le respect que Harry Bosch.

Avant de se mettre à éplucher la base de données, elle ressortit son portable, vérifia ses mails et vit qu'une certaine Daisy de Wags and Walks avait réagi à sa demande de voir Pinto, le bâtard chihuahua. Son message disait que Pinto était toujours adoptable et serait heureux de faire la connaissance de Ballard.

Ne sachant pas ce que lui apporterait le jour qui s'annonçait, Ballard demanda à voir l'animal le mardi suivant. Étant donné que c'était un de ses jours de congé habituels, elle précisa dans son mail que Daisy pouvait choisir l'heure du rendez-vous et qu'elle ferait, elle, en sorte que ça marche. Et ajouta que cette rencontre l'enthousiasmait beaucoup.

Enfin, elle posa son portable pour se mettre à l'ordinateur, entra dans la base de données du service et commença par lancer le plus grand filet possible : toutes les affaires où les nom et numéro de série de Bonner apparaissaient dans un rapport.

La numérisation du service remontant au milieu des années soixante-dix, toute la carrière de Bonner était couverte. Le moteur de recherche mit plus d'une minute à lui ramener plus de quatorze mille occurrences, Ballard trouvant même que la moisson était plutôt maigre après vingt ans de travail. Elle se dit qu'elle aurait, elle, au moins plus du double d'entrées dans la base lorsqu'elle aurait donné ce même nombre d'années à la police.

Faire le tour de tous ces rapports – même de ceux qu'on pouvait vite écarter sans problème – risquant de prendre des jours et des jours, elle devait réduire ça à des heures, en tout cas pour commencer. Elle afficha sa chrono à l'écran de son ordinateur portable et vérifia la date du rapport mentionnant que Javier Raffa avait acheté sa sortie du gang des Las Palmas. Il remontait au 25 octobre 2006 et cela signifiait que Bonner avait déjà des liens avec le gangster donneur d'ordres Humberto Viera. Elle restreignit sa recherche à trois ans avant et après la date du rapport.

Cette fois-ci, le moteur mit moins longtemps pour lui cracher cinq mille quatre cent trois occurrences. Elle fit encore descendre ce nombre à trois mille cinq cent quarante-quatre en ne cherchant plus que deux ans avant et après 2006.

Elle jeta un coup d'œil à la pendule et s'aperçut qu'il était presque 3 heures du matin. Son quart se terminait à 6, mais elle décida d'attendre le retour de Robinson-Reynolds, ce qui l'amènerait à 7 ou plus vraisemblablement à 8 heures. Après quoi, elle prévoyait d'aller trouver Matt Neumayer, le chef de l'unité des Crimes sexuels, que Lisa Moore soit revenue de son périple à Santa Barbara ou non.

Elle décida qu'avec de la chance, s'il n'y avait pas d'appels et si elle ne finissait pas aveugle à force de regarder son ordinateur, elle pourrait avoir examiné tous ces rapports avant ses réunions du lendemain matin.

Elle se mit au travail en observant un bref protocole. Elle n'examinerait que la première page des rapports, à savoir celle contenant les noms de la victime et du suspect – quand il y en avait un – et le type de crime ou d'appel reçu. Cela lui permettrait de passer rapidement par-dessus les délits mineurs et incidents sans importance entre citoyens. Ce ne serait que lorsque quelque chose l'intriguerait qu'elle ouvrirait le rapport pour le lire en détail et chercher un lien avec Humberto Viera ou tout autre individu dont le nom apparaissait dans son enquête sur le meurtre de Raffa.

Nuit de dimanche, calme plat dans les rues, aucun appel ne vint l'interrompre. Elle ne se leva que quelques minutes une fois par heure pour détacher les yeux de son écran, prendre un café et aller et venir dans la salle des inspecteurs. À un moment donné, un officier de la patrouille vint chercher un bureau où taper un rapport, Ballard l'expédiant aussitôt à l'autre bout de la pièce parce qu'il ne portait pas de masque.

Après deux heures de recherches, elle arriva à la date du 25 octobre 2006 sans avoir rien trouvé dans les rapports. Rien qui implique une arrestation, une enquête ou la moindre interaction avec un membre des Las Palmas 13. Et ça, en soi, c'était une révélation, dans la mesure où Ballard trouvait difficile de croire qu'on puisse passer deux ans en qualité d'inspecteur au quart de nuit sans avoir, et sous quelque forme que ce soit, affaire à un membre de ce gang. Cela lui indiqua que Bonner les avait évités, ou regardait ouvertement ailleurs quand il y avait crime de gang.

Cela lui indiqua aussi qu'elle devait recadrer sa recherche. Elle ne pensait pas que se taper encore deux ans de rapports fût la meilleure façon d'utiliser son temps. Elle revint donc au moteur de recherche et demanda à voir ceux de 2000 à 2004, requête qui lui apporta trois mille cent treize résultats.

Tout commençait par un Bonner officier de la patrouille à la division de Hollywood. Il avait ensuite été promu au rang d'inspecteur au début 2002 et affecté au troisième quart, ce qui, à l'époque, était considéré comme une entrée par la petite porte. C'était toujours le cas, mais n'avait pas été celui de Ballard. Son affectation à elle lui était tombée dessus pour avoir résisté à l'un des nombreux maux du service : le harcèlement sexuel. Elle avait perdu la bataille qui l'avait opposée au patron de la division des Vols et Homicides et, bannie, travaillait maintenant aux heures où tout est ténèbres.

Une heure plus tard enfin, elle trouvait la proverbiale aiguille dans la meule de foin des rapports numérisés : celui du 5 octobre 2004 mentionnant un Bonner inspecteur du quart de nuit qui avait répondu à un appel pour des tirs d'arme à feu dans une propriété privée. L'incident s'était produit à 3 h 20, dans Lemon Grove Avenue, près de Western Avenue. Dans le résumé, il était déclaré que les occupants de la maison dormaient lorsqu'un tireur avait tout mitraillé par arme automatique d'une voiture en mouvement. Personne n'étant touché, on n'aurait sans doute même pas appelé la police, mais plusieurs voisins, eux, l'avaient fait.

Et les occupants de la maison n'étaient autres que Humberto Viera et sa petite copine, Sofia Navarro, Ballard étant maintenant à peu près sûre d'avoir le vrai nom de Darla.

Un rapport de suivi rédigé par un Bonner alors passé inspecteur depuis moins d'un an précisait que Viera et Navarro ne s'étaient pas montrés coopératifs. Et ajoutait que Viera était un membre de haut niveau des Las Palmas 13.

Le rapport spécifiait aussi que d'après les infos de l'unité des Renseignements sur les gangs, on soupçonnait Viera d'avoir été impliqué dans l'enlèvement du membre d'un gang rival, un certain Julio Sanz. Les Renseignements indiquaient que Sanz appartenait à la White Fence opérant à Boyle Heights, mais que celle-ci empiétait sur les territoires des Las Palmas. Cet enlèvement aurait été une manœuvre destinée à négocier un accord sur la délimitation des territoires des uns et des autres.

Ballard essaya encore un moyen d'éclaircir le passé de Bonner. La division de Hollywood bénéficiait depuis toujours du soutien d'un groupe de citoyens appelé « Blue Hollywood ». Ceux-ci lui donnaient de l'équipement, réglaient la note des fêtes de Noël et organisaient des rencontres de quartier. Ils souhaitaient aussi la bienvenue aux nouveaux arrivants et remerciaient ceux qui partaient à la retraite, souvent en postant une photo et un commentaire sur leur site web.

Ballard alla sur bluehollywood.net, tapa le nom de Bonner dans la barre de recherche et fut récompensée par une entrée et une photo publiées sept ans plus tôt dans la rubrique mensuelle « Allées et venues ». C'était la photo officielle de l'organigramme de la division affiché sur la porte du capitaine à l'époque où Bonner travaillait au LAPD. Ballard l'agrandit sur son écran et l'examina. Bonner avait les yeux enfoncés, le crâne rasé, le cou très serré par le col de sa tenue, et ne souriait pas.

Ballard se renversa en arrière et se frotta les yeux. Les premières lueurs de l'aurore commençaient à poindre par les fenêtres à battants installées en haut des murs de la salle des inspecteurs.

Relier aussi directement Bonner et Viera donnait du poids aux révélations de Darla/Sofia : Viera avait bien mis Javier Raffa en contact avec Bonner lorsqu'il avait eu besoin d'une grosse somme d'argent. Ballard venait aussi d'avoir une image de Bonner qui collait avec le signalement que lui avaient donné et Darla et Gabriel Raffa.

Le lien qui restait à établir était entre Bonner et les dentistes de l'opération d'affacturage. L'argent que Bonner avait trouvé et donné à Raffa sortait de quelque part, et très probablement pas du compte en banque personnel de Bonner. Cela étant, Ballard n'avait toujours aucune idée de l'endroit où l'inspecteur du quart de nuit et les dentistes travaillant de jour avaient bien pu se croiser.

Elle imprima tous les rapports sur le mitraillage. En attendant, elle lança une recherche sur Julio Sanz, et apprit qu'il avait été assassiné en novembre 2004, à peine cinq semaines après le mitraillage de la maison de Humberto Viera.

Ballard avait les yeux fatigués, au point que l'écran de l'ordinateur en devenait flou, mais elle n'en sortit pas moins les rapports concernant ce meurtre. Sanz avait été abattu à l'Evergreen Cemetery où il était allé sur la tombe de son père le jour anniversaire de sa mort. Il avait été découvert étendu sur la pierre tombale, une seule balle dans la tête, style exécution.

Et l'affaire n'avait jamais été résolue.

Ballard se détacha à nouveau de l'écran et réfléchit à cette dernière information. Cinq semaines après le mitraillage de la maison de Raffa et cinq semaines après la rencontre entre Viera et l'inspecteur Christopher

Bonner chargé de l'enquête, l'homme qu'on soupçonnait d'avoir été à l'origine de l'arrosage était assassiné dans un cimetière d'East L.A.

Pour Ballard, il ne s'agissait nullement de coïncidences et elle commença à voir des liens entre divers éléments de son investigation. Tout s'organisait en orbite autour du meurtre de Javier Raffa.

Chapitre 26

Ballard ne savait pas à quelle heure Robinson-Reynolds arriverait au bureau le lendemain de son week-end de congé et décida d'utiliser son temps d'attente en passant du dossier Raffa à son enquête sur les Hommes de minuit.

Elle savait que la plupart des services municipaux attaquaient à 7 heures. Elle quitta le commissariat et roula jusqu'à East Hollywood, où le Bureau de l'éclairage public avait un atelier au croisement de Santa Monica et de Virgil Avenue. Alignés sur le trottoir devant l'entrepôt et l'espace de travail, toute une série de modèles de réverbères en indiquaient l'emplacement. Au musée du comté, une présentation de ces modèles offrait aux touristes et aux aficionados de l'art municipal tout ce qu'il faut pour faire des selfies. Mais là, c'était du sérieux. Ballard entra dans la cour et se gara devant le bureau en sachant qu'elle allait devoir faire attention. Il n'était pas du tout impossible que l'un des Hommes de minuit voire les deux travaillent au BEP. Cela aurait expliqué leur connaissance des différents quartiers de Hollywood et du câble précis à sectionner pour éteindre la lumière juste devant chez Cindy Carpenter sans pour autant plonger toute la rue dans le noir. Si elle avait bien remarqué le fouillis de câbles derrière le panneau d'accès, Ballard n'en avait vu qu'un de sectionné.

Elle descendit de voiture, découvrit la cour et l'entrée ouverte d'un garage et supposa que la plupart des fourgons du BEP étaient déjà partis au travail, mais aperçut deux véhicules garés dans un atelier de réparation. Blancs sans doute, mais ce n'étaient pas des fourgons, et, l'un comme l'autre, ils avaient le sceau de la ville peint sur la portière du conducteur et l'inscription *Bureau de l'éclairage public* juste au-dessous. Or Jack Kersey n'avait pas mentionné le sceau de la ville quand il lui avait décrit celui qu'il avait vu à Deep Dell Terrace.

Ballard entra dans le bureau, montra son badge et demanda à voir un superviseur. On la conduisit à un certain Carl Schaeffer, coincé dans un cagibi où il avait vue sur la pointeuse avec ses cartes, l'emploi du temps de chacun affiché sur le mur derrière lui. Il avait droit au titre de « superviseur des ateliers ». Ballard referma la porte derrière elle et le regarda attentivement. La cinquantaine, il était bien loin de la tranche d'âge que les victimes avaient donnée aux Hommes de minuit.

— J'aurais besoin d'une confirmation concernant des réparations de réverbères, lança-t-elle.

— Nous couvrons le périmètre Alvarado Street-Westwood Boulevard et la 10 direction nord jusqu'à Mulholland Drive, lui répondit Schaeffer. Si c'est par là que vous cherchez, je suis votre homme. Comment puis-je vous aider ?

— Je cherche un rapport de réparations effectuées à Deep Dell Terrace dans les, disons… deux derniers mois.

— D'accord, cette réparation-là, je n'ai pas besoin de mes dossiers parce qu'on y envoie un fourgon aujourd'hui même.

— Qu'est-ce qui se passe ?

— Il semblerait qu'on ait affaire à un sabotage. Un propriétaire dit avoir vu deux de nos gars couper le courant au poteau, sauf que nous n'avons jamais envoyé personne à cet endroit. Ça ressemble à du vandalisme.

— Et ça s'est produit… ?

— Le 13 décembre, d'après ce propriétaire.

— Pouvez-vous annuler l'intervention ?

— Euh… oui, bien sûr. Mais pourquoi ?

— Je vais faire relever les empreintes digitales sur le poteau et la plaque. Un crime a été commis dans cette zone et les suspects pourraient avoir mis ce réverbère hors d'état un peu avant.

— Quel genre de crime ? Un meurtre ?

— Non.

Schaeffer attendit qu'elle en dise plus, mais Ballard n'en fit rien. Il comprit le message.

— Vous pensez que quelqu'un a coupé le câble pour qu'on ne puisse pas voir le criminel ?

— C'est possible. Avez-vous des rapports concernant d'autres commandes de travaux pour le Deep Dell ?

— Non. Je peux remonter en arrière pour voir, mais je me souviendrais de tout ce qui a été fait récemment.

Y a un type qui habite dans le coin... Chaque fois qu'il y a un réverbère en berne, on entend parler de lui, et, à Deep Dell Terrace, c'est la première fois qu'on a de ses nouvelles depuis à peu près un an.

— Jack Kersey ?

— On dirait bien que vous aussi, il vous appelle.

— Je l'ai croisé là-bas.

— Sacré personnage ! Je peux vous dire qu'avec lui vaut mieux marcher droit.

— Ah, ça oui.

— Qu'est-ce que je peux faire d'autre pour vous, inspectrice ?

— Il y a deux autres rues pour lesquelles j'aimerais voir si vous avez eu des demandes de réparation récemment.

Elle ne lui donna ni les dates des deux premières agressions ni les adresses exactes des endroits où elles avaient eu lieu. Elle se contenta de lui demander s'il y avait eu ces trois derniers mois des réparations de réverbères vers les numéros 600 de Lucerne Boulevard et 1300 de Vista Street. À ces questions, Schaeffer ne put lui répondre de tête. Il entra les adresses dans son ordinateur et envoya deux pages à son imprimante.

— La réponse est oui, dit-il, et je vous l'imprime. On a eu des appels pour ces deux rues. Pour Lucerne, le 2 décembre, avec réparation le 4. Pour Vista, ça nous est arrivé le 28 et on n'avait pas le personnel qu'il fallait parce que tout le monde veut prendre cette semaine de congé là. La réparation doit partir aujourd'hui.

— Je veux que vous l'annuliez, elle aussi, dit Ballard.

— Pas de problème.

— Merci. J'ai encore deux ou trois questions. Pour Lucerne, avez-vous un rapport mentionnant la nature de la panne ?

— Oui, c'est dans la sortie d'imprimante. Vandalisme… câbles sectionnés à la base.

— Plusieurs ?

Schaeffer consulta son écran.

— Là, on a dû remplacer tout le circuit. Le câble d'alimentation et la boucle d'induction.

La rue du premier viol. Ballard se dit que les Hommes de minuit avaient sectionné deux câbles parce qu'ils n'avaient pas su reconnaître celui de l'alimentation. Mais lorsqu'ils étaient passés à l'agression de Deep Dell, ils savaient.

— Ce qui fait qu'ils ont mis hors d'état plusieurs réverbères d'un coup ?

— Exactement. Et nous avons eu des plaintes de plusieurs résidents.

En apprenant à n'éteindre qu'un réverbère – le plus proche du domicile de la victime visée –, les Hommes de minuit amélioraient leur modus operandi et réduisaient d'autant la possibilité d'attirer l'attention sur leurs forfaits.

— OK, reprit Ballard, j'ai remarqué que vos fourgons étaient déjà partis, mais il vous en reste deux dans votre atelier. Vous servez-vous des blancs pour vos interventions ?

— Nos « fourgons » ? Non, nous nous servons de camions à plateau. Quand nous avons un poteau ou tout un circuit à remplacer, nous posons tout ce dont nous avons besoin dessus. On ne peut pas mettre un réverbère de sept mètres de haut dans un fourgon et c'est ça qu'on fait le plus souvent… on remplace tout l'ensemble. Les gens adorent les cogner avec leurs voitures !

Et de sourire à sa petite tentative d'humour.

— Pigé, dit-elle. Et tous vos camions à plateau sont très clairement identifiables comme étant des véhicules municipaux ? Avec sceau de la ville et intitulé du service ?

— Toujours.

— Jamais de fourgons ?

— Pas un seul. Vous voulez bien me dire ce qui se passe ? Quelqu'un est-il en train de faire des saloperies et de dire qu'il travaille avec nous ?

— J'aimerais pouvoir, monsieur Schaeffer… Vous m'avez beaucoup aidée. Mais je ne peux pas m'étendre et je vous demande de garder tout ça pour vous. N'en parlez à personne.

— Que voudriez-vous que je dise ? Je ne sais pas ce qui se passe.

Elle glissa la main dans sa poche pour y prendre une carte de visite professionnelle avec son numéro de portable dessus.

— Une dernière chose, reprit-elle. J'ai besoin que vous me signaliez toute panne d'éclairage dans le secteur de Hollywood pendant les quinze jours à venir.

Week-end ou pas, je vous demande de m'appeler dès qu'un réverbère est hors service. Les accidents de voiture ne m'intéressent pas. Juste les réverbères éteints, qui fonctionnent mal, ont été vandalisés ou autre. Vous pourriez me faire ça ?

— Bien sûr, aucun problème.

— Merci, monsieur. Dès que tout cela aura été réglé, je pourrai vous en dire plus.

— Quoi qu'il se passe, j'espère que vous allez nous attraper ce fumier. Surtout si c'est lui qui nous sectionne nos câbles.

Sur ce, il lui tendit les sorties d'imprimante avec tous les détails concernant les deux premières pannes. Ballard le remercia et partit. Mais en retournant à sa voiture, elle dut reconnaître qu'il était plus que probable qu'elle n'apprenne la mise hors d'état du prochain réverbère de Hollywood que lorsqu'il serait trop tard et que l'agression suivante se serait déjà produite.

Elle quitta l'atelier, passa devant tous les réverbères notés dans la sortie d'imprimante et, chaque fois, celui dont les câbles avaient été sectionnés se trouvait près de la maison où l'agression sexuelle avait eu lieu. Cela ne lui laissa aucun doute : les Hommes de minuit avaient bel et bien trafiqué l'éclairage avant leurs attaques afin de couvrir encore plus leurs activités du manteau des ténèbres. Elle remarqua aussi que dans ces endroits, les globes étaient différents du gland habituel dans le Dell.

Elle appela la Scientifique et demanda qu'un technicien relève les empreintes sur les plaques d'accès des réverbères de Vista Street et de Deep Dell Terrace. Ce n'était pas gagné, mais elle savait que ce qui n'est pas gagné ne paie jamais si on ne tente même pas le coup – et une empreinte pouvait changer la trajectoire d'une investigation en un instant. Elle laissa de côté l'adresse de Lucerne Boulevard parce que le réverbère y avait déjà été réparé et que toute trace d'empreintes des Hommes de minuit y aurait probablement été effacée.

Elle consulta son portable et s'aperçut qu'il était presque 8 heures et que son lieutenant serait sans doute déjà dans son bureau lorsqu'elle y arriverait.

Chemin faisant, elle reçut un appel d'un coordinateur des autopsies au bureau du County Medical Examiner. Avec plus de mille autopsies effectuées chaque semaine, le coroner avait besoin d'un coordinateur rien que pour établir l'emploi du temps et notifier les enquêteurs et les proches du défunt. On l'informa que celle de Javier Raffa était prévue pour 11 heures et qu'elle serait pratiquée par le Dr Steven Zvader.

Ballard répondit qu'elle y serait.

Le lieutenant Robinson-Reynolds était assis à son bureau lorsqu'elle revint à la salle des inspecteurs. Elle frappa à la fenêtre près de sa porte ouverte, il lui fit signe d'entrer.

— Ballard, lança-t-il. Je me disais que vous étiez peut-être déjà rentrée chez vous. Comment va la tête ?

— Elle va bien. Je viens juste d'interroger des gens pour l'affaire des Hommes de minuit.

— Faut que vous remplissiez un BSES.

— Non, je vais bien, lieute.

— Écoutez, si vous voulez qu'on vous paie le samedi soir où vous êtes rentrée tôt, vous me faites ça.

Ballard savait que remplir un formulaire de « blessures subies en service » lui prendrait quasiment une heure et ne servirait qu'à les rendre officielles au cas où l'officier blessé déciderait de poursuivre le LAPD en justice ou chercherait à partir plus tôt en retraite à cause d'elles. La municipalité rejetait toute demande d'indemnisation financière ou de départ à la retraite anticipée pour des blessures n'apparaissant pas dans ce formulaire et peu importait que certaines d'entre elles ne déclenchent des problèmes que bien après qu'elles ont été reçues. Bosch en était un bon exemple, qui avait été exposé à des radiations au cours d'une enquête. Dix ans plus tard, lorsque les effets s'étaient manifestés sous la forme d'une leucémie, la ville avait essayé de regarder ailleurs parce qu'il n'avait jamais rempli le moindre BSES. Heureusement pour lui, il avait de bons médecins et un excellent avocat et s'en était bien sorti.

— Bon, d'accord, dit-elle. Je m'y mettrai avant de partir. Faut que je reste pour l'autopsie de Javier Raffa.

— Ah oui, dit Robinson-Reynolds. Ça, faut qu'on en parle. Asseyez-vous, Ballard.

Elle s'assit dans un des fauteuils en face de son bureau. Et y remarqua une pochette en cuir noir. Robinson-Reynolds ne pouvait pas la voir à cause d'un dossier vertical posé devant. Il avait dû la rater en entrant dans son bureau un peu plus tôt, en lisant le rapport de la nuit.

Elle contenait le jeu de rossignols de Ballard. Celle-ci y avait posé la pochette la veille au soir pour consulter le livre des pensions, et avait oublié de la reprendre en partant. S'il l'avait trouvée, le lieutenant n'aurait pas pu dire qu'elle appartenait à Ballard, mais il aurait compris que quelqu'un était entré dans son bureau pendant le week-end, et elle savait que ses soupçons se seraient vraisemblablement portés sur elle. Elle essayait de la reprendre en douce lorsqu'il lui annonça qu'on lui avait enlevé l'affaire Raffa.

— Attendez… quoi ? s'exclama-t-elle.

— J'ai parlé aux collègues du West Bureau et ils m'ont dit qu'ils étaient prêts à vous en débarrasser.

— Mais je ne veux pas qu'on m'en débarrasse ! J'y ai travaillé toute la nuit, j'ai identifié un suspect et je veux continuer.

— Génial, ça, et je suis sûr qu'ils seront contents de tout le bon travail que vous avez fait. Mais ce n'est pas votre boulot. Vous n'êtes pas aux Homicides. On a déjà parlé de ça et je ne supporte pas que chaque fois que vous refusez de rendre une affaire, vous tentiez de faire passer ça pour une trahison de ma part ! Je ne suis pas votre ennemi, Ballard. Il y a un protocole et nous devons le suivre.

— L'autopsie est dans deux heures, lieutenant. Qui va la prendre ?

— J'imagine que ce sera vous. Mais après, vous appelez ce mec et vous faites ce qu'il faut pour tout lui rendre.

Il lui tendit un Post-it par-dessus son bureau. Son nom y était porté – c'était celui qu'elle avait vu plus tôt –, mais maintenant il y figurait aussi un nom et un numéro sous les siens : inspecteur Ross Bettany. Ballard n'avait jamais entendu parler de lui, mais c'était lui qui allait s'emparer de tout son beau travail et résoudrait l'affaire.

— Parlez-moi de ce suspect, reprit Robinson-Reynolds.

Elle savait qu'à seulement lui dire qu'elle avait relié deux meurtres et que le tueur le plus vraisemblable était un ancien flic du LAPD, elle n'aurait même pas droit à l'autopsie. Robinson-Reynolds passerait au-dessus d'elle, irait droit aux Vols et Homicides du centre-ville et eux s'en saisiraient comme le faucon happe le moineau en plein vol et, ça, elle n'en voulait pas. Si elle ne pouvait pas être la patronne de l'enquête, au moins voulait-elle la confier à Bettany de façon à pouvoir s'en garder un bout. Et que Bettany et son coéquipier aient besoin d'elle et de ce qu'elle savait pour clore le dossier.

— On pense que c'est une histoire de fric, répondit-elle. Comme je vous l'ai dit hier au téléphone, le garage de Raffa se trouvait sur un terrain d'une grande valeur. Raffa avait un commanditaire et essayait de casser le contrat qui les liait. On pense que ce commanditaire a embauché un tueur à gages… l'intermédiaire qui les a fait se rencontrer.

Elle croyait s'être bien acquittée de cet exercice de corde raide sans filet. Rien de ce qu'elle n'avait lâché était faux. Elle s'était contentée de ne pas tout lui dire.

— « On » ? la reprit-il.

— Quoi ?

— Vous avez dit : « On pense que c'est une histoire de fric. » Qui est ce « on » ?

— Oh, je vous demande pardon. C'est juste une expression. Je voulais dire « on » comme dans... tout le LAPD. « On pense que... »

— Vous êtes sûre ?

— Ben oui. La dernière fois que j'ai vérifié, le service n'a toujours pas pourvu le poste de ma partenaire à cause du gel des embauches.

Robinson-Reynolds hocha la tête comme si tout cela était vrai.

— Vous ne connaissez pas un certain Harry Bosch ? demanda-t-il. Un retraité du LAPD. En fait, il aurait travaillé des années et des années ici même, à Hollywood.

Ballard comprit qu'elle venait de se faire piéger. Elle était entrée en poussant une porte, celle-ci s'était refermée à clé derrière elle, la suivante ne pouvait s'ouvrir que de l'extérieur, et c'était le lieutenant Robinson-Reynolds qui se trouvait de l'autre côté.

— Euh, oui, je le connais, répondit-elle prudemment. Nos chemins se sont déjà croisés dans des affaires. Pourquoi ?

Elle voulait lui soutirer le plus de renseignements possible avant de reprendre l'exercice de corde raide.

— Parce que j'ai ici sur mon bureau un rapport des types des Renseignements sur les gangs. Ils surveillaient la cérémonie commémorative donnée en l'honneur de votre victime pour voir les Las Palmas qui s'y pointeraient. Au lieu de quoi, ils ont des photos de vous à côté d'un vieux mec qu'ils ont identifié comme étant Harry Bosch en train de parler à un autre type apparemment pas très jouasse qu'on lui cause.

Elle essaya de se dépêcher de lui trouver une réponse.

— Ah oui, dit-elle. C'était bien Harry Bosch avec le commanditaire dont je viens de vous parler. Dennis Hoyle.

Elle douta qu'il marche dans sa tentative de l'égarer avec Hoyle, mais cela lui donna le temps de trouver une voie de sortie. Elle comprit une chose : c'était Davenport qui était derrière tout ça et c'était lui qui avait envoyé ces photos à Robinson-Reynolds. Elle décida de se dépêtrer de tout ça plus tard.

— Alors… ce Bosch ? insista Robinson-Reynolds. Pourquoi était-il là ? Pourquoi était-il avec vous ?

Et de lever une photo de surveillance avec Bosch et elle en train d'affronter Hoyle devant sa voiture. Elle sut que la seule manière de s'en tirer serait de dire la vérité sur le premier meurtre. L'affaire de Bosch. Qu'elle lui donne cet os-là à ronger et elle pourrait peut-être en réchapper.

— Eh bien, voyez-vous, commença-t-elle, j'ai…

— Laissez-moi deviner, la coupa-t-il. Vous avez du pain sur la planche. Vous récoltez un meurtre la nuit du Nouvel An et comme le West Bureau est débordé, vous êtes obligée de suivre l'affaire jusqu'à la fin du week-end. Mais c'est là que les Hommes de minuit remettent ça, et ça aussi, c'est pour vous. Et vous n'avez pas d'aide parce que même Lisa Moore vous a lâchée en se tirant à Santa Barbara… oui, ça aussi, je suis au courant. Et donc, vous avez le dos au mur et vous vous rappelez Harry Bosch, le mec à la retraite qui voudrait ne pas y être, et vous vous dites : « Je pourrais peut-être lui demander aide et conseils, mais comment est-ce que je le joins ? » Alors, vous sortez votre petit sac noir de rossignols et vous pénétrez dans mon bureau par effraction pour trouver son numéro dans le registre des pensions. En dehors de vous être fait photographier par les mecs des Renseignements sur les gangs, votre seul problème est maintenant d'avoir oublié votre petit sac noir et d'avoir remis le registre au mauvais endroit. Alors… Comment je me débrouille ?

Elle le regarda d'un air admiratif. La porte du piège commençait à s'ouvrir.

— Vous êtes un sacré limier, lieutenant ! s'écria-t-elle. C'est incroyable. Mais j'ai appelé Bosch pour une autre raison.

— Qui serait… ?

— Il y a dix ans, il a enquêté sur un homicide ici même, à Hollywood, et c'est par la balistique que je l'ai relié au meurtre de Raffa. L'affaire de Bosch n'étant toujours pas résolue, j'ai voulu lui parler et nous nous sommes mis d'accord pour nous retrouver à cette cérémonie commémorative.

Robinson-Reynolds se renversa en arrière dans son fauteuil pour réfléchir.

— Et vous alliez me dire tout ça quand ? demanda-t-il.

— Aujourd'hui. Là, maintenant. J'attendais l'occasion.

— Ballard…

Puis il décida de ne pas dire ce qu'il allait dire.

— Assurez-vous simplement que Ross Bettany ait tout ce que vous avez sur l'affaire, dit-il à la place.

— Bien sûr, répondit-elle.

— Et écoutez, ce que vous avez fait ne m'ennuie pas. Ce qui m'embête, c'est comment vous vous y êtes prise. Vous avez de la chance que pour moi, ce Davenport soit un gros nul. Pourquoi il vous en veut, je n'en sais rien. Ça ressemble beaucoup à de la jalousie professionnelle. Mais ce qui m'ennuie, c'est que vous soyez rentrée dans mon bureau par effraction. Ça ne doit pas se reproduire.

— Ça ne se reproduira pas, lieutenant.

— Je le sais parce que je vais me procurer une caméra Ring et la faire installer ici pour être alerté chaque fois que quelqu'un entrera dans ce bureau.

— Bonne idée, dit-elle en acquiesçant d'un signe de tête.

— Et donc, reprenez votre petit sac noir et allez vite appeler les collègues du West Bureau pour leur donner tout ce que vous avez. Et après, vous passez un coup de fil à Bosch pour l'avertir que ses services ne sont plus requis dans votre affaire. Parce que c'est le West Bureau qui va la reprendre.

— Oui, chef.

— Et après, je veux que vous contactiez l'équipe des Crimes sexuels pour étudier la suite à donner à l'enquête sur les Hommes de minuit. Et je veux être mis au courant de tout ça avant que vous filiez.

— Oui, chef.

Ballard se leva, reprit ses rossignols sur le coin du bureau, se dirigea vers la porte et se retourna vers lui avant de sortir.

— À propos… je ne serai pas de service trois nuits durant, dit-elle. Vous avez quelqu'un pour me remplacer ?

— Pas encore, répondit-il. Mais je trouverai.

— Comment avez-vous su pour Lisa à Santa Barbara ?

— Parce que j'y étais, moi aussi. Je suis en train de me promener sur la plage et tout à coup j'entends une voix, alors je regarde autour de moi et qu'est-ce que je vois ? Moore dans une *cabana* devant le Miramar.

— Vous lui avez dit quelque chose ?

— Non. Je vais la faire venir ici comme je l'ai fait avec vous. Histoire de voir si elle me raconte des craques ou dit la vérité. Et vaudrait mieux ne pas l'avertir, Ballard.

— Je ne le ferai pas.

— Si elle me dit la vérité, ça ira. Mais si elle ment… Eh bien… je ne veux pas de ça, moi.

— Je comprends.

Ballard sortit du bureau et prit tout de suite à droite pour quitter la salle des inspecteurs et gagner le couloir de devant. Elle se rendit dans la salle de repos pour se faire un café. Elle savait qu'elle devait tenir encore quelques heures avant de pouvoir dormir. Et elle ne voulait pas non plus être dans la salle des inspecteurs quand, Lisa Moore se pointant au boulot, le lieutenant la convoquerait dans son bureau. Elle n'avait pas vraiment besoin que Lisa lui reproche de ne pas l'avoir avertie.

Et là, tandis que son café passait, elle envisagea de lui envoyer un SMS pour lui dire de ne pas mentir au lieutenant.

Mais n'en fit rien. À elle de voir et de se débrouiller avec les conséquences.

Chapitre 27

Ballard entra dans la salle des inspecteurs par le couloir de derrière et, dans la partie Crimes contre les personnes, elle vit Matt Neumayer et Ronin Clarke à leur poste de travail. Celui de Lisa Moore était vide. Elle s'en approcha et posa son café sur une des moitiés de cloison séparant les postes, chaque espace étant prévu pour six personnes – d'un côté celles de l'unité des Crimes sexuels et de l'autre celles des Crimes contre les personnes où sont traitées toutes les agressions à mobile non sexuel.

— Lisa va venir ? demanda-t-elle.

— Elle est déjà là, répondit Clarke. Le lieutenant l'a appelée dans son bureau pour un petit pow-wow.

Ballard jeta un coup d'œil vers la porte du lieutenant et vit Lisa assise devant le bureau de Robinson-Reynolds.

— Ronin, dit Neumayer, tu sais bien qu'il ne faut plus utiliser ce genre d'expressions.

Ballard le regarda. Il n'avait pas l'air de dire ça sérieusement.

— Quoi, c'est pour « pow-wow » ? répondit Clarke. M'excuse… J'ajoute ça à ma liste. Faut croire que je suis pas assez woke.

Puis Clarke se tourna vers Ballard et lui lança :

— Bon, alors, Ballard, vous êtes pas indienne, vous ? On dirait bien que vous avez quelque chose, là...

Et de faire comme s'il dessinait un rond autour de sa figure.

— Vous voulez dire « amérindienne » ? rétorqua-t-elle. Non.

— Quoi alors ? insista-t-il.

Neumayer l'arrêta net avant qu'il ne mette les deux pieds dedans.

— Asseyez-vous, Renée, dit-il. Parlez-moi de votre week-end.

Ballard s'assit à la place de Lisa Moore et dut remonter le siège pour voir Neumayer et Clarke de l'autre côté de la cloison, même si en fait elle allait surtout parler à Neumayer.

— Vous savez pour la nouvelle agression des Hommes de minuit, n'est-ce pas ? demanda-t-elle.

— Lisa nous en a parlé avant d'être appelée chez le lieutenant, répondit Neumayer.

— Eh bien, je pense qu'il va falloir changer notre angle d'attaque.

— Pourquoi ça ? voulut savoir Clarke.

— Parce que cette nouvelle agression s'est produite tout en haut dans les collines du Dell, et le Dell n'est pas le genre de quartier où on entre pour zyeuter par les fenêtres et se trouver une victime. Celle-là a été ciblée et suivie jusque chez elle. Pour les deux premières, on pensait que les suspects commençaient par choisir le quartier pour une question d'accès et qu'après seulement ils y repéraient une victime, mais là, avec la troisième, ça ne marche pas. Toutes ces victimes ont donc plutôt quelque chose qui les relie, lieu ou événement, réel ou virtuel, qu'il s'agisse de ceci ou de cela, c'est ça qui les met sur le radar des suspects.

— Ça se tient, dit Neumayer. Une idée du… du point de rencontre ?

— Quoi, le nœud de l'affaire ? Non, pas encore. Mais la victime n° 3 tient un café à Los Feliz. Ce qui veut dire qu'elle interagit, et tous les jours, avec des tas d'inconnus. Bref, c'est pour ça que je suis restée ici. Pour en parler avec Lisa et vous.

— Eh bien, justement, la voilà qui revient, dit Neumayer. On se retrouve à la salle des Détachements spéciaux. Elle n'est pas occupée.

Lisa Moore s'immobilisa devant son poste de travail. Soit elle avait pris un coup de soleil pendant le week-end, soit elle rougissait encore d'embarras ou de colère.

Ballard commença à se lever de son fauteuil.

— Non, non, pas de problème, Renée, lui lança Lisa. C'est ta place. Tu l'as bien méritée.

— Qu'est-ce que tu racontes ?

— Que t'as mon boulot et que tu ferais aussi bien de commencer aujourd'hui.

Pour avoir l'attention de Clarke et de Neumayer qui commençaient déjà à rassembler des dossiers à emporter à la salle des Détachements spéciaux, elle l'avait.

— Je ne vois pas de quoi tu parles, reprit Ballard.

— Bien sûr que si ! Au prochain déploiement, je passe au quart de nuit et toi aux Crimes sexuels. Et ne joue pas l'idiote. C'est toi qui m'as plantée.

— Je n'ai planté personne. Et je ne savais rien de ce changement d'affectation.

— Moi non plus, dit Clarke.

— La ferme, Clarke ! Ça, c'est entre moi et cette salope des coups de couteau dans le dos !

Ballard essaya de rester calme.

— Attends une minute, Lisa. On retourne au bureau du lieutenant pour…

— Va te faire foutre, Ballard ! Tu sais que je suis mère célibataire. J'ai des enfants et… et comment je vais pouvoir faire les nuits ? Et tout ça parce que ça t'a fait suer de me couvrir !

— C'est ce que j'ai fait, Lisa : je t'ai couverte. Et je n'ai absolument rien dit au lieute et…

— Il le savait déjà, Lisa, dit Neumayer. Il était au courant pour le Miramar.

Moore passa de Ballard à Neumayer et darda son regard au laser sur lui.

— Quoi ? s'écria-t-elle.

— Il savait, répéta Neumayer. Pour le Miramar, c'est bien ça ? À Santa Barbara ? Jeudi dernier, Dash m'avait dit qu'il allait y passer le week-end. Si c'est là que t'étais au lieu de bosser avec Ballard, c'est probablement là qu'il t'a vue. T'a-t-il demandé comment s'était passé ton week-end ?

Moore ne répondit pas, mais ce n'était pas nécessaire. Son visage la trahit lorsqu'elle comprit que le piège dans lequel elle s'était enfermée chez le lieutenant, c'était elle-même qui se l'était monté.

— Et *clic*, que la lumière soit, dit Clarke. T'as merdé, Lisa Moore.

— Ta gueule, Clarke !

— Bon, d'accord, et si on mettait cette petite bagarre de côté pour l'instant ? enchaîna Neumayer. On va à la salle des Détachements spéciaux. On a une paire de violeurs à coincer.

S'ensuivit une accalmie avant que Moore ne montre le couloir y conduisant d'un geste de la main.

— À toi d'ouvrir la marche, dit-elle.

Les deux hommes se levèrent de leur poste de travail et Neumayer ouvrit effectivement la marche, un classeur blanc sous le bras. Clarke le rejoignit sans tarder en se disant peut-être qu'il n'avait aucune envie d'être pris dans la tension qui régnait entre les deux femmes.

Ballard les suivit à dix mètres de distance, Moore prenant la quatrième place du petit défilé et se mettant à parler dans son dos.

— J'imagine que tu veux des excuses, lança-t-elle.

— Je ne veux rien de toi, Lisa, répliqua Ballard.

Et brusquement elle s'arrêta et se retourna vers elle, toutes les deux se trouvant alors dans le couloir de derrière où seul le cireur de chaussures pouvait les entendre.

— Tu sais, dit-elle, tu t'es peut-être foutue dans la merde, mais moi aussi, tu m'y as mise. J'aime mon poste. J'aime les ténèbres et la nuit, et maintenant, merci, madame, je vais être de jour.

Et elle se retourna de nouveau et continua de suivre le couloir en passant devant le stand du cireur de chaussures.

Une fois qu'ils furent tous les quatre installés dans la salle, Neumayer demanda à Ballard de lui résumer les événements du week-end, étant donné qu'il était maintenant clair que Lisa Moore avait fait l'école buissonnière. Ballard lui en fit un compte rendu concis et lui expliqua comment elle avait approché les trois victimes.

— J'ai le questionnaire Lambkin de la troisième, dit-elle. Les deux autres devraient être prêts aujourd'hui. Vous aurez juste à les appeler pour les récupérer. Comparez-les et voyez un peu s'il y a des points communs dans les trois. Voire dans deux.

Clarke grogna à l'idée de tout ce travail de bureau.

— Ben, merci, Ballard, dit-il. Et pourquoi vous resteriez pas nous donner un coup de main ?

— Parce que je vais dormir. J'ai travaillé toute la nuit en plus d'avoir bossé tout le week-end sur cette affaire. Je disparais dès qu'on a fini.

— Pas de problème, Renée, dit Neumayer. On prendra la suite.

— Parfait, parce que moi, je suis censée avoir trois jours de congé à partir de tout de suite.

— Bien, dit encore Neumayer. Donnez-nous le questionnaire de la troisième victime et on s'en occupe. Vous pouvez rentrer chez vous.

— Il est aussi possible qu'on ait une ouverture, reprit Ballard. Ces fumiers ont coupé le jus des réverbères devant chez leurs victimes. Ils voulaient que tout soit plongé dans le noir.

— Putain ! s'écria Clarke.

— Comment avez-vous trouvé ça ? lui demanda Neumayer.

— Un résident du Dell m'a dit que la nuit de l'agression, la lumière s'était éteinte devant chez la victime. Ce matin, je suis passée au BEP pour vérifier les ordres de réparation et…

— Du… BEP ? répéta Moore.

— Le Bureau de l'éclairage public. Dans Santa Monica Boulevard près de Virgil Avenue. J'ai vérifié les commandes de travaux et la lumière dans les rues des deux autres victimes a été coupée à peu près au moment des agressions. On ne sait pas à quelle heure exactement parce que les réparations sont effectuées à la suite des plaintes et que ces plaintes sont enregistrées en ligne. Pour moi, ces types ont coupé l'électricité pour avoir la rue dans le noir quand ils reviendraient faire leurs saloperies. J'ai demandé à la Scientifique d'effectuer des relevés d'empreintes sur les poteaux et les plaques d'accès aux câbles, mais c'est pas gagné.

— Super, dit Neumayer.

— Mais ça nous donne quoi ? demanda Clarke.

— T'es vraiment con, mec, le week-end de Martin Luther King est dans quoi ? quinze jours ? dit Moore. Ce qu'il faut, c'est mettre le BEP sur écoute et peut-être qu'on les coincera le prochain coup.

Ballard acquiesça.

— Exactement, dit-elle. Ils sont déjà au courant et j'aurai un appel dès qu'un réverbère sera en panne.

Clarke eut l'air blessé de ne pas avoir compris ce qui était l'évidence même.

— Tout ça me semble excellent, reprit Neumayer. On a peut-être enfin un coup d'avance sur ces types, mais va quand même falloir étudier ces questionnaires. Ronin et Lisa, à vous de choisir votre victime. Vous allez chercher les questionnaires et après, on se retrouve ici et on commence à croiser les références. Et vous, Renée, c'est de l'excellent boulot. Rentrez tout de suite chez vous et reposez-vous.

Elle acquiesça, mais ne dit rien de l'autopsie qui l'attendait.

— Appelez-moi si vous trouvez quelque chose, lança-t-elle seulement.

— Oh, encore un truc avant qu'on dégage, dit Neumayer. Je voulais vous parler des médias. On a eu de la chance qu'ils n'aient toujours rien vu pour l'instant. Mais avec cette troisième affaire, ça risque de sortir. Dieu sait comment, ça finit toujours par le faire. Et maintenant qu'on a cette piste des réverbères, je serais assez enclin à essayer de garder cette enquête sous le manteau. Mais c'est dangereux.

C'était toujours du perdant-perdant. Faire des déclarations publiques avertissait les suspects et leur permettait de modifier leur mode opératoire. Mais ne rien dire laissait la police exposée à toutes les critiques selon lesquelles elle cachait les menaces qui pesaient sur tous. Résultat d'un cynisme parfaitement classique, la décision de rendre ou de ne pas rendre publique une affaire se faisait selon des critères purement politiques pour la police, et sans la moindre considération pour les victimes auxquelles on pouvait épargner des traumatismes.

— Je vais en parler au lieute, dit Neumayer. Mais si ça fuite, on n'aura pas bonne mine. Tout le monde va hurler qu'on aurait dû avertir les gens.

— Peut-être qu'on devrait, dit Ballard. Ces deux-là sont déjà bons pour perpète pour viols multiples et il est probable qu'ils passeront à la vitesse supérieure dès qu'ils l'auront compris. Et alors, ils ne laisseront plus leurs victimes en vie.

— Et c'est exactement le risque que nous prenons, dit Neumayer. Laissez-moi en parler au lieutenant qui, lui, voudra peut-être en discuter avec les Relations avec les médias. Je vous ferai savoir ce qu'il en est.

En revenant dans la salle des inspecteurs, Moore ne dit pas un mot à Ballard. Les relations professionnelles amicales qu'elles avaient eues semblaient avoir complètement disparu, et pour toujours.

Ballard traversa la salle et alla frapper à la porte ouverte de Robinson-Reynolds, qui lui fit signe d'entrer.

— Ballard, dit-il, je vous croyais partie.

— Je suis restée pour briefer les Crimes sexuels et maintenant, j'ai l'autopsie.

— Alors vous avez peut-être appris pour le prochain déploiement. Fini le quart de nuit pour vous, Ballard. J'allais vous le dire en personne.

— Oui, je sais. Et, lieutenant, faut que je vous demande : pourquoi est-ce que je suis punie pour les manquements de Lisa ?

— Mais qu'est-ce que vous dites ? Vous n'êtes pas punie.

— Elle m'a dit que je ne suis plus de nuit et que c'est elle qui l'est.

— C'est ça même. Vous passez au bureau des Crimes sexuels où, j'en suis sûr, nous verrons de belles améliorations. Neumayer et vous allez faire une sacrée équipe. Clarke est un poids mort, mais assez généralement inoffensif.

— Mais justement. J'aime le quart de nuit, moi. En punissant Lisa, vous me punissez moi aussi. Je n'avais aucune envie d'arrêter la nuit.

Robinson-Reynolds marqua une pause et elle le vit remuer tout ça dans sa tête. Il partait de l'idée qu'aucun inspecteur n'avait envie de se taper le quart de nuit. Mais c'était son opinion à lui, pas celle de Ballard.

— Je vois où je me suis peut-être planté, dit-il. Vous ne voulez pas changer de poste.

Elle acquiesça d'un signe de tête.

— Le seul changement qui me plairait serait de retourner aux Homicides en centre-ville et nous savons que ça ne risque pas de se produire. Et donc, ces nuits me plaisent. Belle variété d'affaires, pas de collègue poids mort à se taper, ni vue ni connue, pour moi, c'est parfait.

— Bon, je vais annuler ma décision. Au prochain déploiement, vous serez toujours de quart de nuit.

— Et Lisa ?

— Je ne sais pas. Il y a des chances qu'elle reste où elle est, mais je vais la secouer comme il faut. Et vous, Ballard, ne lui dites pas que j'ai annulé ma décision. Je veux qu'elle cuise dans son jus pendant une semaine jusqu'au nouveau déploiement. Ça sera ça, sa punition.

Ballard fit non de la tête.

— Elle a des enfants, lieutenant, et elle va sûrement s'arranger pour être couverte la nuit. Pour moi, vous devriez le lui dire. Collez-lui un blâme et mettez-le dans son dossier, comme vous l'avez dit, mais ne la laissez pas entre deux eaux comme ça.

— Faut que ça lui serve de leçon, Ballard, et vous ne lui dites rien. Pas un mot. C'est un ordre.

— Bien reçu, dit-elle.

Et elle quitta le commissariat découragée.

Elle avait parfois le sentiment que dans le prétendu système judiciaire, les plus hautes barrières se trouvaient à l'intérieur, avant même qu'on passe la porte pour sortir.

Chapitre 28

L'autopsie fut de pure routine, sauf que le corps nu de Javier Raffa sur la table d'examen montra à Ballard jusqu'où il était allé pour fuir la vie de membre de gang et donner un exemple à suivre à son fils Gabriel. Douloureux étalage de tatouages effacés, il avait, en plus de celles qu'elle avait déjà remarquées sur son cou, des cicatrices de laser partout sur le torse, le ventre et les bras. Elle songea qu'il avait dû lui falloir des années pour se débarrasser de toute cette encre et cela lui rappela les moines qui se flagellent pour se repentir de leurs péchés. Quels qu'aient été ceux de Raffa, le prix qu'il avait payé avait été costaud.

Il n'avait plus qu'un seul tatouage sur le corps : sur son omoplate gauche, un soleil qui se lève sur l'eau. Symboles ou mots disant son affiliation à un gang, il ne restait plus rien.

— Bah, lança l'assistant du coroner, le Dr Zvader, qui pratiquait l'autopsie, il a réussi à en garder un. Un soleil qui se couche.

Ballard se rendit compte qu'il n'y avait effectivement pas moyen de dire si ce soleil se levait ou se couchait, même si, à faire ou l'un ou l'autre, il disait tout autre chose.

— C'est drôle, dit-elle. Je pensais plutôt à un soleil qui se lève.

— On est en Californie, objecta Zvader. C'est forcé qu'il se couche.

Elle acquiesça d'un signe de tête. Il avait probablement raison, mais elle se sentit mal à l'aise. Le soleil qui se couche dit la fin du jour. Celui qui se lève en annonce un et c'est une promesse. Elle se demanda si Raffa savait qu'il lui restait peu de temps à vivre.

Elle ne quitta pas la salle jusqu'à ce que Zvader trouve le projectile qui avait tué Raffa enchâssé dans le cartilage de son nez. Il lui avait traversé le cerveau après être entré par le haut du crâne et l'avait tué net avant de se loger derrière son nez.

— Je crois qu'il est mort en regardant le feu d'artifice, reprit Zvader.

— C'est triste.

— Bah, ça vaut mieux que de savoir que ça vous pend au nez et de vivre dans la peur.

Elle hocha la tête : peut-être.

La balle avait été très abîmée par le choc avec le crâne, puis avec le cartilage du nez. Zvader la glissa dans un sachet à éléments de preuve sur lequel il apposa son nom et le numéro de l'affaire avant de le lui tendre.

Elle rejoignit la Balistique et y déposa le sachet pour qu'il soit procédé à des comparaisons avec la base de données du NIBIN. C'était encore moins gagné vu l'état du projectile. Ça l'était même tellement peu que l'examen fut remis à une date ultérieure, Ballard comprenant alors qu'elle n'allait pas attendre qu'un technicien s'y mette rapidement et qu'elle aurait même de la chance si elle avait des nouvelles du labo dans la semaine.

Elle revenait chez elle lorsqu'elle reçut un appel de Carl Schaeffer, le superviseur du BEP.

— On en a un, lui lança-t-il. Un nouveau.

— Quoi ? Un réverbère hors service ?

— Oui, on vient d'être averti. Dans Outpost Drive.

— Monsieur Schaeffer, je vous remercie de vous être rappelé de me téléphoner.

— Pas de problème. J'ai votre carte de visite devant moi, sur mon bureau.

— Des détails plus précis ?

— Non, la femme a juste dit que la lumière devant chez elle avait grillé. J'allais envoyer un camion, mais je me suis dit que j'allais commencer par vérifier avec vous.

— Merci. N'envoyez pas de camion. Je passe un coup de fil pour voir si je peux vous dépêcher la bagnole des empreintes avant. Moi ou un de mes collègues vous avertirons dès que vous pourrez aller faire la réparation.

— C'est entendu, inspectrice.

— N'oubliez surtout pas de me téléphoner si vous recevez d'autres appels, et… Je n'ai pas trop envie que vous ayez ma carte de visite sur votre bureau. N'oubliez pas qu'on fait tout ça profil bas, et j'ai remarqué que vous aviez la pendule de pointage dans votre bureau. Et c'est bien là que tout le monde pointe, non ?

— Oui, et j'ai compris. Votre carte de visite est déjà dans mon tiroir.

— Merci, Carl. Pouvez-vous me donner l'adresse exacte ou l'endroit où se trouve ce réverbère, et le nom de la personne qui vous a appelé ?

Il lui communiqua le renseignement. Le réverbère se trouvait dans le bas d'Outpost Drive, une rue sinueuse qui part de Franklin Avenue et monte vers le nord jusqu'au sommet de Mulholland Drive. Ballard envisagea de laisser tomber l'appel de Schaeffer dans la mesure où onze jours les séparaient encore du prochain week-end férié alors que lors des agressions précédentes, le réverbère avait été mis hors d'état à peu près un jour avant que les Hommes de minuit ne passent à l'attaque. Mais Outpost Drive était bel et bien dans le Dell, juste de l'autre côté du col de Cahuenga. Et les deux premières agressions s'étaient produites à peu près dans la même zone… de patrouille en tout cas. L'affaire du Dell pouvait-elle déclencher un second cluster ?

Elle devait aussi réfléchir au fait qu'une quatrième agression s'était peut-être déjà produite le précédent week-end de congé et n'avait pas été rapportée. Résultat, elle ne pouvait absolument pas laisser tomber le tuyau de Schaeffer.

Après avoir confié le projectile qui avait tué Raffa à la Balistique, Ballard rejoignit Outpost Drive et localisa le réverbère. Elle se gara le long du trottoir et descendit de voiture pour l'examiner de près. Le globe était en forme de gland comme tous ceux du Dell. Elle ne vit aucun signe particulier indiquant qu'on aurait trafiqué la plaque d'accès au bas du poteau, mais le réverbère se dressait devant la maison même de la personne qui s'était plainte, pile de l'autre côté de la rue. La femme qui vivait à cet endroit et avait passé l'appel s'appelait Abigail Cena, et sa maison était d'un style que Ballard qualifiait toujours de «*Spanish rambler*». Tout en rez-de-chaussée, elle était longue, surmontée d'un toit de tuiles rondes de couleur rouge et présentait une façade en stuc blanc. Buissons et végétation devant, sous toutes les fenêtres. Et encore un garage attenant qui lui rappela la maison de Cindy Carpenter et le chemin d'accès qu'avaient vraisemblablement emprunté ses agresseurs.

Elle commença par appeler pour demander qu'on lui envoie le véhicule de la Scientifique et que les empreintes soient relevées sur la plaque d'accès aux câbles du réverbère. Puis elle passa un coup de fil à Matt Neumayer pour le mettre au courant de l'appel qu'elle avait reçu de Carl Schaeffer du BEP.

— Qu'est-ce que vous en pensez ? lui demanda Neumayer. Ils sont en train de tout changer ? Ce modus operandi ne cadre pas.

— Je ne sais pas trop, répondit-elle. Mais il faut aussi envisager que si c'est eux, ça s'est peut-être déjà produit le week-end dernier. À savoir qu'ils ont agressé deux femmes et que le coup du réverbère ne vient d'être signalé que maintenant.

— Oh mais merde, oui ! Vous avez raison. Ça pourrait être une affaire non rapportée.

— Je peux passer ce soir et surveiller le quartier… sans être trop voyante… mais faut d'abord que je me repose. Je marche sur les rotules et me disais que votre équipe pourrait chercher à savoir qui habite dans le quartier, voir si cette Abigail Cena vit seule ou s'il y a d'autres femmes dans son cas dans ce pâté de maisons.

— Oui, et ce sera fait. Mais vous, dormez un peu. Et ne vous inquiétez pas pour cette nuit. Je sais que vous êtes de congé. Si on décide de planquer dans la zone, on mettra tout en place nous-mêmes. Peut-être que je vais devoir commencer à habituer Lisa à bosser la nuit.

Ballard comprit que Robinson-Reynolds n'avait pas averti Neumayer qu'il revenait sur sa décision de réaffecter Moore au quart de nuit. Elle se sentit mal d'être obligée de le lui cacher, mais elle ne pouvait pas désobéir à l'ordre du lieutenant. Et elle n'avait aucune envie de prendre part aux petits jeux de pouvoir auxquels il se livrait.

— Bien reçu, dit-elle. Envoyez-moi un mail si vous décidez d'y aller. J'aimerais savoir ce qui se passe.

— Comptez sur moi, Renée. Faites de beaux rêves.

— Oui, bon, on verra… Oh, attendez, Lisa et Ronin ont-ils récupéré les autres questionnaires Lambkin ?

— Ils sont partis les chercher. Ils préfèrent y aller ensemble plutôt que de se séparer.

— Compris. Bon, pour ça aussi, faut me tenir au courant. Ça serait bien d'avoir une correspondance entre les trois.

— Ça nous faciliterait le boulot…

— Bien reçu.

Ballard raccrocha et décida de ne plus dire « Bien reçu » en guise d'au revoir. Ça commençait à vieillir. Elle se penchait en avant pour mettre le contact lorsqu'elle vit du mouvement sur sa gauche et s'aperçut que la porte du garage d'Abigail Cena était en train de se relever.

Il abritait une Mercedes Classe G argentée, dont elle vit s'allumer les stops, puis les phares de recul. Dès qu'elle fut dehors, la lourde porte se rabaissa. Les vitres teintées interdisaient de voir autre chose qu'une silhouette au volant, mais les cheveux étaient ceux d'une femme. La Classe G recula dans la rue, puis la descendit vers le feu rouge de Franklin Avenue, deux rues plus loin.

Ballard était morte de fatigue, mais, bénédiction et malédiction tout à la fois, la curiosité de l'inspectrice l'emportant, elle fit demi-tour et suivit la Mercedes. Elle voulait regarder Abigail Cena – si c'était bien elle – de près pour voir si elle correspondait au profil des victimes des Hommes de minuit établi après les trois premières agressions.

Elle fila la Mercedes dans Franklin Avenue direction est jusqu'à Los Feliz en se disant qu'elle serait au moins près de chez elle quand ce petit exercice prendrait fin.

C'est alors qu'un appel arriva sur son portable – numéro inconnu. Elle n'y alla que d'un simple « Allô ? » dans la mesure où, techniquement parlant, elle n'était pas en service.

— Inspectrice Ballard, Ross Bettany des Homicides du West Bureau à l'appareil. Il faudrait qu'on se retrouve pour que je vous reprenne cette affaire de membres de gang et que je puisse voir ce que vous avez trouvé.

Ballard marqua une pause pour formuler sa réponse.

— Je sors de l'autopsie et ce n'est pas une affaire de gang, lui répondit-elle.

— Mais on m'a dit que le type était un Las Palmas.

— « Était », oui. Il a lâché ce gang il y a longtemps. Et non, ce n'est pas un truc de gang.

— Bah, mes deux dernières affaires en étaient, le changement sera le bienvenu. Quand pouvons-nous nous retrouver ? Ma coéquipière, Denise Kirkwood, est absente aujourd'hui, elle s'est ajoutée un jour à son week-end, mais elle rentrera demain. Et si on venait vous voir à ce moment-là ?

Ballard fut soulagée. Elle avait besoin de dormir. Elle vit la Mercedes quitter Franklin Avenue et entrer sur le parking du Gelson's, le supermarché de Canyon Drive. Elle eut une petite poussée d'adrénaline : grâce à son questionnaire Lambkin, elle savait que Cindy Carpenter y faisait ses courses, ainsi qu'une autre victime.

— Demain sera parfait, dit-elle. Je rentre dormir chez moi après quasiment vingt-quatre heures de boulot non-stop. À quelle heure ? Et où ?

— On vous retrouve à Hollywood. Et après, on voit ce qu'on a et on reprend où vous avez lâché. On dit 9 heures à la division ? Vous aurez assez dormi ?

Il lui avait posé cette question sur un ton bonhomme, mais elle était restée coincée sur son « où vous avez lâché». Ces mots l'agaçaient et, une fois encore, elle hésita à lui rendre l'affaire. Tout son bon travail. Et celui de Bosch. Elle voulait être là au moment où Bettany et Kirkwood coinceraient les quatre dentistes et Christopher Bonner. S'ils y parvenaient.

— Toujours là, Ballard?

— Oui. Neuf heures au commissariat, ça me va. Et si vous voulez faire quelque chose aujourd'hui, vous pourriez préparer un mandat de perquisition pour les dossiers d'affaires de Raffa. Je n'ai pas eu le temps de passer par son bureau à l'atelier.

— D'ac. Mais je vais sans doute attendre demain. C'est Denise qui les rédige.

Ballard connaissait la musique. Le rôle alpha, c'est pour le mec, la femme, elle fait le ménage et la paperasse.

— Et donc, la division de Hollywood… où ça? demanda Bettany.

— On pourrait se retrouver à la salle des Détachements spéciaux. Personne ne s'en sert.

— Parce que c'est quoi, un détachement spécial, hein?

Question purement rhétorique. Bettany faisait référence à l'absence de travail proactif des forces de police depuis peu, et Ballard décida de ne pas le reprendre sur ce point.

— On se retrouve demain, dit-elle.

Elle rangea son portable, regarda la Classe G se garer sur une place pour handicapés peinte en bleu devant le magasin et s'arrêta dans l'allée pour observer.

Elle jeta un coup d'œil dans son rétroviseur et vit une autre voiture entrer dans l'allée derrière elle, mais le type avait assez de place pour faire le tour. Quelques secondes plus tard, la portière de la Mercedes s'ouvrait sur une femme qui se servit du marchepied pour sortir.

Elle donnait l'impression d'avoir la soixantaine, avait ramené ses cheveux blancs en queue-de-cheval et portait un masque noir orné de grosses lèvres rouges. Criard, mais Ballard se dit qu'elle devait trouver ça amusant. Son sac de courses réutilisable avec elle, elle se dirigea vers les portes automatiques du supermarché. Elle ne semblait pas avoir le moindre handicap physique.

Elle était surtout bien loin d'avoir l'âge moyen des trois victimes connues, Ballard en déduisant que si le réverbère devant chez elle avait été mis hors service par les Hommes de minuit, c'est qu'ils avaient choisi quelqu'un d'autre dans Outpost Drive. Pour le suivi, elle décida de vérifier avec Neumayer après avoir dormi.

Du Gelson's, il ne lui fallut que dix minutes pour regagner son immeuble. Elle entra chez elle, fila droit à sa chambre, posa son arme, son badge et ses menottes sur sa table de chevet, laissa tomber ses vêtements par terre et enfila le sweat jeté sur son lit. Elle régla le réveil de son portable pour qu'il sonne dans six heures et, trop fatiguée pour même seulement se laver les dents, elle se glissa sous les couvertures de son lit défait.

Et se mit des bouchons d'oreilles en mousse pris sur sa table de nuit afin de réduire les bruits normaux de la ville en plein jour, et passa un masque pour ne plus voir la lumière.

Et en dix minutes elle disparut au monde en plongeant tête la première dans un profond sommeil où l'eau qui tourbillonnait autour d'elle était noire et habitée de lèvres d'un rouge criard flottant dans le vide.

DEUXIÈME PARTIE

Usage de la force

Chapitre 29

Ballard sentit le poids sur ses côtes et ses bras avant toute autre chose. Elle ouvrit les yeux sur des ténèbres et se rendit compte qu'on l'avait aveuglée avec un bandeau. Non, c'était son masque pour dormir. Une main couvrait sa bouche et serrait sa mâchoire. *Les Hommes de minuit*, pensa-t-elle d'abord. *Comment m'ont-ils trouvée ? M'ont-ils vue dans Outpost Drive ?* Elle repensa au véhicule qu'elle avait repéré dans son rétroviseur, celui qui s'était garé derrière elle sur le parking du Gelson's.

Elle essaya de se débattre, mais l'homme était trop lourd. Elle tourna violemment la tête de côté pour desserrer l'emprise de la main sur sa mâchoire et pouvoir crier, mais la prise se resserrant tout aussi vite, elle fut tirée en arrière, une forte pression appliquée sur son menton lui faisant ouvrir la bouche.

Alors elle entendit le déclic caractéristique d'un flingue qu'on arme, et toutes ses pensées sur les Hommes de minuit s'évanouirent. Aucune victime n'avait parlé d'un flingue. C'était du deux contre une… ils n'en avaient pas besoin.

Puis elle se rendit compte que tout le poids de son agresseur portait sur le haut de son corps. Son assaillant lui chevauchait la poitrine, ses jambes lui clouant les bras au lit. Elle ne pouvait pas bouger la partie supérieure de son corps, mais ses hanches et ses jambes n'étaient pas bloquées. La faille.

Adrénaline et panique aidant, avec toute la force qu'elle pouvait rassembler, elle remonta les genoux, planta les pieds dans le matelas et souleva si brutalement les hanches qu'elle projeta son agresseur dans la tête de lit.

La manœuvre était si inattendue que son crâne heurta violemment le panneau en bois, le canon de son arme raclant le menton de Ballard au passage, mais il n'y eut pas de coup de feu. Elle libéra son bras droit et poussa l'inconnu sur la gauche jusqu'à le faire tomber par terre. Aussitôt, elle ôta son masque pour dormir et le reconnut.

C'était Bonner.

Il essayait de se relever, sa main gauche remontant vers elle avec l'arme qu'il tenait – son arme à elle. Ballard tira son coude gauche en arrière et lui en flanqua un grand coup dans la gorge.

Bonner retomba sur le sol, lâcha son arme et porta les mains à son cou, son visage s'empourprant et ses yeux s'agrandissant au fur et à mesure qu'il se rendait compte qu'il n'arrivait pas à respirer. Ballard comprit qu'elle lui avait écrasé la trachée du premier coup. Elle se dégagea des draps et des couvertures, roula par terre, le chevaucha à son tour, fit glisser son arme derrière elle sur le plancher, prit son portable et appela le 911.

— Inspectrice Ballard du LAPD, lança-t-elle. J'ai besoin d'une ambulance au 4343 Finley Avenue, tout de suite. Homme qui n'arrive plus à respirer.

Bonner se mit à gargouiller, le visage maintenant plus violet que rouge.

— Ne quittez pas, je vous envoie quelqu'un, dit le dispatcher.

Et elle fut mise en attente. Elle se pencha en avant et tenta de glisser la main sous le menton de Bonner pour voir où ça bloquait. Instinctivement, il la repoussa.

— Arrêtez de vous débattre. J'essaie de vous aider.

Comme s'il lui répondait, mais plus probablement parce que l'oxygène ne montait plus à son cerveau, les mains de Bonner se détachèrent de son cou et retombèrent sur le sol, une sorte de raclement sec sortant de sa bouche ouverte. Il avait les yeux écarquillés, il la dévisageait, et il était en train de mourir.

Le dispatcheur reprit la ligne.

— OK, dit-il, on est en route.

— Arrivée prévue ?

— Dans quatre minutes.

— Trop tard, il ne s'en sortira pas. Il agonise.

— Pouvez-vous lui ouvrir la gorge ?

— Elle est écrasée.

Elle lui bafouilla le numéro de son appartement et le code du portail d'entrée et raccrocha. Elle consulta vite sa liste de contacts et appela Garrett Single. Il répondit aussitôt.

— Renée, comment va la caboche ?

— Garrett, écoutez-moi. J'ai besoin que vous me guidiez pour une trachéotomie de terrain.

— Minute, mais qu'est-ce que vous…

— Écoutez-moi, y a pas de temps à perdre. J'ai un type qui ne peut plus respirer. Il a le haut de la gorge bloqué. Les premiers secours arrivent, mais il ne tiendra pas jusque-là. Guidez-moi pour une trachéotomie. Tout de suite.

— C'est une blague, pas vrai ?

— Mais putain, non ! Faut que vous me disiez ce que je dois faire. Tout de suite !

— OK, bon, euh… où est-ce que c'est bloqué exactement ?

— Haut de la gorge. Il n'a plus d'air depuis une minute. Il est en train d'y passer.

— Au-dessus ou au-dessous de la pomme d'Adam ?

— Au-dessus.

— Bon, OK. Mettez-lui quelque chose sous la nuque pour que le passage soit libre et en arc, mâchoire vers le haut.

Elle mit son portable sur haut-parleur, le posa sur le plancher, glissa la main sous le lit et attrapa une chaussure à l'aveugle – une chaussure de course. Et de l'autre main elle souleva le cou de Bonner et poussa la chaussure sous sa nuque.

— OK, ça y est. Et après ?

— OK et ça, c'est important… il faut trouver l'endroit.

— Quel endroit ?

— Passez le doigt sur l'avant de son cou. C'est entre les cartilages qu'il faut chercher. La pomme d'Adam, c'est le grand anneau. Passez dessous et trouvez le suivant.

Elle fit ce qu'il lui disait et repéra l'endroit.

— Ça y est, je l'ai.

— OK, faut chercher entre les anneaux, là où c'est mou… Vous avez un couteau ? Il vous faut un scalpel ou un couteau pour faire une petite incision.

Elle tendit la main vers la table de nuit et en tira tout le tiroir, qui tomba par-dessus la tête de Bonner. De la main, elle fouilla dans les rebuts qu'elle y avait entassés après avoir emménagé… Tout ce qu'elle s'était juré de ranger ailleurs plus tard. Elle trouva le petit Blackie Collins pliant qu'elle avait sur elle lorsqu'elle était flic en tenue, appuya sur le bouton-poussoir et la lame s'ouvrit.

— OK, j'y suis. Où est-ce que je coupe ?

— À l'endroit mou entre les anneaux. Le tissu mou. Il faut que vous pratiquiez une incision. Mais d'abord, vous êtes sûre qu'il ne respire plus ? Faut pas faire ça si…

— Il est tout violet, Garrett. Dites-moi juste ce que je dois faire.

— D'accord, une petite incision… disons de cinq millimètres dans le tissu mou. Horizontale et pas trop profonde. Surtout ne pas transpercer la trachée. Pas plus de cinq ou six millimètres.

Elle plaça soigneusement la pointe de la lame au bon endroit et la poussa dans la peau. Du sang gicla aussitôt et coula jusqu'au sol des deux côtés du cou de Bonner. Mais il n'y en avait pas beaucoup et elle y vit le signe que son cœur commençait à s'arrêter.

— OK, c'est fait, dit-elle.

— OK, maintenant, il faut que vous lui insériez le tube de façon que l'air…

— Quel tube ? Merde, je ne crois pas en…

Elle tendit le bras et passa sa main libre dans le tiroir sans cesser de maintenir le couteau en place dans le cou de Bonner. Mais elle ne trouva rien qui fasse l'affaire.

— Vous avez une paille en plastique, un stylo, un truc qui…

— Non, j'ai que dalle ! Bon Dieu…

Puis elle se rappela quelque chose et ouvrit complètement le tiroir du bas. Après qu'elle s'était luxé l'épaule en faisant du surf quelques années plus tôt, elle s'était acheté une pompe de circulation qui envoyait de l'eau froide dans une poche en caoutchouc qu'elle pouvait poser sur son épaule afin d'atténuer la douleur et réduire le gonflement. Un tube en plastique transparent reliait la pompe à la poche, elle le sortit du tiroir et le posa par terre.

— OK, dit-elle, j'ai trouvé quelque chose. Je peux sortir la lame de son cou pour couper le tube ?

— Allez-y.

— De quelle longueur le tube ?

— Pas plus de quinze centimètres.

Elle retira la lame de l'incision et coupa vite quinze centimètres de tube.

— OK, c'est fait. Et après ?

— Insérez une extrémité du tube dans l'incision et poussez. Pas plus de deux centimètres et demi. Poussez juste assez pour que ça traverse.

Elle s'exécuta et sentit le tube arriver dans la trachée.

— Ça y est, je suis dedans, dit-elle. C'est là qu'il commence à respirer ?

— Non, il faut que vous le fassiez démarrer. Soufflez dans le tube. Regardez sa poitrine et assurez-vous qu'elle se soulève. Pas trop fort. Allez-y doucement.

D'un bond, elle s'écarta de Bonner, se plaça à côté de lui, souffla doucement dans le tube et vit son torse se soulever.

— OK, dit-elle.

— Parfait, surveillez sa poitrine, dit-il. Faut regarder s'il respire tout seul.

— Elle est retombée, c'est fini.

— Essayez encore, essayez encore.

Elle répéta la procédure, sans résultat.

— Rien. Je réessaie.

— Il se pourrait que vous ayez à respirer à sa place jusqu'à l'arrivée des secours.

Elle essaya encore puis s'accroupit plus bas pour voir les mouvements de son torse. Elle le vit redescendre tandis que l'air s'échappait du tube. Puis se soulever tout seul.

— Je crois qu'il… il respire. Oui, il respire.

— Bien joué, inspectrice ! Quelle couleur a-t-il ?

Elle regarda le visage de Bonner. Le violet s'y dissipait. Du sang frais y circulait.

— C'est mieux. On y arrive.

— OK. Maintenant, je veux que vous me rappeliez sur FaceTime pour que je voie comment il est. Vous pouvez ?

Elle raccrocha sans lui répondre et le rappela sur FaceTime. En attendant que la communication s'établisse, elle passa la main sur le dessus de la table de nuit pour y prendre ses menottes, en passa une autour du poignet droit de Bonner et attacha l'autre au montant du lit en métal quinze centimètres plus loin.

Elle regarda Bonner. Ses yeux n'étaient plus que des fentes et il ne donnait aucun signe d'être conscient, mais, aucun doute possible, il respirait. Un sifflement sourd montait du tube qu'elle avait inséré dans son cou.

Single répondit à son appel et elle vit son visage. Elle pensa qu'il était dehors et découvrit les briques jaunes de la caserne de pompiers derrière lui.

— Mais vous êtes blessée ! dit-il. Ça va ?

Pour la première fois, elle se rappela la crosse de son arme avec laquelle Bonner lui avait raclé le menton. Elle porta la main à sa blessure et sentit du sang.

— Ça va, oui, répondit-elle. Vous voulez bien le regarder ?

Elle tourna l'appareil photo pour qu'il puisse voir Bonner sur le sol. Elle entendit des sirènes, mais ne put dire si elles sonnaient près de la caserne ou approchaient de chez elle.

— Vous le voyez ? demanda-t-elle.

— Oui. Euh… ça m'a l'air bien. En fait, ça m'a même l'air parfait. Il respire et les couleurs sont bonnes. Les secours arrivent ?

— Oui, je crois les entendre.

— Oui, c'est eux. Ils arrivent. Qui c'est, ce mec ? Vous l'avez menotté ?

— Juste au cas où il se réveillerait. Je dormais et il est entré chez moi par effraction. Il allait me tuer avec mon arme… pour faire croire à un suicide, j'imagine.

— Nom de Dieu ! Mais pourquoi ?

— Il est soupçonné de meurtre et, Dieu sait comment, il a découvert que je l'avais repéré et savait où j'habitais.

— Ah, merde !

— Oui.

Elle réfléchit à la manière dont Bonner avait pu découvrir qui elle était et qu'elle enquêtait sur lui. La réponse simple était : Dennis Hoyle. Elle lui avait flanqué la trouille et il avait envoyé Bonner s'occuper d'elle. Ce qui lui rappela que… Bosch était là lui aussi.

— Écoutez, Garrett, reprit-elle, il faut que je passe un autre coup de fil. Merci beaucoup, beaucoup, de m'avoir aidée.

— Je sais pas si j'aurais dû si ce type essayait de vous tuer.

Elle sourit.

— Ça pourrait bien être la chose la plus gentille qu'on m'ait jamais dite. Je vous rappelle plus tard.

— Je serai là. Et Renée, je suis content que vous alliez bien.

Après avoir raccroché, elle appela tout de suite Harry Bosch. Il décrocha, rien n'indiquant le moindre stress dans sa voix.

— Harry, ça va ?

— Oui, pourquoi ça n'irait pas ?

— Parce que Bonner vient juste d'essayer de me flinguer. Il est étendu sur le plancher de mon appartement.

— Donne-moi l'adresse. Je démarre.

— Non, c'est réglé. Mais toi, ça va ? Je me disais qu'il avait peut-être commencé par toi.

— Non, tout va bien. Mais… tu es sûre d'être à l'abri ?

— Oui. Je l'ai presque tué. Et y a des gens qui arrivent. Reste en retrait, mais tiens-toi prêt. Dès que tout ça sera fini, je veux aller rendre une petite visite au Dr Hoyle.

— Et moi, je veux en être.

Elle raccrocha et entendit la sirène s'arrêter devant l'immeuble. Elle savait qu'il fallait faire vite. Elle s'agenouilla et fit les poches de pantalon de Bonner. Dans une, elle trouva un portable qui ressemblait beaucoup à un jetable acheté dans une épicerie bas de gamme, et dans l'autre un petit portefeuille en cuir contenant un jeu de rossignols – c'était donc comme ça qu'il était entré. Ni clés de voiture ni rien d'autre.

Elle remit le jeu de rossignols dans la poche où elle l'avait trouvé, mais enterra le portable sous le bric-à-brac qui s'entassait dans le tiroir de sa table de nuit. Le cliquetis des bijoux et autres articles qui s'y empilaient fit bouger Bonner. Le bruit d'air qui s'échappait de son tube se fit plus fort et il ouvrit les yeux au moment où Ballard s'écartait du tiroir. Il fit mine de se relever, mais s'arrêta vite en sentant que quelque chose n'allait pas. Il essaya de bouger la main droite, mais elle était menottée au montant du lit. Il porta la main gauche à sa gorge et trouva le tube qui en sortait.

— Tu sors ce truc de ton cou, tu meurs, lui lança-t-elle.

Il la regarda.

— Je t'ai écrasé la trachée. Ce tube est ce qui te permet de respirer.

Ses yeux bougèrent tandis qu'il regardait autour de lui et évaluait la situation. Sans remuer la tête, il les baissa et vit sa menotte. Puis il les posa à nouveau sur Ballard et elle vit passer quelque chose dans son regard. C'était comme s'il comprenait où il était et ce qui allait lui arriver.

D'un geste vif, il leva la main, arracha le tube de son cou et le jeta en travers de la pièce par-dessus le lit. Puis il regarda Ballard dans les yeux tandis que son visage s'empourprait. C'est alors qu'elle entendit l'équipe des secours franchir la porte de son appartement.

Chapitre 30

Ballard en était déjà à plusieurs heures d'interrogatoire par la Force Investigation Division lorsqu'elle fut enfin certaine que Bonner était mort. Les deux enquêteurs s'étaient concentrés sur ce qui s'était produit après que celui-ci s'était « prétendument » – à les entendre – arraché le tube du cou.

— Écoutez, pourquoi lui aurais-je inséré un tube dans la gorge pour essayer de lui sauver la vie et ôté ce même tube plus tard ? demanda-t-elle.

— C'est ce que nous essayons de comprendre, lui rétorqua Sanderson.

C'était lui, le capitaine Gerald « Sandy » Sanderson, qui dirigeait l'interrogatoire. C'était aussi le patron de la FID, soit celui-là même qui depuis des années avait pour tâche de virer les mauvais flics qui se permettaient des tirs discutables, pratiquaient des immobilisations par étranglement et recouraient à d'autres usages interdits de la force. Vu les tensions du moment et les politiques suivies tant par le service que par le public, il était assez largement estimé dans les rangs que tout flic pris dans la moindre escarmouche serait flanqué dehors. Peu importaient les détails de l'incident. Sanderson était là pour arrondir les angles du LAPD et faire que tout soit lisse. Ce qui voulait dire éjecter tout individu dont les actes pouvaient prêter à controverse et ce, de quelque manière que ce soit.

Ballard l'avait senti au bout d'à peine deux minutes, et non pas deux heures, d'interrogatoire. Un individu suspecté de meurtre l'avait manifestement suivie et s'était servi de rossignols pour entrer chez elle pendant qu'elle dormait. Elle s'était défendue et, de sa propre initiative ou pas, le type était mort, et c'était elle qui se faisait taper sur les doigts par ceux-là mêmes qui auraient dû couvrir ses arrières. Le monde était parti en vrille et, pour la première fois depuis longtemps, elle se dit qu'elle pouvait très bien perdre son boulot. Pour la première fois depuis longtemps aussi, elle songea que ce ne serait peut-être pas plus mal.

L'interrogatoire se déroulait dans la salle des inspecteurs de la Northeast Division, qui englobe Los Feliz. Ce n'était que routine, mais Ballard se sentait coupée de sa division et des gens avec qui elle travaillait. À un moment donné, lorsque l'inspecteur Duane Hammel, le second de Sanderson, partit s'acheter des piles pour son enregistreur, elle vit le lieutenant Robinson-Reynolds debout dans la salle d'appel. Cela lui donna un petit moment de soulagement dans la mesure où il pourrait confirmer ce qu'il savait de son investigation. Elle ne lui avait jamais parlé de Bonner, mais, à la suite du dernier briefing qu'elle lui avait fait, il savait qu'elle tenait quelque chose.

Ballard n'avait pas regardé sa montre depuis que Bonner l'avait réveillée en lui sautant dessus. Ne sachant pas non plus combien de temps elle avait dormi, elle n'avait aucune idée de l'heure. Et on lui avait pris son portable. Il faisait jour quand Bonner l'avait agressée et plus tard lorsqu'elle avait été prise en charge par les premiers secours pour sa blessure au menton. Mais maintenant, elle était au minimum depuis deux heures dans une salle sans fenêtres.

— Bon, alors, essayons de relier les points une fois de plus, lança Sanderson. Vous nous dites ne pas connaître Christopher Bonner et n'avoir jamais interagi avec lui avant, c'est bien ça ?

— Oui, c'est ça, répondit-elle. La première fois que je l'ai rencontré – si on peut appeler ça une rencontre –, c'est quand je me suis réveillée parce qu'il était sur moi et essayait de me coller mon arme de service dans la bouche.

— Bon, mais comment se fait-il qu'il ait su non seulement où vous habitiez, mais apparemment aussi votre emploi du temps et donc, que vous seriez en train de dormir à 3 heures de l'après-midi ?

Ballard lui fut reconnaissante d'avoir glissé une indication d'heure dans sa question. Elle pouvait enfin en tirer la conclusion qu'il était maintenant entre 6 et 7 heures du soir. Plus important encore était le fait que Sanderson lui avait demandé comment Bonner aurait pu être au fait de ses habitudes de sommeil. Il était absolument impossible que Hoyle ait pu, lui, connaître la nature de sa tâche et ses heures de travail d'après la carte de visite professionnelle qu'elle lui avait laissée ou à la suite de sa brève interaction avec lui. Elle décida de ne pas le mentionner dans sa réponse à Sanderson.

— Comme je vous l'ai dit et redit dans cet interrogatoire, reprit-elle, hier, j'ai essayé de poser des questions à Dennis Hoyle à la cérémonie en l'honneur de Javier Raffa. Ça lui a manifestement foutu la trouille. Dans une enquête pour homicide, l'une des premières questions qu'on se pose est toujours : « À qui ça profite ? », et dans ce cas la réponse est : « À Dennis Hoyle. » Ma tentative d'interrogatoire l'a poussé à sauter dans sa voiture et à filer. Il ne voulait pas me parler et je suis maintenant bien obligée de me dire qu'il a appelé Bonner et que Bonner s'en est pris à moi. Les points à relier sont ceux-là et c'est ça, le lien.

— Cela mérite une enquête plus approfondie, déclara Sanderson.

— J'espère bien, parce que je n'ai aucune envie que Hoyle se tire sans encombre et de ça et de son affaire avec Raffa.

— Je comprends, inspectrice. Un instant, je vous prie.

Sanderson se renversa en arrière dans son fauteuil et regarda ses jambes. Ballard savait qu'il gardait son portable sur la cuisse et qu'il était probablement en train de recevoir des SMS d'autres enquêteurs de la FID. Du temps où elle travaillait avec un coéquipier, elle ne procédait pas autrement. Cela permettait d'avoir des renseignements et de poser des questions en temps réel.

Sanderson la regarda après avoir lu son dernier SMS.

— Inspectrice, reprit-il, pourquoi Harry Bosch appelle-t-il votre portable toutes les demi-heures ?

Jusque-là, elle ne l'avait jamais mentionné, mais maintenant, elle allait devoir faire attention à ce qu'elle dirait pour ne pas poser le pied sur une mine. Pour ce qu'elle en savait, pendant ces deux heures d'interrogatoire, les enquêteurs de Sanderson avaient déjà parlé à Bosch, et Sanderson connaissait déjà la réponse à sa question. Elle devait s'assurer que leurs histoires correspondent alors même qu'elle ne savait pas ce que Bosch leur avait servi.

— Eh bien, comme vous le savez déjà probablement, Harry est un ancien du LAPD à la retraite, commença-t-elle. Et j'ai eu des affaires qui recoupaient certaines de ses enquêtes passées, ce qui fait que je le connais depuis quatre ou cinq ans et qu'il a pris le rôle d'une espèce de mentor à mon endroit. Et plus précisément dans cette histoire, je vous ai dit que j'avais relié le meurtre de Raffa à une autre affaire grâce à la balistique. Et cette affaire, dont la victime était un certain Albert Lee, avait fait l'objet d'une enquête de Harry Bosch il y a neuf ans. Dès que j'ai établi ce lien, je l'ai donc contacté pour le faire parler de l'affaire, le but étant d'essayer de trouver un angle d'attaque.

— Et ?

— Et oui, ce sont les renseignements qu'il m'a fournis qui m'ont permis de trouver plus exactement à qui bénéficiait le crime. Dans le cas d'Albert Lee, son affaire et la police d'assurance qu'il détenait revenaient à un dentiste qui lui avait prêté l'argent pour que son entreprise ne coule pas. Ce dentiste était le partenaire de Hoyle dans une autre affaire, et c'est Bosch qui m'a aidée à établir ces liens, Bonner devenant alors suspect dans les deux assassinats. Cela dit, pour moi, on a demandé à Bonner de s'occuper de ces victimes de la même façon qu'on lui a demandé de s'en prendre à moi.

— « On » étant ces dentistes.

— Bien reçu.

Et dans l'instant elle hocha la tête : il fallait qu'elle arrête ça.

— Et donc, quand on parlera à Bosch, il nous sortira la même histoire ? lui demanda Sanderson.

— S'il accepte de vous parler, répondit-elle. Il n'a pas quitté le LAPD en très bons termes. Alors... bonne chance !

— Et il n'y a rien de romantique entre vous deux ?

— Si j'étais un homme et avais demandé de l'aide à un inspecteur à la retraite, me demanderiez-vous s'il y avait quelque chose de « romantique » entre nous ?

— Je prendrais donc ça pour un non.

— Vous pouvez prendre ça comme vous voulez, mais moi, je ne réponds pas à ce genre de questions. Et je suis contente que ma réponse soit enregistrée.

Sanderson essaya de lui faire baisser les yeux, mais elle ne cligna même pas.

— Et maintenant, puis-je, moi, vous poser une question ? lui renvoya-t-elle.

— Vous pouvez toujours la poser, mais moi, je ne peux pas vous promettre d'y répondre.

— Avez-vous trouvé la voiture de Bonner ?

— Pourquoi cette question ?

— Parce que je suppose que s'il est venu en voiture, il a dû se garer dans mon quartier, mais vu qu'il n'avait que des rossignols dans ses poches, je me dis qu'il devait y avoir un portable, un portefeuille, peut-être même des notes et autres dans son véhicule. Peut-être même l'arme qui a tué mes deux victimes. Ce qui fait que moi, à votre place, je chercherais sa voiture, et tout de suite.

— Et moi, inspectrice, je peux vous assurer que cette enquête se poursuit à l'extérieur de cette pièce et que vous n'avez donc pas à vous soucier de tout ça.

— Parfait. Et du côté des médias ? Ils sont déjà dessus ?

— Inspectrice, dans cette pièce, c'est moi qui pose les questions. Il y a un autre individu qui n'arrête pas d'appeler sur votre portable et j'aimerais vous poser des questions sur lui. Ce Garrett Single est l'infirmier qui, d'après vous, vous aurait aidée à pratiquer votre trachéotomie de terrain. Il vous a appelée encore plus souvent que Bosch. Pourquoi donc ?

— Eh bien, je ne le saurai vraiment que lorsque je pourrai lui parler, mais, au pif, je dirais qu'il veut savoir si je vais bien.

— Parce qu'il se soucie de vous.

— Je pense que oui.

Elle se préparait à sa question sur l'aspect romantique de leurs relations, mais il la surprit.

— Merci, inspectrice, dit-il. Je pense que vous nous avez donné assez de renseignements et vous informe que vous êtes affectée à du travail de bureau jusqu'à ce que nous terminions notre enquête. En attendant, je vous donne l'ordre de ne pas communiquer avec la presse sur cet incident. Si quelqu'un des médias vous contacte, vous devrez les renvoyer sur…

— Une minute, l'interrompit-elle. Qui va reprendre mon affaire ? Il n'est pas question que nous la laissions tomber en attendant que vous et vos gens décidiez si oui ou non, j'ai fait quelque chose de mal.

— D'après ce que je comprends, cette affaire a déjà été transférée aux Homicides du West Bureau. C'est eux qui la reprendront. D'après votre témoignage même, c'est d'un suicide que nous parlons. Je suis sûr que ce sera vite bouclé et que vous pourrez reprendre votre travail.

— Ce n'est pas du suicide de Bonner que je vous parle, mais des affaires Javier Raffa et Albert Lee.

— Encore une fois, c'est le West Bureau qui gérera.

C'est seulement alors qu'elle comprit. Christopher Bonner étant un ancien du LAPD, il y avait une question d'image. Qu'un ex-policier du LAPD ait très vraisemblablement été un tueur à gages non seulement posait un énorme problème, mais en plus on ne savait pas s'il avait encore des liens dans le service. Grâce aux questions de Sanderson, Ballard en avait déjà une idée. Y ajouter les dossiers du meurtre qui manquaient à l'appel, et c'était un scandale de première qui attendait d'exploser dans les médias.

— Je sais ce que vous allez faire ! laissa-t-elle échapper.

— Non, vraiment ? répondit Sanderson. Et qu'est-ce que je vais faire, inspectrice ?

— Vous allez arrondir les angles et balayer la poussière sous le tapis. Comme vous le faites toujours. Ce service est complètement foutu. C'est comme si plus personne ne se souciait des victimes ! Protéger et servir, oui, mais l'image, plutôt que les citoyens !

— Vous avez terminé, inspectrice ?

— Ah ça oui, j'en ai terminé ! Où est mon portable ? Et mon arme ? Je veux les récupérer.

Sanderson se tourna vers Hammel, qui était revenu et se tenait dos à la porte.

— C'est son lieutenant qui a son téléphone, répondit l'acolyte.

Sanderson se retourna vers Ballard.

— Pour votre téléphone, vérifiez auprès de votre lieutenant. Votre arme, elle, est en train d'être examinée. Vous la récupérerez en temps utile. En attendant, vous pouvez demander à votre lieutenant de vous en sortir une de l'armurerie. Mais il se pourrait bien qu'elle ne vous soit pas utile dans la mesure où vous êtes affectée à du travail de bureau.

Il attendit un instant qu'elle lui réponde, mais elle n'en fit rien.

— Bien, je pense donc que nous en avons terminé, conclut-il.

Tout le monde se leva. Les hommes du FID étant plus près de la porte, Ballard les laissa partir les premiers. Lorsque enfin elle sortit, elle vit que le lieutenant Robinson-Reynolds l'attendait dans la salle d'appel vide. Par les fenêtres à battants, elle vit aussi qu'il faisait complètement noir dehors.

Le lieutenant s'écarta du bureau sur lequel il s'appuyait, les bras croisés.

— Renée, ça va ? demanda-t-il.

— Ça va, oui.

— Je vous ramène chez vous.

— Est-ce que vous avez mon portable ?

— Oui, ils me l'ont rendu.

Il glissa la main dans la poche de veste de son costume et l'en sortit. Elle regarda l'écran pour voir les derniers appels. Cinq minutes plus tôt, Bosch avait encore une fois tenté de la joindre.

Elle décida de ne pas le rappeler avant d'être seule, mais, son lieutenant l'observant, elle lui envoya vite un SMS pour lui dire qu'elle allait bien et qu'elle l'appellerait dans une demi-heure.

— Vous devriez peut-être prendre quelques affaires et aller vous mettre en sécurité quelque part, reprit Robinson-Reynolds. Chez des amis, ou, si vous voulez aller à l'hôtel, je trouverai un moyen d'obliger le service à cracher le fric qu'il faut.

— Non, ça ira, merci, répondit-elle.

— Vous êtes sûre ? Votre chambre est probablement en bordel… Merci, la Scientifique.

— J'ai un grand canapé.

— OK, Renée.

— Bon, alors, et le West Bureau ?

— Quoi, le West Bureau ?

— Ross Bettany m'a appelée pour reprendre l'affaire. Je suis censée le rencontrer demain.

— Alors rencontrez-le. Il la reprend toujours.

— Ce que je veux savoir, c'est s'ils vont y travailler. Bonner était du LAPD et, là, j'ai eu l'impression qu'on n'avançait pas parce que résoudre l'affaire signifierait faire sortir au grand jour qu'un ancien du LAPD était devenu tueur à gages.

— Vous pensez vraiment qu'ils couvriraient… un meurtre ?

— Il y en a deux… au moins. Et oui, je le pense vraiment parce que Bonner, celui qui a tiré, est mort. Donc pour Sanderson, l'affaire est close. Et monter d'un cran en s'en prenant aux individus qui ont ordonné ces assassinats serait dangereux parce que tous les trucs de Bonner se répandant partout, le service se ferait botter le cul encore une fois.

— N'allez pas trop loin dans ce genre d'idées, Ballard.

Elle remarqua qu'il s'était remis à l'appeler par son nom de famille.

— Je ne vais pas trop loin, objecta-t-elle. C'est bien la réalité dans laquelle nous vivons.

— Peut-être, dit-il. Mais ça va être la réalité du West Bureau et plus la nôtre. Alors contentez-vous de suivre le protocole. Rendez l'affaire à ce type et reprenez votre boulot sur les Hommes de minuit.

— Bien reçu.

Elle avait lâché ça d'un ton résigné qui indiquait bien qu'elle ne prononcerait plus jamais ces deux mots.

Chapitre 31

Elle traversa la cour centrale pour prendre l'escalier tellement l'ascenseur de l'immeuble était lent. Mais elle n'avait pas mis le pied sur la première marche qu'elle s'entendait appelée par son nom. Elle se retourna et vit quelqu'un sortir de son appartement au rez-de-chaussée. Et s'avancer vers elle. C'était le cycliste qu'elle avait rencontré pendant le week-end, mais pas moyen de se rappeler son nom.

— Bonjour, dit-elle.

— Il s'est passé de drôles de trucs ici aujourd'hui, commença-t-il. Tout va bien ?

— Tout va bien maintenant.

— Non parce que... on m'a dit qu'un type était entré chez vous et avait essayé de vous tuer.

— C'est bien ça, mais c'est compliqué et la police enquête.

— Mais la police, c'est vous !

— Oui, mais comme ce n'est pas moi qui enquête, je ne peux pas vraiment vous en parler.

Elle reprit le chemin de l'escalier.

— C'est qu'on n'est pas habitués à ce genre de problèmes ici, reprit le voisin.

Elle se retourna.

— C'est une bonne chose, dit-elle. Et moi non plus, je n'y suis pas habituée.

— Bon, je sais que vous êtes nouvelle, mais j'espère que ce genre de choses ne va pas devenir la norme. C'est en tant que syndic de l'immeuble que je me sens obligé de vous dire ça.

— Je m'excuse mais... C'est quoi votre nom, déjà ?

— Nate. Nous nous sommes rencontrés...

— Oui, dans le garage, je m'en souviens. Eh bien, Nate, moi non plus je ne considère pas comme normal que quelqu'un essaie de me tuer dans mon lit. Mais sachez que c'était un inconnu et qu'il est entré par effraction, ce qui fait qu'à la prochaine assemblée générale de la copropriété vous pourriez peut-être mettre la question de la sécurité à l'ordre du jour. Il est entré ici Dieu sait comment et je n'aimerais pas que le syndic soit tenu responsable de quoi que ce soit. Parce que ça pourrait coûter cher.

Nate pâlit.

— Euh, absolument, dit-il. Je, euh... je vais convoquer une assemblée extraordinaire pour qu'on revoie la sécurité du bâtiment.

— Très bien, ça, dit-elle. Et j'aimerais assez savoir comment ça s'est passé.

Elle se retourna à nouveau vers l'escalier et cette fois Nate n'eut rien à ajouter. Elle monta les marches deux à deux et s'aperçut que sa porte d'entrée n'avait pas été fermée à clé par les enquêteurs. Incompétence classique du LAPD. Elle la verrouilla derrière elle et traversa vite l'appartement pour gagner sa chambre. Le tiroir qu'elle avait sorti de la table de nuit cet après-midi-là quand elle se battait avec Bonner était toujours sur le sol et elle vit de la poudre à empreintes sur le bouton. Elle fouilla dedans et trouva le téléphone jetable qu'elle y avait enfoui. Elle l'ouvrit d'un coup sec et s'aperçut qu'on l'avait éteint, ou que la batterie était morte.

Elle le trifouilla pour trouver le bouton d'allumage, mais non, pas de bouton… Elle appuya sur le 0, mais rien ne se produisit. Elle essaya le 1, enfin l'écran s'anima. Dès que l'appareil fut complètement chargé, elle se mit au travail et y chercha des numéros enregistrés et des appels récents. Il n'y en avait pas, mais l'application SMS contenait un message envoyé le jour même à 16 h 30 avec un indicatif 818 et un seul mot : RAPPORT.

— Je te tiens, murmura-t-elle.

Elle regarda fixement l'appareil pendant quelques instants en réfléchissant à la suite. Elle savait qu'elle devait se montrer prudente et y aller doucement. Si elle ne répondait pas à ce SMS comme il fallait, la piste pouvait disparaître telle la fumée de cigarette dans le vent. Et si elle se servait du téléphone de quelque manière que ce soit, pour appeler ou envoyer un SMS, elle pouvait très bien trafiquer un élément de preuve. Elle passa dans la cuisine, glissa l'appareil dans un sac Ziploc et ferma ce dernier. Puis elle sortit son propre portable et appela Bosch.

— Prêt à faire une petite balade ? lui demanda-t-elle.

— Bien sûr, répondit-il. Quand ?

— Là, tout de suite.

— Passe me prendre.

— J'arrive et euh… j'aurais besoin d'une arme. Ils sont en train d'examiner la mienne et celle que j'ai en rab est dans mon casier.

— Pas de problème.

Elle aimait bien la façon dont il répondait sans hésiter ni poser de questions.

— OK, à tout de suite, dit-elle.

Chapitre 32

Après être sortie du garage, elle fit le tour du bloc et vit une équipe de la Scientifique travailler sous éclairage mobile dans Hoover Street, une rue derrière son immeuble. Un camion à plateau des Official Police Garages se mettait en position devant une Chrysler 300 noire. Une table ayant été installée sous un des projecteurs de la scène de crime, elle reconnut l'homme qui tenait une écritoire et devait être en train d'y rédiger un rapport. Elle se gara le long du trottoir, descendit de voiture et s'approcha.

— Reno, dit-elle.

Il leva la tête et se rappela clairement Ballard le jour où elle avait été appelée à la maison de Cindy Carpenter.

— Inspectrice Ballard, dit-il. Ça va ? On dirait qu'il s'en est fallu de peu pour vous.

— De peu, oui, répondit-elle. Vous avez aussi fait mon appartement ?

— Oui.

— Cool. Et… c'est la bagnole de ce fumier ?

— Oui, et on va l'envoyer à l'atelier pour les empreintes.

— Où avez-vous trouvé la clé ?

— Sur le pneu avant gauche.

Elle baissa les yeux sur la table où s'alignaient trois sacs à éléments de preuve en papier brun fermés par du ruban rouge. L'un d'eux portait une étiquette avertissant tout individu le prenant dans sa main qu'il contenait une arme à feu. Elle essaya de masquer son excitation et fit semblant d'être dans la confidence.

— C'est le P22 ? demanda-t-elle en lui montrant le sac.

— Ouais. Lui aussi trouvé dans le passage de roue. Pas un bon endroit où planquer une arme. C'est toujours là qu'on cherche en premier ou en deuxième. Et pour un type qui se prétendait flic… à ce que j'ai entendu dire…

— Et les munitions ?

— Juste celle qu'il y avait engagée.

— De la Remington ?

— Ouais.

— Bon, ben, bonne nuit !

— Vous aussi.

Elle regagna sa voiture, assez confiante que l'arme trouvée dans le passage de roue de la Chrysler 300 de Bonner était celle qui avait servi dans les deux homicides qu'elle avait reliés.

Elle repartit vers chez Bosch et vérifia l'heure sur le tableau de bord en se disant qu'elle aurait le temps de le prendre et d'arriver chez Hoyle avant 11 heures. Il était déjà tard et cela jouerait en sa faveur. Personne n'adore qu'un flic vienne frapper à sa porte à une heure pareille de la journée.

Son portable vibra, c'était Garrett Single qui la rappelait.

— Salut, Garrett.

— Salut, Renée. Ça va ?

— Oui, ça va.

— Qu'est-ce que je suis content de le savoir !

— Merci pour votre aide. Je suis vraiment désolée si je vous ai donné l'impression de vous hurler dessus.

— Pas du tout. Hé, je me disais que vous devriez peut-être le savoir… Des inspecteurs du SID sont passés ici pour me parler de ça.

— De la FID, voulez-vous dire ?

— Euh, je sais pas, peut-être. Vous autres de l'autre côté du mur avez beaucoup trop d'acronymes. C'est une véritable soupe alphabet !

— Qu'est-ce que vous leur avez dit ?

— Juste que je vous avais aidée à sauver ce type et qu'après, je suis passé en FaceTime avec vous.

Elle se rendit compte qu'elle avait complètement oublié l'avoir appelé en FaceTime pour qu'il puisse vérifier visuellement le point d'insertion du couteau dans le cou de Bonner lors de sa trachéotomie de terrain. Une fois retombée la véritable inondation de stress et d'adrénaline qu'elle avait subie pendant qu'elle se battait pour lui sauver la vie, les moments qui avaient suivi ayant perdu de leur clarté, elle avait oublié des détails. Elle n'avait même pas mentionné cet appel en FaceTime aux inspecteurs de la FID qui l'interrogeaient. Elle ne vit rien d'incompréhensible à cela – de fait, c'était même pour cette raison qu'elle aimait interroger les victimes de violence plusieurs fois de suite pendant plusieurs jours. Elle venait elle-même de faire l'expérience de la façon dont, le temps aidant, certains détails pouvaient remonter à la surface.

— Bon sang, c'est vraiment dommage que vous n'ayez pas enregistré ça, dit-elle.

— En fait si, je l'ai enregistré, répondit-il. J'ai une appli pour ça et je me suis dit que je devrais le faire au cas où on aurait besoin de revoir ça.

— Et vous le leur avez dit ?

— Oui, ils le voulaient.

— Vous les avez laissés vous prendre votre... Attendez, c'est de votre portable que vous m'appelez.

— Je leur ai juste envoyé la vidéo. J'allais quand même pas renoncer à mon portable !

— Génial ! Vous pouvez me l'envoyer, cette vidéo ? Je veux juste la regarder.

— Bien sûr. Et pour le reste, ça va aussi ? Non parce que les types qui sont passés ici ont posé beaucoup de questions sur vous.

— Pour ce que j'en sais, tout va bien, oui. Rien à dire. Et je travaille toujours. Ce que je veux dire, c'est que je suis censée être de bureau jusqu'à ce que le rapport arrive.

— Bon, alors je devrais vous laisser tranquille.

— On se parle demain, d'accord ? Tout ça devrait se tasser un peu.

— D'accord. Prenez bien soin de vous.

— Vous aussi.

Elle raccrocha. Elle était soulagée de savoir qu'il y avait un enregistrement vidéo d'au moins une partie de ce sur quoi ils enquêtaient. Tout ce que Single avait enregistré étaierait ce qu'elle avait raconté aux inspecteurs de la FID. Et plus que cela encore, elle était heureuse que Single l'ait appelée.

Un sourire se dessina sur son visage dans les ténèbres de sa voiture.

Chapitre 33

Elle prit du retard pour arriver chez Bosch parce qu'elle passa par le commissariat pour y sortir une des voitures banalisées de l'unité des Narcotiques, attraper une radio et monter deux ou trois faux dossiers de preuves manifestes. Après avoir pris les clés d'une Mustang avec enregistrement audio-vidéo, elle gagna le parking de derrière pour y chercher le véhicule et tomba sur le lieutenant Rivera, debout devant la malle arrière ouverte de sa voiture personnelle. Il donnait l'impression d'arriver pour prendre son poste. Elle se dit que Sanderson et l'équipe de la FID n'allaient probablement pas jeter un vaste filet dans leur enquête sur Bonner et décida de s'attaquer à Rivera.

Elle avança droit sur lui alors qu'il sortait son arme de son coffre-fort.

— Ballard, lança-t-il, je croyais que vous étiez de congé ce soir !

— Je le suis, lieutenant, mais je travaille sur une affaire pour ceux de jour, lui répondit-elle. Et j'ai besoin de vous demander quelque chose.

— Allez-y.

— Hier soir, je vous ai posé des questions sur Christopher Bonner. Et après, vous l'avez bien appelé, non ?

Rivera gagna du temps en faisant tout un cirque pour glisser son arme dans son holster et refermer son coffre.

— Euh, c'est pas impossible, répondit-il. Pourquoi ?

Elle devina qu'il avait dû dormir toute la journée et ignorait ce qui s'était passé.

— Parce qu'aujourd'hui il est entré chez moi par effraction et a essayé de me tuer.

— Quoi ?! s'exclama-t-il.

— Dieu sait comment il savait que je l'avais dans le collimateur. Et donc, merci, lieutenant. J'espère que ce n'est pas vous qui lui avez donné mon adresse.

— Minute, Ballard. Je n'ai rien fait de tel. Je lui ai juste dit que quelqu'un avait posé des questions sur lui… comme ferait n'importe qui pour un ami. Vous ne m'aviez pas dit que vous enquêtiez sur lui. Vous m'aviez juste dit que son nom était apparu dans votre affaire. Voilà, et c'est tout ce que je lui ai dit. Il est entré par effraction ? Putain, je n'avais aucune…

— Il est mort.

— Il est mort ?

— Oui, et vous, vous devriez vous attendre à une visite de la FID.

Sur quoi elle s'éloigna et le laissa planté là. Elle se sentait bien d'avoir établi le lien, mais elle savait que ça ne cochait pas toutes les cases. Elle pensait aussi que lui avoir jeté la FID à la figure n'était jamais qu'une vaine menace. Elle ne s'attendait pas à ce que Sanderson pousse son enquête beaucoup plus loin que ce qu'il venait de faire.

Il lui fallut cinq minutes pour trouver la voiture banalisée sur l'énorme parking. Elle dut ensuite faire le plein à la pompe du service, dans Wilcox Avenue, de l'autre côté de la rue du commissariat. Enfin, elle partit et se dirigea vers les collines et la maison de Harry Bosch.

Une heure de plus s'écoula avant qu'elle ne se gare devant chez Dennis Hoyle et que, assis à côté d'elle, Harry Bosch ne soit complètement briefé sur son plan.

— Allez, c'est parti ! lança-t-elle alors.

Ils descendirent du véhicule et s'approchèrent de la maison. Une lampe était allumée au-dessus de la porte d'entrée, mais la plupart des fenêtres étaient noires. Ballard appuya sur un bouton de sonnette et toqua. Et chercha une caméra de surveillance autour d'elle, mais n'en vit pas.

Après une deuxième série de coups de sonnette et de poing donnés dans la porte, Hoyle leur ouvrit enfin. Il portait un pantalon de gym et un tee-shirt à manches longues avec une silhouette de surfer en travers de la poitrine. Il tenait un portable dans sa main.

— Vous deux ! s'écria-t-il. C'est quoi, ce bordel ? Il est presque minuit.

Son visage affichait la surprise, mais Ballard n'avait aucun moyen de savoir si c'était de voir qu'on lui rendait visite aussi tard ou de constater qu'elle était, elle, toujours vivante.

— Docteur Hoyle, lui lança-t-elle, nous savons qu'il est tard, mais nous nous sommes dit que vous n'aimeriez pas trop qu'on fasse ça en plein jour avec tous les voisins qui regardent.

— Quoi ? Vous m'arrêtez ? Pour quel motif ? Je dormais !

À force d'être du quart de nuit, Ballard avait plus d'une fois eu droit à ces protestations incongrues selon lesquelles dormir aurait été une espèce de sécurité contre toute arrestation ou interrogatoire mené par la police. Elle passa la main dans son dos et détacha ses menottes de son ceinturon. Puis, vieille astuce destinée à le renforcer dans l'idée qu'il allait se faire arrêter, elle baissa le bras pour qu'il les voie bien dans sa main.

— Il faut qu'on vous dise des choses, reprit-elle. On peut faire ça ici ou au commissariat de Hollywood. C'est vous qui choisissez.

— Bon, d'accord, ici, répondit-il. C'est ici que je veux parler. (Il se retourna et regarda dans sa maison.) Mais ma famille est…

— Allons dans la voiture.

Il hésita encore.

— Sur le siège avant. Tant qu'on causera, on n'ira nulle part. (Et comme pour le rassurer, elle raccrocha les menottes à son ceinturon sous sa veste.) Et mon coéquipicr restera dehors, d'accord ? Y a pas vraiment de place à l'arrière. Ce qui fait que ça sera seulement entre vous et moi. Entretien très privé.

— Peut-être, dit-il. Mais ça me paraît quand même bizarre.

— Alors, entrons chez vous et on essaiera de ne réveiller personne.

— Non, non, dans votre voiture, ça ira. Du moment qu'on ne bouge pas.

— Et vous pourrez partir quand vous voudrez.

— Bon, d'accord.

Ballard fit descendre l'allée en pierre, puis traverser la pelouse impeccable à la petite troupe pour rejoindre le véhicule banalisé.

— C'est votre voiture ? demanda Hoyle.

— Oui, et je m'en excuse à l'avance, mais c'est plutôt sale à l'intérieur.

Bosch ouvrit la porte côté passager de la Mustang et Hoyle y monta. Bosch referma la portière et regarda Ballard passer derrière la voiture pour rejoindre le siège du conducteur. Et fit oui de la tête. Le plan était lancé.

— Reste vers l'avant, lui murmura-t-elle.

Elle ouvrit sa portière, s'assit et, de l'autre côté du pare-brise, elle vit Bosch se mettre en position – en appui contre l'aile avant, côté passager.

— Il a l'air vraiment vieux pour être encore inspecteur, fit remarquer Hoyle.

— C'est le plus ancien de Los Angeles, lui répondit-elle. Mais n'allez pas lui raconter que je vous ai dit ça. Il se mettrait en colère.

— Vous inquiétez pas. Je ne dirai rien. Mais pourquoi vous n'avez pas une voiture d'inspecteur ?

— Le chauffage ne marchait pas dans celle qu'on nous avait affectée. Alors on a pris la mienne. Vous avez froid ? Vous devez vous geler.

Elle mit la clé dans le contact et la tourna au cran. Les lumières du tableau de bord s'allumant, elle tendit la main vers le bouton du chauffage.

— Vous me dites si vous voulez plus de chaleur.

— Non, ça va. Finissons-en au plus vite. Je commence tôt demain matin.

Ballard regarda Bosch à nouveau à travers le pare-brise. Il avait croisé les bras et baissé la tête, genre le type qui en a marre de ces interrogatoires de routine. Hoyle, lui, se tourna et regarda la porte de sa maison par la vitre, comme s'il pensait à ne surtout pas oublier de la franchir en sens inverse avant que tout cela ne prenne fin, Ballard en profitant pour passer la main sous le tableau de bord et allumer l'enregistreur audio-vidéo de la voiture. Tout ce qui se dirait et se ferait dans l'habitacle allait être capté, puis expédié dans la carte mémoire d'un enregistreur installé dans la malle arrière.

— OK, reprit Ballard, pour commencer, va falloir que je vous déclare vos droits. Le service l'exige pour tout interrogatoire, même quand l'individu n'est pas suspect, cela à cause de jugements cassés pour manquements à…

— Écoutez, je sais plus, moi, l'interrompit Hoyle. Vous commencez par me dire que vous voulez juste me parler, et maintenant, vous me lisez mes droits ? C'est pas…

— Bon, écoutez, je vais juste vous dire vos droits et vous demander si vous les comprenez bien. À ce moment-là, vous aurez le choix : vous me parlez ou vous ne me parlez pas et on voit à partir de là…

Hoyle fit non de la tête et posa la main sur la poignée de sa portière. Ballard comprit qu'elle était sur le point de le perdre.

Elle appuya sur le bouton de descente de sa vitre et appela Bosch, qui arriva en faisant le tour de la voiture. Elle prit sa radio dans la console centrale et la lui tendit.

— On pourrait avoir besoin d'une voiture pour transporter un gardé à vue, lui dit-elle. Tu peux t'en occuper ?

— OK, répondit-il, et il tendit la main vers l'appareil.

— Attendez, attendez ! s'écria Hoyle. Putain, mais… OK, lisez-moi mes droits. Je vais parler, mais qu'on en finisse !

Ballard rentra la radio, Bosch approuvant la manœuvre d'un signe de tête. Tout marchait à peu près comme ils l'avaient prévu.

Elle remonta sa vitre et se tourna vers Hoyle. De tête, elle lui récita ses droits Miranda, et il reconnut les avoir compris et être prêt à parler.

— Bien, dit-elle. Parlons.

— Posez-moi vos questions.

— Qui avez-vous appelé après nous avoir vus à la cérémonie funèbre hier ?

— Appelé ? Mais je n'ai appelé personne. Je suis rentré chez moi en voiture.

— Je vous avais donné ma carte et j'ai besoin de savoir à qui vous avez parlé de moi.

— Mais je vous l'ai dit, je n'ai parlé à personne.

Il avait assez haussé la voix pour que Bosch l'entende. Il regarda Ballard par-dessus son épaule, elle hocha légèrement la tête, il sortit son portable et se mit en devoir de passer un coup de fil. Puis il s'écarta de la voiture et revint vers elle en attendant qu'on décroche.

— Qui appelle-t-il ? demanda Hoyle.

— Je ne sais pas, répondit Ballard. Mais là, il va falloir que vous réfléchissiez sérieusement, docteur Hoyle.

Elle marqua une pause et regarda Bosch. Il tint quelques instants son portable à son oreille, puis l'abaissa et mit fin à l'appel. Ballard jeta un coup d'œil au portable toujours dans la main de Hoyle. Écran noir. Ce n'était pas Hoyle qui avait envoyé le SMS RAPPORT à Bonner – en tout cas avec l'appareil qu'il tenait. Ballard fut alors obligée de se demander qui l'avait fait.

— Que je réfléchisse sérieusement à quoi ? reprit Hoyle.

— C'est un des moments où la décision qu'on prend peut changer tout le reste de notre existence, dit-elle.

Hoyle se tourna vers sa portière et tendit à nouveau la main vers la poignée.

— Là, vous me faites peur, dit-il. Je m'en vais.

— Vous vous en allez et, la prochaine fois qu'on se verra, ce sera quand je vous défoncerai votre porte et vous sortirai de chez vous devant tous vos voisins.

Il se retourna vers elle.

— Qu'est-ce que vous voulez ?

— Vous savez très bien ce que je veux. Qui avez-vous appelé après notre rencontre à la cérémonie ?

— Personne !

Elle tendit la main vers la banquette arrière.

— Je vais vous montrer quelque chose, docteur, dit-elle.

Elle prit deux épais dossiers sur le plancher de la voiture et les posa sur ses genoux.

— Je veux que vous sachiez qu'on vous a dans le collimateur depuis les affaires Albert Lee et John Williams James.

— Et pourquoi donc ?

— Pour tout. Pour l'affacturage, les fraudes à l'assurance, la société que vos amis et vous avez montée, les assassinats…

— Ah, mon Dieu, mais c'est pas vrai !

— Si. Et c'est même pour ça que là, va falloir choisir. Ou on aide, ou on entrave la justice. Parce que si vous ne pouvez pas m'aider, moi, je vais voir le partenaire suivant et quelqu'un finira bien par être intelligent ou par le devenir. Et à ce moment-là, ce sera trop tard pour les autres. Parce que moi, je n'aurai qu'à présenter un seul type dans le coup devant le jury d'accusation. Je me disais que ce serait vous, mais vous ou un autre, ça n'a aucune importance.

Hoyle se pencha en avant et, l'espace d'un instant, Ballard se demanda s'il n'allait pas vomir. Mais il se redressa, les yeux clos, le visage empreint de détresse.

— Tout ça, c'est la faute de Jason, dit-il. Je n'aurais jamais dû…

— Jason Abbott ? demanda-t-elle.

— Non. Moi, je ne dis plus un mot avant que vous promettiez de me protéger. Parce que lui, il m'enverra son bonhomme et…

— On peut vous protéger, oui, dit-elle. Mais là, tout de suite, il faut que vous me donniez ce dont j'ai besoin. À qui avez-vous parlé de moi après la cérémonie ? C'est ma première question.

— D'accord, d'accord. À Jason. Je lui ai dit que les flics m'avaient coincé et il m'a crié dessus de m'être même seulement rendu à cette cérémonie.

— Savez-vous qui est Christopher Bonner ?

— Non, je ne sais pas.

— Qui trouvait les gens à qui vous et les autres prêtiez de l'argent ?

— Jason connaissait quelqu'un. Je ne me suis jamais mêlé de ça.

— Vous ne saviez pas qu'il allait les…

— Non ! Je ne savais rien de tout ça avant qu'il ne commence et, après, c'était trop tard. On avait l'air coupables. Tous.

— Et donc, vous n'avez fait que suivre le mouvement ?

— Je n'avais pas le choix. Vous ne voyez donc pas ? Je ne voulais pas me faire tuer. Il n'y a qu'à voir ce qui est arrivé à J.W.

— John William James.

— Oui. Il avait dit « non, j'arrête », et regardez ce qui lui est arrivé.

— Et sa femme ? Elle était dans le coup ?

— Non, non, non… elle ne sait rien de tout ça.

— Combien y en a-t-il eu ?

— Combien y en a-t-il eu de quoi ?

— Vous savez très bien ce que je vous demande. Combien de fois l'affacturage a-t-il conduit à la mort de quelqu'un ?

Il baissa la tête de honte et ferma les yeux.

— Mentez-moi une seule fois et je cesse de vous aider, insista-t-elle.

— Il y en a eu six. Non, sept. Javier Raffa a été le septième.

— James compris ?

— Oui. Oui.

Ballard regarda Bosch à travers le pare-brise. Il les avait observés, mais s'il avait vu parler Hoyle, il ne l'avait pas entendu. Leurs regards se croisèrent et Ballard hocha la tête : Hoyle venait d'être enregistré en vidéo.

— Vous pouvez rentrer chez vous, docteur, dit-elle. Et on ne parle de ça à personne. Faites-le et je vous enterre.

— OK, dit-il. Mais qu'est-ce que je fais, maintenant ?

— Vous attendez, c'est tout. Vous allez avoir la visite d'un inspecteur du nom de Bettany. Ross Bettany. C'est lui qui vous dira ce qu'il faut faire.

— OK.

— Vous pouvez y aller.

Chapitre 34

Bosch avait apporté un thermos de café. Une fois dans la voiture de Ballard, il l'avait sorti avec deux gobelets jetables, mais elle lui avait dit qu'ils n'allaient pas planquer. À quoi il avait répondu : « On ne sait jamais. »

Pour elle, Bosch était une sorte de gourou des Homicides depuis le soir où elle l'avait surpris en train de fouiller dans les classeurs du bureau de la division... bien après qu'il eut pris sa retraite. Elle ne savait pas trop si c'était sa sagesse ou son expérience, voire si ce n'était pas l'expérience qui lui avait donné cette sagesse, mais qu'il soit toujours bien plus qu'un simple renfort, ça, elle le savait. C'était son point d'appui et elle avait confiance en lui.

Ils n'arrivèrent devant chez Jason Abbott qu'après 1 heure du matin. La maison était plongée dans le noir et personne ne répondit aux coups répétés qu'ils frappèrent à sa porte. Ils se demandèrent si, ayant compris ce qui était en train de se refermer sur lui, il n'avait pas pris la fuite. Mais ça ne collait pas avec les faits connus. Il n'était pas impossible qu'il ait appris la mort de Bonner, mais même cela, c'était aller un peu loin dans la mesure où le type qui s'était suicidé dans l'appartement de Ballard n'avait aucune pièce d'identité sur lui. Et si elle, elle savait bien qu'il s'agissait de Bonner, c'était parce qu'elle l'avait reconnu. Son identité n'aurait pas été divulguée par les services du coroner jusqu'à ce que, empreintes digitales et autres, ceux-ci l'aient confirmée.

Pour elle, Abbott ne pouvait au mieux savoir qu'une chose, et c'était que Bonner était porté disparu. Le tueur à gages n'avait pas répondu au SMS ou ne lui avait pas fait son rapport d'une manière ou d'une autre. S'il s'était peut-être baladé dans le quartier de Ballard et avait donc vu la police à l'œuvre, il semblait peu vraisemblable qu'il ait récolté assez d'infos pour se décider à fuir. Ballard était la seule à avoir tout le tableau et elle ne l'avait partagé qu'avec Bosch.

Ils décidèrent de rester là un moment pour attendre le retour d'Abbott, et c'est là que le thermos de café de Bosch entra en action.

— Comment savais-tu que nous terminerions ici… et y passerions peut-être toute la nuit ? demanda-t-elle.

— Je ne le savais pas, répondit-il. C'est juste que je m'étais préparé.

— T'es comme le mec dans les romans de Wambaugh. « L'Original ». Non, « l'Oracle ». Ils l'appelaient l'Oracle parce qu'il avait déjà tout vu deux fois[1].

1. Voir *Flic à Hollywood* de Joseph Wambaugh.

— L'Original me plaît bien.

— Harry Bosch, l'Original. Super.

Il tendit la main pour attraper le thermos à l'arrière de la Mustang.

— T'imagines-tu arrêter un jour ? lui demanda-t-elle.

— C'est que, le jour où j'arrêterai, tout s'arrêtera, tu sais, répondit-il, et il posa les deux gobelets sur le tableau de bord et s'apprêta à les remplir. T'en veux ?

— Bien sûr, mais toi, tu peux dormir si tu veux. Moi, ce sont mes heures de travail habituelles, alors ça ira.

— Les ténèbres et la nuit, c'est pour toi, c'est ça ?

— C'est ça même.

Il lui tendit une tasse de café noir.

— C'est brûlant.

— Merci, dit-elle en l'acceptant. Mais non, vraiment, j'ai bien dormi jusqu'à ce que Bonner me réveille. Une tasse et j'aurai ce qu'il me faut pour toute la nuit. Tu peux dormir.

— Nous verrons. Je vais commencer par te tenir compagnie un petit moment, au moins ça. Mais… et la voiture ? Les Narcos ne vont pas en avoir besoin demain matin ?

— Si tu m'avais demandé ça y a un an, je t'aurais répondu que… sauf que pour commencer, cette voiture, je ne l'aurais jamais eue. Mais maintenant, après George Floyd et vu qu'on patauge dans le Covid, le définancement de la police et le reste… Plus personne ne bosse. Je ne l'ai même pas demandée, cette voiture. Je l'ai prise parce qu'elle ne va manquer à personne.

— Je ne savais pas que ça allait aussi mal.

— Tout le monde s'en fout. Les crimes augmentent, mais les arrestations diminuent et des tas de gens laissent tomber. Et pour être honnête, Harry, moi aussi, j'y pense. Tu pourrais pas avoir besoin d'une coéquipière ?

Elle avait dit ça en riant, mais en plus d'une façon elle ne plaisantait vraiment pas.

— Quand tu veux… du moment que t'as pas besoin d'être payée tous les mois. T'es quand même assez loin de la retraite, non ?

— Si, mais au moins je pourrais reprendre le fric que j'ai mis dans le fonds de pension jusqu'à maintenant. Et je pourrais aussi retourner dormir sur la plage.

— Il faudrait que tu te prennes un autre chien.

Elle sourit et repensa à Pinto qu'elle était censée rencontrer bientôt. Cela dit, il ne ferait pas vraiment un bon chien de garde.

— Il n'empêche, reprit Bosch. C'est toujours plus facile de changer les choses de l'intérieur. Les manifestations de rue ne suffisent pas.

— Parce que tu me vois en matériel de haut commandement ? Faut être au dixième étage quand on veut changer des trucs.

— Pas forcément. J'ai toujours pensé que quand on livre le bon combat, ça finit par se voir. Et qu'alors, le mec d'à côté commence à faire pareil. Ce qu'il faut.

— Pour moi, c'est plus le même LAPD.

Elle sirota son café brûlant, crut en reconnaître tout de suite la marque et leva son gobelet comme pour lancer un toast.

— Où est-ce que tu trouves ça ? demanda-t-elle.

— Par ma fille. Elle est toujours à essayer des trucs différents et, après, elle me les passe. Mais celui-là est resté. Je l'aime bien.

— Moi aussi. Maddie a bon goût et… Tu ne m'as pas dit qu'elle avait un petit copain ?

— Si, même qu'ils ont emménagé ensemble. Dans ton quartier, en fait. Je n'y suis pas encore allé. Pas encore été invité.

— C'est vers où ?

— Tu descends Franklin Avenue et tu prends la première à gauche après le Shakespeare Bridge de Saint-George. C'est là-haut, à côté du réservoir.

— Mais tu viens de dire que tu n'y étais jamais allé.

— C'est que, tu sais bien… fallait que je voie un peu. Mais je ne suis pas entré… disons ça comme ça.

— Quel papa tu fais ! Et c'est qui, ce type ? Tu es inquiet ?

— Non, c'est un bon gamin. Il travaille dans le cinéma comme constructeur de décors.

— Boulot géré par le syndicat, non ?

— Ouais. La IATSE[1], local 33. Il se débrouille pas mal et c'est tout ce qui rentre depuis qu'elle est à l'académie de police. Ç'a été un peu lent pour lui l'année dernière, mais maintenant ça reprend. Et je leur ai passé un peu de fric pour faire la jointure.

— Tu leur as payé leur loyer, c'est ça ?

— Enfin… disons que je les aidés à démarrer.

1. Alliance internationale des employés de scène, du théâtre et du cinéma.

— Ah, ce papa que tu fais !

— Tu l'as déjà dit. Sauf que maintenant, je me sens plutôt grand-père.

— Oh, allez ! Avec toutes les affaires que t'as encore à travailler !

— Surtout si je prends une coéquipière.

Elle sourit et tous deux s'installèrent dans un silence sans gêne aucune. Jusqu'à ce qu'elle se sente mal d'avoir critiqué cette police que sa fille s'apprêtait à rejoindre via l'académie.

— Désolée d'avoir dit ça sur le service, reprit-elle. C'est juste une phase et je suis sûre que lorsqu'elle sortira de l'académie, c'est d'un tout nouveau LAPD qu'elle deviendra membre.

— J'espère.

Et ils retombèrent dans le silence, Ballard finissant par entendre la respiration mesurée de Bosch au bout d'un moment. Elle se tourna vers lui. Il venait juste de baisser la tête et de s'endormir. En tenant toujours son gobelet de café vide à la main. On avait du talent.

Elle sortit son portable et vérifia ses messages et SMS. Garrett Single venait de lui envoyer un courriel contenant l'enregistrement de l'appel FaceTime où il avait vérifié que Bonner était correctement intubé pendant la trachéotomie de terrain. Elle coupa le volume de l'appareil et commençait à visionner la scène lorsqu'elle s'arrêta en se rendant compte qu'elle n'avait pas envie de voir Bonner.

Au lieu de ça, elle alla sur Internet et chercha le site de Wags and Walks, puis la page de Pinto, le chien qu'elle allait bientôt rencontrer. Il y avait plusieurs photos de lui prises au refuge.

Une petite vidéo le montrait en train d'interagir avec les bénévoles. Il semblait attentif et désireux de plaire, mais aussi un rien méfiant, voire marqué par de mauvaises expériences passées. Il n'empêche, il lui inspira confiance et elle mourut d'envie de le ramener chez elle.

Elle arrêtait la vidéo lorsqu'elle entendit un ping. Elle commença par se dire qu'il s'agissait du portable de Bosch, mais, au deuxième, elle se rendit compte qu'il provenait du jetable de Bonner enfermé dans le sac Ziploc au fond de sa poche de veste. Elle l'en sortit et réussit à ouvrir l'appareil sans l'extraire du plastique.

Le SMS se résumait trois lettres : *WTF*[1] *?*

Elle se tourna vers Bosch. Il avait toujours la tête baissée et continuait de dormir. Elle avait envie de répondre au SMS pour pousser son auteur à la rencontrer. Demander conseil à Bosch ne lui aurait pas fait de mal – répondre à ce SMS soulevait des questions juridiques –, mais elle ne voulait pas le réveiller.

Elle regarda le jetable et s'aperçut que la batterie était presque à plat et que le port de chargement ne conviendrait pas à un chargeur d'iPhone. À moins d'être vite rechargé, l'appareil n'allait plus servir à rien.

---

1. *What the fuck*, ou : « C'est quoi, ce bordel ? »

Prise d'une impulsion, elle envoya une réponse :

Complications
Se retrouver au labo

Puis elle attendit. Moins d'une minute plus tard, le jetable vibrait. Quelqu'un l'appelait du numéro auquel elle avait envoyé son SMS. Elle refusa l'appel et envoya un nouveau SMS :

Peux pas parler. En mouvement.

Aussitôt, elle reçut un texto en retour :

Quelles complications ?

Elle envoya sa réponse :

Te dirai à crown. Oui ou non ?

Plus d'une minute s'écoula avant qu'elle ne lise :

Quand ?

Sans attendre, elle écrivit :

Tout de suite. Laisse portail ouvert.

Elle attendit, mais, aucune réponse ne lui revenant cette fois, elle se dit que la rencontre était acceptée.

Elle mit le contact et regarda Bosch. Le ronflement de la Mustang le faisant émerger du sommeil, il ouvrit les yeux.

— On décolle, dit-elle. J'ai organisé une rencontre aux Crown Labs.

— Avec qui ?

— J'en sais rien encore.

Chapitre 35

Comme demandé, le portail de sécurité de Crown Labs avait été laissé ouvert et une seule voiture se trouvait sur le parking lorsqu'ils arrivèrent. Une Tesla Model S avec plaque personnalisée : 2th DOC[1]. Ballard se colla juste derrière pour l'empêcher de partir.

— Allons voir si Hoyle nous a dit la vérité, lança-t-elle.

Elle sortit la radio de son chargeur et vérifia la plaque par le centre des communications. Véhicule commercial propriété de la société 2th-DOC LLC[2].

— C'est une des sociétés par lesquelles j'ai retrouvé les propriétaires du labo, dit Bosch. Jason Abbott en est le P-DG.

— Et voilà ! dit-elle.

Ils descendirent de la Mustang et s'approchèrent de la porte ornée de la dent version cartoon, Ballard se rendant alors compte qu'ils étaient sur la route directe de l'aéroport de Burbank. Il n'y avait pas de vols

---

1. Soit *tooth doc*, phonétiquement, « docteur pour les dents ».
2. LLC signifiant SARL.

prévus à cette heure, mais une légère odeur de kérosène flottait dans l'air.

Elle vérifia les toits et repéra les caméras positionnées aux coins du bâtiment et au-dessus de la porte. Ils n'allaient surprendre personne en arrivant.

La porte n'était pas fermée à clé. Ballard l'ouvrit et la franchit la première, Bosch juste derrière elle. Ils se retrouvèrent dans une petite aire de réception vide qui semblait servir d'endroit où réceptionner des marchandises plutôt que d'accueillir des gens. Silence complet.

Elle regarda Bosch. D'un signe de tête, il lui indiqua un couloir sombre, juste derrière le comptoir. Elle sortit l'arme qu'elle lui avait empruntée de son holster de ceinturon et la tint canon baissé contre sa jambe en faisant le tour du comptoir.

Les plafonniers du couloir étaient éteints et elle ne vit aucun interrupteur pour les allumer. Il y avait plusieurs portes ouvertes sur des espaces sombres et, sur la gauche presque au bout du couloir, une entrée éclairée. Elle passa lentement devant la première porte, tendit la main à l'intérieur et la fit remonter le long du mur à l'endroit où il devait y avoir un interrupteur. Elle le trouva, l'actionna et, les plafonniers s'allumant sur un grand laboratoire, elle découvrit plusieurs postes de travail équipés et débordant de matériel destiné à la fabrication d'implants et de couronnes.

Elle suivit le couloir, de plus en plus consciente de la précarité de leur situation et de leur vulnérabilité.

— LAPD ! lança-t-elle. Jason Abbott, montrez-vous !

S'ensuivit un long silence à la fin duquel monta ce qui ressemblait à un cri étouffé au bout du couloir. Ballard gagna vite la porte éclairée, arme levée à deux mains.

— LAPD ! hurla-t-elle à nouveau. On entre !

Elle se baissa, franchit la porte et entendit les pas de Bosch juste derrière elle.

Ils arrivèrent dans un grand bureau avec à gauche un espace où s'asseoir, à droite un bureau et entre les deux un homme assis dans un fauteuil. Il était en partie bâillonné avec un morceau de tissu blanc enfoncé dans la bouche et maintenu en place par des attaches en plastique disposées tout autour de sa tête et en travers de sa bouche. D'autres attaches liaient ses poignets et ses chevilles aux bras et aux pieds du fauteuil.

Ballard balaya la pièce avec son arme afin d'être sûre qu'il n'y avait personne d'autre. Par la porte ouverte, elle vérifia aussi les toilettes à droite du bureau. Enfin, elle remit son arme dans son holster et regagna le milieu de la salle.

— Harry ? Tu…

— Compris.

Il entra, ouvrit un couteau qu'il venait de sortir de sa poche et commença par s'occuper du bâillon. Il tira sur l'attache pour l'éloigner de la mâchoire de l'individu et la sectionna. Après quoi, il lui sortit le tissu de la bouche et le jeta par terre, Ballard remarquant que c'était une serviette probablement prise dans les toilettes voisines.

— Ah, Dieu merci ! s'écria l'inconnu. Je croyais qu'il reviendrait avant vous.

Bosch passa aux liens qu'il avait autour des poignets et des chevilles.

— Qui êtes-vous ? demanda Ballard. Et qu'est-ce qui s'est passé ?

— Je m'appelle Jason Abbott, répondit l'homme. Je suis chirurgien-dentiste et vous m'avez sauvé la vie.

Il portait un jean et une chemise bleu clair à col boutonné dont les pans sortaient de son pantalon. Les liens en plastique avaient laissé des marques sur ses joues. Teint rougeaud et yeux bleus sous des cheveux bruns fournis et bouclés.

Ses poignets enfin libres, il se les frotta tout de suite pour refaire circuler le sang.

— Qu'est-ce qui s'est passé ? demanda Ballard à nouveau. Qui vous a fait ça ?

— Un type, répondit-il. Un type qui s'appelle Christopher Bonner. C'est un ancien flic. C'est lui qui m'a ligoté.

Après s'être baissé pour trancher les liens qu'il avait aux chevilles, Bosch se releva et s'écarta. Abbott baissa les mains et se frotta les chevilles en exagérant ses gestes, puis se remit debout tant bien que mal et essaya de faire quelques pas. Et mit vite les mains en avant pour se rattraper à l'avant du bureau.

— Je sens plus mes pieds, dit-il. Ça fait des heures que je suis ligoté à ce fauteuil.

— Docteur Abbott, lui lança Ballard, allez donc vous asseoir là-bas sur le canapé. Il faut que vous nous disiez exactement ce qui s'est passé.

Elle lui tint le bras et l'aida à passer tant bien que mal du bureau au canapé, où il s'assit.

— Bonner est venu ici et m'a ligoté, répéta-t-il.

— Quand ?

— Vers 2 heures. Il est entré avec une arme et j'ai dû le laisser me ligoter avec ces trucs en plastique. Je n'avais pas le choix.

— Deux heures du matin ou de l'après-midi ?

— De l'après-midi. Y a à peu près douze heures de ça parce que… Quelle heure est-il ?

— Quatre heures passées.

— Putain ! Ça fait quatorze heures que je suis dans ce fauteuil !

— Pourquoi vous a-t-il ligoté ?

— Parce qu'il allait me tuer. Il a dit qu'il avait un autre truc à faire avant et je pense qu'il me voulait vivant et sans alibi. Après son truc, il allait revenir et faire comme si c'était moi qui m'étais flingué. Il allait me tuer et donner l'impression que c'était un suicide pour que j'aie l'air coupable.

— Il vous a dit tout ça ?

— Je sais que ça ne semble pas croyable, mais c'est vrai. Il ne m'a pas tout dit, mais moi, je suis resté assis ici pendant quatorze heures, bordel, et j'ai tout compris. Non, parce que pourquoi me ligoter et me faire attendre ici si ce n'était pas pour ça ?

Ballard savait que plus longtemps elle le laisserait parler, plus son histoire deviendrait invraisemblable et ses failles de plus en plus évidentes.

— Qu'est-ce qu'il avait à faire avant ? demanda-t-elle.

— Je ne sais pas, répondit-il, mais je crois qu'il allait tuer quelqu'un. Parce que c'est ça qu'il fait.

— Comment le savez-vous ?

— Il me l'a dit, comme ça, sans se cacher. Parce qu'il me tient à sa merci depuis des années. Il m'a fait chanter, m'a menacé et obligé à faire des choses. Et pas seulement moi. Nous tous.

— « Nous tous » qui ça, docteur Abbott ?

— Mes associés. J'ai des associés dans ce labo et Bonner s'est mis avec nous, a pris le contrôle des affaires et comme c'était un flic… On avait peur et on a fait ce qu'il nous disait.

Ballard fut contrainte d'admettre qu'il ne savait pas que Bonner était mort. Mais essayer de mettre tout sur le dos de ce dernier était probablement ce qu'il avait trouvé de mieux lorsqu'il avait vu Ballard et Bosch par les caméras de surveillance à l'extérieur et en avait déduit que ce n'était pas Bonner qui lui avait envoyé des SMS où il était question de « complications ».

— Vous pensez donc qu'il s'agissait d'une espèce de grand plan échafaudé par Bonner ?

— Je ne sais pas. Demandez-le-lui. Si vous arrivez à le trouver.

— Ou alors… plutôt un truc du genre impulsion du moment ?

— Je vous ai déjà dit que je ne savais pas.

— Parce que moi, ces liens qui vous attachaient à ce fauteuil, j'ai remarqué qu'ils venaient du labo au bout du couloir. Il y en avait plusieurs par terre.

— Oui, c'est là qu'il a dû les attraper en revenant vers moi.

— Qui l'a laissé entrer dans le bâtiment ?

— Moi. On est fermé aujourd'hui… Week-end prolongé d'une journée. J'étais ici tout seul et je rattrapais du retard dans mon boulot quand il a sonné au portail. Je n'avais aucune idée de ce qu'il voulait, alors je l'ai laissé entrer.

Elle s'approcha du canapé.

— Montrez-moi vos poignets, dit-elle.

— Quoi ?! s'exclama-t-il. Vous m'arrêtez ? Pour quel motif ?

— Je veux voir vos poignets, répéta-t-elle calmement.

— Oh.

Il tendit les bras et lui montra ses poignets sous les manchettes de sa chemise. Ballard n'y vit aucune marque ou signe de blessure qui y serait resté si Abbott avait été ligoté aussi longtemps qu'il le prétendait. Ballard avait elle-même déjà subi cette expérience et savait à quoi les poignets d'Abbott auraient dû ressembler.

— Comment se fait-il que vous ne m'ayez pas demandé mon nom ? le questionna-t-elle.

— Euh, je ne sais pas. J'ai dû penser que vous me le diriez à un moment ou à un autre.

— Je m'appelle Renée Ballard et je suis celle à qui vous avez envoyé Bonner pour qu'il me tue.

Tout s'arrêta un instant et ce fut le silence tandis qu'Abbott enregistrait ce qu'elle venait de dire.

— Attendez, reprit-il enfin, mais qu'est-ce que vous racontez ? Je n'ai envoyé personne nulle part.

— Oh, allons, docteur Abbott, tout ce cirque avec le gant de toilette et les attaches en plastique, c'est de votre invention. Même que c'est pas mal trouvé pour le peu de temps que vous aviez, mais ça ne trompe per…

— Vous êtes folle ou quoi ? s'écria-t-il. C'est Bonner qui m'a ligoté. S'il a essayé de vous tuer, il a fait ça tout seul. Et il allait sans doute me faire porter le chapeau. Il y a deux victimes ici, vous et moi.

Ballard voyait bien comment il avait procédé. D'abord tout ce cirque avec la serviette de toilette qu'on laisse assez lâche pour pouvoir serrer les dents, elle l'avait remarqué quand Bosch était venu le couper. Et après on s'attache les chevilles aux pieds du fauteuil. On passe une grande boucle autour d'un accoudoir, s'attache un poignet de l'autre côté avant d'enfiler sa main libre dans la grande boucle et de la serrer fort avec les dents. Elle jeta un coup d'œil à Bosch pour voir s'il était sur la même longueur d'onde, il lui fit un léger signe que oui. Elle se retourna vers Abbott.

— Je pourrais m'asseoir dans ce fauteuil et me ligoter comme vous l'étiez en deux minutes, reprit-elle. Votre histoire ? De la merde, docteur Abbott.

— Vous avez tout faux. La victime ici, c'est moi.

— Où est votre téléphone ?

— Mon téléphone ?

— Oui, votre portable. Où est-il ?

Rien qu'à voir ses yeux et sa réaction, elle sut qu'il venait de se rendre compte qu'il avait loupé un truc, qu'il y avait une faille dans son histoire. Il avait laissé passer quelque chose dans son plan.

— Il est là-bas, sur le bureau, répondit-il.

— Et votre téléphone jetable ?

— Quel jetable ? Il n'y a pas de jetable dans…

Elle jeta un coup d'œil à Bosch qui acquiesça d'un signe de tête.

— Appelle-le, Harry, dit-elle.

Bosch sortit son portable et appela le numéro d'où les SMS avaient été envoyés au jetable de Bonner.

— Qu'est-ce qu'il fait ? demanda Abbott. Qui est-ce qu'il appelle ?

Des vibrations se firent entendre dans la pièce.

— Il vous appelle, vous, lui répondit Ballard.

Elle suivit les vibrations du jetable jusqu'au bureau. Elles se répétaient à intervalles réguliers. Elle ouvrit des tiroirs, jusqu'à celui du bas où le bruit fut plus fort et là, juste à côté d'un paquet d'enveloppes et de Post-it, elle tomba sur un portable noir tout à fait semblable à celui de Bonner.

— Vous l'aviez oublié, non ? demanda-t-elle.

— Il n'est pas à moi, objecta-t-il. Bonner… c'est Bonner qui l'a mis là !

Elle ne toucha pas l'appareil en songeant que seules les empreintes d'Abbott s'y trouveraient. Et s'il n'y avait pas d'empreintes, on chercherait les traces d'ADN. Elle referma le tiroir. Il s'agissait d'un élément de preuve essentiel, et elle devait le signaler à Ross Bettany.

Elle refit le tour du bureau et se dirigea vers le canapé.

— Debout, docteur Abbott ! ordonna-t-elle.

— Pour quoi faire ? Mais qu'est-ce qui se passe ?

— Vous êtes en état d'arrestation pour le meurtre de Javier Raffa, dit-elle. Et ce n'est qu'un début.

TROISIÈME PARTIE

L'insurrection

Chapitre 36

Ballard demanda une voiture à la division de Hollywood Nord toute proche afin de conduire Abbott à la prison de Van Nuys, où il fut mis en détention pour suspicion de meurtre. Après quoi, elle raccompagna Bosch chez lui et gagna le commissariat de Hollywood où elle passa les trois heures suivantes à faire la paperasse détaillant l'arrestation et à préparer le dossier pour le bureau du district attorney et pour Ross Bettany, qui l'apporterait sans doute à un procureur pour suivi d'arrestation.

À 9 heures du matin, elle était juste en train d'en insérer les pages dans les trois anneaux du dossier lorsque Bettany se pointa avec sa coéquipière Denise Kirkwood.

— C'est votre jour de chance ! s'écria Ballard.

— Comment ça ? lui demanda Bettany.

— Je vous ai trouvé un type au courant de tout et qui est prêt à causer pour sauver ses fesses. Et je vous ai aussi mis en détention votre premier suspect il y a une heure de ça.

— Vous avez fait quoi ?!

Elle ferma les anneaux d'un coup sec et lui tendit le classeur.

— Tout est là, enchaîna-t-elle. Lisez ça et appelez-moi si vous avez des questions. J'ai bossé toute la nuit, je m'en vais. Bonne chance, mais je ne pense pas que vous en aurez besoin.

Et elle laissa Bettany la bouche ouverte et Kirkwood avec un grand sourire façon « bien joué, ma fille ». Elle remonta dans sa voiture et prit vers l'ouest jusqu'à une allée pleine d'usines longeant la 405. Puis, le bruit du pont autoroutier résonnant au-dessus d'elle, elle s'assit sur un banc dans une cour clôturée. Qu'elle dise seulement oui, et aussitôt son rescapé de bâtard chihuahua serait à elle. Avec son pelage noir et blanc, le chiot pesait quatre kilos, avait le long museau d'un terrier et, dans ses yeux couleur d'ambre, un regard plein d'attentes. Elle avait une demi-heure pour se décider, cela lui prit moins de dix minutes.

Avec son chihuahua, elle emporta une cage en métal pour le transporter, un sac de croquettes de deux kilos, une laisse et un distributeur de sacs à crottes biodégradables. Elle emmena Pinto à la plage en retrait de Channel Road à l'entrée du Santa Monica Canyon, s'assit jambes croisées sur une couverture et le laissa courir sans laisse.

À cet endroit du comté, la plage est au point le plus en retrait de la côte et il n'y avait presque personne. Le ciel était clair et un petit froid montait du Pacifique, porté par un vent assez fort pour projeter du sable sur sa couverture. Elle pouvait voir jusqu'à l'île de

Catalina et la file de tankers sortant du port derrière Palos Verde.

Le chien était resté enfermé cinq semaines dans un box. Ballard adora le regarder filer puis revenir vers elle sur le sable. D'instinct, il avait compris qu'il valait mieux ne pas s'éloigner de cette femme. Il la regardait toutes les cinq à dix secondes et semblait se rendre compte qu'elle l'avait sauvé d'un sombre avenir.

Lorsque enfin il fut fatigué, il monta sur les genoux de Ballard pour dormir. Elle le caressa et lui souffla que tout irait bien désormais.

Il était encore là quand elle prit l'appel auquel elle s'attendait depuis qu'elle avait laissé Bettany et Kirkwood avec le dossier. Le lieutenant Robinson-Reynolds l'appelait pour la prévenir qu'elle était suspendue pour insubordination et ce, jusqu'à plus ample informé. Il commença par lui parler d'un ton monocorde tout ce qu'il y avait de plus officiel, puis il passa en mode *off the record* et lui exprima toute la déception que lui inspirait ce qu'elle avait fait.

— Vous m'avez fait passer pour un sale type, Ballard, dit-il. Vous m'avez mis dans l'embarras à courir comme ça toute la nuit après ce truc… et en plus, c'est du haut commandement du West Bureau que je dois l'apprendre ? J'espère vraiment qu'on va vous virer. Et je serai là pour pousser à la roue quand le moment viendra.

Sur quoi il raccrocha avant d'entendre la réponse de Ballard.

— Ils ont essayé de me tuer, dit-elle dans l'appareil éteint.

Elle le posa sur la couverture et regarda les eaux bleu-noir de l'océan au loin. L'insubordination pouvait conduire à la radiation. Être suspendue jusqu'à plus ample informé signifiait que le service avait vingt jours pour la reprendre où la déférer devant un Board of Rights[1] où, après une manière de procès, un verdict de culpabilité pouvait mener à son exclusion de la police.

Rien de tout cela ne la troubla. Elle s'y attendait depuis l'instant où elle avait caché le jetable de Bonner dans le tiroir de sa table de chevet. À ce moment-là en effet, elle avait quitté le territoire de tout travail de policier acceptable.

Elle reprit l'appareil et appela la seule personne qu'elle savait capable de s'émouvoir de cette situation.

— Harry, dit-elle. Je ne suis plus dans la boucle. Suspension.

— Merde ! Mais on savait que ça allait arriver, non ? Et on parle de quoi ? CIOP ?

« Conduite indigne d'un officier de police » était moins grave qu'insubordination, mais Bosch ne faisait que rêver.

— Non. Insubordination. D'après mon lieutenant, ils vont essayer de me virer. Et il fera tout pour que ça arrive.

— Qu'il aille se faire foutre !

— Ouais.

— Qu'est-ce que tu vas faire ?

---

1. Bureau des droits.

— Je ne sais pas. Passer quelques jours à la plage, c'est probable. À surfer, à jouer avec mon chien et à réfléchir à la situation.

— Tu as un autre chien ?

— Je viens juste de le récupérer. On s'entend vraiment bien.

— Et tu veux un nouveau boulot pour ton nouveau chien ?

— Tu veux dire… avec toi ? Bien sûr.

— Pas génial comme solution de repli, mais côté antécédents, tu devrais pouvoir passer l'examen d'embauche sans trop de mal.

Elle sourit.

— Merci, Harry. Nous verrons bien comment ça se goupille.

— Je serai là si tu as besoin de moi.

— Je sais, Harry.

Elle raccrocha et reposa l'appareil sur la couverture. Regarda l'océan au loin et vit que le vent soulevait maintenant des crêtes d'écume sur les vagues de la marée montante.

Chapitre 37

Ballard éteignit son portable. Mardi soir. Elle enfila un sweat et, pas encore prête à rejoindre la chambre où elle avait failli mourir, elle dormit dix heures sur le canapé de sa salle de séjour. Le mercredi matin venu, elle se réveilla avec tout le corps endolori par son combat contre Bonner et par le soutien inégal que lui avait offert son canapé. Pinto dormait roulé en boule à ses pieds.

Elle alluma son portable. Bien que suspendue, elle n'avait pas encore été rayée du système d'alerte générale et vit qu'elle avait reçu un SMS annonçant que toutes les unités et divisions allaient repasser en alerte tactique à la suite de désordres à Washington DC et de manifestations locales à venir. Cela voulait dire que tous les services allaient reprendre des quarts de douze heures afin qu'on puisse mettre plus de bleu dans les rues. Comme prévu avant, elle serait du quart B et travaillerait de 6 heures du soir à 6 heures du matin dans ce déploiement.

Elle attrapa la télécommande et mit CNN, l'écran se remplissant aussitôt d'images de gens, de hordes de gens, montant à l'assaut du Capitole. Elle passa d'une chaîne à l'autre et c'était partout, sur tous les réseaux et chaînes d'infos. Les commentateurs parlaient d'insurrection, de tentative d'arrêter la certification de l'élection présidentielle deux mois plus tôt. Muette tant elle était abasourdie, elle regarda la télé une heure durant sans bouger du canapé avant d'enfin envoyer un SMS au lieutenant Robinson-Reynolds.

Toujours sur la touche, j'imagine ?

La réponse ne se fit pas attendre longtemps.

Toujours. Et ne venez pas ici, Ballard.

Elle songea à lui renvoyer un petit commentaire bien sarcastique sur le fait d'être accusée d'insurrection dans le service, mais laissa filer, se leva, enfila des chaussures et emmena Pinto faire sa première promenade dans le quartier. Elle remonta jusqu'à Los Feliz Boulevard et en revint par des rues quasiment désertes, Pinto restant tout près d'elle sans jamais tirer sur sa laisse. Au contraire de Lola qui, elle, n'arrêtait pas de charger avec ses trente-cinq kilos pour tendre la laisse. Ça lui manqua.

Une fois revenue à la maison, elle donna à Pinto de la nourriture de chez Wags and Walks avant de regagner le canapé. La télécommande à la main, elle passa les deux heures suivantes à sauter de chaîne en chaîne et à regarder des images troublantes de désordre absolu en essayant de comprendre comment les divisions dans le pays avaient pu tellement s'accentuer que certains éprouvaient le besoin de se lancer à l'assaut du Capitole et de changer les résultats d'une élection à laquelle cent soixante millions de citoyens avaient pris part.

Fatiguée de regarder et de réfléchir à ce qu'elle voyait, elle prit deux barres d'énergie pour elle et encore un peu de nourriture pour le chien et gagna le garage, où elle arrima sa planche de paddle et la mini à la galerie de son Defender. Dans lequel elle s'apprêtait à monter lorsqu'une voix se fit entendre dans son dos.

— Vous allez surfer ?

Elle pivota sur les talons. C'était le voisin. Nate, de l'appartement 13.

— Quoi ?

— Vous allez surfer ? répéta-t-il. Le pays est en train de tomber en morceaux, y a des manifs partout et vous allez surfer ? Vous êtes flic, non ? Vous devriez pas… je sais pas, moi… faire quelque chose ?

— La police est sur des quarts de douze heures, lui répondit-elle. Si tous les flics s'y mettaient maintenant, il n'y aurait plus personne pour bosser la nuit.

— Ah, OK.

— Et vous, qu'est-ce que vous faites ?

— Comment ça ?

— Qu'est-ce que vous faites, vous, Nate, bordel ? Vous nous haïssez. Vous haïssez les flics jusqu'à ce que ça merde et là, vous avez besoin de nous. Et si vous alliez faire quelque chose pour arranger ça, hein ?

Aussitôt, elle regretta ce qu'elle venait de dire. Ses frustrations autant dans son boulot que dans sa vie venaient d'exploser à la figure du mauvais type.

— C'est vous qui êtes payés pour servir et nous protéger. Pas moi.

— Bon, OK, d'accord. Pas de problème.

— C'est un chien que vous avez là ? reprit-il en montrant Pinto du doigt.

— Oui, il est à moi.

— Il vous faut une autorisation du syndic pour ça.

— J'ai lu le règlement. Je peux avoir un chien de moins de dix kilos. Il n'en pèse même pas cinq.

— Il vous faut quand même l'accord de la copropriété.

— Eh bien, c'est pas vous, le syndic ? Et vous êtes en train de me dire que vous n'êtes pas d'accord pour que j'aie un chien dans un appartement où Dieu sait comment un type a réussi à tromper la sécurité, à entrer par effraction et à m'agresser ?

— Non. Je vous dis seulement qu'il y a un règlement, que vous avez à soumettre une demande et attendre l'accord.

— Bien sûr, Nate. C'est ce que je vais faire.

Sur quoi, elle le laissa en plan et monta dans l'habitacle, Pinto sautant immédiatement sur ses genoux pour lui lécher le menton.

— Tout va bien, lui dit-elle. Tu restes avec moi.

Une heure plus tard, elle pagayait le long de la plage de Sunset, le petit chihuahua assis sur la pointe de la planche, très alerte mais tout tremblant. Il n'avait jamais vécu une expérience pareille.

Le soleil et le sel travaillant fort et profondément dans ses muscles, la tension et la douleur s'y apaisèrent. Elle passa quatre-vingt-dix minutes sur l'eau – quarante-cinq vers Malibu et quarante-cinq pour revenir. Elle était épuisée quand elle entra dans la tente qu'elle avait plantée sur le sable et y fit un somme, Pinto endormi à ses pieds sur la couverture.

Elle ne regagna son appartement qu'à la nuit tombée. Elle y avait laissé volontairement son portable et découvrit que plusieurs messages s'y étaient accumulés pendant la journée. Le premier émanait de Harry Bosch, qui voulait savoir comment elle allait et ajoutait qu'il croyait avoir tout vu dans sa vie, mais ne se serait jamais attendu à ce que le Capitole soit pris d'assaut par ses propres citoyens.

Le deuxième message lui apprit de manière officielle qu'elle allait devoir se présenter à une audience du Board of Rights dans deux semaines au Police Administration Building. Elle ne l'effaça pas. Elle savait qu'elle devait se trouver un membre du syndicat pour la représenter, mais décida d'appeler plus tard. Le troisième message émanait justement du syndicat, un officier du nom de Jim Lawson l'informant qu'ils avaient eux aussi été avertis de cette audience et étaient prêts à la défendre. Elle n'effaça pas non plus ce message et passa au suivant, qui lui était arrivé de Ross Bettany à 14 h 15.

— Oui, bon, euh… c'est moi, Ross Bettany. Rappelez-moi. Faut que je vous parle de quelque chose. Merci.

Le dernier message était arrivé deux heures plus tard et, cette fois, Bettany y parlait avec un peu plus d'intensité dans la voix.

— Bettany à l'appareil. Faut vraiment que vous me rappeliez. Ce type... ce Hoyle avec son avocat... il dit qu'il ne veut parler qu'à vous parce qu'il n'y a que vous en qui il ait confiance. Il faut donc qu'on trouve quelque chose parce qu'il est évident qu'on doit commencer à lui parler, à ce type. Il faut qu'on dépose le dossier Abbott demain matin au plus tard ou l'affaire file aux oubliettes. Rappelez-moi. Merci.

Après une arrestation suivie d'une mise en détention, le district attorney avait quarante-huit heures pour déposer plainte et traduire le suspect en justice ou laisser tomber l'affaire. Et que Hoyle ait pris un avocat compliquait encore la situation. Ballard devina que Bettany avait apporté ce qu'elle lui avait donné au district attorney et que l'adjoint chargé d'enregistrer la plainte voulait plus... du genre Hoyle qui y va d'une déclaration formelle et volontaire au contraire de l'enregistrement qu'elle avait fait en douce dans la voiture.

Dans les deux messages, Bettany avait donné son numéro de portable. Ballard se dit bien que le rappeler risquait de violer l'ordre qu'elle avait reçu de ne plus travailler pendant sa suspension, mais elle le fit quand même.

— Vous savez que je suis suspendue, non ? lui lança-t-elle.

— Oui, je sais, Ballard, mais c'est un gros sandwich à la merde que vous m'avez filé.

— Vous vous foutez de moi ! Je vous ai passé tout le paquet que vous n'avez qu'à aller donner au district attorney.

— C'est ce que j'ai fait, mais pour eux, ça ne marche pas.

— Qui a enregistré la plainte ?

— Un certain Donovan. Et il se prend pour F. Lee Bullshit[1].

— Qu'est-ce qui ne va pas dans le paquet ?

— Que vous ayez enregistré Hoyle sans qu'il le sache. Hoyle a déjà un avocat… ce petit génie de Dan Daly, et il hurle au coup monté. Bref, Donovan regarde la bande et tout de suite il a un problème. Et d'un, à qui parliez-vous quand vous avez baissé la vitre et lancé que vous auriez peut-être besoin d'une voiture pour emmener Hoyle en prison ?

Ballard se figea un instant : elle venait de se rendre compte qu'elle avait effectivement baissé sa vitre et parlé à Bosch alors qu'elle enregistrait Hoyle. Ça faisait partie du plan, mais c'était une erreur.

— Ballard ? la pressa Bettany.

— Bosch, le premier à avoir travaillé sur l'affaire. Celle du meurtre d'Albert Lee.

— Mais… il n'est pas à la retraite ?

— Si, mais je suis allée le voir parce que le dossier a disparu. J'avais besoin de lui pour qu'il me parle de

---

1. Soit « F. Lee Baratineur ». Allusion à Francis Lee Bailey, l'un des avocats qui défendirent O.J. Simpson.

l'enquête et on était ensemble quand il y a eu l'incident avec Hoyle.

Le silence se fit pendant que Bettany digérait cette information incomplète.

— Bon, c'est pas ce qu'il y a de mieux, mais c'est pas le problème, reprit-il enfin. Le problème, c'est que vous avez dit à Bosch que vous auriez peut-être besoin d'une voiture pour emmener un gardé à vue et pour Donovan il y a menace et tactique de coercition qui pourraient faire que tout l'enregistrement soit refusé. Il m'a dit de reprendre l'incident avec Hoyle, mais Hoyle insiste : il ne veut parler qu'avec vous. Et ça, ça pue un peu dans la mesure où vous l'avez piégé et où il n'y a que vous en qui il ait confiance. Voilà où on en est.

Ballard garda le silence en réfléchissant à ce revirement de fortune : une erreur qu'elle avait commise œuvrait maintenant en sa faveur.

— Il va falloir qu'ils me reprennent s'ils veulent que ce soit moi qui mène l'interrogatoire, dit-elle.

— C'est effectivement à peu près aussi énorme que ça, dit-il. En attendant, Donovan négocie un accord d'immunité restreinte avec Daly.

— L'avez-vous dit à quelqu'un ?

— Mon lieutenant est au courant et il a dû parler au vôtre. Quelqu'un de Hollywood.

Elle sourit presque en pensant au merdier dans lequel se trouvait Robinson-Reynolds : devoir la reprendre pour sauver une affaire de plusieurs meurtres après avoir appuyé sa suspension le matin même en répondant des plus sèchement à son SMS.

— Où est Hoyle ? demanda-t-elle.

— Chez lui, j'imagine. Ou alors là où Daly l'a planqué.

— OK, j'appelle mon lieutenant et je reviens vers vous.

— Faites vite, Ballard, d'accord ? Vaudrait mieux pas laisser filer ce Abbott. Pour moi, il a assez de fric et de réseau pour disparaître.

Ballard raccrocha et appela immédiatement Robinson-Reynolds sur son portable. Il ne se donna même pas la peine de la saluer correctement, mais elle ne s'attendait pas à autre chose non plus.

— Ballard, vous avez parlé avec Bettany ?

— À l'instant.

— On dirait bien que vous vous êtes foutue dans la merde avec vos conneries l'autre soir et que maintenant vous sentiriez presque la rose.

— Comme vous voudrez. Je suis reprise ou quoi ? Faut qu'on joigne Hoyle ce soir. Nos quarante-huit heures de garde à vue pour Abbott s'arrêtent demain matin.

— J'y travaille. Organisez l'interrogatoire pour ce soir. Vous aurez été reprise quand vous entrerez dans la salle.

— De manière permanente ou temporaire ?

— On verra, Ballard. C'est pas moi qui déciderai.

— Merci, lieutenant, dit-elle d'un ton joyeusement sarcastique.

Puis elle raccrocha et rappela Bettany.

— Feu vert. Arrangez le truc pour ce soir et appelez-moi.

— Reçu cinq sur cinq, dit Bettany.

Chapitre 38

Le nouvel interrogatoire de Dennis Hoyle commença à 20 heures au bureau des inspecteurs de la division de Van Nuys. Bettany, Kirkwood et Donovan étaient là et donnèrent à Ballard la liste des points clés qu'elle devait arriver à enregistrer. Hoyle, lui, était accompagné de son avocat, Daniel Daly, qui vérifia l'accord d'immunité qu'avait signé son client. Hoyle s'en tirait bien en acceptant de ne plaider coupable que de complot en vue de commettre une fraude en échange de son témoignage contre Abbott et possiblement quelques autres. Côté sentence, il allait devoir tenter sa chance devant un juge, le marché impliquant qu'il ne mente pas en déclarant n'avoir jamais planifié le meurtre d'individus ayant accepté des emprunts du consortium, ou en avoir même seulement eu connaissance. Sur le papier, c'était le plus merveilleux des marchés pour Hoyle, mais Donovan et ses supérieurs l'avaient accepté, l'idée non dite étant très vraisemblablement de casser l'accord en prenant Hoyle en flagrant délit de mensonge. En plus de quoi, le juge qui prononcerait la sentence pourrait toujours être informé de l'étendue des crimes qu'avaient commis Hoyle et ses associés et lui coller le maximum pour avoir tenté ce marché.

Ballard demanda à Bettany et aux autres de ne pas rester dans la salle et d'observer l'interrogatoire sur un écran. Étant donné que Hoyle prétendait ne vouloir parler qu'à elle, elle ne voulait pas qu'il s'imagine que Bettany et elle travaillaient en équipe. Elle entra dans la petite salle grise et s'assit en face de Hoyle et de son avocat. Seule concession à Donovan qui voulait pouvoir lui envoyer des messages si ce qu'il voyait à l'écran ne lui plaisait pas, elle posa son portable sur sa cuisse.

— Pour commencer, lança-t-elle, je tiens à ce que les limites légales de cet interrogatoire soient parfaitement claires. Vous devez accepter que si vous me mentez directement ou indirectement par omission, le marché tombe aussitôt à l'eau et vous serez alors accusé de complot en vue de commettre un meurtre.

Hoyle ouvrait la bouche pour répondre lorsque Daly tendit le bras tel le père qui empêche un enfant de traverser la rue sans regarder.

— Il le comprend, dit-il. C'est dans l'accord.

— Je veux quand même l'entendre de sa bouche.

— Je comprends, oui, dit Hoyle. Finissons-en.

— Je sais que ce n'est pas dans l'accord, mais je veux aussi autre chose, enchaîna Ballard.

— Quoi ? demanda Daly.

— Je veux qu'il renonce à tout droit de propriété sur le bien que possédait Javier Raffa.

— On oublie, objecta Daly.

— Alors, vous aussi, vous pouvez oublier ce marché, dit-elle. Je ne vais pas le laisser filer pour ça et qu'après il s'en aille piquer cette propriété à la famille de l'homme que lui et ses fumiers de copains ont fait assassiner.

Son portable vibrant aussitôt, elle baissa les yeux et lut le message de Donovan.

Mais qu'est-ce que vous foutez ?

Elle releva la tête et se tourna vers Hoyle en espérant que toute la vertu avec laquelle elle le fusillait du regard le soumette.

Cette fois ce fut Hoyle qui tendit le bras pour arrêter son avocat.

— Pas de problème, dit-il. J'accepte.

— Vous n'êtes pas obligé, lui fit remarquer Daly. Ce marché a été négocié et cette clause ne s'y trouve pas…

— J'ai dit qu'il n'y avait pas de problème et je tiens à le faire.

Ballard acquiesça d'un signe de tête.

— L'adjoint du district attorney vous préparera donc un amendement à ce plaider-coupable.

Elle marqua une pause pour voir si Daly avait autre chose à dire. Ce n'était pas le cas.

— OK, dit-elle, commençons.

Ainsi en fut-il. L'histoire que raconta Hoyle ne différa guère de la première qu'il avait servie à Ballard. Cette fois-là cependant, elle lui posa des questions destinées à lui en faire dire plus sur les origines de ce consortium d'affacturage et ainsi de savoir s'il avait été envisagé, et dès le début, de finir par assassiner ceux qui lui avaient emprunté de l'argent. Ballard savait que les avocats d'Abbott et de tous les individus arrêtés après cet interrogatoire en étudieraient de près la transcription afin d'y trouver des failles par où un doute raisonnable pourrait se glisser dans leur affaire.

L'interrogatoire prit fin aux environs de minuit, Hoyle étant alors emmené par Bettany et Kirkwood pour être incarcéré et blanchi de son accusation de complot. Pendant ce temps-là, Donovan portait plainte contre Abbott avec refus de caution jusqu'à sa mise en accusation officielle. Alors la question de la caution serait sûrement soulevée.

Peu après avoir terminé l'interrogatoire et vu les deux inspecteurs emmener Hoyle, Ballard reçut un SMS de Robinson-Reynolds. Sans beaucoup de dentelle, ce SMS :

Vous êtes réintégrée.

Elle ne se donna pas la peine de répondre et rentra chez elle sans le moindre remerciement de quiconque. Elle avait transformé ce qui était censé ressembler à un accident de veille du Nouvel An en une affaire parfaitement crédible de meurtres multiples, mais, parce qu'elle avait mordu d'un centimètre sur la ligne, il fallait qu'on la pousse de côté, voire la cache aux avocats de la défense.

Elle avait laissé Pinto dans sa cage de voyage et dut le réveiller lorsqu'elle arriva chez elle. Elle attacha la laisse à son collier et l'emmena faire un tour. La nuit était claire et fraîche. Les lumières des maisons des Franklin Hills brillaient fort, elle partit dans cette direction et ne croisa personne dans les rues. Jusqu'au Shakespeare Bridge qui était désert, et les maisons tout en bas plongées dans le noir. Le chien ayant fait son affaire, elle la ramassa, la mit dans un sac et fit demi-tour.

Sur les chaînes câblées, les bulletins d'infos de la nuit ne faisaient que repasser les événements proprement phénoménaux qui s'étaient déroulés à Washington. On laissait entendre maintenant qu'un officier de police avait succombé aux blessures qu'il avait reçues en défendant le Capitole. Tous les jours, les flics partent au boulot en se disant que ce sera peut-être le dernier, mais elle douta que celui-là ait jamais imaginé donner sa vie de cette façon dans l'exercice de ses fonctions. Elle s'endormit la tête pleine de sombres pensées sur le pays, sa ville et l'avenir.

Étant donné la nature de son travail, elle avait l'habitude de dormir pendant la journée et ne changeait rien à cette routine ses jours de congé. Elle ne dormit donc que légèrement et sursauta chaque fois qu'un bruit s'immisçait dans son sommeil. Pinto, qui en était encore à s'habituer à sa nouvelle maison et ce qui l'entourait, dormit lui aussi par à-coups en tournant et en virant dans sa caisse à peu près toutes les heures.

Ce fut un SMS qui réveilla Ballard pour de bon à 6 h 20 – elle ne l'avait pas entendu, mais il fit s'allumer l'écran de son portable. Il émanait de Cindy Carpenter.

Comment osez-vous ! Vous êtes censée protéger et servir. Vous ne faites ni l'un ni l'autre. Comment dormez-vous la nuit ?

Ballard n'avait aucune idée de ce dont elle parlait, mais, dans tous les cas, ces mots la choquèrent.

Elle eut envie de l'appeler tout de suite, mais se retint tant elle doutait que son appel ait même seulement droit à une réponse. Elle se demanda si ce SMS avait à voir avec un reste de colère dû au fait qu'elle avait contacté son ex-mari.

C'est alors qu'un autre SMS, et encore plus dérangeant, lui arriva. Celui-là émanait de Bosch.

Faut que tu lises le journal.
Y a une fuite quelque part.

Elle sortit vite son ordinateur portable et se rendit sur le site web du *Los Angeles Times*. Bosch était de la vieille école et s'en faisait livrer la version papier, tandis qu'elle avait souscrit un abonnement en ligne. Elle trouva l'article qu'il lui signalait bien en vue sur la page d'accueil.

LE LAPD TENTE UN PARI
DANS UNE ENQUÊTE POUR VIOLS EN SÉRIE,
ENCORE PLUS DE VICTIMES
FINISSENT AGRESSÉES

De notre rédacteur en chef
Alexis Stanishewski

Deux hommes étant entrés par effraction dans une maison de Hollywood et ayant violé une femme, le Los Angeles Police Department a lancé une enquête de grande ampleur.

Mais le superviseur a alors choisi de la taire dans l'espoir d'identifier et de capturer ce rare duo de violeurs. Aucun avertissement n'ayant été lancé publiquement, ce sont au minimum deux femmes de plus qui ont été agressées les cinq semaines suivantes.

Selon certaines sources, il s'agit d'un exemple classique du dilemme devant lequel sont placés les enquêteurs lorsqu'ils ont affaire à des criminels en série. Connaître la routine d'un suspect peut amener à sa capture, mais attirer l'attention du public sur une explosion de crimes en série peut avoir pour résultat des changements dans la manière dont il agit et rendre son arrestation encore plus difficile.

Dans cette affaire, trois femmes ont été agressées et torturées par des hommes qui sont entrés chez elles en pleine nuit, ce qui a conduit les enquêteurs à les appeler les « Hommes de minuit ». Ce mercredi, les officiers de l'unité des Relations avec les médias sont restés muets sur cette affaire, le lieutenant Derek Robinson-Reynolds, superviseur des inspecteurs de la division de Hollywood, refusant même d'expliquer ou de défendre sa décision de tenir l'investigation secrète. Le *Times* avait demandé officiellement qu'on lui transmette les documents de police ayant trait à ces crimes.

Une des victimes dit être toujours en colère d'avoir appris que la police avait entendu parler de ces violeurs avant qu'elle ne soit elle-même agressée la veille de Noël. Son nom ne sera pas mentionné ici, le *Los Angeles Times* ayant pour principe de ne jamais communiquer l'identité des victimes d'agressions sexuelles. « J'ai l'impression que si j'avais su que ces types étaient quelque part dans la nature, j'aurais pris des précautions et ne me serais pas retrouvée victime, nous a confié cette femme en larmes. J'ai le sentiment d'avoir été violée par ces individus et de l'avoir été à nouveau par la police. »

La victime nous a décrit les quatre heures abominables qui ont suivi l'instant où elle a été réveillée dans son lit par deux hommes portant un masque et qui lui ont alors mis un bandeau sur les yeux et l'ont violée à tour de rôle. Elle a ajouté avoir cru que ces deux hommes la tueraient lorsqu'ils auraient fini de l'agresser.

« C'était horrible, nous a-t-elle encore dit. Je n'arrête pas de le revivre. C'est la pire chose qui me soit jamais arrivée. »

Aujourd'hui elle se demande si son calvaire n'aurait pas pu être évité si la police avait informé le public de l'existence de ces Hommes de minuit.

« Peut-être auraient-ils arrêté ou seraient-ils tout simplement passés à autre chose s'ils avaient su que la police les avait dans le collimateur », nous a-t-elle encore précisé.
Le sociologue du crime de l'université de USC Tom Pennington nous a dit que cette affaire des Hommes de minuit fait clairement apparaître les choix difficiles auxquels sont confrontés les représentants des forces de l'ordre.
« Il n'y a aucune bonne réponse à ce dilemme, a-t-il poursuivi. Tenez l'investigation secrète et vous aurez une bien meilleure chance d'arriver à une arrestation. Cela étant, si vous ne dites rien et n'arrivez pas rapidement à cette arrestation, la population reste en danger. Quoi qu'on fasse, on a toujours tort. Dans cette affaire, la décision prise a mal tourné et il y a eu d'autres victimes. »
Et Pennington de préciser que les criminels en série cessent rarement de commettre leurs crimes, à moins d'être arrêtés par la police.
« Ce qu'il faut comprendre, c'est que même si la police avait rendu publique son enquête, il est peu probable que ces deux hommes auraient mis fin à leurs crimes. Au lieu de ça, ils auraient modifié leur façon de procéder, le résultat étant qu'il y aurait probablement eu d'autres victimes. Tel est le dilemme auquel on est confronté quand on doit choisir. La police se retrouve alors dans une situation où l'on ne peut jamais gagner. »

Ballard s'était vite échauffée en dévorant cet article. Elle n'en avait lu que deux paragraphes quand elle comprit que le LAPD avait toutes les chances de voir en elle la source anonyme de ce papier, étant donné que le seul méchant de l'affaire était celui-là même qui avait voulu sa suspension. Elle savait aussi que ça n'en resterait pas là. Le *Times* était le journal de référence et en cette qualité donnait l'exemple à suivre par tous les médias de la ville. On ne pouvait douter que, toutes les chaînes de télé locales sautant sur cet article, ce soit encore une fois tout le LAPD qui se retrouve scruté à la loupe.

Elle le relut encore une fois et retrouva du courage en s'apercevant de ce qu'il ne révélait pas. Il n'y était nulle part mentionné que toutes ces agressions avaient eu lieu dans des périodes de fête et que les réverbères avaient été régulièrement trafiqués avant. La source de l'article avait fait attention aux informations à transmettre au public.

Ballard était à peu près certaine de savoir qui était cette source. Elle prit son portable et appela Lisa Moore. Et à chaque sonnerie fut de plus en plus en colère jusqu'à ce qu'enfin son appel passe sur la boîte vocale, juste au moment où elle était prête à y aller à feu nourri.

— Lisa, je sais que c'est toi. Je vais probablement être accusée, mais je sais que c'est toi. Tu as foutu en l'air toute une enquête rien que pour t'en prendre à Robinson-Reynolds qui t'a collée au quart de nuit. Et je sais aussi que tu as calculé ton coup pour que ça me retombe dessus. Va te faire foutre, Lisa.

Elle raccrocha et presque aussitôt regretta ce message.

Chapitre 39

Essentiellement alimentée par une conférence de presse organisée à la hâte au Public Administration Building où un porte-parole officiel de la police avait minimisé l'article du *Los Angeles Times* en déclarant que les liens probants entre ces crimes étaient ténus, bien que dans toutes ces affaires les criminels aient effectivement opéré en tandem, l'histoire passa deux jours à la télé, à la radio et dans tous les services d'infos du Net. Heureusement pour le LAPD, l'insurrection du Capitole prenant tout le temps d'antenne et toute la place dans les journaux, elle disparut dans le ressac des événements. Ballard n'entendit plus parler de Robinson-Reynolds, son silence semblant confirmer que, pour lui, la fuite initiale venait d'elle. Elle n'entendit plus non plus parler de Lisa Moore, quand ce n'aurait été que pour nier l'accusation qu'elle avait portée contre sa collègue dans son message.

Une autre nouvelle qui, elle non plus, ne mobilisa guère les foules fut l'arrestation d'un dentiste très respecté pour complot visant à l'exécution d'un crime. Maintenant hors du coup dans tout ce qui touchait à l'affaire, par un appel passé à Ross Bettany, Ballard devina que l'enquête avançait lentement. Alors que l'arrestation de Jason Abbott avait été divulguée aux médias, l'implication d'un Dennis Hoyle qui coopérait avec la police et de l'ancien flic Christopher Bonner qui y avait pris part en tant que tueur à gages parvint, elle, à rester secrète. Ballard savait que cela ne durerait pas éternellement, surtout dès que commencerait le procès, mais elle savait aussi que le LAPD fonctionnait toujours selon le principe tacite que lorsque c'est possible, il est bon de bien espacer les coups portés à sa réputation.

Ce samedi-là, elle reçut un appel de Garrett Single lui demandant si elle et son nouveau chien n'auraient pas envie de faire une balade – elle lui avait envoyé une photo de Pinto un peu plus tôt. Il lui suggérait d'aller à l'Elysian Park où les sentiers étaient très ombragés. Ballard n'y était jamais retournée depuis qu'elle avait fait ses classes à l'académie de police toute proche. Elle se dit que Pinto pourrait apprécier, Single lui ayant en plus fait remarquer que les chiens y étaient acceptés et qu'il y aurait probablement moins de monde que dans d'autres lieux de promenade appréciés du public. Elle fut d'accord pour l'y retrouver, l'ambulancier venant de chez lui à Acton, soit loin de l'autre côté des montagnes de San Gabriel. Elle savait que beaucoup de pompiers résidaient dans cet endroit parce qu'ils n'effectuaient l'aller-retour maison-boulot qu'une fois par semaine, le travail les mobilisant trois jours d'affilée pendant lesquels ils dormaient à la caserne, les quatre autres étant libres. Et faire deux heures de route deux fois par semaine n'avait rien d'épuisant.

Le lundi matin suivant la vit se réveiller à Acton où elle avait passé les trente-six heures précédentes avec Single. La maison de ce dernier se nichait au flanc d'une montagne sauvage de l'Antelope Valley où, il l'avait avertie, rôdaient coyotes et chats sauvages. Elle fit le café pendant qu'il se douchait, passa sur une terrasse dominant un jardin auquel il lui avait précisé avoir travaillé des mois entiers. Elle avait pris une couverture sur le canapé, et la passa sur ses épaules. Les moments qu'elle avait vécus avec Single avaient été agréables, mais elle s'était tout le temps sentie frustrée et mal à l'aise. On l'avait exclue de tout. L'affaire Raffa étant entrée dans la phase poursuites, elle la regrettait moins que d'être tenue complètement à l'écart de l'enquête sur les Hommes de minuit. Et pour ajouter à sa frustration, elle avait été vilipendée par Cindy Carpenter et n'avait plus entendu parler de Lisa Moore pour savoir quelles suites avaient été données à cette affaire. Elle doutait de plus en plus que quiconque fût près d'identifier et d'appréhender ce duo de violeurs.

Elle faisait les cent pas dans l'herbe en y réfléchissant lorsqu'elle entendit Single arriver dans son dos. Il lui passa un bras autour du cou et se servit de l'autre pour lui dégager les cheveux de la nuque, et l'y embrasser.

— Qu'est-ce que t'en penses ? lui demanda-t-il.

— De quoi ?

— De la vue. Regarde un peu cet endroit !

Elle ne l'avait même pas remarqué tant elle était coincée dans ses pensées sur l'affaire.

— C'est joli, dit-elle. Austère.

— C'est vrai. C'est pour ça que je l'aime.

— Non, ce que tu aimes, c'est sa valeur sur le marché et tout l'espace autour. Les flics et les pompiers ont toujours besoin d'espace.

— Exact, mais honnêtement, j'aime encore plus les crêtes acérées là-bas.

— Alors à mon tour d'être honnête : c'est trop loin de l'eau.

— Qu'est-ce que tu racontes ? On a la Santa Clara River juste de l'autre côté de cette arête.

— Sauf que moi, c'est d'un océan que je te parle. Le Pacifique. Et aux dernières nouvelles, on ne peut toujours pas surfer sur ta Santa Clara River… même quand il y a de l'eau dedans.

— Mais la montagne et l'océan, c'est plutôt pas mal comme contrepoint, non ? Et le désert et l'océan ont au moins un point en commun.

— Le sable ?

— T'as tout compris.

Il rit et, lorsqu'il s'arrêta, elle entendit son portable vibrer sur le comptoir de la cuisine. C'était la première fois depuis trente-six heures et elle croyait être hors de sa zone de service, mais non : quelqu'un l'appelait.

— Laisse-moi prendre cet appel, dit-elle.

— Oh, allez, objecta-t-il. C'était d'avenir qu'on parlait.

Elle se dépêcha de franchir la porte, mais les vibrations du portable avaient cessé avant qu'elle l'atteigne. Elle vit qu'il s'agissait d'un numéro de service municipal, mais ne le reconnut pas et hésita à rappeler à l'aveugle. L'appel pouvait concerner son audience devant le Board of Rights. Elle ne savait toujours pas si celle-ci aurait lieu comme cela avait été fixé après qu'elle avait été suspendue, puis reprise dans le service. Elle attendit et une notification de message vocal apparut à l'écran. Elle l'écouta à contrecœur.

— Inspectrice Ballard, ici Carl Schaeffer du Bureau de l'éclairage public. J'ai vu tout le tintouin qu'on a fait aux nouvelles sur ces Hommes de minuit et j'imagine que c'est votre affaire et que maintenant tout le monde le sait. Mais juste au cas où ç'aurait encore de l'importance pour vous, je voulais vous signaler qu'on vient de recevoir un appel de maintenance aujourd'hui même pour un réverbère à Hancock Park et que je suis à votre disposition si vous voulez en savoir plus.

Elle le rappela immédiatement.

— Inspectrice Ballard, comment allez-vous ? lui lança-t-il.

— Bien, monsieur Schaeffer. Je viens d'avoir votre message. Avez-vous envoyé quelqu'un réparer le réverbère ?

— Non, pas encore. Je me suis dit qu'il valait mieux vérifier avec vous.

— Qui vous a appelé ?

— Un type qu'on connaît là-bas… même qu'on lui donne du « maire de Windsor Square ». C'est pas dans sa rue, mais les gens du coin savent que c'est lui qu'il faut appeler pour les réverbères et les autres trucs du quartier. Et il nous a téléphoné ce matin. Juste là, en fait. Pile avant que je vous appelle.

— Je pourrais avoir son nom ?

— Il s'appelle John Welborne.

Il lui donna aussi le numéro d'où celui-ci avait appelé pour passer sa demande de réparation.

— Dites, je me trompais sur ces Hommes de minuit… ceux pour qui vous êtes venue me voir pour les réverbères ?

— Qu'est-ce qui vous fait dire ça ? Il y avait quelque chose sur les réverbères dans le journal ?

— Pas que j'aurais vu, non. J'ai juste fait le rapprochement. Le journal disait que trois femmes différentes avaient été agressées et, comme vous m'aviez posé des questions sur trois réverbères, eux aussi différents…

— Monsieur Schaeffer… Carl… Je pense que vous feriez un inspecteur de première, mais je vous en prie, ne parlez de ça à personne. Rien de tout ça n'est totalement confirmé et ça pourrait nuire à l'enquête si on l'apprenait.

— Parfaitement compris, inspectrice. Je n'en ai soufflé mot à personne et je n'ai aucune intention de le faire. Mais merci pour le compliment. J'ai songé à devenir flic autrefois.

Single entra et vit l'air sérieux qu'avait pris Ballard. Il écarta grand les mains comme pour lui demander s'il pouvait faire quelque chose. Elle fit non de la tête et continua de parler avec Schaeffer.

— Pouvez-vous me dire où se trouve le réverbère dont nous parlons, monsieur Schaeffer ?

— Bien sûr. Laissez-moi vérifier. (Il lui donna une adresse dans North Citrus Avenue.) C'est entre Melrose Avenue et Beverly Boulevard, ajouta-t-il pour l'aider.

Elle le remercia, raccrocha et regarda Single.

— Faut que j'y aille, dit-elle.

— Tu es sûre ? Je ne retourne pas à la caserne avant demain. Je me disais qu'on pourrait prendre le chien et…

— Non, je dois partir. C'est pour mon affaire.

— Mais je croyais que tu n'en avais plus !

Elle ne répondit pas. Elle regagna la chambre de Single pour y reprendre ses affaires et sortir Pinto de sa cage de transport dans laquelle il dormait. Elle s'était servie des vêtements qu'elle avait sortis du sac de surf qu'elle gardait dans sa voiture, Pinto ayant eu droit, lui, à de la nourriture en boîte achetée dans une supérette de ce qui tenait lieu de centre-ville d'Acton. Le petit séjour que Ballard avait fait chez Single avait démarré sur un simple barbecue dans le jardin – à l'Elysian Park, il lui avait révélé être fier de ses talents de cuisinier et elle l'avait mis à l'épreuve.

Après avoir promené Pinto dans les broussailles autour de chez Single, elle chargea ses affaires et son chien dans le Defender et fut prête à partir.

La portière avant encore ouverte, il l'embrassa pour lui dire au revoir.

— Ça pourrait marcher, tu sais, reprit-il. Tu gardes ton appart en ville et tu fais du surf quand je suis de service. Trois jours sur l'eau et quatre à la montagne.

— Alors comme ça, tu crois qu'une fille va se pâmer d'amour et te tomber dans les bras parce que tu fais un poulet effiloché absolument génial ?

— C'est que je fais aussi une pointe de poitrine tout aussi géniale si tu revenais à la viande rouge.

— Peut-être que la prochaine fois je succomberai.

— C'est donc qu'il y aura une prochaine fois ?

— Beaucoup de choses dépendront de cette pointe de poitrine.

Elle le repoussa doucement et monta dans le Defender.

— Prends bien soin de toi, dit-il.

— Toi aussi.

Elle avait pris vers le sud pour regagner la ville, et attendit d'avoir quitté la Santa Clarita Valley pour avoir une bonne couverture téléphonique et appeler le numéro de John Welborne que lui avait donné Schaeffer. Son coup de fil arriva au *Larchmont Chronicle*, le journal qui desservait Hancock Park et les quartiers environnants – elle apprit alors qu'il en était le propriétaire, éditeur et seul journaliste. Qu'il soit membre des médias rendait la manœuvre un rien délicate. Si elle avait certainement besoin des infos qu'il pourrait lui fournir, elle ne voulait pas qu'elles terminent dans son journal.

— Monsieur Welborne, lança-t-elle, je suis inspectrice au LAPD et aimerais parler avec vous quelques instants.

— Bien sûr. C'est à propos de l'article ?

— Quel article ?

— Jeudi, nous avons sorti un papier pour l'appel de fonds que nous organisons pour l'officier de police de la division de Wilshire qui a perdu son épouse emportée par le Covid.

— Oh non, ce n'est pas ça. Je travaille à la division de Hollywood et j'ai besoin de vous parler, mais en off, de quelque chose qui n'a rien à voir avec votre journal, et je ne veux pas que ça y soit publié… pour l'instant du moins. Nous sommes bien en train de parler en off, d'accord ?

— Aucun problème, inspectrice Ballard. Notre journal est mensuel et on a encore quinze jours avant le bouclage de toute façon.

— Très bien. Merci. Je voudrais vous poser des questions sur votre appel au Bureau de l'éclairage public ce matin. Vous avez laissé un message pour dire qu'il y avait un réverbère en rade dans North Citrus Avenue.

— Euh, oui, j'ai bien laissé un message, mais n'ai pas suggéré qu'il y aurait eu malveillance.

— Bien sûr, mais cela pourrait avoir un lien avec une enquête que nous menons. C'est pour cela qu'on nous a alertés et c'est aussi cela que je tiens à ne pas ébruiter.

— Je comprends.

— Puis-je vous demander qui vous a averti pour ce réverbère cassé ?

— Une grande amie de ma femme Martha. Elle s'appelle Hannah Stovall et savait qu'elle pouvait me contacter pour alerter les autorités compétentes. Les trois quarts des gens ignorent même qu'on a un Bureau de l'éclairage public. Mais ils savent que je connais des gens qui connaissent des gens, et ils me contactent.

— Et elle vous a appelé ?

— En fait, non. Elle a envoyé un mail à ma femme pour lui demander conseil. C'est là que j'ai pris le relais.

— Je comprends. Pouvez-vous me dire ce que vous savez sur cette Hannah Stovall ? Par exemple, quel âge pensez-vous qu'elle a ?

— Oh, je dirais une petite trentaine. Elle est jeune.

— Est-elle mariée, vit-elle seule, a-t-elle des colocs ?

— Elle n'est pas mariée et je suis assez certain qu'elle vit seule.

— Une idée de la façon dont elle gagne sa vie ?

— Oui, elle est ingénieure et travaille pour le ministère des Transports. Je ne sais pas trop ce qu'elle y fait, mais je pourrais demander à Martha. Tout ça me fait penser que vous essayez de voir si ça colle dans un profil d'enquête.

— Monsieur Welborne, je ne peux pas vraiment vous dire autour de quoi tourne cette investigation.

— Je comprends, mais bien sûr je meurs d'envie de savoir ce qui passe avec notre amie. Est-elle en danger ? Pouvez-vous me le dire ?

— Je…

— Attendez… Ça n'aurait pas à voir avec les Hommes de minuit ? C'est dans la même zone qu'au moins deux de ces agressions.

— Monsieur Welborne, je vous demande de cesser de me poser des questions. Et je tiens à vous assurer que votre amie n'est pas en danger et que nous allons prendre toutes les mesures nécessaires pour qu'elle ne le soit jamais. (Elle essaya de changer de sujet.) Bon, alors, savez-vous où se trouve se réverbère par rapport à sa maison ? Est-il près de chez elle ?

— À ce que je comprends, il est juste en face. C'est pour ça qu'elle a remarqué qu'un soir il marchait, et que le lendemain il ne fonctionnait plus.

— OK, pouvez-vous me donner un numéro de téléphone où la joindre ?

— Pas de tête, mais oui, je peux vous le trouver. Est-ce que je peux vous rappeler à ce numéro dans quelques minutes ? Faut juste que je demande à ma femme.

— Oui, c'est bien à ce numéro que je suis. Mais, monsieur Welborne, je vous prie de ne pas dire de quoi il s'agit à votre femme et je ne veux pas non plus que ni vous ni votre femme n'appeliez Hannah. J'ai besoin que sa ligne soit toujours libre pour que je puisse l'appeler moi-même.

— Bien sûr, je vais juste lui dire qu'il y a besoin de ce numéro pour passer la demande de réparation du réverbère.

— Merci.

— Ne bougez pas, inspectrice. Je vous reprends dans un instant.

Chapitre 40

Ballard se retint d'appeler Hannah Stovall avant d'avoir un plan d'action qu'elle puisse raisonnablement partager avec elle. En mettant ce qu'elle allait faire en ordre de bataille, elle effectua le reste du trajet pour gagner la ville sans rien dire, à l'exception d'un coup de fil qu'elle passa à Harry Bosch. Elle savait que si personne n'avait envie de la soutenir, elle pourrait toujours compter sur lui. Elle lui demanda de se tenir prêt, mais sans lui dire à quoi, et il n'éleva aucune objection. Il lui répondit simplement qu'il était prêt à faire tout ce qu'elle voudrait et qu'il couvrirait ses arrières.

Elle entra dans Hollywood à 13 heures, enfila Melrose Avenue jusqu'à North Citrus Avenue et prit vers le sud pour passer devant le réverbère dont Carl Schaeffer lui avait indiqué l'emplacement. Et ne ralentit pas en le faisant. Elle se contenta de le regarder et de continuer sa route. North Citrus Avenue se trouve à la limite de ce qu'on peut considérer comme faisant partie de Hancock Park, soit à l'ouest de Highland Avenue, où les maisons sont plus petites et du type habitations familiales avec garage à une voiture construites après la Seconde Guerre mondiale. Ce quartier est peu à peu travaillé par un réaménagement général avec maisons en forme de cube à un étage construites en bordure des lots, ceux-ci entourés de murs et fermés par des portails. À côté des demeures de style espagnol toutes de plain-pied bâties à l'origine, ce réaménagement a l'air stérile et sans âme.

Tout en conduisant, Ballard jeta un coup d'œil aux véhicules garés le long du trottoir, à la recherche de tout signe de surveillance, mais ne vit rien indiquant que les Hommes de minuit auraient espionné leurs prochaines victimes.

Arrivée à Beverly Boulevard, elle prit à droite et se gara tout de suite devant l'Osteria Mozza, un restaurant très populaire fermé pour cause de Covid. Elle mit son masque, descendit de voiture, ouvrit le hayon arrière, sortit Pinto de sa caisse, lui attacha sa laisse et partit vers North Citrus Avenue, où elle reçut l'appel de John Welborne. Celui-ci lui donna le numéro de téléphone de Hannah Stovall et ajouta que, à ce qu'il savait, elle était probablement chez elle parce qu'elle travaillait à domicile à cause de la pandémie.

Ballard prit vers le sud dans North Citrus Avenue et commença à descendre la rue du côté ouest, pour passer devant le réverbère. Elle marcha doucement en laissant le chien régler l'allure en reniflant et en marquant son territoire. Le seul signe révélateur qu'elle aurait pu donner – si les Hommes de minuit l'observaient – aurait été de tirer sur la laisse pour écarter

Pinto du réverbère et lui interdire d'y laisser une trace d'urine susceptible de contaminer la scène.

Ce fut de manière subreptice qu'elle regarda la maison où habitait Hannah Stovall. Pas de voiture dans l'allée et le garage était fermé. Elle remarqua aussi qu'il s'agissait d'un garage attenant à la bâtisse et qui, de la même façon que chez Cindy Carpenter, permettait sûrement d'accéder à la maison de l'intérieur.

Elle continua d'avancer et, arrivée au croisement des avenues Oakwood et North Citrus, elle repartit vers le nord et passa de l'autre côté de la rue comme tout propriétaire de chien qui veut lui donner d'autres pelouses à renifler et à marquer de son urine.

Une fois remontée dans son Defender, elle regarda l'heure au tableau de bord. Il était 14 h 30 et peut-être un peu trop tôt pour enclencher son plan. En plus du problème Pinto.

Il y avait un chenil de nuit dans Santa Monica Boulevard, près du commissariat de Hollywood. Elle s'en était déjà servie de temps en temps pour Lola et savait que tout y était propre, accueillant et pas trop bondé. Mieux encore, elle pourrait accéder à la caméra installée dans la salle de jeux avec son téléphone et observer Pinto.

Il lui fallut une heure pour arriver à la Dog House, y ouvrir un nouveau compte et y laisser Pinto pour la nuit. Elle eut mal au cœur en se rendant compte que celui-ci pourrait se sentir rejeté et ramené dans un refuge. Elle le serra contre elle et lui promit de revenir dès le lendemain, plus pour se rassurer elle que pour le rassurer lui.

La place de stationnement devant l'Osteria Mozza n'étant toujours pas prise, elle s'y gara un peu avant 16 heures et ajusta ses rétroviseurs de façon à pouvoir repérer tout véhicule sortant de North Citrus Avenue derrière elle. Et passa son premier appel à Hannah Stovall, mettant en action la stratégie qu'elle avait arrêtée.

— Allô, lança-t-elle, je suis bien chez Hannah Stovall ?

— Oui, c'est moi. Et vous êtes ?

— Je vous appelle pour le rapport signalant qu'un réverbère est hors service dans votre rue.

— Ah, oui. Juste devant chez moi.

— Et d'après vous, depuis combien de temps est-il en panne ?

— Seulement depuis hier. Je sais qu'il fonctionnait samedi parce qu'il éclaire juste le haut des jalousies de ma chambre. Pour moi, c'est comme une veilleuse. Et hier j'ai remarqué qu'il ne marchait plus et j'ai envoyé un mail à Martha Welborne ce matin, mais… Tout ça me paraît attirer beaucoup d'attention pour un simple petit réverbère. Qu'est-ce qui se passe ?

— Je m'appelle Renée Ballard et suis inspectrice au LAPD. Je ne veux pas vous faire peur, madame Stovall, mais je pense que quelqu'un cherche à entrer chez vous par effraction.

Ballard n'avait rien trouvé de mieux pour l'avertir, mais, comme elle l'avait prévu, Stovall fut très alarmée.

— Ah, mon Dieu… mais qui ça ?

— Je ne sais pas, mais…

— Alors comment pouvez-vous dire ça ? Vous appelez des gens au hasard pour leur foutre la trouille de leur vie ? Ça n'a pas de sens. Comment puis-je même être seulement certaine que vous êtes de la police ? Voire inspectrice ou quoi que ce soit d'autre que vous dites ?

Ballard avait prévu qu'à un moment ou à un autre elle devrait prouver qui elle était à cette femme.

— C'est sur votre portable que je vous appelle ? demanda-t-elle.

— Oui, répondit Stovall. Pourquoi voulez-vous le savoir ?

— Parce que je vais raccrocher et vous envoyer des photos de mon badge et de ma carte de police. Et après, je vous rappelle et je vous explique ce qui se passe un peu plus en détail. Cela vous va-t-il, madame Stovall ?

— Oui, envoyez-moi votre SMS. Peu importe de quoi il s'agit, je veux que ça s'arrête.

— Moi aussi, madame Stovall. Je raccroche et je vous rappelle tout de suite.

Elle mit fin à l'appel, lui envoya les photos de son badge et de sa carte de police, attendit quelques minutes que celles-ci lui parviennent et qu'elle les regarde avant de la rappeler.

— Allô ?

— Hannah… je peux vous appeler Hannah ?

— Oui, pas de problème, dites-moi juste ce qui se passe.

— OK, d'accord, mais je ne vais pas vous édulcorer la situation parce que j'ai besoin de votre aide. Il y a deux hommes qui ciblent des femmes dans la zone de Hollywood. Ils entrent chez elles en pleine nuit, les agressent, et nous pensons qu'ils mettent les réverbères hors service près de chez elles une nuit ou deux avant de commettre leur forfait.

S'ensuivit un silence seulement ponctué par l'air qu'inspirait encore et encore Stovall.

— Hannah, ça va ?

Pas de réponse.

— Hannah ?

Hannah Stovall reprit finalement la parole.

— Ce sont les Hommes de minuit ? demanda-t-elle.

— Oui.

— Alors, pourquoi vous n'êtes pas ici maintenant ? Pourquoi est-ce que je suis toute seule ?

— Parce qu'ils pourraient être en train de vous observer et qu'en nous montrant nous perdrions une chance de les arrêter et de mettre fin à tout ça.

— Vous vous servez de moi comme appât ? Mais putain de merde !

— Non, Hannah. Vous ne nous servez pas d'appât. Nous avons un plan pour que vous soyez en sûreté. Encore une fois, c'est pour ça que je vous appelle au lieu de me montrer. Nous avons un plan. Je veux vous l'expliquer, mais j'ai besoin que vous restiez calme. Il n'y a aucune raison de paniquer. Ils ne viennent jamais le jour. Ils…

— Vous venez de me dire qu'ils pouvaient être en train de nous observer.

— Oui, mais ils ne vont pas entrer chez vous en plein jour. Ce serait trop dangereux pour eux et le fait que votre réverbère soit éteint prouve qu'ils agiront la nuit. Me comprenez-vous bien ?

Pas de réponse.

— Hannah, est-ce que vous comprenez ?

— Oui. Que voulez-vous que je fasse ?

— C'est bien, Hannah. Restez calme. Dans une heure, ce sera fini et vous serez en sécurité.

— Promis ?

— Oui, promis. Bon, et maintenant, voilà ce que je veux que vous fassiez. Votre voiture est bien dans votre garage, non ?

— Si, si.

— Quel genre de voiture est-ce ? De quelle couleur ?

— C'est une Audi A6. Gris métallisé.

— OK. Où allez-vous faire vos commissions ?

— Je ne comprends pas. Pourquoi me demandez-vous ça ?

— Un peu de patience, Hannah. Où faites-vous vos courses ?

— Généralement au Pavilions de Vine Street. Au croisement de Melrose Avenue.

Ballard ne connaissait pas ce magasin, mais se rendit compte aussitôt que c'était à un autre endroit que ceux fréquentés par les trois victimes précédentes.

— Y a-t-il un café à l'intérieur ?

— Y a un Starbucks.

— OK. Ce que je veux, c'est que vous preniez votre voiture et que vous alliez à ce Pavilions. Si vous avez des sacs réutilisables, emportez-en un comme si vous n'alliez acheter que deux ou trois bricoles. Mais commencez par aller au Starbucks. C'est là que je vais vous retrouver.

— Il faut que je parte d'ici ?

— Ce serait plus sûr que vous ne soyez pas chez vous ce soir, Hannah. Je veux que vous partiez sans que ç'ait l'air trop inhabituel. Vous n'allez à ce magasin que pour y boire un café et acheter de quoi manger. D'accord ?

— Oui, bon. Et après ?

— Je vous retrouve au Starbucks, on parle encore un peu et je vous remets entre les mains d'un autre inspecteur qui veillera sur vous jusqu'à ce que tout ça soit terminé.

— Quand faut-il que je parte ?

— Dès que vous pourrez. Vous prenez votre voiture, vous roulez jusqu'à Melrose Avenue, vous tournez à droite et vous vous dirigez vers le magasin. Comme ça, vous passerez devant moi et je pourrai voir si vous êtes suivie. Et après, je vous retrouve au Starbucks. Vous pouvez faire ça, Hannah ?

— Oui. Je vous l'ai déjà dit.

— Bien. Prenez une brosse à dents et mettez dans votre sac réutilisable tout ce dont vous pourriez avoir besoin pour passer une nuit hors de chez vous. Mais surtout ne prenez pas trop des trucs. Il ne faut pas que ça se remarque.

— C'est que… je vais avoir besoin de mon ordinateur. Demain, je travaille.

— OK. Pas de problème pour l'ordinateur. Faites comme si vous aviez d'autres sacs à l'intérieur de celui que vous portez.

— Compris.

— Et votre masque ? De quelle couleur est-il ?

— Noir.

— Ça, c'est bon. Mettez-le.

Ballard, elle, savait qu'elle allait devoir porter son masque du LAPD à l'envers.

— Bien. Encore une chose, Hannah.

Ballard regarda ce qu'elle portait. Parce qu'elle arrivait tout droit d'Acton, elle était habillée relax d'un jean et d'une chemise Oxford blanche empruntée à Single.

— Avez-vous un jean et un chemisier blanc que vous pourriez mettre ?

— Euh, oui, un jean. Je sais que tout le monde a un chemisier blanc, mais non, pas moi.

Ballard jeta un coup d'œil par-dessus son épaule et regarda le siège arrière où elle avait des vestes et d'autres vêtements de rechange.

— Et un sweat à capuche ? demanda-t-elle. En avez-vous un rouge ou un gris ?

— Un gris, oui. Je l'ai ici même. Pourquoi toutes ces questions sur mes vêtements ?

— Parce que je vais prendre votre place. Mettez votre sweat gris pour aller au Starbucks.

— D'accord.

— Longueur et couleur de vos cheveux ?

— Putain ! Courts et bruns.

— Avez-vous un chapeau que vous pourriez porter ?

— J'ai une casquette des Dodgers.

— Parfait. Mettez-la et appelez-moi ou envoyez-moi un SMS à ce numéro avant de partir. Pour que je sois prête.

— Je vous enverrai un SMS.

Elles raccrochèrent. Ballard redoutait que Hannah ne fasse quelque chose que remarque quiconque la surveillerait. Sauf qu'il était maintenant trop tard pour s'en inquiéter.

L'heure était venue d'appeler des renforts. Elle se sentait trop à l'écart de son propre service pour aller y demander de l'aide. En plus du fait qu'elle travaillait déjà sans filet et ne faisait très probablement qu'apporter encore plus d'eau au moulin du Board of Rights. En évaluant sa situation, elle se rappela que son chef était celui-là même qui avait essayé de la virer et que son associée dans l'affaire des Hommes de minuit avait été tout sauf une alliée. Lisa Moore ne s'était montrée que peu fiable, paresseuse et vindicative.

Dans la tête de Ballard, il n'y avait aucun doute sur la personne à appeler.

Il répondit dans l'instant.

— OK, Harry, dit-elle. C'est maintenant que j'ai besoin de toi.

Chapitre 41

Le SMS de Hannah Stovall arriva vingt minutes plus tard. Ballard lui renvoya un bravo, puis attendit, les yeux rivés sur son rétro extérieur. Plusieurs instants s'écoulèrent avant qu'elle ne voie l'Audi gris métallisé sortir de North Citrus Avenue et tourner à droite dans Melrose Avenue. Elle la regarda passer et aperçut la silhouette d'une conductrice coiffée d'une casquette bleue des Dodgers.

Elle recentra son regard sur le rétro extérieur et observa les alentours pendant deux minutes. Aucune voiture n'arrivant de North Citrus Avenue, elle déboîta et écrasa le champignon dans Melrose Avenue pour essayer de rattraper l'Audi, mais le feu rouge de Cahuenga Boulevard eut raison de ses efforts et lorsque enfin elle fut sur le parking du Pavilions, elle dut chercher dans deux allées avant de localiser l'Audi. Mais elle repéra une femme coiffée d'une casquette des Dodgers qui entrait dans le supermarché avec à la main un sac réutilisable lourd d'affaires personnelles.

Elle se gara et gagna vite le magasin. Le protocole anti-Covid voulait qu'il n'y ait qu'une seule entrée, la sortie se trouvant à l'autre bout du bâtiment. Elle franchit la porte et trouva le Starbucks juste derrière. Quatre personnes y faisaient la queue, la femme au gros sac en dernière position. Ballard examina les trois autres clients, ne vit rien d'anormal et la rejoignit.

— Hannah, murmura-t-elle. C'est moi, Renée.

Stovall se retourna pour la regarder, Ballard lui montrant discrètement son badge.

— Bon, d'accord, dit Stovall, et maintenant ?

— Maintenant, on prend un café, lui répondit Ballard. Et on cause.

— Qu'est-ce qu'on a à se dire ? Vous m'avez foutu une trouille bleue.

— J'en suis désolée, mais vous allez être complètement en sécurité. Attendons un peu de nous asseoir avant que je vous parle de notre plan.

Quelques instants plus tard, elles prenaient place à une table en retrait du comptoir du Starbucks.

— OK, enchaîna Ballard, j'ai un autre enquêteur qui arrive. Il va vous emmener dans un hôtel où vous pourrez vous enregistrer et passer la nuit. Il y montera la garde jusqu'à demain matin lorsque, nous l'espérons, tout sera terminé.

— Pourquoi ces types m'ont-ils choisie ? Je n'ai jamais fait de mal à personne.

— Nous sommes remontés jusqu'à eux en suivant leur mode opératoire, mais nous n'avons pas encore toutes les réponses à ces questions. Ce qui ne signifie que nous ne le saurons que lorsque nous les aurons coincés. Et grâce à vous qui avez fait preuve de vigilance dans votre quartier et remarqué ce réverbère cassé, nous sommes dans la meilleure des positions pour y parvenir dès ce soir.

— Ç'aurait été difficile de le rater, ce réverbère. Comme je vous l'ai dit, la nuit, il brille en plein dans ma fenêtre.

— Peut-être, mais on a beaucoup de chance que vous ayez remarqué qu'il ne fonctionnait plus. Et donc, en attendant mon collègue, est-ce que je peux vous poser des questions sur vos routines à vous ?

Et Ballard commença à lui poser celles contenues dans le questionnaire donné aux autres victimes des Hommes de minuit. Elle les connaissait pratiquement toutes par cœur et n'eut pas besoin de les lire. Il lui devint vite clair que Stovall était encore plus une aberration que Cindy Carpenter tout là-haut dans le Dell. Bien qu'elle habite raisonnablement près des deux premières victimes, leurs univers ne semblaient absolument pas se chevaucher, hormis pour certains restaurants du coin qu'elles fréquentaient. À cause de la pandémie, Stovall travaillait chez elle et quittait rarement son domicile, à part pour aller s'acheter de quoi manger. Elle ne se procurait même pas de nourriture à emporter dans des restaurants et préférait s'en faire livrer, ces livraisons ayant très tôt suscité l'attention des enquêteurs dans la mesure où les deux premières victimes y avaient elles aussi recouru de temps à autre. Mais il avait été déterminé qu'elles ne faisaient pas appel aux mêmes services, un examen de leurs transactions faisant en plus apparaître qu'elles n'avaient jamais été servies par le même livreur.

Ce fut lorsque enfin elle en vint à sa vie sentimentale que Ballard repéra un lien entre Stovall et les autres victimes. Elle ne s'était jamais mariée, mais avait eu une longue relation avec quelqu'un, l'affaire se terminant assez mal. Son amant ayant été viré de son boulot, des tensions s'étaient fait jour lorsqu'elle avait été obligée de travailler chez elle comme les trois quarts du reste du monde.

— Je passais mes journées à faire des Zoom et à appeler des gens au téléphone et ça lui rappelait ce qu'il n'avait plus, répondit-elle. Il a commencé à m'en vouloir de ne pas avoir perdu mon boulot et d'être celle qui rapportait le fric à la maison. On se disputait tout le temps et bientôt la baraque n'a plus été assez grande pour nous deux. Et comme c'était moi la propriétaire, je lui ai demandé de partir. Ç'a été horrible. Et en parler l'est toujours.

— Je suis désolée, dit Ballard.

— J'aimerais vraiment que ça soit fini.

— Vous allez vous en sortir, promis juré.

Ballard chercha Bosch des yeux, mais ne le vit pas. Elle regarda aussi autour d'elle pour voir si quelqu'un les observait, mais personne n'attira son attention.

— Comment s'appelle votre ex ? reprit-elle.

— Non, vraiment ? Pourquoi auriez-vous besoin de le savoir ?

— Parce que j'ai besoin de toutes les infos possibles. Ce qui ne signifie pas que tout soit important ou cadre dans le tableau.

— C'est que… je ne me sens pas très à l'aise de vous donner le nom de mon ex-copain. Je suis enfin arrivée à ce que nous puissions nous envoyer des SMS sans nous traiter de tous les noms. Et ça foutrait tout en l'air que vous alliez frapper à sa porte pour être sûre que ce n'est pas un de ces Hommes de minuit. Je peux vous assurer que ce n'en est pas un. Même qu'il n'est pas en ville en ce moment.

— Où est-il ?

— À Cancún, je crois.

— Comment le savez-vous ?

— Il m'a envoyé un SMS pour me dire qu'il allait quelque part au Mexique. Et je pense que c'est à Cancún parce qu'on y a passé un moment autrefois et que ça lui avait bien plu.

— Alors comme ça, ça ne l'inquiétait pas d'attraper le Covid en allant à l'étranger ?

— Je le lui ai demandé. Je ne savais même pas qu'on pouvait y aller et en revenir en avion en ce moment et je lui ai dit qu'il ferait mieux de ne pas rapporter le Covid à la boîte.

— Parce que vous travaillez ensemble ?

— C'est-à-dire que oui, jusqu'au début de la pandémie, parce que lui s'est fait virer alors que moi, ils m'ont gardée. Ce qui nous a conduits à de sacrées bagarres.

— Physiques ?

— Non, non, ce n'est pas ce que je voulais dire. Rien que des engueulades à n'en plus finir, mais on n'en est jamais venus aux mains.

— Mais maintenant il est de nouveau au boulot avec vous ?

— Oui, la société l'a repris. Techniquement parlant, on travaille au même endroit, mais comme je suis designer, moi, je travaille à la maison. Et comme Gilbert est ingénieur de terrain, il faut qu'il aille au bureau. C'est pour ça que je lui ai dit : vaudrait mieux que tu ne rapportes pas le Covid à la boîte.

— Essayait-il de vous rendre jalouse en vous disant qu'il allait au Mexique ?

— Non, je ne crois pas. Il n'arrivait pas à trouver son maillot de bain et voulait juste savoir s'il ne l'avait pas laissé chez moi.

— Ce n'était pas un peu bizarre qu'il prenne des vacances juste après avoir été réintégré ?

— Si, un peu, et ça m'a surprise, mais il m'a dit que c'était juste un week-end prolongé. Un genre de truc impromptu parce qu'il y avait des gars qui y allaient et que quelqu'un y avait un pied-à-terre. Je n'ai pas vraiment essayé d'en savoir plus. J'ai cherché son maillot de bain, je lui ai envoyé un SMS pour lui dire que je ne l'avais pas et ça s'est arrêté là.

Ballard regarda encore une fois autour d'elle et se demanda ce qui prenait tant de temps à Bosch. Mais il était bien là, debout à côté du comptoir des commandes à emporter, et attendait seulement qu'on lui demande de se mêler à la conversation. Ballard lui fit signe de venir et fit les présentations. Il tira une chaise d'une autre table et s'assit.

— Bien, reprit Ballard, on est au complet et, Hannah, voilà ce qu'on veut faire. Je vais être Hannah Stovall cette nuit, et vous, vous allez dormir dans un bon hôtel où Harry montera la garde. Je vais vous emprunter votre casquette et votre voiture et retourner chez vous. S'ils vous surveillent, ils se diront que c'est vous qui rentrez à la maison. Et moi, je serai chez vous à les attendre et prête s'ils passent à l'attaque. Je pourrai appeler des renforts à n'importe quel moment si j'en ai besoin.

— Est-ce que j'ai voix au chapitre ? demanda Stovall.

— Bien sûr. J'ai besoin de votre permission pour faire tout ça. Quelque chose qui ne va pas ?

— Eh bien, pour commencer, ils sont bien deux, n'est-ce pas ? Et vous, vous êtes toute seule.

Bosch acquiesça d'un signe de tête. Il lui avait déjà exprimé son inquiétude sur ce point quand ils en avaient discuté au téléphone.

— Comme je vous l'ai dit, je peux appeler des renforts si j'en ai besoin, lui répondit Ballard. Et d'après les agressions précédentes, il y en a toujours un seul qui entre par effraction, immobilise la victime et après seulement fait venir l'autre. Ce qui fait que je n'ai à m'inquiéter que d'un type à la fois et, dans ces conditions-là, mes chances de réussir sont plutôt bonnes.

— Bon, d'accord… La police, c'est vous.

— Je vais donc prendre deux ou trois trucs pour avoir l'air de faire des courses et, après, je m'en vais.

J'ai juste besoin des clés de chez vous et de votre voiture. Harry et vous allez attendre une dizaine de minutes juste au cas où et, après, vous aussi vous pourrez y aller.

— OK.

— Suivez-vous des routines particulières la nuit ? Des choses que je devrais savoir.

— Pas vraiment, je ne crois pas.

— Côté douche, vous préférez le matin ou le soir ?

— Le matin, absolument.

— OK. Autre chose ?

— Non, pas que je voie.

— Regardez-vous la télé ?

— Je regarde les infos. CNN, Trevor Noah[1], et c'est à peu près tout.

— D'accord. J'attrape deux ou trois trucs à mettre dans le sac et j'y vais.

Ballard gagna la porte, prit un panier et se rendit au rayon fruits et légumes où elle choisit des pommes et des oranges au cas où elle aurait besoin de se sustenter pendant sa surveillance. Bosch s'approcha d'elle.

— Pour que ce soit bien noté, dit-il, ça ne me plaît pas.

Elle regarda par-dessus l'épaule de Harry pour être sûre que Stovall était toujours assise au Starbucks.

— Tu te fais trop de souci, Harry, dit-elle. J'appellerai les renforts dès que j'entendrai quelque chose et ils seront là en deux minutes.

1. Comédien sud-africain, animateur du journal télévisé satirique américain *The Daily Show*.

— S'ils veulent bien venir. Tu es en train de faire quelque chose de complètement hors circuit et la com ne saura absolument pas ce que tu fous si tu demandes des renforts.

— Je suis bien obligée de travailler comme ça parce que, « hors circuit », je le suis bel et bien. Et il n'est pas question que je file ça à quelqu'un qui au fond se fout autant de cette affaire que de ses victimes… à quelqu'un qui préférerait s'en servir pour se venger plutôt que de la résoudre.

— Il n'y a pas qu'elle que tu peux appeler et tu le sais. Ce que tu veux, c'est faire ça toute seule, quel que soit le niveau de danger.

— Je crois que tu exagères, Harry.

— Non, je n'exagère pas, et je sais que tu ne vas pas changer d'idée. Alors ce que je veux, moi, c'est que tu m'appelles toutes les heures, bien reçu ?

— Oui, j'ai compris.

— Bon.

Elle glissa une patate douce dans son sac et décida que ça suffirait pour tenir toute la nuit s'il le fallait.

— Je vais aller payer à la caisse et je file chez elle, dit-elle.

— OK. Mais n'oublie pas : toutes les heures pile à l'heure.

— C'est pigé. Et si toi, tu peux passer un moment avec elle, demande-lui un peu des choses sur son ex-copain.

— Parce que… ?

— Je sais pas… y a quelque chose qui me semble bizarre. J'ai eu la même impression avec l'ex de Carpenter. Celui de Hannah s'est payé un long week-end au Mexique après avoir été viré de sa boîte les trois quarts de l'année dernière et ça me paraît un peu trop commode.

— C'est vrai que…

— Mais bon, quoi qu'il en soit, maintenant, faut que j'y aille.

Et elle se tourna vers les caisses, fit quelques pas, puis se retourna.

— Hé, Harry, lança-t-elle, tu te rappelles l'autre soir quand on rigolait en disant que j'allais peut-être passer dans le privé et bosser pour toi ?

— Évidemment.

— Et si c'était pas une blague ?

— Euh, ben… moi, ça m'irait bien.

— Ouais, dit-elle avec un petit signe de tête.

Chapitre 42

En revenant à la maison de North Citrus Avenue, Ballard dut rappeler Hannah Stovall pour lui poser d'autres questions. Elle savait que cela risquait de saper la confiance que lui accordait celle-ci, mais son plan évoluait de minute en minute au fur et à mesure que d'autres questions et décisions à prendre se présentaient à son esprit.

Stovall était encore avec Bosch dans la voiture de ce dernier lorsqu'elle prit son appel.

— Hannah, comment j'ouvre votre garage ? lui demanda Ballard. Je ne vois pas de télécommande.

— L'ouverture est programmée dans la voiture. Il y a un bouton en bas du rétroviseur central. En fait, il y en a trois, mais c'est le premier qu'il vous faut.

— OK, pigé. Et j'ai oublié de vous le demander, est-ce qu'il y a une alarme ?

— Oui, mais je ne m'en sers jamais. Beaucoup trop de fausses alertes. Et il n'y a pas d'alarme sur la porte pour passer du garage à la cuisine vu qu'on est déjà à l'intérieur de toute façon.

— Serait-il inhabituel que vous alliez faire une petite balade ce soir ? Comme disons… pour voir comment ça se présente dans le quartier.

— J'aurais dû le mentionner, mais oui, je vais souvent me promener quand j'ai fini de travailler. Pour m'éclaircir les idées. Je fais le tour du quartier sur trois ou quatre rues.

— D'accord.

Ballard replongea dans ses pensées en se demandant comment elle allait pouvoir gérer : l'heure de cette promenade, c'était maintenant.

— Inspectrice… ?

— Oui, euh, tout ça est très bien mais… Qu'est-ce que vous portez quand vous vous promenez ?

— Je ne me change pas et je porte ce que j'ai sur le dos.

— OK, parfait. Vous mettez un chapeau ?

— De temps en temps, oui.

— OK, parfait, répéta Ballard.

— Vous me tenez au courant s'il arrive quelque chose, d'accord ?

— Bien sûr. Vous serez la première avertie.

Trois minutes plus tard, Ballard engageait l'Audi dans l'allée cochère de Stovall et appuyait sur le bouton d'ouverture du garage en gardant son portable collé à l'oreille gauche et en prenant la pose de celle qui passe un coup de fil de façon que son visage soit en partie caché à tout individu la surveillant. Il était maintenant presque 18 heures et, le soleil ayant disparu, la journée glissait rapidement vers ses heures sombres.

Ballard entra dans le garage, appuya de nouveau sur le bouton et attendit que le rideau s'abaisse avant de descendre de voiture.

Avec une des clés que lui avait données Stovall, elle ouvrit la porte permettant de passer du garage à la cuisine, entra, appuya sur l'interrupteur pour allumer la lumière, puis resta immobile dans la cuisine et écouta. Elle n'entendit que le faible murmure du frigo. Elle posa le sac de fruits et légumes du Pavilions sur le comptoir, en sortit ses pommes et ses oranges et les disposa sur une étagère du réfrigérateur, la patate douce terminant sur le plan de travail. Enfin elle se pencha jusqu'à l'ourlet de son jean et sortit l'arme de Bosch de son holster de cheville.

Elle traversa lentement toute la maison en vérifiant chaque pièce. La cuisine comportait une arche ouvrant sur la salle à manger et une autre donnant sur un couloir qui rejoignait l'arrière de la bâtisse. Elle passa de la salle à manger au salon, où elle découvrit une télé à écran plat installée au-dessus d'une cheminée. Elle vérifia la porte d'entrée et, oui, elle était bien fermée à clé.

Elle longea ensuite le couloir et vérifia encore une chambre d'amis, une autre chambre convertie en bureau avant ou pendant la pandémie, et une salle de bains. Son dernier arrêt fut pour la chambre principale, celle-ci équipée d'un dressing et d'une grande salle de bains. Cette suite occupait tout l'arrière de la maison, la porte du fond donnant sur la salle de bains. Fermée à double tour, mais Ballard l'ouvrit pour jeter un coup d'œil au jardin avant qu'il ne fasse trop sombre. Stovall y avait créé un espace où s'asseoir sur une terrasse en bois en retrait de la porte de la salle de bains. Un cendrier s'y trouvait sur une table et aurait eu besoin d'être vidé.

Le reste du jardin était entouré par une barrière en planches avec un enclos pour les bacs à ordures de la ville et des containers de recyclage, cet enclos comprenant un portail donnant sur un passage de service à l'arrière, mais fermé à clé à double tour.

Elle glissa son arme au creux de ses reins et la couvrit de son sweat à capuche. Puis elle passa dans l'allée de service et regarda vers le nord et vers le sud, mais ne vit ni véhicules ni quoi que ce soit d'autre propre à éveiller ses soupçons ou à susciter son inquiétude. Son portable vibra, c'était Bosch qui l'appelait.

— On est en place au WW, dans deux chambres côte à côte, dit-il. On reste à l'intérieur et on a commandé le room service.

— Très bien. Et moi, je suis dans la maison.

— Tout ça ne me plaît toujours pas, dit-il. Que tu y sois toute seule… C'est là-bas que je devrais être, pas ici.

— Tout ira bien. Je vais appeler Hollywood et les mettre en stand-by.

— Tu sais très bien que ça ne va pas leur plaire.

— Oui, mais ils n'auront pas le choix.

— Pourquoi est-ce que tu fais ça, Renée ? C'est assez dingue. Et ton plan ne m'a pas fait l'impression d'être très solide. Pourquoi tu ne leur files pas ce truc pour qu'ils gèrent ?

— Harry, tu ne sais vraiment pas dans quel état est le service aujourd'hui. Je pourrais même pas leur faire confiance pour pas tout merder.

— Bon, mais n'oublie pas de me tenir au courant.

— Je sais : toutes les heures pile à l'heure. Tu auras de mes nouvelles.

Elle raccrocha et resta quelques instants dans l'allée à réfléchir à un plan. La maison ne se trouvant qu'à deux pas du croisement d'Oakwood Avenue, elle se rendit compte qu'elle pouvait sortir par la grande porte, faire sa promenade en jouant les Stovall et rentrer vite par l'allée de derrière… et être alors prête à attendre les Hommes de minuit s'ils décidaient d'agir.

Elle repassa dans le jardin, ne ferma pas à clé la porte de l'enclos des poubelles, réintégra la maison par la porte en retrait de la terrasse, mais ne la ferma pas non plus à clé derrière elle.

Dans le dressing, elle découvrit une petite collection de chapeaux. Elle voulait quelque chose qui lui cache mieux le visage que la casquette des Dodgers. Elle en trouva un en toile avec un bord large et mou dont Stovall devait se servir pour faire du jardinage ou s'acquitter d'autres tâches en extérieur. Elle avait les cheveux un peu plus foncés et longs qu'elle et se fit donc une queue-de-cheval avant de mettre le chapeau. Elle était aussi plus mince et chercha dans les cintres jusqu'à ce qu'elle repère un coupe-vent un peu volumineux mais acceptable pour une balade un soir d'hiver. Elle ôta sa capuche, enfila le coupe-vent et fut prête à y aller.

Elle faisait déjà demi-tour pour partir lorsqu'elle découvrit un verrou coulissant à l'intérieur du dressing. Elle ferma la porte, poussa le verrou et le testa. La porte se fermant hermétiquement, elle se rendit compte que Stovall avait transformé son dressing en pièce sécurisée. La décision était astucieuse.

Elle continua de regarder autour d'elle et aperçut un routeur Wi-Fi sur une étagère et un sac à dos contenant un kit de survie. Stovall s'était bien préparée et il était bon de savoir qu'il y avait cet espace où se réfugier si nécessaire.

Avant d'y aller, Ballard refit le tour de la maison pour décider quelles lumières allumer. Elle ne pourrait pas le faire une fois revenue en catimini à l'intérieur, cette manœuvre risquant d'alerter quelqu'un en train de la surveiller. Elle laissa la lumière allumée dans le dressing, la cuisine et le séjour.

Une fois à la porte, elle mit son masque sur son nez pour renforcer son déguisement, s'enfonça des écouteurs sans fil dans les oreilles et sortit. Puis elle ferma à clé derrière elle et glissa le porte-clés qu'elle avait pris à Stovall dans la poche de son coupe-vent.

Elle descendit une allée en pierre du jardin jusqu'au trottoir et regarda des deux côtés comme si elle hésitait sur la direction à prendre. Elle scruta les voitures garées dans la rue, mais il faisait maintenant trop sombre pour voir à l'intérieur. Elle n'aurait jamais pu savoir si les Hommes de minuit la surveillaient et attendaient le bon moment. Elle sortit son portable et baissa la tête vers l'écran comme si elle choisissait de la musique à écouter, mais sans cesser de scruter la rue, les yeux juste au-dessous du bord du chapeau. Puis elle rangea son portable, jeta un coup d'œil au réverbère en panne comme si c'était la première fois qu'elle le remarquait, et prit vers le sud et Oakwood Avenue.

Elle marcha d'un pas vif jusqu'au croisement et tourna à droite. Dès qu'elle fut au niveau de l'allée, elle tourna encore à droite et accéléra l'allure. Traverser l'enclos des poubelles et entrer dans le jardin lui prit moins de trois minutes à partir du moment où elle avait fermé la porte d'entrée derrière elle. Elle ne pensait pas qu'il y ait eu assez de temps pour entrer dans la maison par effraction, mais elle sortit son arme de dessous son coupe-vent et réintégra la bâtisse par la porte en retrait de la terrasse. L'arme en position de tir, elle traversa toutes les pièces en veillant à se tenir à l'écart de fenêtres qui auraient pu révéler qu'elle était déjà revenue à l'intérieur.

Ce fut le garage qu'elle vérifia en dernier, en faisant le tour complet de l'Audi et en regardant aussi bien en dessous qu'à l'intérieur du véhicule. Mais elle ne vit aucun signe d'intrusion.

De retour à l'intérieur, elle vérifia encore une fois toute la maison, chercha le meilleur endroit où attendre et décida que c'était le bureau. En plus d'être le plus au centre de la maison, il offrait deux endroits où se cacher en cas de violation de domicile – à savoir une penderie à porte coulissante avec un grand espace inutilisé. Sans même parler du meuble classeur à quatre tiroirs le long du mur à gauche de la porte qui interdisait de voir quoi que ce soit depuis l'entrée.

Elle tira le fauteuil et s'assit. Posa son arme sur le bureau, reprit son portable et appela Lisa Moore alors même qu'elle ne s'attendait pas à ce que celle-ci décroche – pas après le message qu'elle lui avait laissé le jeudi précédent. L'appel étant transféré sur une boîte vocale, elle raccrocha, et rédigea un texto :

Lisa, rappelle-moi si tu veux prendre part à la capture des HdM.
Je suis chez leur prochaine victime.
Est-ce que tu travailles ce soir ?

Elle envoya le message, satisfaite d'avoir au moins donné une chance à Moore de s'impliquer dans sa propre affaire. Puis elle appela le fixe de Neumayer parce qu'elle n'avait pas le numéro de son portable. Son appel passa lui aussi sur boîte vocale, mais pas avant qu'elle n'entende le patron de l'unité des Crimes sexuels déclarer : « Ici, l'inspecteur Neumayer. Je ne serai pas à Los Angeles jusqu'au 19 janvier et ne pourrai répondre à votre appel qu'à ce moment-là. S'il s'agit d'une affaire en cours, appelez directement l'inspectrice Moore ou l'inspecteur Clarke au bureau des inspecteurs. Merci. »

Ballard savait qu'elle allait devoir passer un coup de fil à Robinson-Reynolds, ou à Ronin Clarke au minimum, mais n'en fit rien et décida de voir si Lisa Moore allait la rappeler.

Son plan assez peu réfléchi et incomplet commençait à lui peser. Elle songea à appeler Bosch pour le prendre au mot et lui demander de venir au lieu de passer la soirée avec Stovall, mais elle savait que celle-ci ne pouvait pas rester sans protection, même s'il était peu probable que les Hommes de minuit sachent où elle se trouvait. Elle essaya d'analyser ce qui l'avait poussée à agir aussi vite et à bâtir un plan aussi bancal. Elle savait que ç'avait à voir avec la désillusion grandissante qu'elle éprouvait pour son boulot, le service et tous les gens qui l'entouraient. Sauf Bosch. Bosch, c'était sa constante. Il était plus solide que tout le LAPD.

Elle tenta de repousser ces sombres pensées en se connectant à la webcam de la salle de jeux de la Dog House pour observer Pinto. L'image était pleine de grain et toute petite, mais elle réussit à le voir planqué sous un banc d'où il regardait ce que faisaient les autres chiens, peut-être un peu trop timide pour se joindre à eux. Elle en était vite venue à l'adorer et se demanda pourquoi quelqu'un l'avait maltraité, puis abandonné.

Et là, au milieu de ses pensées qui se bousculaient, elle prit une décision. Qui tenait peut-être au moment, mais elle savait que celui-ci avait mis beaucoup de temps à venir.

Elle arrêta la vidéo et rédigea un bref courriel pour le lieutenant Robinson-Reynolds. Elle le relut deux fois avant d'appuyer sur le bouton envoi.

Et, dans l'instant, elle se sentit soulagée et sûre d'elle. Elle avait pris la bonne décision, et ne pouvait plus revenir en arrière.

C'est alors que ses pensées furent interrompues par Lisa Moore qui la rappelait de son portable.

— Mais qu'est-ce que tu fous, Renée ?

— Ce que je fous ? Voyons un peu. Je tiens une piste solide et je la suis. Je sais que ça peut te paraître bizarre, mais…

— Tu es suspendue, Renée ! Tu. Es. Sur. La. Touche !

— Et tu crois que les Hommes de minuit le sont, eux aussi ? Tu crois leur avoir fait tellement peur qu'ils ont renoncé ? Ta petite manœuvre de la semaine dernière pour rabaisser le lieutenant leur a seulement fait modifier des trucs, Lisa, mais ils sont toujours là et je sais où ça nous mène. Ils sont en train de venir me voir, Lisa.

— Où es-tu ?

— Que je te dise, reste donc en stand-by. Je t'appellerai quand j'aurai besoin de toi.

— Renée, écoute-moi. Y a quelque chose qui ne va pas. Tu penses de travers. Où que tu sois, tu as besoin de renforts et d'un plan d'action. Avec ce coup-là, tu es en train de filer aux mecs du service tout ce dont ils ont besoin pour te virer. Tu ne le vois donc pas ?

— Trop tard, Lisa. Je me suis débarrassée d'eux.

— Qu'est-ce que tu racontes ?

— Je viens d'arrêter. J'ai envoyé ma démission au lieutenant.

— Tu peux pas faire ça, Renée ! T'es bien trop bonne dans le métier.

— Sauf que c'est déjà fait.

— Mais alors, qu'est-ce que tu fabriques là, en ce moment ? Sors de là et appelle les renforts. Tu es en train de te foutre en danger, tu…

— En danger, je le suis depuis toujours. Mais je ne suis plus flic. D'où ceci : y a plus de règles. Je t'appellerai quand j'aurai besoin de toi. Si même j'en ai besoin.

— Je comprends pas. Qu'est-ce que tu…

Ballard raccrocha. Et sentit aussitôt euphorie et assurance commencer à la quitter.

— Et merde ! dit-elle.

Elle se leva et glissa son portable dans sa poche revolver. Prit son arme, la tint contre sa jambe et gagna la porte : elle avait décidé de refaire un dernier tour des lieux de façon à connaître le plan par cœur si jamais elle avait besoin de manœuvrer dans le noir.

Elle venait juste d'entrer dans le couloir quand la maison se mit à trembler. Pas comme dans un tremblement de terre, non, juste à vibrer doucement. Comme un frémissement. Elle comprit que quelqu'un était en train d'ouvrir la porte du garage.

Chapitre 43

Ballard recula vite dans le bureau enténébré et commença par se tenir à la porte et par attendre. Le couloir offrait une vue directe sur la salle de séjour et l'entrée. De l'autre côté de l'arche sur la gauche se trouvait la cuisine et à l'autre bout elle apercevait le bord de la porte du garage. Elle se concentra dessus, son arme toujours baissée au niveau de la hanche.

Le tremblement du plancher ne tardant pas à reprendre, elle comprit que la porte du garage était en train de se refermer et, quelques instants plus tard, elle vit le bouton de la porte de la cuisine se mettre à tourner. Puis, le battant s'ouvrant vers l'intérieur, elle ne vit pas l'individu qui entrait.

Mais la porte finissant de se refermer, elle découvrit un homme en salopette bleu foncé en train de tendre l'oreille, debout, à l'endroit même où elle s'était tenue pour le faire. Elle recula et se baissa encore plus dans l'ombre du bureau sans lâcher l'intrus des yeux. Ni respirer.

L'homme portait des gants noirs en tissu synthétique et une cagoule de ski verte remontée sur le haut du visage : il ne s'attendait pas à ce qu'il y ait quelqu'un dans la maison et ne l'abaisserait que lorsque Hannah rentrerait de sa promenade. Il portait aussi une banane autour de la taille, poche tournée vers l'avant. Ses sourcils et ses favoris étaient ceux d'un rouquin.

— OK, je suis dans la place, dit-il. Des signes de la dame ?

Ballard se figea. Il parlait à quelqu'un. Puis elle vit l'écouteur dans son oreille droite. Pas de câble. Connexion Bluetooth avec un téléphone maintenu en place par un brassard de joggeur en haut du bras droit.

Elle n'avait pas prévu qu'ils soient en communication constante. Encore une faille dans un plan qui en regorgeait.

— D'accord, reprit l'homme. Je fais le tour de la baraque. Tu me dis dès que tu la vois.

Il sortit de la mince portion de vue qu'elle avait de la cuisine. Elle l'entendit ouvrir et refermer la porte du frigo. Puis il y eut des bruits de pas sur le parquet et elle comprit qu'il était passé dans la salle de séjour. Mais il se fit aussi entendre un autre bruit qu'elle ne put identifier. Comme des claquements espacés à intervalles réguliers. Et de nouveau sa voix, mais cette fois plus éloignée.

— C'te salope a pratiquement rien dans son frigo, bordel !

L'homme passa devant le couloir de la salle de séjour. Elle vit alors qu'il jetait et rattrapait une des pommes qu'elle avait rangées dans le frigo : d'où le bruit de claquement qu'elle avait entendu. Réfléchir.

Si le rouquin était en communication permanente avec son partenaire, il fallait qu'elle trouve un moyen de l'arrêter sans que son acolyte puisse s'en rendre compte et s'enfuir.

Elle voulait les prendre tous les deux.

Les pas se rapprochant, elle comprit qu'il se dirigeait vers le couloir. Vite et sans un bruit, elle gagna le meuble classeur et s'accroupit derrière en se laissant glisser le long du mur. Et tint son arme à deux mains entre ses jambes.

Les pas s'arrêtèrent et le plafonnier s'alluma. Puis l'homme parla à nouveau.

— Y a un bureau. Double écran. Putain, elle bosse sacrément dans ce truc, t'sais… Ferais peut-être bien d'en piquer un, de ces écrans, pour mon business à moi.

Les lumières qui s'éteignent et les pas qui s'éloignent dans le couloir. Elle l'entendit décrire ce qu'il voyait dans la salle de bains donnant sur le couloir, dans la chambre d'amis, puis dans la principale. Leur mode opératoire avait manifestement changé, peut-être à cause de ce qui en avait été rapporté dans les médias, ou parce que Stovall travaillait chez elle. Quoi qu'il en fût, la violation de domicile intervenait bien plus tôt que dans les trois affaires précédentes et Ballard savait maintenant que l'agresseur n'attendrait probablement pas plusieurs heures en se cachant jusqu'à ce que Stovall finisse par s'endormir. Le plan était sans doute de l'attaquer rapidement, de l'immobiliser et de la contrôler avant de faire venir l'autre type. La chambre de maître n'était donc probablement plus l'endroit où se cacher parce que ce serait là qu'irait Stovall après sa promenade. Restaient la chambre d'amis, le bureau et la salle de bains donnant dans le couloir et, pour Ballard, le meilleur endroit était la pièce où elle travaillait. Le bureau y était poussé contre un mur avec la penderie juste en face, ce qui voulait dire que si Stovall s'asseyait à son bureau, elle aurait la porte dans le dos, le rouquin pouvant alors la surprendre par-derrière… si elle se remettait au travail en revenant chez elle.

Ballard attendit et se repassa les gestes qu'elle ferait quand il regagnerait le bureau. Celui-ci s'il la voyait, celui-là s'il passait devant elle sans la remarquer pour aller vérifier la penderie.

— Hé, mec, mais c'est qu'elle a une pièce sécurisée dans son dressing ! Le type ne nous l'avait pas dit.

S'ensuivit un instant de silence pendant lequel Ballard réfléchit à ce qu'impliquait cette deuxième phrase.

— D'accord, d'accord, je cherche. Tu m'as bien dit que tu n'avais toujours aucun signe d'elle ?

Second silence.

— Bon, d'accord.

Elle en tressaillit presque. Ils étaient plus près. Et le rouquin revenait vers le bureau.

— Moi, je pense que le bon endroit, c'est son bureau.

À peine sa phrase terminée, il entra et ralluma le plafonnier. Passa devant le meuble classeur sans voir Ballard et fila droit vers la penderie. Elle n'hésita pas.

Elle se redressa d'un coup et se faufila dans son dos. Il ouvrait la porte du dressing lorsqu'elle leva la main et lui arracha son écouteur. Et dans le même temps lui colla le canon de son arme à la base de la nuque de la main gauche. Et, l'écouteur bien serré dans sa paume, lui murmura :

— Si tu veux vivre, tu ne dis plus un mot.

Sur quoi, elle glissa l'écouteur dans sa poche, attrapa le rouquin par le col de sa chemise, le tira en arrière sans cesser de lui coller son arme sur la nuque et chuchota :

— À genoux.

Il s'exécuta et leva même les mains à hauteur de ses épaules pour bien montrer qu'il ne résistait pas. Elle lui ôta son portable du brassard, l'écran de l'appareil lui révélant qu'il parlait à un certain Stewart, mais rien de plus. Elle mit le téléphone en mode haut-parleur.

— … s'est passé ? Hé, t'es là ?

Elle activa le mode silencieux et tint l'appareil devant la bouche du rouquin.

— Je vais repasser en mode normal et tu vas lui dire que tu vas bien, que tu t'es juste pris les pieds dans un truc qui traînait dans la penderie. T'as compris ? Tu dis quoi que ce soit d'autre et ce sera ta dernière parole.

— T'es quoi, toi ? Un flic ?

Elle abaissa le chien de son arme, le clic caractéristique qu'il entendit relayant parfaitement le message.

— D'accord, d'accord, je vais lui dire.

— Allez.

Elle désactiva le mode silencieux et lui recolla l'appareil devant la bouche.

— Désolé, mec, je me suis pris les pieds dans un truc. Y a plein de boîtes et de merdes dans c'te penderie.

— Et ça va, Bri ?

— Ouais, me suis juste pété un peu le genou. Mais la situation reste enviable.

— T'es sûr ?

Elle réactiva le mode silencieux.

— Réponds-lui que oui. Et de continuer à chercher la femme.

Elle désactiva le mode silencieux.

— Oui, absolument. Dis-moi juste quand tu la verras.

— OK, mec.

Elle réactiva le mode silencieux et reposa l'appareil sur le bureau.

— Bien, dit-elle. On ne bouge plus.

En lui appuyant toujours son arme sur la tête d'une main, elle lui passa l'autre autour du ventre pour lui prendre son sac banane, en chercha la boucle, mais ne la trouva pas.

— OK, reprit-elle. Tu baisses une main, une seule, et tu m'enlèves cette banane.

Il descendit la droite, elle entendit un déclic, il lui montra le sac qu'il tenait par la ceinture.

— Jette ça par terre.

Il obéit. Elle se servit de sa main libre pour le fouiller et vérifier les poches de sa combinaison. Rien.

— Bon, et maintenant, face contre terre. Tout de suite.

Encore une fois, il s'exécuta, mais en protestant.

— Mais t'es quoi, bordel ? lui lança-t-il en se baissant.

— À plat ventre et tu parles que quand je te dis de le faire. Compris ?

Il garda le silence. Elle lui enfonça le canon de son arme encore plus fort dans le cou.

— Hé, dis, t'as compris ?

— Oui, doucement, je comprends.

Il s'abaissa sur le parquet, l'arme de Ballard l'accompagnant jusqu'au bout, puis elle lui posa un genou dans le dos.

Et se rendit compte que ses menottes se trouvaient dans son kit, là où elle l'avait mis dans sa voiture alors qu'elle n'était plus en service et se rendait chez Garrett. Une faille de plus dans son plan.

Elle tendit la main vers la banane que le rouquin avait laissée tomber sur le sol.

— Voyons voir ce que tu as dans ce truc, dit-elle.

Elle posa le sac sur son dos, ouvrit la fermeture Éclair et y découvrit un rouleau de ruban adhésif, un couteau pliant et un bandeau déjà prêt avec envers en masque de démaquillage à plaquer sur les yeux de Stovall. Et une bande de capotes en plus d'une télécommande d'ouverture de garage.

— Hé, mais on dirait que tu as un petit kit de viol, pas vrai, Bri ? Parce que je peux t'appeler Bri comme ton associé vient de le faire, non ?

L'homme allongé sur le sol ne répondit pas.

— Dis, ça t'embête que je te prenne un peu d'adhésif? enchaîna-t-elle.

Encore une fois pas de réponse.

— Je dirai donc que tu es d'accord.

Elle lui posa son arme sur le dos, lui ramena les mains en arrière et lui entoura les poignets de ruban en le dévidant du rouleau au fur et à mesure. Elle sentit qu'il essayait de garder les bras écartés.

— Arrête de te débattre.

— Je ne me débats pas, hurla-t-il face contre terre. J'arrive pas à joindre les poignets.

Elle ouvrit le couteau d'un coup de pouce, trancha l'adhésif, reprit son arme, se releva, posa l'adhésif et le couteau sur le bureau, se pencha et lui arracha brutalement son masque de ski du haut du crâne. Le visage de l'intrus alla cogner le plancher tandis qu'une masse de cheveux roux s'y répandait.

— Mais merde ! s'écria-t-il. Ça m'a coupé la lèvre !

— C'est pas le pire de tes problèmes.

Elle se pencha encore et s'empara de la télécommande d'ouverture du garage avec système programmable semblable à celui que lui avait donné le propriétaire de son appartement en l'informant qu'une fois par an le syndic le changeait par mesure de sécurité et qu'il lui fournirait le nouveau code à installer. Enfin, elle comprenait comment les Hommes de minuit entraient chez leurs victimes.

— Qui t'a donné le code du garage ? demanda-t-elle.

Pas de réponse.

— Aucun problème. On trouvera. (Elle s'écarta du rouquin et se positionna sur le côté.) Tourne la tête et montre-moi ta figure.

Il s'exécuta, elle vit un peu de sang sur ses lèvres. Il avait l'air jeune, vingt-cinq ans maximum.

— Nom, prénom.

— Je vous dirai pas mon nom. Vous voulez m'arrêter, vous m'arrêtez. Je suis entré ici par effraction, en voilà une affaire ! Coffrez-moi et on verra ce qui se passe.

— Mauvaise nouvelle, petit. Je ne suis pas flic et je suis pas ici pour te coffrer.

— Des conneries, oui. Je vois bien que vous êtes de la police.

Elle se pencha et sortit son revolver pour qu'il le voie.

— Les flics ont des menottes et ne se baladent pas avec des revolvers comme celui-ci. Même que quand on en aura fini avec toi et ton copain, qu'est-ce que vous allez regretter qu'on vous ait pas coffrés !

— Ah bon ? Et « on », c'est qui ?

— Vous le saurez bien assez tôt.

Il fallait qu'il continue de parler. Il ne lui avait toujours rien donné, mais elle savait que plus il parlerait, plus il avait de chances de déraper et de lui lâcher quelque chose d'utile, voire d'important.

— Parle-moi de ces photos.

— Quelles photos ?

— Et aussi des vidéos. On sait que ton copain et toi avez enregistré vos viols. Pour quelle raison et… c'est pour vous ou pour quelqu'un d'autre ?

— Je sais pas de quoi vous parlez ! Quels viols ? Je suis entré ici pour faucher des trucs, rien d'autre.

— Et c'était qui, le type avec qui tu parlais au téléphone ?

— Le chauffeur de la voiture de fuite.

Il remua de façon à avoir la joue droite à plat sur le parquet et à pouvoir la regarder. Elle réagit aussitôt en sortant son portable et en se penchant vers lui pour le prendre en photo. Dans l'instant, il tourna la tête pour avoir à nouveau la figure sur le sol.

— Tout ça va passer sur Internet, reprit-elle. Tout le monde va savoir qui vous êtes et ce que vous avez fait.

— Va te faire mettre !

— Comment les choisissiez-vous ? Ces femmes, je veux dire.

— Je veux un avocat.

— Brian, t'as pas l'air de bien comprendre que tu n'es pas entre les mains de la police, ou disons plutôt du système judiciaire traditionnel. Mais t'as un peu raison. Flic, je l'ai été, mais je ne le suis plus. J'ai arrêté parce que le système ne fonctionne plus. Il ne fait plus ce qu'il est censé faire pour protéger les gens des monstres comme vous. Tu es donc entre les mains d'un autre système judiciaire et tu vas nous dire tout ce qu'on veut savoir et répondre de tout ce que tu as fait.

— Et toi, tu sais quoi ? T'es complètement folle.

— Que voulais-tu dire quand tu as raconté que « le type » vous avait pas parlé de la pièce sécurisée ?

— Je sais pas de quoi vous parlez. J'ai jamais dit ça.

— Qui vous a prévenus pour Hannah Stovall ?
— Qui ?
— Qui vous a donné le code d'ouverture du garage ?
— Personne. Je veux un avocat. Tout de suite.
— C'est pas un avocat qui va t'aider, petit. Ici, y a pas de loi.

Son téléphone se mettant à vibrer, elle le sortit et jeta un coup d'œil à l'écran. C'était Bosch. L'heure affichée lui fit comprendre qu'elle avait dix minutes de retard sur son coup de fil horaire. Elle prit l'appel et parla la première.

— J'en tiens un, dit-elle.
— Comment ça « t'en tiens un » ?
— C'est comme je t'ai dit. Dès que je chope l'autre, je t'appelle pour venir les cueillir.

Bosch marqua une pause en commençant à comprendre ce qui se passait.

— Je suis en train de l'interroger, reprit-elle. Enfin, j'essaie. Mais s'il ne veut pas causer, on pourra s'occuper de lui à notre façon.
— J'arrive.
— Pas de problème. On peut aussi faire comme ça.
— Je sais que tu joues la comédie pour lui. Veux-tu que j'appelle les troupes ?
— Non, pas encore. Tout va bien.
— OK, j'arrive. Pour de vrai.

Elle raccrocha, posa l'appareil sur le bureau et s'empara de celui de l'intrus. Il était protégé par un mot de passe, mais avait été réglé de façon à faire apparaître les débuts de SMS – et il y en avait un :

Ai parlé au type,
pièce sécurisée après qu'il

Puis plus rien.

— T'as un message, Bri, reprit-elle.

— Vous faut un mandat pour lire ce qu'il y a dans mon portable.

Elle fit semblant de rire.

— Tu as raison… si j'étais de la police. Mais bon, le SMS t'arrive de ton copain et il dit qu'il a vérifié avec le type et que la pièce sécurisée a été ajoutée après. Après quoi ? Après que Hannah l'a jeté ? lui a dit de plus la faire suer chez elle ?

— Mais vous êtes qui, vous ? lança-t-il.

Il avait changé de ton et ce n'était plus celui de la confiance et de la supériorité. Ballard le regarda de haut.

— Ça, tu vas le savoir très vite. Et tout sera beaucoup plus facile si tu réponds à mes questions. Qui t'a parlé de Hannah Stovall ?

— Écoutez, livrez-moi à la police, juste ça, d'accord ? Arrêtez-moi.

— Je ne pense pas que ce soit…

Soudain, un grand bruit se fit entendre à l'avant de la maison.

Ballard sursauta, puis recula dans le couloir en levant son arme. Elle regarda loin devant elle, vit la porte d'entrée grande ouverte, montant fendu à l'endroit où s'était trouvée la serrure, mais ne découvrit aucun signe de quiconque. Alors seulement elle comprit que le type à terre avait envoyé un message codé à son partenaire avec son « la situation reste enviable ». Sur le coup elle avait trouvé l'expression un peu bizarre, mais il ne lui était pas venu à l'idée que ç'aurait pu être un code.

— Par ici ! hurla Brian. Par ici !

Ballard regarda derrière elle dans le bureau et s'aperçut que le rouquin remuait les poignets dans tous les sens pour essayer d'étirer l'adhésif avec lequel elle l'avait ligoté.

— Tu bouges pas, bordel ! cria-t-elle.

Il l'ignora et continua d'agiter les poignets comme les pistons d'un moteur.

— Plus un geste !

Elle leva son revolver et le pointa sur lui. Visage sur le sol, il la regarda et se contenta de sourire.

Du coin de l'œil, elle vit un mouvement sur sa gauche. Elle se tourna, découvrit un autre homme en salopette et masque de ski bleus qui franchissait l'arche, passait de la cuisine au couloir et lui fonçait dessus sans aucune hésitation. Elle visa plus à gauche, mais il était déjà sur elle et lui enfonçait l'épaule dans le corps au moment même où elle faisait feu.

La détonation fut assourdie par leurs deux corps tandis qu'ils s'écrasaient dans le couloir. L'homme masqué se dégagea d'elle en roulant et croisa les bras devant lui en gémissant. Elle vit la brûlure et la blessure d'entrée de la balle qu'elle lui avait tirée dans la poitrine.

— Stewart !

Le cri était monté du bureau. Ballard sentit le plancher trembler dans son dos tandis que le rouquin déboulait dans le couloir. Il avait attrapé le couteau sur le bureau et le tenait d'une main toujours attachée avec de l'adhésif. Il vit son partenaire se tordre sur le parquet et se tourna vers elle, le regard plein de haine.

— Toi…

Elle fit feu depuis le sol, le projectile atteignant Brian sous la mâchoire et poursuivant sa trajectoire jusque dans son cerveau. Il tomba comme un pantin, mort avant même de toucher le sol.

Chapitre 44

La salle d'interrogatoire était bondée. Ça sentait fort le café et au moins un des hommes en face de Ballard fumait. C'était une des rares fois depuis un an où elle n'était que trop heureuse de porter un masque. Elle avait pris place à une petite table en acier, dos au mur. À côté d'elle se tenait Linda Boswell, son avocate de la Police Protective League. Les trois hommes qu'elle avait devant elle tournaient le dos à la porte. C'était comme si elle devait passer Dieu sait comment devant eux pour sortir. Assis là, épaule contre épaule, ils occupaient tout l'espace d'un mur latéral à l'autre et il n'y avait aucun moyen de les contourner. *Elle devrait passer droit au travers.*

Deux d'entre eux appartenaient à la Force Investigation Division. Le chef de l'unité, le capitaine Sanderson, était assis devant, au milieu, David Dupree à sa gauche. Celui-ci étant mince, Ballard décréta que c'était lui le fumeur. Elle songea que s'il n'avait pas porté de masque, elle aurait sûrement découvert qu'il avait les dents jaunes.

Le troisième individu n'était autre que Ronin Clarke, le chef du détachement spécial des Hommes de minuit, puisque Neumayer était parti en vacances et que Lisa Moore, elle, n'avait plus les faveurs du lieutenant Robinson-Reynolds. L'enquête avait en effet donné lieu à la création d'un détachement spécial après le vent de folie qui s'était emparé des médias lorsque l'histoire avait fuité dans le *Los Angeles Times*. Les trois inspecteurs normalement affectés à l'unité des Crimes contre les personnes y avaient, eux aussi, été transférés.

Trois appareils numériques différents avaient été positionnés sur la table afin d'enregistrer l'interrogatoire, Ballard étant avisée de ses droits Lybarger par Sanderson. Cet avertissement approuvé par les tribunaux l'obligeait à répondre aux questions portant sur la fusillade de Citrus Avenue, mais uniquement afin de satisfaire aux besoins de la seule enquête administrative. Si des poursuites au pénal étaient engagées à la suite de ses actes, rien de ce qu'elle dirait lors de cet interrogatoire ne pourrait être utilisé contre elle dans une cour de justice. Ballard avait très sérieusement briefé son avocate sur ce qui s'était passé au domicile de Hannah Stovall et avait conduit à ses deux coups de feu.

Boswell allait maintenant essayer d'empêcher qu'on aille plus loin.

— Permettez que je commence par vous dire que Mme Ballard ne répondra à aucune question de la FID, lança-t-elle.

— Elle se réfugie derrière le Cinquième amendement ? lui renvoya Sanderson. Elle fait ça, elle perd son boulot.

— C'est justement ça que j'allais vous dire si vous ne m'aviez pas interrompue. Mme Ballard… et vous remarquerez que je n'ai pas dit « l'inspectrice Ballard »… ne travaillant plus pour le LAPD, la FID n'est pas habilitée à l'interroger sur les événements de Citrus Avenue.

— Mais qu'est-ce que vous racontez, bon sang ! s'écria Sanderson.

— Un peu plus tôt dans la journée, avant l'incident de Citrus Avenue, Mme Ballard a envoyé sa démission par courriel à son supérieur immédiat. Vérifiez auprès du lieutenant Robinson-Reynolds et vous aurez la confirmation non seulement de l'envoi de ce courriel, mais aussi de l'heure à laquelle cela a été fait. Cela signifie que Mme Ballard n'était plus officier de police au moment où ont été abattus les deux intrus de Citrus Avenue. C'est en tant que simple citoyenne qu'elle a agi, en état de légitime défense lorsque deux hommes armés sont entrés par effraction dans une maison où elle avait la permission parfaitement légale de se trouver.

— Qu'est-ce que c'est que ces conneries ?! répéta Sanderson.

Il regarda Dupree et lui montra la porte d'un signe de tête. Dupree se leva et quitta la pièce, très probablement pour aller voir Robinson-Reynolds, que Ballard avait aperçu dans son bureau lorsqu'elle avait été amenée dans la salle des inspecteurs de Hollywood pour y être interrogée.

— Non, capitaine, lui répondit Boswell, ce sont les faits. Mme Ballard peut vous montrer le courriel si vous le désirez. En attendant, elle est plus que prête à dire ce qui s'est passé à l'inspecteur Clarke et à lui signaler où un suivi d'enquête pourrait être indiqué.

— Tout cela n'est qu'une espèce de tour de passe-passe et nous ne sommes pas ici pour jouer à de petits jeux. Elle répond à nos questions ou nous allons le rapporter au district attorney.

Boswell ricana.

— Vous pouvez, évidemment, dit-elle. Mais qu'est-ce que vous allez lui rapporter au juste ? Il est tout à fait établi, et par la propriétaire même du lieu, qu'elle avait donné à Ballard la permission d'être chez elle. C'est volontairement qu'elle lui a confié les clés de sa voiture et de sa maison. Et les preuves matérielles indiquent clairement qu'il y a eu violation de domicile et que, craignant pour sa vie, Ballard a alors fait feu sur deux intrus qui seront bientôt officiellement identifiés comme étant les deux violeurs en série connus sous le nom d'Hommes de minuit. Et donc, voyons voir… Vous allez demander au district attorney élu à ce poste de poursuivre, et sans aucune raison, la femme qui a tué ces deux violeurs après qu'ils sont entrés dans la maison où elle se trouvait seule ? Eh bien, je ne peux que vous dire : « Bonne chance, capitaine ! »

Le regard de Clarke trahit à quel point il avait du mal à réprimer un sourire sous son masque. C'est alors que la porte de la salle s'ouvrit sur Dupree. Il la referma derrière lui, mais resta debout. Sanderson le regarda et Dupree acquiesça d'un signe de tête. Il venait de confirmer le courriel de démission envoyé à Robinson-Reynolds.

Sanderson se leva.

— Cet interrogatoire est terminé, dit-il.

Il attrapa son enregistreur, l'éteignit et suivit Dupree hors de la salle. Clarke, lui, ne bougea pas et continua de donner l'impression qu'il travaillait dur à ne pas éclater de rire.

— Il nous reste vous, inspecteur Clarke, reprit Boswell.

— J'aimerais dire un mot à Renée, lança-t-il. Mais j'aurais besoin de…

La porte s'ouvrit brutalement, l'interrompant au milieu de sa phrase. Le lieutenant Robinson-Reynolds venait d'entrer. Il dévisagea Ballard en s'adressant à Clarke.

— Lui a-t-on lu ses droits ? demanda-t-il.

— Les Lybarger, oui, pas les Miranda, si c'est ça que vous voulez dire, lui répondit Clarke. Mais elle est prête à parler et dit qu'il y aurait un suivi d'enquête qu'on pourrait…

— Non, pas question de causer, lâcha Robinson-Reynolds. C'est terminé. Pour l'instant. Sortez.

Clarke se leva, attrapa son enregistreur et quitta la salle, Robinson-Reynolds continuant de fusiller Ballard des yeux.

— Éteignez-moi ça, ordonna-t-il.

Ballard tendit la main vers le dernier enregistreur.

— Non, dit Boswell. Je ne pense pas que ce soit…

— Éteignez-moi ça, répéta Robinson-Reynolds. Et vous pouvez disposer. J'ai quelque chose à dire à Ballard qui ne sortira pas d'ici.

Boswell se tourna vers Ballard.

— Vous voulez que je reste ? lui demanda-t-elle.

— Non, pas de problème. Je suis prête à écouter.

— Je serai de l'autre côté de la porte.

— Merci.

Boswell se leva et quitta la salle. Ballard éteignit l'enregistreur.

— Ballard, lui lança Robinson-Reynolds. J'ai du mal à croire que vous ayez monté tout ça pour tuer ces deux trouducs. Mais si je découvre que vous l'avez fait, je vous tombe dessus.

Ballard soutint longtemps son regard avant de répondre.

— Et vous vous tromperiez… comme vous vous trompez en croyant que la fuite au *Los Angeles Times* vient de moi, dit-elle. Quant à ces deux-là ? Ils s'en sont tirés trop facilement. J'aurais préféré qu'ils pourrissent en prison jusqu'à la fin de leurs jours plutôt que de les voir s'en sortir comme ils l'ont fait.

— Bon, bon, on verra pour eux, dit-il. Et je sais déjà qui a fait fuiter les infos au *Times*.

— Et c'est qui ?

Robinson-Reynolds ne répondit pas. Et laissa la porte ouverte en partant.

— Un vrai plaisir de travailler avec vous, lui lança Ballard dans la salle vide.

Elle glissa son enregistreur dans sa poche et sortit à son tour. Boswell l'attendait au bureau des inspecteurs. Ballard vit Lisa Moore et Ronin Clarke au poste de travail des Crimes contre les personnes en compagnie des autres inspecteurs affectés au détachement spécial. Toute l'équipe avait été appelée pour enquêter sur les deux hommes qu'elle avait tués. S'il avait effectivement démasqué Moore comme étant la source de la fuite au *Times*, il semblait bien que Robinson-Reynolds n'avait toujours pris aucune décision dans cette affaire.

— A-t-il dit quoi que ce soit que je devrais savoir ? demanda Boswell à Ballard.

— Rien qui vaille la peine d'être répété. Merci pour ce que vous avez fait. Vous avez sacrément déchiré !

— Ça fait quatre ans que je m'oppose à Sanderson. C'est que du vent, ce type. La seule chose qu'il ait d'intimidante est son haleine, mais, Dieu merci, il était obligé de porter un masque.

Ballard ne put réprimer son sourire, même s'il disparaissait sous son masque.

— C'était donc lui le fumeur, dit-elle. Je croyais que c'était Dupree.

— Non, c'était bien Sanderson. Bon, et maintenant, la mauvaise nouvelle. Je ne peux plus vous représenter vu que vous n'êtes plus officier de police.

— Oui. Je comprends.

— Je peux vous recommander un bon avocat si vous en avez besoin.

— Merci.

— Ce que je ne crois pas, étant donné que je ne vois rien de répréhensible dans ce que vous avez fait. On est là devant la définition même de la légitime défense. Et permettez que je vous tire mon chapeau d'avocate un instant. Celle qui a déchiré aujourd'hui, c'est vous, Renée.

— Les choses n'ont pas tourné comme je le prévoyais.

— Avez-vous besoin que je vous emmène quelque part ?

— Non, je pense avoir quelqu'un qui m'attend dehors.

— OK. C'est un vrai plaisir de travailler avec vous.

Elles se firent un check et Boswell se dirigea vers la sortie, Ballard gagnant le poste de travail de l'unité des Crimes sexuels. Elle savait que Lisa l'avait vue approcher, mais celle-ci ne leva même pas la tête. Clark avait enlevé son masque. Du pouce et de l'index, il mima le geste de tirer un coup de feu et de souffler dans le canon de son arme avant de la remettre dans son holster comme un cow-boy de l'ancien temps.

— Vous avez les identités de nos deux bonshommes ? demanda-t-elle.

— On y travaille, lui répondit Clarke, mais le lieutenant nous a donné des ordres : on ne peut plus vous parler.

— Oui, je comprends, dit-elle en hochant la tête.

Elle quitta la salle des inspecteurs pour ce qu'elle pensa être la dernière fois, prit vers la sortie de devant, ce qui la fit longer le bureau du lieutenant.

Robinson-Reynolds était assis à sa place et, masque baissé, parlait au téléphone. Elle soutint son regard en passant devant lui. Et ne dit rien.

Bosch l'attendait devant le commissariat, adossé à sa vieille Cherokee.

— Tout va bien ? demanda-t-il.

— Pour l'instant, oui, répondit-elle. Mais ce n'est pas terminé.

Chapitre 45

Le mercredi matin suivant, Ballard et Bosch se retrouvèrent à l'aéroport international de LAX pour y attendre l'arrivée du vol 3598 d'AeroMexico en provenance de Cancún. Bosch avait mis un costume et tenait une feuille de papier sur laquelle Ballard avait imprimé les mots GILBERT DENNING. Ils s'étaient postés à la sortie des bagages et des douanes, où des chauffeurs professionnels attendaient leurs clients. Le vol avait atterri trente-cinq minutes plus tôt, mais il n'y avait toujours aucun signe de Denning. Ballard avait affiché une photo de lui sur son portable. Le cliché lui avait été fourni par Hannah Stovall, mais, le port du masque étant obligatoire, il ne serait pas facile d'établir une correspondance avec seulement la moitié de son visage visible.

L'aéroport était presque vide. Le peu de voyageurs franchissaient les portes automatiques par vagues – petits groupes d'individus qui tiraient leurs valises ou poussaient des chariots –, suivies de minutes entières sans personne. Chauffeurs et parents attendant leurs proches, tout le monde continuait de regarder fixement les six portes de sortie.

Ballard commençait à se demander si, Dieu sait comment, elle avait loupé Denning, s'il leur était passé sous le nez ou n'avait pas pris une navette pour rejoindre un autre terminal, mais, casquette des Dodgers et lunettes de soleil, un type qui ne portait qu'un sac à dos jeté par-dessus l'épaule s'arrêta devant Bosch et lui montra sa pancarte du doigt.

— Hé, c'est moi, mais je n'ai pas demandé de chauffeur. Ma voiture est au parking.

Ballard les rejoignit aussitôt.

— Monsieur Denning ? lança-t-elle. Il faut que nous vous parlions de votre ancienne petite amie.

— Quoi ?

— Hannah Stovall. Nous devons vous mettre au courant. Si vous voulez bien nous suivre.

— Non. Pas question d'aller où que ce soit avant que vous me disiez ce qui se passe. Hannah a un problème ?

— Nous sommes venus ici pour vous aider, monsieur. Pourriez-vous, s'il vous plaît…

— Mais qu'est-ce que vous dites ? Je n'ai pas besoin d'aide. Vous êtes de la police ? Montrez-moi votre badge ou une pièce d'identité.

— Non, nous ne sommes pas de la police. Nous essayons même de faire en sorte que tout cela n'arrive pas jusqu'à elle. Parce que je ne pense pas que vous apprécieriez, monsieur Denning.

— Que quoi n'arrive pas jusqu'à la police ?

— Que vous avez envoyé deux types chez elle pour la tabasser et l'agresser sexuellement.

— Quoi ?! Mais c'est insensé. Et vous ne me touchez pas, ni l'un ni l'autre.

Il recula à gauche de Bosch, celui-ci s'avançant pour lui bloquer le passage.

— C'est votre seule et unique chance de régler cette affaire, enchaîna ce dernier. Vous filez et c'est la police qui s'occupe de vous. Ga-ran-ti.

Denning passa devant Bosch pour gagner la sortie du terminal, Bosch se tournant pour l'observer. Ballard commença à courir derrière Denning, mais Bosch lui attrapa le bras.

— Attends, dit-il.

Ils virent Denning franchir les portes de verre et se diriger vers le passage clouté conduisant au parking. Plusieurs personnes y attendaient que le feu passe au vert.

— Il va se tourner pour nous regarder, reprit Bosch.

Et, comme de bien entendu, Denning se retourna pour voir s'ils étaient toujours là. Puis il fit demi-tour et la circulation s'arrêta lorsque le feu se mit à clignoter. Il s'engagea sur le passage clouté, fit trois pas et se retourna à nouveau. Franchit les portes en sens inverse d'un air décidé et revint se planter devant eux.

— Qu'est-ce que vous voulez ? demanda-t-il.

— Que vous nous suiviez, répondit Ballard. Pour qu'on puisse parler.

— Je n'ai pas d'argent. Et les types de la santé à la porte m'ont dit que je devais me mettre en quarantaine pendant dix jours.

— Vous pourrez le faire aussi longtemps que vous voudrez après que nous vous aurons parlé. Sinon, je suis certaine qu'on vous trouvera une cellule d'isolement à la prison du comté.

Le sang commençant à quitter son visage, Denning finit par lâcher :

— OK, OK, dit-il, allons-y.

Ils franchirent les portes du terminal ensemble.

Une fois sur le parking, Denning fut mis à l'arrière du Defender de Ballard. Dix minutes plus tard, ils quittaient l'aéroport et prenaient Century Boulevard.

— Où on va ? exigea de savoir Denning. Ma voiture est là-bas derrière, au parking.

— Ce n'est pas loin, répondit Ballard. Et on vous y ramènera.

Plusieurs rues plus loin, ils tournèrent à gauche et entrèrent sur le parking du Marriott Hotel.

— Je sais plus trop, reprit Denning. Ramenez-moi au parking. Je veux parler à un avocat.

Ballard trouva une place juste devant l'hôtel.

— Vous voulez retourner là-bas tout de suite, vous y allez à pied, lui répondit Ballard. Mais si vous décidez de le faire, tout change pour vous. Votre boulot, votre maison, votre vie. (Elle le regarda dans le rétroviseur.) De toute façon, c'est le moment de descendre.

Denning ouvrit sa portière, descendit du véhicule et jeta son sac à dos par-dessus son épaule.

Bosch et Ballard le regardèrent du haut de la voiture comme s'ils attendaient sa décision. Denning ouvrit grand les bras.

— Je suis toujours là, dit-il. On pourrait pas juste aller où vous voulez ?

Ballard et Bosch descendirent du Defender à leur tour et se dirigèrent vers l'entrée de l'hôtel, Denning derrière eux.

Ils avaient réservé une chambre au cinquième. Ils ne savaient pas combien de temps il faudrait à Denning pour se mettre à table, Bosch étant particulièrement content qu'il n'y ait qu'une sortie possible, et qu'il pourrait bloquer sans mal. Qualifié de « suite directoriale », l'endroit comportait une chambre et, séparé par une cloison, un coin où s'asseoir meublé d'un fauteuil rembourré, d'un bureau et d'un canapé.

— Asseyez-vous sur le canapé, lui ordonna Ballard.

Denning s'exécuta. Ballard prit le fauteuil, Bosch tirant le siège du bureau et le tournant pour être en face de Denning et lui bloquer le passage vers la porte.

— Je peux vous filer six mille dollars… c'est tout ce que j'ai réussi à économiser, dit Denning.

— Et qu'est-ce que vous voudriez en retour ? lui demanda Ballard.

— Je ne sais pas. Et pourquoi je suis ici ? Vous avez dit que ça irait à la police si on ne parlait pas. Je ne sais pas de quoi il s'agit, mais je ne veux pas mêler la police à tout ça.

Ballard attendit de voir s'il n'allait pas s'incriminer encore plus, mais il cessa de parler.

— Nous ne voulons pas d'argent, dit-elle. Nous voulons des renseignements.

— Quels renseignements ?

— Savez-vous ce qui est arrivé chez Hannah Stovall il y a deux soirs de ça ?

— Oui, j'ai vu ça en ligne au Mexique. Les deux types qui sont entrés chez elle et qu'elle a abattus.

Ballard acquiesça d'un hochement de tête comme pour lui confirmer les faits. Il n'était pas difficile de comprendre comment Denning en était arrivé à la mauvaise conclusion. Aux nouvelles rapportant l'incident du lundi soir, le LAPD n'avait pas donné le nom de la femme qui avait tué les Hommes de minuit en application du principe qu'il avait de ne pas communiquer l'identité des victimes d'agressions sexuelles ou de tentatives d'agressions sexuelles. Il était clair que si Ballard n'avait pas eu le dessus à ce moment-là dans le couloir, elle serait devenue la dernière victime du duo. Le LAPD avait tu son identité pour éviter les questions embarrassantes qui n'auraient pas manqué de surgir si son nom et son ancienne affiliation avaient été découverts.

Ballard n'avait aucune envie de détromper Denning. Elle voulait qu'il s'imagine que tout lien possible avec lui avait disparu avec la mort des Hommes de minuit.

— Nous savons que vous leur avez donné le plan de la maison et le code du garage, enchaîna-t-elle.

— Vous ne pouvez pas le prouver, contra-t-il.

— Pas besoin, puisqu'on n'est pas de la police. Mais nous savons que c'est bien ce qui s'est passé et nous sommes prêts à garder ça pour nous en échange des infos dont nous avons besoin.

— Quelles infos ? demanda-t-il. Et si vous n'êtes pas de la police, pourquoi les voulez-vous ?

— Nous voulons savoir comment vous êtes entré en contact avec les Hommes de minuit. Parce qu'il y a d'autres personnes dans votre cas et que nous voulons les contacter.

— Écoutez, c'est même pas comme ça qu'ils se faisaient appeler ! Tout le truc a explosé aux infos la semaine dernière et j'ai voulu les arrêter, mais c'était trop tard. Ils n'ont plus rien dit, mais c'est quelque chose que je peux prouver. J'ai essayé d'arrêter ça. Et s'il y en a d'autres, je les connais pas. Bon, je peux y aller ?

Il se leva.

— Non, dit Bosch. Rasseyez-vous.

Denning resta debout et le regarda comme s'il prenait la mesure d'un homme qui faisait deux fois son âge. Mais quelque chose dans le regard perçant de Bosch le glaça, et il se rassit.

— Remontez en arrière, reprit Ballard. Jusqu'au moment où vous avez essayé de les arrêter. Comment les avez-vous contactés ?

Denning hocha la tête comme s'il regrettait de ne pas pouvoir refaire le passé.

— C'étaient juste deux types sur le Net, dit-il. On a commencé à parler et une chose conduisant à une autre… Non parce que Hannah, elle m'a vraiment baisé la gueule… alors j'ai… peu importe. Qu'ils aillent tous se faire foutre.

— Ces deux types, où les avez-vous rencontrés sur le Net ?

— Je sais pas. Je vadrouillais… y a des tas de sites. Des forums. Parce qu'on est anonymes, vous voyez ?

Et donc, on peut dire ce qu'on veut. On poste et y a des gens qui répondent et vous disent des trucs. D'autres endroits où aller. Y en a qui vous filent des mots de passe. Ça tombe comme ça tombe. Et on trouve beaucoup de choses quand on cherche. Vous savez bien, des endroits où tout le monde a été comme vous. Baisé par une femme. Comme qui dirait qu'on suit la pente.

— Cette pente… c'est bien des trucs du Dark Web que vous parlez ?

— Oui, absolument. Où tout et tout le monde est anonyme. Ces types, ces prétendus Hommes de minuit, ils avaient un site, et comme j'avais le mot de passe… Ça a marché.

— Comment avez-vous accédé au Dark Web ?

— Facile. J'ai commencé par m'installer un VPN et, après, je suis passé par Tor.

Ballard savait que Bosch devait nager dans ces histoires de Dark Web, mais à la suite de certaines affaires et grâce à des fiches du FBI, elle avait, elle, une certaine connaissance des mécanismes de fonctionnement des réseaux privés et des logiciels de navigation du Dark Web du genre Tor.

— Et donc, comment avez-vous trouvé précisément ces Hommes de minuit ?

— Ils avaient posté dans un forum où on disait, vous savez bien, qu'ils travaillaient dans la région de L.A. et qu'ils étaient d'accord pour… euh… faire des trucs… pour rétablir l'équilibre, disons ça comme ça.

Il détourna les yeux, trop honteux de ce qu'il avait fait pour soutenir ceux de Ballard.

— Regardez-moi, lui lança-t-elle. C'est comme ça qu'ils ont dit : « Pour rétablir l'équilibre » ?

Il se retourna vers elle, mais sans relever la tête.

— Non, ils... Je crois que leur truc s'appelait : « Donner une leçon à la pute. » Oui, c'est ça, et moi... J'ai posté quelque chose sur ma situation et on m'a donné un site et un mot de passe pour voir et à partir de là...

— Comment s'appelait ce site ?

— Il avait pas de nom. Des tas de trucs en ont pas. C'était un numéro.

— Avez-vous un portable dans ce sac ?

— Euh, oui.

— Je veux que vous nous montriez. Que vous nous conduisiez à ce site.

— Euh, non, pas question de faire ça. C'est vraiment des trucs horribles et je...

Bosch se levant pour s'approcher du canapé, Denning s'arrêta. Ballard vit qu'il y avait quelque chose dans l'attitude de Bosch qui l'impressionnait. Les cicatrices qu'il avait aux phalanges maintenant toutes blanches, Harry avait serré les poings. Denning se tassa dans le canapé tandis que Bosch s'emparait brutalement de son sac et, une fermeture Éclair après l'autre, en ouvrait les poches jusqu'à ce qu'il trouve l'ordinateur. Alors, il gagna le bureau, l'y posa et tira le fauteuil.

— Et maintenant, tu nous montres ce site ! lui ordonna-t-il.

— D'accord, d'accord, mais... Doucement, quoi !

Il gagna le bureau, s'assit et ouvrit l'ordinateur. Ballard se leva, se posta derrière lui pour voir l'écran et regarda jusqu'à ce que Denning se connecte au Wi-Fi de l'hôtel.

— Y a des endroits qui bloquent l'accès au Dark Web, dit-il. Ils vous laissent pas vous servir de Tor.

— Nous verrons bien, dit-elle. Continuez.

Il n'y avait pas de blocage, et Denning put passer dans son réseau privé et se servir du navigateur Tor pour accéder au site monté par les Hommes de minuit. Il entra les chiffres 12-4-1-12, Ballard les apprenant par cœur. Puis il ajouta un mot de passe numérisé qu'elle apprit, lui aussi, par cœur.

— Que signifient ces chiffres ? demanda-t-elle.

— Ce sont des chiffres attribués à des lettres. A-1, B-2, etc. Ce qui donne L-D-U-L… Lui Donner Une Leçon… Mais ça, je ne l'ai découvert que plus tard.

Il avait dit ça sur un ton qui laissait entendre qu'il ne se serait jamais aventuré sur ce site s'il avait su ce que signifiaient ces chiffres. Il aurait même pu s'en convaincre alors que Ballard doutait fort que n'importe qui d'autre puisse le croire.

— Et je pense que le mot de passe est…

— « Salope ». Oui, celui-là, je l'ai deviné tout seul.

Le site était un véritable musée des horreurs. Il contenait des dizaines de photos et de vidéos de femmes en train de se faire violer et humilier. On ne voyait jamais les hommes qui commettaient ces atrocités, mais il était clair qu'il s'agissait des Hommes de minuit, leurs actes correspondant bien aux rapports des victimes dans les affaires connues de Ballard. Mais il y avait plus que trois victimes sur ce site. Il semblait que certaines affaires n'aient pas été reliées entre elles ou que leurs victimes ne les aient pas rapportées, probablement par peur de leurs agresseurs ou du système dans lequel elles auraient été aspirées.

Tous ces fichiers numériques portaient un nom. Lorsqu'elle en vit un intitulé « Cindy 1 », elle demanda à Denning de l'ouvrir. Bien que la femme y portât un bandeau, Ballard reconnut tout de suite Cindy Carpenter dans un cliché particulièrement abominable de son agression.

— Bien, ça suffira, dit-elle.

Denning traînant à éteindre l'écran, Bosch tendit la main et referma violemment l'ordinateur. À peine si Denning eut le temps de ne pas se faire pincer les doigts.

— Nom de Dieu ! hurla-t-il.

— Rassieds-toi là-bas, sur le canapé, lui ordonna Bosch.

Denning obéit et leva les mains comme pour montrer qu'il ne voulait pas d'ennuis.

Ballard, elle, mit du temps à reprendre ses esprits. Elle n'avait plus qu'une envie : quitter cette pièce et ne plus voir cet individu, mais elle réussit à lui poser sa dernière question.

— Qu'est-ce qu'ils voulaient ? lui demanda-t-elle.

— Comment ça ?

— Vous ont-ils demandé de l'argent pour faire ça ? Les avez-vous payés ?

— Non, ils n'ont rien voulu. J'imagine que ça devait leur plaire. Vous savez bien, ils haïssaient les femmes, toutes. Des gens comme ça, ça existe.

Il avait prononcé ces mots de manière à laisser entendre qu'il n'était pas comme eux. S'il en haïssait assez une pour lui envoyer deux violeurs, il ne détestait pas toutes les autres.

Ballard n'en éprouva que plus de répulsion. Il fallait qu'elle sorte. Elle regarda Bosch et hocha la tête. Ils avaient enfin tout ce qu'ils avaient besoin de savoir.

— Allons-y, dit Bosch.

Ballard et lui se levèrent, Denning les regardant du canapé.

— C'est tout ? demanda-t-il.

— C'est tout, oui, acquiesça Ballard.

Bosch prit l'ordinateur sur le bureau et le jeta plus qu'il ne le tendit à Denning.

— Doucement, protesta celui-ci.

Il le glissa soigneusement dans la poche rembourrée de son sac à dos et se leva.

— Nous retournons à ma voiture, c'est ça ?

— Non, vous, vous pouvez marcher, lui répondit Ballard. Je n'ai aucune envie d'être à côté de vous.

— Attendez, vous n'aviez pas dit…

Bosch lui assena un coup de poing dans le ventre qui fit mentir son âge. Denning laissa tomber son sac à dos par terre avec un bruit sourd tandis qu'il s'effondrait sur le canapé, le souffle coupé.

Ballard se dirigea vers la porte, Bosch retardant un instant son départ pour voir si Denning allait se relever. Mais il devint vite clair qu'il allait mettre un bon moment avant d'y parvenir.

Ballard suivit Bosch hors de la pièce et passa dans le couloir. Il la rattrapa à mi-chemin de l'ascenseur.

— Cette dernière partie n'était pas prévue, dit-elle.

— Ouais, ben, désolé, dit-il.

— Oh non ! s'écria-t-elle. Ça ne me désole pas le moins du monde.

Chapitre 46

Ce fut Bosch qui prit le volant. Ballard le lui avait demandé. Si sombres que fussent ses pensées, elle ne voulait pas s'en laisser distraire. Bosch lui rendit son mini-enregistreur. Il l'avait gardé dans la poche de poitrine de sa veste de costume. Elle testa la qualité de l'enregistrement, qui était satisfaisante. Ils avaient Denning sur bande. Alors elle lança un autre enregistrement et y répéta le nom du site et les chiffres du mot de passe que Denning lui avait donnés. Puis elle s'adossa à la portière côté passager et pensa à ce qu'elle avait vu sur l'ordinateur de Denning. Un instant plus tard, elle prit son téléphone. Ce matin-là, elle avait laissé Pinto à la Dog House. Elle se connecta à la vidéo du chenil et le retrouva à sa place habituelle, sous le banc. Alerte, il observait les autres chiens. Elle referma son portable, plus prête à faire face à ses sombres pensées.

— Alors, dit enfin Bosch. Qu'est-ce que tu penses de tout ça ?

— Qu'on est aux premières loges d'un monde passablement déglingué.

— De l'abîme, oui ! la corrigea-t-il. Mais tu ne peux pas le laisser te foutre par terre. Être aux premières loges signifie que tu peux essayer de changer ça.

— Même sans badge ?

— Même sans badge.

Ils avaient pris l'autoroute 405 en direction du nord et arrivaient à l'échangeur de la 10. Bosch lâcha le volant de la main gauche et fit tourner son poignet.

— Qu'est-ce qu'il y a ? demanda-t-elle.

— J'ai pas pris le bon angle pour mon coup de poing.

— J'espère que tu l'as houdinisé.

Elle avait lu quelque part que Houdini était mort d'un coup de poing au ventre.

Bosch remit la main sur le volant.

— Qu'est-ce qu'on va faire de tout ça ? demanda-t-il.

— Je pense toujours que le FBI est notre meilleur atout. Ils ont les compétences nécessaires pour les problèmes de cryptage et de masquage. Bien plus que le LAPD.

— J'ai pas vraiment compris grand-chose dans ces histoires de Dark Web. À dire la vérité, je ne sais même pas comment ça marche.

Ballard sourit et le regarda.

— Y a pas besoin de savoir. À partir de maintenant, tu m'auras, moi, pour tous ces trucs.

Il acquiesça d'un hochement de tête.

— Et si tu me donnais la version courte ?

— Dans le Dark Web, rien n'est indexé, commença-t-elle. Il n'y a pas de Google ou de trucs de ce genre.

Il faut que tu saches à peu près où tu vas et, alors, une chose mène à une autre. C'est ce qui s'est passé avec Denning. Il a trouvé des types complètement tordus qui pensaient comme lui et c'est ça qui a fini par le conduire aux Hommes de minuit.

— D'accord.

— Le problème, c'est que le Dark Web te donne l'anonymat. Denning a dit avoir utilisé un VPN. C'est un réseau privé virtuel qui masque l'identité de ton ordinateur quand tu vadrouilles sur le Web. Ensuite, il se sert de Tor pour naviguer. Tor, c'est un réseau informatique qui rend impossible de traquer tout ce que tu fais sur Internet. Bref, il est anonyme dans le Dark Web et ne peut pas être remonté. Enfin… censément.

— Censément ?

— Le FBI est en cheville avec la NSA et toute la soupe de sigles des agences gouvernementales et, dans ce domaine, y a pas mieux qu'eux. Ils font des trucs dont le public n'a même pas idée. Bref, moi je dis que c'est vers eux qu'il faut se tourner. Je leur donne le nom du site qui abrite tous ces trucs horribles et le mot de passe qui leur permettra d'y entrer. Ils n'ont pas besoin de plus. Ils partent de là et ils pourront y identifier les trois victimes connues. La dernière qu'on a vue, c'était celle de mon affaire, Cindy Carpenter. Et comme j'ai eu tout le tableau sur son ex dès que je lui ai parlé, il va finir par tomber. Ils vont le presser comme un citron et en faire un témoin assisté, mais il ne s'en sortira pas. Ça, moi, j'y veillerai. Ils le laissent filer, je connais le nom du reporter du *L.A. Times* qui adorera cette histoire.

Bosch acquiesça d'un signe de tête.

— Il faut qu'ils tombent tous, dit-il.

— Ils tomberont, dit-elle. Le Bureau ne dira rien, mais le marteau tombera sur eux tous en même temps. Génial, les comptes qu'ils devront rendre ! Et si ça ne se passe pas comme ça, on donne un coup de fil et ça, ça déclenchera des trucs.

Bosch acquiesça encore.

— Quand est-ce qu'on va au Bureau ? demanda-t-il.

— Qu'est-ce que tu dirais de tout de suite ?

Il mit le clignotant et commença à naviguer vers les bretelles conduisant à la 10 direction est. Ils allaient vers le centre-ville.

Épilogue

Ballard remontait Finley Avenue avec Pinto lorsqu'elle vit le SUV noir garé en double file devant son immeuble. Elle avait fait un tour avec son chien pour lui faire faire ses besoins avant de prendre le volant pour aller surfer à Trancas Point. Il lui faudrait plus d'une heure pour y arriver. D'après la météo surf, il y avait une houle d'ouest et le vent soufflait du nord, l'idéal pour Trancas Point. Elle n'y était plus retournée depuis le début de la pandémie et mourait d'envie de retrouver l'océan et de s'y faire quelques vagues. Elle y serait seule, à l'exception de Pinto. Garrett Single était de service.

En s'approchant, elle entendit le moteur du SUV tourner au ralenti, la plaque minéralogique lui disant qu'il s'agissait d'un véhicule de la ville et non pas d'une limousine attendant d'emmener un client à l'aéroport. À côté de la portière droite, un costaud en costume attendait le retour de son passager. Elle ôta ses écouteurs et arrêta la musique de son téléphone. Marvin Gaye y chantait *What's Going On?*.

Arrivée au portail de sécurité, elle vit un homme aux cheveux gris. En grand uniforme de la police, il avait quatre étoiles sur son col. C'était le chef de la police. Il entendit tinter la clochette du collier de Pinto et se tourna pour regarder Ballard.

— Inspectrice Ballard ? lança-t-il.

— Ballard, oui, répondit-elle. Mais non, plus « inspectrice ».

— C'est justement de ça que je voulais vous parler. Nous sommes-nous déjà rencontrés ?

— Non, pas en personne. Mais je sais qui vous êtes, chef.

— Y a-t-il un endroit où on pourrait parler tranquillement ?

— Je ne pense pas qu'on puisse nous entendre ici.

On ne pouvait être plus clair : elle ne l'invitait pas à entrer.

— Ici sera donc parfait, dit-il.

— Que puis-je faire pour vous ?

— Eh bien, j'ai eu vent du travail que vous avez effectué dans certaines affaires qui ont récemment fait la une des journaux. De votre travail non reconnu, devrais-je dire. Tout à la fois avant et après que vous avez rendu votre badge.

— Et… ?

Il glissa la main dans sa poche et en sortit un badge. Elle en reconnut le numéro. C'était celui qu'elle portait encore quinze jours plus tôt.

— Je veux que vous le repreniez.

— Vous voulez que je revienne ?

— Oui. Le LAPD a besoin de changer. Et pour faire ça, ce changement doit venir de l'intérieur. Comment pourrions-nous y arriver si les bons flics qui peuvent changer les choses choisissent de partir ?

— Je ne pense pas que le service veuille de gens comme moi. Et je ne crois pas non plus qu'il veuille changer.

— Ce que veut ou ne veut pas le LAPD n'a aucune importance, inspectrice Ballard. Un organisme qui ne change pas finit par mourir et c'est pour ça que, moi, je veux que vous reveniez. J'ai besoin de votre aide pour que ça change.

— Et quel serait mon poste ?

— Celui que vous voudrez.

Elle hocha la tête et repensa à Bosch et à la manière dont il lui avait dit que le changement devait venir de l'intérieur. Qu'il y ait un million de personnes pour protester dans les rues ne suffisait pas. Et elle pensa au partenariat que Bosch et elle avaient envisagé.

— Est-ce que je peux y réfléchir, chef ? demanda-t-elle.

— Bien sûr, réfléchissez-y. Mais pas trop longtemps. Nous avons beaucoup de travail à faire.

Et il leva le badge.

— Je vais donc garder ça jusqu'à ce que vous me fassiez signe.

— Oui, monsieur, dit-elle.

Le chef regagna la voiture, le chauffeur lui tenant la portière ouverte. Le SUV noir démarra et descendit Finley Avenue tandis que Ballard le regardait s'éloigner.

Alors, elle partit surfer.

REMERCIEMENTS

Un grand merci à la Team Ballard et Harry Bosch. Éditeurs, lecteurs, conseillers et enquêteurs, tous de premier plan, tous ont aidé l'auteur de ce roman d'une manière inestimable. L'équipe comprend Asya Muchnick, Bill Massey, Emad Akhtar, Pamela Marshall, Betsy Uhrig, Jane Davis, Heather Rizzo, Dennis Wojciechowski, Henrik Bastin, John Houghton, Terrill Lee Langford et Linda Connelly. Côté inspecteurs, elle comprend Mitzi Roberts qui m'a inspiré le personnage de Ballard, Rick Jackson, David Lambkin et Tim Marcia, tous des modèles d'inspiration. Merci à vous tous qui avez donné un coup de main à l'auteur.

DU MÊME AUTEUR :

Les Égouts de Los Angeles
Prix Calibre 38, 1993
1re publication, 1993
Calmann-Lévy, l'intégrale MC, 2012
Le Livre de Poche, 2014

La Glace noire
1re publication, 1995
Calmann-Lévy, l'intégrale MC, 2015

La Blonde en béton
Prix Calibre 38, 1996
1re publication, 1996
Calmann-Lévy, l'intégrale MC, 2014
Le Livre de Poche, 2015

Le Poète
Prix Mystère, 1998
1re publication, 1997
Calmann-Lévy, l'intégrale MC, 2015 ; 2021
Le Livre de Poche, 2017

Le Cadavre dans la Rolls
1re publication, 1998
Calmann-Lévy, l'intégrale MC, 2017
Le Livre de Poche, 2018

Créance de sang
Grand Prix de littérature policière, 1999
1re publication, 1999
Calmann-Lévy, l'intégrale MC, 2017
Le Livre de Poche, 2020

Le Dernier Coyote
1re publication, 1999

Calmann-Lévy, l'intégrale
MC, 2017
Le Livre de Poche, 2019

La lune était noire
1re publication, 2000
Calmann-Lévy, l'intégrale
MC, 2012
Le Livre de Poche, 2012

L'Envol des anges
1re publication, 2000
Calmann-Lévy, l'intégrale
MC, 2012
Le Livre de Poche, 2012

L'Oiseau des ténèbres
1re publication, 2001
Calmann-Lévy, l'intégrale
MC, 2012
Le Livre de Poche, 2011

Wonderland Avenue
1re publication, 2002
Calmann-Lévy, l'intégrale
MC, 2013

Darling Lilly
1re publication, 2003
Calmann-Lévy, l'intégrale
MC, 2014

Lumière morte
1re publication, 2003
Calmann-Lévy, l'intégrale
MC, 2014

Los Angeles River
1re publication, 2004
Calmann-Lévy, l'intégrale
MC, 2015

Deuil interdit
1re publication, 2005
Calmann-Lévy, l'intégrale
MC, 2016
Le Livre de Poche, 2021

La Défense Lincoln
1re publication, 2006
Calmann-Lévy, l'intégrale
MC, 2018
Le Livre de Poche, 2022

Chroniques du crime
Seuil, 2006
points, nº P1761

Echo Park
Seuil, 2007
Calmann-Lévy, l'intégrale
MC, 2018

À genoux
1re publication, 2009
Calmann-Lévy, l'intégrale
MC, 2019

Le Verdict du plomb
1re publication, 2009
Calmann-Lévy, l'intégrale
MC, 2020
Le Livre de Poche, 2023

L'Épouvantail
1re publication, 2010
Calmann-Lévy, l'intégrale
MC, 2021

Les Neuf Dragons
1re publication, 2011
Calmann-Lévy, l'intégrale
MC, 2022

Volte-face
Calmann-Lévy, 2012
Le Livre de Poche, 2013

Angle d'attaque
Ouvrage numérique
Calmann-Lévy, 2013

Le Cinquième Témoin
Calmann-Lévy, 2013
Le Livre de Poche, 2014

Intervention suicide
Ouvrage numérique
Calmann-Lévy, 2014

Ceux qui tombent
Calmann-Lévy, 2014
Le Livre de Poche, 2015

Le Coffre oublié
Ouvrage numérique
Calmann-Lévy, 2015

Dans la ville en feu
Calmann-Lévy, 2015
Le Livre de Poche, 2016

Muholland, vue plongeante
Ouvrage numérique
Calmann-Lévy, 2015

Les Dieux du verdict
Calmann-Lévy, 2015

Billy Ratliff, dix-neuf ans
Ouvrage numérique
Calmann-Lévy, 2016

Mariachi Plaza
Calmann-Lévy, 2016
Le Livre de Poche, 2017

Jusqu'à l'impensable
Calmann-Lévy, 2017
Le Livre de Poche, 2018

Sur un mauvais adieu
Calmann-Lévy, 2018
Le Livre de Poche, 2019

En attendant le jour
Calmann-Lévy, 2019
Le Livre de Poche, 2020

Une vérité à deux visages
Calmann-Lévy, 2019
Le Livre de Poche, 2020

Nuit sombre et sacrée
Calmann-Lévy, 2020
Le Livre de Poche, 2021

Incendie nocturne
Calmann-Lévy, 2020
Le Livre de Poche, 2021

Séquences mortelles
Calmann-Lévy, 2021
Le Livre de Poche, 2022

L'Innocence et la Loi
Calmann-Lévy, 2021
Le Livre de Poche, 2022

L'Étoile du désert
Calmann-Lévy, 2023.

PAPIER À BASE DE FIBRES CERTIFIÉES

Le Livre de Poche s'engage pour l'environnement en réduisant l'empreinte carbone de ses livres. Celle de cet exemplaire est de :
250 g éq. CO_2
Rendez-vous sur www.livredepoche-durable.fr

Composition réalisée par Belle Page

Achevé d'imprimer en novembre 2023, en France par
Maury Imprimeur – 45330 Malesherbes
Dépôt légal 1re publication : septembre 2023
N° d'impression : 274347
Edition 02 - novembre 2023
LIBRAIRIE GÉNÉRALE FRANÇAISE
21, rue du Montparnasse – 75298 Paris Cedex 06

83/1999/3